BASTEI
LÜBBE

BASTEI LÜBBE

LINDA LAEL MILLER IM TASCHENBUCH-PROGRAMM:

18 100 Wer das Paradies nur finden will ...
18 101 Wer ein Lächeln des Glücks einfängt ...
18 102 Wer dem Zauber der Liebe verfällt ...
18 103 Wer dem Weg des Herzens folgt ...
18 104 Wie der Glanz des silbernen Mondes ...
18 105 Wie das helle Feuer der Sterne ...
18 106 Lily und der Major
18 108 Emma und der Rebell
18 110 Caroline und der Bandit
18 112 Bis ans Ende meines Lebens ...
18 113 Bis die Liebe dich bezwingt ...
18 114 Bis du deinem Herzen folgst ...
18 115 Eine widerspenstige Geliebte
18 116 Ein sündiger Engel
18 117 Eine ungezähmte Braut
18 119 Verzaubert von deinen Augen
18 123 Goldene Sonne, die dich verbrennt
18 127 Silbernes Mondlicht, das dich streichelt
18 138 Und liebe dich ein ganzes Leben
18 142 Ein heller Stern brennt in der Nacht
18 150 Süße Annie, wildes Herz
18 154 Ein anderes Leben, ein anderes Glück
18 162 Im dunklen Rausch der Nacht

Linda Lael Miller

Dein für alle Ewigkeit

Roman

Ins Deutsche übertragen
von Katharina Braun

BASTEI
LÜBBE

BASTEI-LÜBBE-TASCHENBUCH
Band 18 168

Erste Auflage: Juli 1997

Deutsche Lizenzausgabe 1997 by
Bastei Verlag Gustav H. Lübbe GmbH & Co.,
Bergisch Gladbach
Lektorat: Katharina Woicke
Titelbild: Pino Daeni Art Inc.
Umschlaggestaltung: Quadro Grafik, Bensberg
Satz: KCS GmbH, Buchholz/Hamburg
Druck und Verarbeitung:
Brodard & Taupin, La Flèche, Frankreich
Printed in France
ISBN 3-404-18168-9

Der Preis dieses Bandes versteht sich einschließlich der
gesetzlichen Mehrwertsteuer.

Prolog

Vor nicht allzu langer Zeit und nicht sehr fern …

Es war etwas Magisches an diesem Ort. Es war beinahe so, als wäre er verzaubert.

Das Kind Megan stand ein wenig abseits von seinen Internatsgefährtinnen und vergaß für einen Moment seine Einsamkeit, als es die prachtvolle Puppe an sich drückte und fasziniert zu einer Öffnung in der Mauer der Abtei aufschaute. Niemand sonst schien zu bemerken, daß es in diesem Mauerspalt blau, golden und silbern schimmerte und er eine eigenartige, lautlose Musik ausströmte.

Während Megan zusah, begannen sich aus dem Nichts heraus die verrosteten Eisenstäbe eines Tors zu formen. Hinter ihr plapperten die anderen Schülerinnen, froh, den hohen Mauern von Briarbook School für die Dauer eines Nachmittags entronnen zu sein, und gleichgültig gegenüber allem anderen außer dieser kurzen Pause zwischen ihren Studien.

Megan trat einen Schritt näher an das Tor heran, weil sie sich auf unerklärliche Weise von ihm angezogen fühlte, obwohl sie sich eigentlich hätte fürchten müssen. Unwillkürlich drückte sie die Puppe noch fester an ihre Brust, als sie auf das Tor zuging.

In diesem Augenblick erschien eine Märchenprinzessin auf der anderen Seite des Tors, lächelnd und winkend. Sie war wunderschön in ihrem langen, saphirblauen Kleid und hatte goldenes Haar, das ihr in schimmernden Wellen auf die Hüften fiel. Ihre Haut war auffallend blaß, ihre Augen hatten die gleiche Farbe wie ihr Kleid.

»Megan«, sagte die Dame mit einer sanften, melodischen Stimme, die das Kind an die Glöckchen auf der Veranda ihres Nachbarn im fernen Amerika erinnerte.

Obwohl sie erst fünf Jahre alt war, war Megan klug

genug, um zu wissen, daß sie nicht mit Fremden sprechen durfte, und deshalb schaute sie sich fragend nach ihren Lehrerinnen um. Doch wie üblich beachtete sie niemand, und wie schon so oft kam sie sich vor, als sei sie unsichtbar.

Die Puppe im Arm, die ihr einziger Besitz war außer ihrer Schuluniform, ihren Büchern und einem Koffer Freizeitkleidung aus ihrem alten Leben in Amerika, näherte sie sich dem Tor.

Die Dame bückte sich, und ihr langes Kleid bauschte sich um ihre Füße, als sie die blassen Hände um die eisernen Gitterstäbe legte. Wieder sagte sie etwas, aber ihre Worte klangen fremd wie eine andere Sprache, und Megan runzelte verwirrt die Stirn.

»Ich darf nicht mit Fremden sprechen«, sagte sie, mehr zu der Puppe in ihren Armen als zu der Prinzessin. Die Puppe war eigentlich kein Spielzeug, sondern eine exquisite Nachbildung Königin Elizabeths I. von England, die auch Gloriana genannt wurde. Zumindest hatte die Verkäuferin in der Spielzeugabteilung bei Harrods das gesagt, als Megans Eltern die Puppe für sie kauften, als ob sie ihr damit zu verstehen geben wollten, wie leid es ihnen täte, sie zu verlassen.

Was natürlich nicht der Fall war. Sie hatten es kaum erwarten können, Megan loszuwerden und getrennter Wege zu gehen, und sie hatten kein Geheimnis daraus gemacht.

Da sie sich scheiden lassen würden, ihre Mommy und ihr Daddy, hatten sie Papiere im Büro der Schuldirektorin unterzeichnet, bevor sie abgereist waren. Eins der älteren Mädchen in Briarbook behauptete, Megan sei jetzt eine Waise, weil ihre Mommy für immer nach Amerika zurückgekehrt war. Erica Fairfield-Saunders war die Alleinerbin eines riesigen Vermögens, und Megans Vater, ein geborener Engländer, der es vorzog, Jordan genannt zu werden, selbst von seiner eigenen Tochter, wollte endlich wieder ›ungebunden‹ sein. Er hatte schließlich seine Karriere in der Londoner Theaterwelt zu bedenken.

Und dazu hatte er einen ansehnlichen Batzen von Ericas Vermögen.

Irgendwo war auch Geld für Megan hinterlegt, aber das war ihre geringste Sorge, denn schließlich war sie erst fünf Jahre alt.

Sie war in üppiger Verwahrlosung aufgewachsen, und so vermißte Megan weder Erica noch Jordan sonderlich, aber sie wußte, daß andere Mädchen und Jungen von ihren Müttern und Vätern geliebt und verhätschelt wurden, und wäre gern wie jene Kinder gewesen. Um ein Heim zu haben und ein Gefühl der Zugehörigkeit.

»Hab keine Angst«, sagte die Dame, und Megan merkte verwundert, daß sie ihre Worte nun verstand.

»Ich habe keine Angst«, erwiderte sie, verwirrt, jedoch noch immer ohne Furcht. »Woher wissen Sie, wie ich heiße?«

»Durch Zauberei.« Das war eine Antwort, die von Megan bereitwillig akzeptiert wurde. Sie war viel allein gewesen, bevor sie nach England kam, und hatte in jenen einsamen Zeiten eine ungemein lebhafte Phantasie entwickelt. Prinzessinnen und Prinzen, Schlösser und Drachen waren ihre Lieblingsthemen.

»Wie heißen Sie?« fragte Megan.

»Elaina«, erwiderte die schöne Dame. Das Tor quietschte in seinen Scharnieren, als sie es öffnete, aber das Geräusch war Megan kein bißchen unheimlich.

Um festzustellen, ob jemand sie beobachtete, wandte Megan den Kopf, doch niemand sah in ihre Richtung. Lächelnd hob sie ihre Puppe, damit Elaina sie betrachten konnte. »Das ist Gloriana«, sagte sie.

Das Tor öffnete sich noch etwas weiter. »Sie ist wunderschön«, sagte Elaina mit einer Stimme, die sanft und warm wie eine Liebkosung war.

»Es gibt fünf Megans in meiner Klasse in Briarwood«, vertraute das Kind der freundlichen Dame an, die jetzt so nahe war, daß Megan sie berühren konnte. »Ich finde, das ist zuviel, nicht wahr?«

Elaina runzelte die Stirn, als dächte sie darüber nach.

»Vielleicht sollten wir dich Gloriana nennen«, meinte sie schließlich lächelnd. Dann trat sie einen Schritt zurück, und Megan, die sich nichts Schöneres vorstellen konnte, als *Gloriana* zu sein, folgte ihr über die Schwelle.

»Das gefällt mir schon viel besser«, erklärte das kleine Mädchen ernst. Eine tiefe Stille hatte sich über den Ort gesenkt, und als Megan sich umwandte, sah sie die anderen Schulkinder wie durch dichten, lautlosen Regen. Sie kamen ihr wie Gespenster vor, wie Schatten, die immer mehr verblaßten, bis sie sich schließlich vollkommen in Luft auflösten.

»Möchtest du zu ihnen zurückkehren, Gloriana? Zurück in diese andere Welt?« fragte Elaina, die sich wieder bückte, um dem Kind in die Augen zu sehen. »Es ist deine Wahl. Du brauchst nicht hierzubleiben, wenn du es nicht willst.«

Gloriana. Es war wunderbar, so genannt zu werden.

Megan dachte an ihr einsames Bett im Schlafsaal, an ihre abgegriffenen Bücher und das Pult im Schulzimmer. Ihre Eltern hatten sie wahrscheinlich längst vergessen, so begierig, wie sie gewesen waren, sich scheiden zu lassen und ein neues Leben zu beginnen. Sie hatten sie weder zum Abschied geküßt noch ihr versprochen, sie zu besuchen …

Auch heute noch weinte sie jede Nacht, sobald es dunkel war im Saal, obwohl sie wußte, daß das albern war.

»Könnte ich in einem Schloß leben, ein hübsches Pferd reiten wie eine Prinzessin aus dem Märchen und einen Prinzen heiraten, wenn ich erwachsen bin?« fragte sie.

Elainas Lächeln erwärmte Megans Herz. »Freilich wirst du in einem Schloß leben und ein Pferd besitzen – und falls es kein Prinz sein kann, dann würdest du dich vielleicht auch mit einem sehr netten Baron als Ehemann zufriedengeben? Aber das brauchst du nicht heute zu entscheiden, weil noch viele Jahre vergehen werden, bevor du bereit zu einer Ehe bist.«

Gloriana nickte, warf einen Blick zurück durchs Tor und sah mit Erleichterung, daß die anderen Kinder nicht wieder erschienen waren, und auch die Welt, die sie bewohnten, nicht. Nichts anderes war zu sehen als Kopfsteinpflaster und Blumen, das Tor und die hohe Mauer der Abtei.

»Ich bin sehr hungrig«, sagte Gloriana. Sie hatte ihr Lunchpaket im Bus zurückgelassen. Aber all das erschien ihr jetzt so unwirklich, auf solch wundersame Weise weit entfernt, als befände es sich auf der anderen Seite des Regenbogens.

»Dann mußt du mich begleiten«, entgegnete Lady Elaina und reichte ihr einladend die Hand.

Gloriana ergriff sie ohne Zögern. »Sind Sie eine gute Fee?« fragte sie, als sie über einen schmalen Pfad zum Hof der Abtei hinübergingen.

»Nein«, erwiderte Elaina, »ganz gewiß nicht.«

»Aber Sie können zaubern.«

»Nein, Liebes«, widersprach die Dame heiter und hob das kleine Mädchen auf eine Bank, um ihm in die Augen sehen zu können. »Du warst es, die den Zauber bewirkt hat, nicht ich.« Sie runzelte die Stirn, als sie Megans/Glorianas Jeans, T-Shirt und Turnschuhe betrachtete. »Wir müssen dir etwas anderes zum Anziehen beschaffen, bevor dich irgend jemand in diesen Sachen sieht.«

»Wieso? Gefallen sie Ihnen nicht?« fragte Gloriana verwirrt. Im Internat trugen sie fast immer Uniformen, und die Schüler waren froh, wenn sie einmal normale Freizeitkleidung tragen durften.

»Nichts von all dem ist bisher erfunden worden«, entgegnete Elaina nachdenklich. »Es wird genug Fragen auslösen, wenn du aus dem Nichts heraus erscheinst ...«

Gloriana spürte, daß sich ein Klumpen in ihrer Kehle bildete, und das Schlucken schmerzte. »Ich möchte Ihnen nicht zur Last fallen«, wisperte sie, weil sie es gewohnt war, im Weg zu sein, ein Problem, das allen lästig war. Sie erinnerte sich, wie ihre Mommy und ihr Daddy sich angeschrien und sie jeweils als ›*dein* Kind‹ bezeichnet hatten, als wolle keiner zugeben, daß sie zu ihnen gemeinsam gehörte.

Elaina umarmte sie ganz unvermittelt, so fest, daß sie fast die Puppe zwischen ihnen zerquetschte, und als sie sich wieder von Gloriana löste, schimmerten Tränen in ihren Augen. »Natürlich wirst du mir nicht zur Last fallen«, versicherte sie mit bewegter Stimme. »Im Gegenteil – du bist die Antwort auf meine Gebete, Kind. Und nun komm. Wir haben viel zu tun …«

Kapitel 1

Dane St. Gregory, fünfter Baron von Kenbrook, hob müde die Hand zu einem Befehl, worauf hinter ihm der Rest seiner kleinen Privatarmee zu einem klappernden, schlurfenden und entschieden ungraziösen Halt kam. Danes Pferd, ein flinker, muskulöser Hengst mit rabenschwarzem Fell, der auf den Namen Peleus hörte, blieb am Rand der Klippen stehen und warf wiehernd den massiven Kopf zurück. Dane hatte das Tier erst vierzehn Tage zuvor erworben, auf einem Pferdemarkt in Flandern, und der prächtige Hengst hatte ihn so viele Silberpfennige gekostet, daß nun gähnende Leere in seiner Börse herrschte.

Der hohe Kaufpreis war Danes Ansicht nach jedoch gerechtfertigt, weil solch stämmige, widerstandsfähige Streitrösser in England äußerst selten waren. Er brauchte seinen Hengst nur mit den besten Stuten in Hadleigh zu paaren, um mit der Zeit über eine ganze Herde kostbarer Streitrösser zu verfügen. Die Gewinne aus einer solchen Zucht würden sehr beträchtlich sein.

Dane holte tief Atem und stieß ihn langsam wieder aus, als er seinen Blick über die Landschaft schweifen ließ. Unter ihnen glitzerte der See, blaßgrün wie ein formloses Juwel, als er die letzten Strahlen der späten Sommersonne einfing. Hadleigh Castle, die grimmige, uralte Burg mit ihren drei Zwingern und doppelt so vielen Türmen, ragte über dem südlichen Ufer des Sees auf. Am Fuß der Zugbrücke, die den leeren Graben überspannte, jedoch noch innerhalb der Außenmauern, kauerte das kleine Dorf, das wie die Festung Hadleigh hieß. Es war im Grunde nicht viel mehr als eine armselige Ansammlung von Hütten, zwischen denen sich Schafe, Schweine und Hühner tummelten, aber es verfügte über eine Taverne und eine bescheidene kleine Kirche, die sich mit einem richtigen Buntglasfenster großtat – einer schlichten Darstellung des heiligen Georg, wie er den Drachen tötete.

Das stattliche Haus von Cyrus, dem Wollhändler, stand ein wenig abseits von den anderen, ein solider Bau aus roten Backsteinen, mit einem Ziegeldach, Garten und einem kleinen Innenhof. *Meine kindliche Braut Gloriana wird bestimmt begierig sein, in dieses schöne Haus zurückzukehren,* dachte Dane. Weder Hadleigh Castle noch Kenbrook Manor waren auch nur halb so komfortabel wie das Haus des Wollhändlers, trotz ihrer erhabenen Geschichte und ihrer unzähligen Säle und Kammern.

Ein leises Unbehagen erfaßte Dane. Der reiche Kaufmann Cyrus würde sehr empört sein, wenn er die Neuigkeiten erfuhr, und er hatte auch allen Grund dazu.

Dane preßte die Lippen zusammen, beugte sich vor und stützte einen Arm auf den Sattelknauf. Die mit Gloriana eingegangene Ehe war belanglos – das Kind war schließlich erst sieben Jahre alt gewesen, als sie ihre Gelübde geleistet hatte, und er selbst ein unerfahrener Jüngling von knapp sechzehn Jahren. Sie hatten nicht einmal selbst an der Zeremonie teilgenommen – während das kleine Mädchen in London geblieben war, umsorgt von seiner liebenden Mutter, hatte Dane ein Schiff zum Kontinent bestiegen, um dort das lukrative Handwerk eines Soldaten zu erlernen. Es war keine Liebesheirat, dachte Dane, und deswegen völlig anders als die Ehe, die er mit Mariette einzugehen gedachte. Gloriana hatte keinen Grund zu leiden. Im Gegenteil – es war anzunehmen, daß sie sogar überglücklich sein würde, ihre Freiheit zurückzugewinnen.

Der Gedanke war, trotz seiner unangreifbaren Vorteile, auf seltsame Art beunruhigend.

Dane ließ den Blick über die Stadttore hinweggleiten, und dort lag die verwitterte Abtei, nur eine Viertelmeile weiter an der kurvigen Straße, die sich um den See schlang wie die Arme eines Geliebten. Die Straße verschwand in einem dichten Eichenwald, um dann irgendwann vor den Toren von Kenbrook Manor wieder aufzutauchen.

Dane lächelte. Auf den Ruinen einer römischen Festung erbaut und mit einem mächtigen Turm versehen, befand sich diese beeindruckende Steinmasse nun schon seit Jahrhunderten in einem Zustand beständigen Verfalls. Das Dach war hier und dort eingestürzt, und im Winter heulten eisige Winde durch die Gänge und bliesen Lampen und Fackeln aus. Es hieß, daß es in dem uralten Gemäuer spukte, daß häßlich Gespenster dort ihr Unwesen trieben, und manchmal drangen Wölfe ein und richteten ihren Bau in der alten Burg ein.

Trotz all seiner Mängel jedoch gehörte das Rittergut von Rechts wegen Dane, und er hatte es immer sehr geliebt. Er würde es nun wieder bewohnbar machen, und wenn er erst frei war, um Mariette zur Frau zu nehmen, würde auch Kenbrook wieder seine ursprüngliche Pracht zurückerlangt haben. Dane war fest entschlossen, in diesen Mauern seine Söhne zu zeugen und sie zu tapferen Rittern zu erziehen, zu Männern, die für die Gerechtigkeit kämpften und ihrem Vater Ruhm und Ehre brachten. Natürlich wünschte er sich auch Töchter, kluge, brave Mädchen, die gewinnbringende Ehen schließen würden.

Mit einem Seufzer richtete er den Blick auf die junge Frau an seiner Seite. Sie war bezaubernd schön wie immer und zeigte nicht die geringsten Anzeichen von Ermüdung nach der langen Reise und der turbulenten Überfahrt aus der Normandie. Mariette de Troyes saß auf ihrem kleinen grauen Zelter und schenkte Dane ein sanftes, scheues Lächeln. Dann, mit bebenden Lidern, senkte sie den Blick.

Danes Herz schlug vor Stolz und Bewunderung unwillkürlich schneller. »Schaut, Mariette«, sagte er ruhig und deutete auf Kenbrook Manor. »Das ist unser Heim.«

Mariette zupfte ihre reichverzierte Kopfbedeckung zurecht, eine blütenweiße, spitze Haube, die ihr Haar verbarg – vor allen außer ihrer Kammerfrau und Dane. Obwohl er noch nicht mit Mariette intim gewesen war – sie war von vornehmer Geburt und in einem französischen Kloster aufgewachsen –, hatte sie ihm gelegentlich einen verbotenen Blick auf ihre üppigen schwarzen Zöpfe gewährt. Eines Tages, wenn Seine Heiligkeit die Annullierung seiner Ehe mit Gloriana vollzogen hatte, würde es Danes Vorrecht sein, diese prachtvolle seidige Mähne zu berühren, seine Finger hindurchgleiten zu lassen und sein Gesicht in ihrer duftenden Fülle zu bergen, jede Nacht und jeden Morgen.

»Es erscheint mir wie ein Ort des Leids«, wandte Mariette schüchtern ein.

Da ein Gedanke zum nächsten führte, war Dane inzwischen so vertieft in die Vorstellung verschiedener anderer Vorrechte eines Gemahls, daß er im ersten Moment nicht wußte, wovon sie sprach. Als er ihrem Blick folgte, sah er, daß sie die Burg betrachtete.

Eine leise Enttäuschung erwachte in ihm, die er jedoch rasch unterdrückte. »Ja«, entgegnete er, in Gedanken bei seinen ungeborenen Söhnen und ohne zu bedenken, daß seine Männer hinter ihm die Ohren spitzten. »Kenbrook hat in all diesen Jahrhunderten viel Leid gesehen, aber das ist jetzt vorbei. Wir werden das Schloß mit Kindern füllen, Mariette – mit unseren Söhnen und unseren Töchtern.«

Die sanfte Röte, die in ihre Wangen stieg, bildete einen bezaubernden Kontrast zu dem schneeweißen Stoff ihrer Kopfbedeckung.

Dane, der ihre Reaktion als mädchenhafte Scham abtat, wendete sein Pferd, um sich zu seinen unverhohlen grinsenden Männern umzusehen. Sie waren ein schmutzstarrender, zahnloser Haufen und stanken noch schlimmer als ihre Pferde. Dane spürte, wie ihm das Blut in den Nacken stieg, aber das war das einzige, was darauf schließen ließ, daß er es bereute, in ihrer Hörweite über persönliche Angelegenheiten gesprochen zu haben.

»Es erwartet euch ein Fest in Hadleigh Castle«, teilte er ihnen ruhig mit. »Nehmt daran teil und vergnügt euch, aber achtet auf eure Manieren. Mein Bruder ist der Herr im Schloß, aber es gelten auch weiterhin die Regeln unserer Truppe, und wer sie bricht, muß sich vor mir verantworten.«

Die Männer nickten, wendeten auf Danes Zeichen hin ihre Pferde und begannen – jubelnd vor Freude über die

Aussicht auf Bier und Frauen – den steilen Pfad hinabzujagen, der zur Straße führte. Nur ein Mann verweilte. Danes Freund, ein rothaariger Waliser namens Maxen, war der beste Kämpfer in der Truppe, abgesehen von Dane selbst, und klug genug zu schweigen.

Maxen und Mariettes Kammerfrau, Fabrienne, bildeten das Ende der kleinen Prozession, als Dane und seine zukünftige Braut sich in Bewegung setzten.

Gloriana ritt das kleine, gefleckte Pferd, das Gareth ihr zu Ostern geschenkt hatte. Tief über den Hals des Tiers gebeugt, jagte sie über die Felder, und ihr Haar flatterte wie ein seidenes Banner in der sanften Brise. Ihre reichbestickte, dunkelblaue Kleidung war schmutzig, der Rock hinaufgerutscht bis zu den Waden, so daß man ihre nackten Füße sah. Sie lachte, als sie Edward, ihren jüngeren Schwager und besten Freund, auf seinem eigenen Pferd, einem Falben namens Odin, näher galoppieren sah.

»Großer Gott, Gloriana«, schrie der Junge, »willst du wohl endlich anhalten?« Eine heftige Erregung malte sich auf seinen Zügen ab, deren Grund es nicht nur sein konnte, daß er sich darüber ärgerte, an diesem schönen Sommernachmittag ein weiteres Mal ein Wettrennen verloren zu haben.

Beunruhigt zügelte Gloriana ihr Pferd, ließ es vom Galopp in Trab und dann in Schritt zurückfallen.

»Was ist?«

Edward fuhr sich durch seine dichten braunen Haare und deutete auf den Hügel hinter Hadleigh Castle. »Da«, sagte er gepreßt.

Gloriana folgte seiner Blickrichtung und sah einen Trupp Reiter den Pfad hinunterstürmen, unter munterem Gegröle und Geschrei, das selbst aus dieser Entfernung deutlich zu hören war. »Gäste«, sagte sie und richtete einen neugierigen Blick auf Edward. Seine Augen waren schmal geworden, und seine Sommersprossen hoben sich noch stärker als sonst von seiner blassen Haut ab. »Wie schön, Edward. Sie sind bestimmt gekommen, um dir Ehre zu erweisen und deinen Triumph zu feiern. Vielleicht haben sie uns sogar neue Geschichten mitgebracht.«

Edward richtete sich in den Steigbügeln seines Sattels auf, der einst seinen beiden älteren Brüdern gehört hatte, bevor er an ihn weitergereicht worden war. Gloriana hatte einen prachtvollen neuen Sattel auf dem Sommerjahrmarkt für ihn gekauft, den sie jedoch noch in ihrer Kammer verwahrte. In zwei Tagen, wenn der sechzehnjährige Edward zum Ritter geschlagen werden sollte, würde sie ihm den Sattel als ihr Geschenk überreichen. Sie war stolz auf den Jungen.

»Nein, das sind keine Besucher«, sagte er nach einer Weile in ganz sonderbarem Ton. »Siehst du denn ihre Farben nicht? Grün und weiß. Es sind Kenbrooks Männer, Glory … Dein Gatte ist heimgekehrt.«

Glorianas Herz machte einen Sprung, denn sie hatte aufregende Geschichten über die Abenteuer ihres Gemahls gehört; Troubadoure sangen von seiner Tapferkeit, seiner Ritterlichkeit und seiner Charakterstärke. Ihre Hand glitt unwillkürlich zu ihrem zerzausten Haar, um es zu ordnen, sank dann aber wieder herab. Gloriana hatte schon so lange von Kenbrooks Heimkehr geträumt, und in ihren Träumen war sie immer tadellos gekleidet gewesen, wenn sie ihn wiedersah: in ein wunderschönes Kleid aus grünem Samt, mit einem Kranz aus vergoldeten Eichenblättern in ihrem Haar und kunstvoll bestickten Schuhen an den Füßen. Ihr momentaner Zustand der Verwahrlosung stand in krassem Widerspruch zu dieser Phantasie. Ein leiser Ausruf der Bestürzung entrang sich ihr, als sie ihre Augen beschattete und die herangaloppierenden Reiter musterte.

Dane St. Gregory, der in beträchtlichem Abstand zu seiner lärmenden Truppe ritt, war schon aus weiter Ferne an seinem blonden Haar zu erkennen, Erbe irgendeines norwegischen Vorfahren, das wie reines Gold in der Sonne schimmerte. Er strahlte eine Aura von Würde, Macht und Gefahr aus, die alle Legenden, die sich um ihn rankten, zu bestätigen schien.

Mit einem weiteren Ausruf trieb Gloriana ihr geduldiges Pferd an und ritt an den offenen Stadttoren vorbei auf die Apfelbäume zu, die längs der uralten Mauer wuchsen. Dicht gefolgt von Edward, der ihr zuschrie, anzuhalten, jagte sie auf das Tor zu, das in den Garten hinter dem Haus ihres Vaters führte.

Das Haus gehört jetzt mir, dachte sie mit einem Anflug von Trauer, als sie sich, Edwards Proteste ignorierend, tief über den Nacken der Stute beugte, um den eisernen Riegel am Tor zurückzuschieben. Gloriana gehörte jetzt sehr viel, weil Cyrus, der Wollhändler, und seine Frau Edwenna zwölf Monate zuvor verschieden waren, dahingerafft von einem Fieber, das die Stadt London heimgesucht hatte. Sie hatten Gloriana ein mehr als ansehnliches Vermögen hinterlassen.

Edward holte Gloriana ein, als sie ihr Pferd durch die enge Gasse trieb.

»Herrgott«, rief er ärgerlich, »dieses Tor hätte schon vor *Jahren* zugemauert werden müssen! Stell dir vor, unsere Feinde würden davon erfahren …«

»Dann würden sie es bestimmt benutzen und uns alle mit ihren Schwertern durchbohren!« versetzte Gloriana in düsterem, bedeutungsschwerem Ton. Dann, ohne Edward zu beachten, durchquerte sie den vernachlässigten Garten, in dem sie als kleines Mädchen so gern gespielt hatte, wenn sie und Edwenna aus London hergekommen waren, und eilte weiter. Als sie die Zugbrücke erreichte, trafen bereits die ersten von Kenbrooks Männern vor der Taverne ein. Nachdem sie abgesessen waren, ließen sie ihre Pferde einfach draußen stehen und stürmten lärmend und grölend in das Lokal, in dem ein recht passabler Wein und Bier zu haben waren.

»Keine Kontrolle über die eigenen Männer«, knurrte Edward, als er Gloriana einholte. »Wie kennzeichnend für Dane.«

Gloriana, die an nichts anderes als ein Bad und saubere Kleider dachte, ignorierte die Bemerkung und galoppierte an den schmunzelnden Wachen vorbei in den äußeren

Burghof. Endlich, endlich war Kenbrook heimgekehrt! Gloriana, die inzwischen zwanzig war, hatte im stillen schon befürchtet, sie würde zu alt sein, um ihrem Gatten Kinder zu gebären, wenn er endlich von seinen Reisen heimkehrte. In ihren schlimmsten Alpträumen war sie ein verrunzeltes altes Weib gewesen, als Dane St. Gregory endlich nach England zurückgekehrt war, um seine Braut in Besitz zu nehmen.

Glorianas Herz klopfte vor Panik und freudiger Erregung, als sie den mittleren und den inneren Burghof durchquerte, wo sie ihr Pferd zurückließ und auf einen Seiteneingang zueilte. Mit schnellen Schritten lief sie durch den großen Saal, wo Mägde den Boden schrubbten, und hastete über einen breiten Korridor zu ihren privaten Gemächern, einer Reihe behaglich eingerichteter Räume, die einst Lady Elaina, der jetzt abwesenden Dame des Hauses gehört hatten.

Auf dem Weg stieß Gloriana mit Gareth zusammen, ihrem älteren Schwager und dem Herrn von Hadleigh Castle, dessen Zimmer ebenfalls in diesem Teil der Burg lagen. Er lachte und ergriff Gloriana am Arm, um sie zu stützen.

»Ist dir der Teufel auf den Fersen?« scherzte er.

»Dane ist heimgekehrt!« keuchte Gloriana. Hinter ihr war schon Edward zu vernehmen, wie er in die große Halle stürzte. Ein lautes Klappern, und eine der Mägde schalt ihn gutmütig, weil er ihren Eimer umgestoßen hatte. »Ich kann nicht zulassen, daß Lord Kenbrook mich so sieht!«

Gareths blaue Augen zwinkerten. Er ähnelte Dane in sehr vielen Dingen, obwohl er fast zwanzig Jahre älter und weder so groß noch so breitschultrig wie sein Bruder war und sein Haar, obwohl noch dicht und glänzend, mit den Jahren nachgedunkelt war. »Dane ist endlich heimgekehrt? Das sind gute Neuigkeiten. Ganz ohne Zweifel wird mein Bruder begierig sein, seine Braut zu sehen – was nur ganz natürlich ist nach solch langer Zeit. Ich könnte mir vorstellen, daß es ihn nicht einmal stören würde, wenn besagte Braut wie eine Waldfee statt wie eine Baronin aussähe.«

Mit einer gemurmelten Entschuldigung befreite Gloriana sich aus Gareths Griff und floh den Korridor hinunter zu ihren eigenen Gemächern. Dort angekommen, begann sie sich mit fliegenden Händen auszukleiden und aus einer Waldfee in eine Baronin zu verwandeln.

Im Burghof von Hadleigh Castle saß Dane ab und hob Mariette aus ihrem Damensattel. Seine Hände umspannten fast vollkommen ihre Taille, und es kam ihm so vor, als wöge sie kaum etwas. Einen Moment lang beunruhigte es ihn, daß Mariette so zierlich war. Selbst robuste Frauen starben oft im Kindbett – die letzte Lady Hadleigh war bei Edwards Geburt dahingeschieden. Welche Überlebenschance besaß ein solch zerbrechliches Geschöpf wie Mariette, wenn die Söhne der St. Gregorys berühmt für ihre Größe waren?

Es war fast, als glitt eine Wolke über die Sonne und löschte für einen Moment ihr Licht aus.

Auf französisch wandte Dane sich an Fabrienne, doch sein Blick blieb auf Mariettes Gesicht gerichtet, auf ihrer weißen Haut und ihren zarten Knochen. »Bring deine Herrin hinein«, sagte er zu der Kammerfrau. »Dort wird die Dienerschaft deine Anweisungen entgegennehmen.«

Fabrienne war trotz ihres hübschen Namens ein farbloses, hinkendes Geschöpf mit blassen, wimpernlosen Augen, vorstehenden Zähnen und Haaren von der Farbe eines Mausfells. Aber sie war gefügig und beklagte sich über nichts – im Augenblick zumindest.

»Ja, Mylord«, erwiderte sie mit einer angedeuteten Verbeugung, bevor sie Mariettes Arm nahm und ihre Herrin behutsam die steinernen Stufen hinaufgeleitete, die in die Galerie führten. Dahinter lag der große Saal.

Dane blieb im Hof zurück und schaute den Frauen gedankenverloren nach.

Maxen, der noch immer auf seinem stämmigen walisischen Wallach saß, bückte sich, um die Zügel von Danes temperamentvollem Streitroß zu ergreifen. »Ich beneide dich nicht, mein Freund«, bemerkte er dabei. »Es ist kein ungefährliches Unterfangen, die Ehefrau wegen einer anderen zu verstoßen!«

Stirnrunzelnd blickte Dane Maxen an, den einzigen Mann auf Erden, dem er bedenkenlos sein nervöses Pferd anvertraute. »Was weiß ein häßlicher Bursche wie du schon über das schöne Geschlecht?« entgegnete er mürrisch.

Maxen zeigte ein gutmütiges Lächeln. »Erfahrung«, erwiderte er und wendete die Pferde, um sie in den Stall zu bringen. »Ich werde dafür sorgen, daß dein Hengst gefüttert und getränkt wird. Wenn du später Mitgefühl benötigen solltest – oder Balsam für deine Kratzer oder Bißwunden –, kannst du mich in der Taverne finden.«

»Kratzer oder Bißwunden«, murmelte Dane, während er dem Waliser den Rücken zukehrte und festen Schritts, aber auch ein wenig beunruhigt, auf die steinernen Eingangsstufen zuging. Gloriana wird vermutlich froh sein, ihre Freiheit wiederzugewinnen, dachte er dabei. Sie war jetzt schon zwanzig und damit weit über ihre Blütezeit hinaus. Frauen in diesem Alter begrüßten oft den Frieden und den Trost des Klosters, wo sie – frei und unbelastet vor den Forderungen eines Gatten – lesen, nähen und nachdenken konnten.

Im großen Saal herrschte Hektik – der Boden war von der Binsenstreu befreit und ausgefegt worden, überall knieten Diener und schrubbten die uralten Steinplatten, als müßten sie von irgendwelchen tiefsitzenden Flecken gereinigt werden. Es war unübersehbar, daß hier Vorbereitungen für ein feierliches Ereignis getroffen wurden, doch Dane war klar, daß nicht er der Ehrengast sein würde – niemand wußte von seiner Rückkehr nach Hadleigh Castle, weil er die Entscheidung heimzukehren sehr schnell und überstürzt getroffen hatte.

Eine junge, arrogante Stimme klang von der Musikerempore herab und veranlaßte Dane, innezuhalten und aufzuschauen.

»Unser Held beehrt uns also endlich wieder mit seiner Gegenwart! Aber sagt – wird er auch bleiben?«

Die Hände in die Hüften gestützt, betrachtete Dane den Sprecher, einen Jüngling noch, und erkannte Edward an der Ähnlichkeit mit seiner verstorbenen Mutter. Er war ein kleiner Junge gewesen, als Dane ihn zuletzt gesehen hatte, begierig, die Pflichten eines Ritters zu erlernen, und überall im Weg. Dane ging auf Edwards erste Bemerkung nicht ein, beantwortete aber dessen Frage. »Ja«, bestätigte er. »Ich werde Kenbrook Hall wieder instandsetzen und dort leben.«

Selbst aus der Entfernung war das Erröten auf Edwards aristokratischen Zügen nicht zu übersehen. »Mit deiner Frau.«

»Ja«, sagte Dane und beschloß, den ärgerlichen Tonfall seines jüngeren Bruders zu ignorieren. Jungen in diesem Alter waren häufig gereizt und übellaunig.

»Und die Mätresse, die du vom Kontinent mitgebracht hast? Wo willst du *sie* unterbringen?«

Danes Miene blieb unbewegt, obwohl ein jäher, heftiger Zorn in ihm erwachte. Er wollte verdammt sein, wenn er diesem jungen Burschen, der es wagte, ihn von der Empore aus mit dreisten Fragen zu bestürmen, seine privaten Angelegenheiten erklärte! »Geh zum See und schwimm eine Runde, Edward«, empfahl er gelassen. »Vielleicht kühlt das Wasser deinen Eifer ab.« Dann wandte Kenbrook sich ab und begann auf die Treppe zuzugehen. Müdigkeit hatte sich in seinen Knochen festgesetzt wie schmerzhafte Kälte; er brauchte jetzt ein starkes Bier, Essen und eine Stunde ungestörter Ruhe.

Edward sagte nichts, aber als Dane den ersten Stock erreichte und auf dem Weg zu seinen eigenen Gemächern war, erwartete ihn der Junge auf dem Korridor.

Dane verbarg ein Lächeln. Sein jüngerer Bruder war also nicht nur frech, sondern auch beharrlich. Letzteres war sicher keine schlechte Eigenschaft. »Was gibt es?« fragte Dane so liebenswürdig, als hätte nie ein Wortwechsel zwischen ihnen stattgefunden.

Edward errötete von neuem, und ein mürrischer Ausdruck erschien auf seinem Gesicht, als er sich von der Wand abstieß, an der er gelehnt hatte. Er war ein gutaussehender, robuster Bursche und würde trotz seines Eigensinns ganz sicher einen guten Soldaten abgeben. Er schluckte. »Ich werde nicht zulassen, daß du Gloriana auf diese Weise demütigst. Sie verdient nur Gutes.«

»Ja.« Dane bezweifelte nicht, daß seine erste Frau Besseres verdiente als ihn; ob dieses ›Besser‹ der Eintritt in ein Kloster war oder die Ehe mit einem anderen Mann, das mochte zunächst dahingestellt sein. Er persönlich hielt das Kloster für die klügere Wahl.

Als er die massive Tür zu seinen Gemächern aufstieß, schlug ihm der Geruch nach Mäusen, Ungeziefer und Feuchtigkeit entgegen. Mein geschätzter älterer Bruder Gareth, dachte Dane mit einem wehmütigen Lächeln, hat ganz offenbar nicht mehr damit gerechnet, daß ich je wieder nach Hadleigh Castle zurückkehren würde.

»Sie hat dich erwartet, unsere Gloriana«, redete Edward weiter, und Dane war froh darüber, daß es in dem großen Raum so düster war, denn so würde sein jüngerer Bruder ihm nicht am Gesicht ablesen können, was er, Dane, dachte. Dane hatte nicht damit gerechnet, daß seine Frau sich auf seine Heimkehr freuen würde – sie war doch noch ein Kind gewesen, als sie miteinander verheiratet worden waren, und erinnerte sich vermutlich nicht einmal mehr an ihn.

Er zog einen der verblichenen Wandteppiche herab, die die Fenster bedeckten, und dann einen weiteren. »Unsinn«, sagte er, als willkommenes Licht und frische Luft ins Zimmer strömten. »Meine ›Frau‹ hat mich in ihrem ganzen Leben höchstens ein- oder zweimal gesehen, und auch das nur aus der Ferne. Großer Gott – hast du mein Bett gesehen? Es sieht aus, als würden sämtliche Ratten aus der Umgebung darin nisten!«

Edward hatte sich ein wenig beruhigt, doch er strahlte immer noch Ärger aus wie ein Ofen die Hitze. Geschickt zog er sich auf das breite Fensterbrett und blieb dort mit angezogenen Knien sitzen. »Ich werde dir die offensichtliche Antwort darauf ersparen«, sagte er.

»Danke«, erwiderte Dane, als er den letzten Gobelin entfernte. »Ich schätze, es wäre Zeitverschwendung, dich zu bitten, einige der Dienstboten zu holen, damit sie diese Räume hier in Ordnung bringen?«

Zu seinem Erstaunen glitt Edward bereitwillig vom Fensterbrett und klopfte umständlich den Staub von seiner Tunika und den Beinkleidern. »Keineswegs«, erwiderte er. »Es wird mir ein Vergnügen sein, Euch zu verlassen, Mylord.« So jung und ungelenk er auch sein mochte, als er den Raum durchquerte, tat er es mit der Würde eines viel älteren Mannes. An der Tür blieb er noch einmal stehen. »Zeige dich Gloriana gegenüber freundlich«, warnte er. »Du bist mein Bruder, Blut von meinem Blut und Fleisch von meinem Fleisch, aber solltest du Mylady auch nur das geringste Unrecht zufügen, werde ich dich dafür töten.«

Und damit ging er.

Dane stand mitten in dem verwahrlosten Zimmer und starrte seinem Bruder nach. Er fürchtete weder ihn noch irgendeinen anderen Menschen, und er hatte auch ganz gewiß die Absicht, sich der gegenwärtigen Lady Kenbrook gegenüber als gerecht und gütig zu erweisen, aber er sah sich nun gezwungen, etwas Wichtiges zur Kenntnis zu nehmen. Edward war nicht mehr der kleine Junge, an den er sich erinnerte, sondern ein Mann, mit dem zu rechnen war.

Dane lächelte, als er zu seinem Bett ging und die Daunendecke entfernte, die höchstwahrscheinlich genauso viele Flöhe beherbergte wie Mäuse. Erschöpft streckte er sich auf der geflochtenen Matratze aus und versank fast augenblicklich in den kurzen, wachsamen, aber erholsamen Schlaf des Soldaten.

Es gab einen kleinen Innenhof vor Glorianas Zimmer, mit einem Bogen aus gelben Rosen auf der einen Seite und einer steinernen Bank auf der anderen. Auf ihr Verlangen hin – sie fühlte sich ein wenig schuldbewußt, weil die Dienstboten sowieso schon soviel zu tun hatten – hatte man ihre Badewanne hinausgetragen und unter den Baldachin aus Blumen gestellt. Warmes Wasser wurde gebracht, und Gloriana selbst fügte noch Lavendel hinzu, bevor sie ihre Kleider ablegte und in die Wanne stieg.

Als sie im duftenden Wasser lag und von dem Wiedersehen mit ihrem Gatten träumte, strich eine leichte Brise durch den Hof, und ein wahrer Regen goldener Blüten schwebte auf sie herab wie eine duftende Wolke. Sie bedeckten das Wasser wie eine samtene Decke, und Gloriana dachte, daß dies ein gutes Omen wäre. Heute nacht würde sie als Kenbrooks Frau zu seinen Gemächern gehen, und er würde Gefallen an ihr finden.

Trotz ihrer Erregung schlief Gloriana ein, eingelullt vom Summen der Bienen und den beruhigenden, vertrauten Geräuschen der Burg – Vogelzwitschern, das Wiehern der Pferde, Schreie und das Klirren der Schwerter, wenn die Gewappneten sich im Kampf übten.

Das Wasser war kalt, als Gloriana erwachte; vielleicht war das der Grund, warum sie hellwach war, noch bevor sie ihre Augen öffnete. Sie spürte, daß sie nicht allein im Hof war.

Er saß auf der steinernen Bank und beobachtete sie, die breiten Schultern leicht vorgebeugt, die Hände locker verschränkt zwischen den Knien. Sein blondes Haar schimmerte im wechselnden Licht, und seine Augen, die sehr beunruhigt blickten, waren von einem stolzen nordischen Blau. Die Augen eines Wikingers, dachte Gloriana, während ihr ganz warm ums Herz wurde.

»Mylord«, sagte sie schüchtern und neigte leicht den Kopf. Ihr Haar war tropfnaß, klebte an ihren Wangen und an ihrem Nacken.

Sie war verlegen. In den Jahren ihrer Ehe hatte sie diese Begegnung Hunderte, nein, Tausende von Malen geprobt, doch jetzt, wo es darauf ankam, fiel ihr nicht ein einziges passendes Wort ein. In ihrer Phantasie war Kenbrook der beeindruckendste aller Männer gewesen, fast unerträglich schön und so stark wie das stolze Streitroß, das er so mühelos beherrschte. Doch nun, im Augenblick der Wirklichkeit, verblaßten ihre Vorstellungen vollkommen.

Die kindliche Verehrung, die sie stets für ihn empfunden hatte, war jedoch noch da und hatte sich verdoppelt und verdreifacht, seit sie die Augen geöffnet und ihn dort entdeckt hatte.

»Ihr seid Gloriana?« fragte er, und es klang beinahe, als hoffte er, sie sei es nicht. Seine Stimme war heiser, und er schien zutiefst verblüfft, vielleicht sogar ein wenig bestürzt, während er sie musterte.

»Ja, Mylord«, erwiderte sie schwach.

»Wir müssen reden.« Obwohl kein Ärger in seinem Ton lag, nahm sie Widerstreben wahr und eine Art betrübter Entschlossenheit. Lord Kenbrook räusperte sich. »Natürlich erst, wenn Ihr angekleidet seid.«

Gloriana errötete in einer Mischung aus Empörung und Verzweiflung. Manche Männer, dachte sie, wären froh, ihre Gemahlinnen in diesem Zustand anzutreffen. Doch anscheinend war sie ihm nicht schön genug, und das war eine sehr voreilige Beurteilung, die Gloriana äußerst ungerecht fand. Denn schließlich hatte er sie noch nicht in ihrem grünen Kleid gesehen, ihr Haar gebürstet und geschmückt mit Seidenbändern. »Wir hatten Euch nicht erwartet, Mylord«, erwiderte sie ruhig. »Wenn Ihr geschrieben oder einen Kurier geschickt hättet, wären Vorbereitungen für Eure Ankunft getroffen worden.«

Er fuhr fort, sie anzustarren, und sie hatte den Eindruck, daß er nicht ein einziges ihrer Worte gehört hatte. »Ihr seid ganz anders, als ich es mir vorgestellt hatte«, bemerkte er.

Gloriana war verletzt, aber sie zwang sich zu einem Lächeln, und das linderte ein wenig die schreckliche Nervosität, die bis dahin ihre Zunge gelähmt und ihre Gedanken verwirrt hatte. »Ich verstehe«, murmelte sie.

Dane machte keine Anstalten, sich zu erheben. »Nein, Ihr versteht nicht«, entgegnete er ungeduldig und – für Glorianas Geschmack – ein wenig zu anmaßend. »Ihr seid zwanzig Jahre alt – also in den Augen der meisten Leute schon eine alte Frau. Ich hätte nicht damit gerechnet, daß Ihr so … bezaubernd seid.«

Seine erste Bemerkung war unfair gewesen, aber dann hatte er sie immerhin ›bezaubernd‹ genannt. Gloriana war sowohl gekränkt als auch entzückt.

»Wie überaus großzügig von Euch«, meinte sie, denn sie neigte zur Impertinenz, und es war ihr nie gelungen, diese Eigenschaft ganz zu unterdrücken. »Mich Eurer Blicke für würdig zu erachten, meine ich.«

Danes blonde Augenbrauen zogen sich zusammen. Er stand auf, ging jedoch nicht auf Gloriana zu, die noch immer fröstelnd in der Wanne hockte. »Ihr seid also darüber hinaus auch unverfroren«, sagte er in einem Ton, als zählte er die Eigenschaften eines temperamentvollen Pferdes auf. »Anscheinend hat Gareth Euch während meiner Abwesenheit erlaubt, zu tun, was Euch beliebte – mein Bruder war schon immer zu nachgiebig im Umgang mit Frauen, Kindern und der Dienerschaft.« Er hielt inne, und an seinem Kinn zuckte ein Muskel. »Ich kann nur hoffen, daß es noch nicht zu spät ist, Euch zur Räson zu bringen«, schloß er.

Und damit wandte Dane St. Gregory, fünfter Baron von Kenbrook und erster Gemahl von Gloriana St. Gregory, sich ab und schlenderte ins Schlafgemach. Einen Moment später hörte sie, wie die Außentür ins Schloß fiel.

»Ich hasse ihn«, murmelte Gloriana vor sich hin, die inzwischen vor Kälte zitterte. Rasch wusch sie ihr Haar und ihren Körper und stieg dann aus der Wanne. Nachdem sie sich mit einem Stück groben Tuchs abgetrocknet hatte, nahm sie ihre *chemise,* ein schlichtes Hemd aus ungefärbtem Musselin, das sie auf einen nahen Busch gelegt hatte, und streifte es über.

Sie saß auf der Bank, wo Dane gesessen hatte, und bürstete gerade ihr langes Haar, als Edward aus ihrem Zimmer in den Hof kam. Er trug eine saubere, hellblaue Tunika über dem Arm, die er Gloriana zuwarf, bevor er sich mit einem Fuß auf die Bank stützte und zusah, wie sie das Gewand anlegte.

»Komm, Gloriana«, sagte er, während er mit einem kleinen Messer seine Fingernägel reinigte, »du solltest dein Haar lieber drinnen am Feuer trocknen. Du könntest Fieber bekommen, wenn dir hier draußen zu kalt wird.«

Gloriana rührte sich nicht. Sie war nicht so empfindlich wie die meisten anderen Leute; soweit sie sich entsinnen konnte, war sie noch nie in ihrem Leben krank gewesen. Doch ihre körperliche Kraft half ihr nicht, wenn es um ihre Gefühle ging. Sie war kurz davor, in Tränen auszubrechen.

»Glory?« beharrte Edward.

»Schon gut«, entgegnete sie ein wenig schnippisch, während sie ihr Haar viel zu heftig bürstete und Edwards Blick vermied. Obwohl er ihr bester Freund war, wollte sie nicht, daß er sie weinen sah. Ihr Stolz war zutiefst verletzt, und sie war viel zu verwundbar in diesem Augenblick.

Edward hockte sich vor sie hin, schaute zu ihr auf und nahm ihr damit die Möglichkeit, ihre Gefühle vor ihm zu verbergen. »Warum lügst du?« fragte er und ergriff ihre Hand. »Haben die Diener schon geklatscht? Bei Gott, ich lasse sie auspeitschen, jeden einzelnen von ihnen, falls sie auch nur ein Wort ausgesprochen haben, das dir Gram verursacht hat!«

Eine böse Vorahnung erfaßte Gloriana und legte sich wie winterliche Finsternis auf ihre Seele. »Was gibt es zu klatschen?« fragte sie bang und wappnete sich gegen seine Antwort. An der Begrüßung ihres Gemahls hatte sie ja schon gemerkt, daß irgend etwas nicht in Ordnung war, aber es schien noch viel mehr dahinterzustecken, als sie vermutet hatte.

Erheblich mehr.

»Sag es mir, Edward«, bat sie, als er zögerte.

Er schloß für einen Moment die Augen, richtete sich dann auf und setzte sich neben sie. Zärtlich ergriff er ihre

Hände und streichelte mit den Daumen ihre Fingerknöchel. »Vielleicht ist es besser, wenn du es von mir erfährst«, sagte er seufzend, und aufrichtige Qual malte sich auf seinen Zügen ab. »Es ist ja schließlich nicht, als käme so etwas nicht häufig vor … Andere Männer tun es auch …«

Gloriana drückte aufmunternd seine Finger.

»Dane hat seine Mätresse vom Kontinent mit heimgebracht«, gestand Edward widerstrebend.

Gloriana spürte, wie sie erblaßte, doch nach dem ersten Schock erwachte Zorn in ihr. Sie sprang auf, aber Edward zog sie auf die Bank zurück. Es stimmte, daß viele Männer sich Mätressen hielten und sogar Kinder mit ihnen zeugten, doch Glorianas Einstellung zur Ehe war eine völlig andere. Sie hatte die wundervolle Beziehung zwischen ihrem Vater, Cyrus, und ihrer Mutter, der sanften Edwenna, mit erlebt, und sie wußte, welche echten Gefühle Gareth und seine angebetete Elaina teilten. Es war *diese* Art von Hingabe und Zuneigung, die sie sich für sich und Dane wünschte, und sie wußte, daß sie sich niemals mit weniger zufriedengeben würde.

»O Edward«, wisperte sie und sank an seine Schulter. Ihr nasses Haar fiel auf seine Tunika. »Was soll ich nur tun?«

Er küßte ihre Schläfe, ihr ältester und liebster Freund, der Junge, der wie ein Bruder für sie war, und schlang die Arme um sie. »Es gibt eine ganz einfache Lösung«, meinte er zärtlich. »Du wirst die Ehe mit diesem Wüstling annullieren lassen und mich heiraten.«

Kapitel 2

Einer der Türflügel von Gareths Bibliothek stand offen, ein sicheres Zeichen, daß Lord Hadleigh Besuch erwartete. Dane war noch immer durcheinander nach seiner Begegnung mit Gloriana, als er über die Schwelle trat.

Gareth, der die Anwesenheit seines Bruders nicht zu bemerken schien, stand an einem der Fenster und schaute zur Abtei hinüber. Seine Gedanken waren so offensichtlich, als wären sie mit feurigen Lettern auf seine Stirn geschrieben – Gareth trauerte um seine schöne Fee Elaina.

»Ist sie noch bei den Nonnen?« fragte Dane, und seine Stimme klang ungewöhnlich rauh.

Gareths Schultern schienen sich einen Moment lang zu versteifen, wie unter einem harten Schlag, dann wandte er sich zu Kenbrook um.

»Es geht ihr nicht besser«, antwortete er, und obwohl er lächelte, verrieten seine Worte und der Ausdruck in seinen Augen tiefe Trauer. »Aber auch nicht schlechter. Allein dafür sollte ich dem Himmel danken.«

Dane durchquerte den großen Raum und blieb vor seinem Bruder stehen. Einen langen Moment schauten die beiden Männer sich nur schweigend an, jeder in seine eigenen Gedanken vertieft, keiner bereit, sie dem anderen anzuvertrauen.

Gareth war wie ein zweiter Vater für ihn und Edward, seit ihr Erzeuger als Ritter in den Dienst des Königs getreten und nur noch selten nach Hadleigh Castle zurückgekommen war. Ihr Vater war in einem Scharmützel mit den Iren gefallen, als Edward gerade das Laufen lernte, und seine Erben hatten ihn nicht sonderlich vermißt, weil er immer wie ein Fremder für sie gewesen war.

»Es ist schön, dich wieder daheim zu haben«, sagte Gareth schließlich und legte seine Hand auf Danes Schulter. »Du siehst gut aus und bist – Gott sein Dank – gesund und unversehrt. Sag mir – hast du deine Frau schon gesehen? Ich wage zu behaupten, daß Gloriana all unsere Erwartungen hinsichtlich ihrer Schönheit und Tugend mehr als erfüllt hat.«

Dane hatte gehofft, das Thema Gloriana würde nicht so schnell zur Sprache kommen. Selbst jetzt noch schwindelte ihm vom Anblick dieser schönen Frau. Er hatte etwas völlig anderes erwartet – ein verwelktes altes Weib, dürr, verbittert und womöglich sogar zahnlos, mit verrunzeltem Gesicht und grauen Strähnen im Haar.

Doch Gloriana war schön – atemberaubend schön sogar, und deshalb herrschte, was sie betraf, ein wüstes Durcheinander in Kenbrooks sonst so geordneten Gedanken. »Ja«, murmelte er mit abgewandtem Blick. Obwohl er nur wenig von ihr gesehen hatte, unter der Decke aus gelben Rosenblüten, konnte er sich den Rest nur allzu lebhaft vorstellen.

Er rang sich zu einem schwachen Lächeln durch und berührte Gareths Arm. »Setz dich, Bruder«, sagte er. »Ich habe einiges mit dir zu besprechen.«

Stirnrunzelnd nahm Gareth hinter dem großen, schmucklosen Eichentisch Platz, der ihm als Arbeitstisch diente. Dane hockte sich auf einen hochbeinigen Stuhl in der Nähe und verschränkte einen Fuß in der untersten Strebe, wie er es auch früher immer getan hatte.

»Ich hoffe«, begann Gareth ernst, »daß du mir jetzt nicht sagst, du könntest nicht in England bleiben. Denn du wirst hier dringend gebraucht, Dane. Kenbrook verfällt zur Ruine, auf den Straßen wimmelt es von Banditen, und die Scharmützel mit Merrymont haben auch nicht aufgehört. Ohne deine Hilfe, fürchte ich, werden wir bald nichts anderes mehr als Chaos haben.«

Merrymont war ein benachbarter Baron, und die Feindschaft zwischen seiner Familie und den Hadleighs währte schon seit Generationen. Dane bezweifelte, daß irgend jemand sich erinnern konnte, was das ursprüngliche Zerwürfnis verursacht hatte, doch seitdem war genug geschehen, um eine beständige Feindschaft zwischen ihnen zu gewährleisten. »Ich werde bleiben« erwiderte er.

Gareth stieß einen Seufzer der Erleichterung aus. »Das sind wahrhaft gute Neuigkeiten«, meinte er, lehnte sich in seinem Stuhl zurück und betrachtete Dane versonnen. »Was ist es dann? Sag, was du zu sagen hast, Bruder – wir haben deine Rückkehr und Edwards bevorstehenden Ritterschlag zu feiern – und wenn du fertig bist, werden wir uns zu deinen lärmenden Männern in der Taverne gesellen.« Er hielt einen Moment inne, und ein aufschlußreiches Funkeln erschien in seinen Augen. »Es sei denn, du zögest es vor, den Rest des Tages mit Gloriana zu verbringen ...«

Dane unterdrückte einen Fluch. »Nein«, erwiderte er müde und strich sich mit den Fingern durch das Haar. »Aber wir müssen über sie reden, das ist wahr.« Er schwieg voller Unbehagen, dann stieß er hervor: »Ich werde die Ehe mit Gloriana annullieren lassen.«

Alle Farbe wich aus Gareths Wangen, sein Muskeln spannten sich an wie bei einem Raubtier, das zum Sprung ansetzt. »Aus welchem Grund?« rief er. »Bei Gott, Dane, falls du es wagen solltest, ihre Tugendhaftigkeit anzuzweifeln ...«

Dane spürte, wie sein Pulsschlag sich beschleunigte; Hitze stieg in ihm auf. »Selbstverständlich nicht«, fiel er Gareth scharf ins Wort. »Wie könnte ich das, wenn ich sie seit dreizehn Jahren nicht gesehen habe? Und das ist der springende Punkt, Gareth: Gloriana und ich sind Fremde. Uns verbindet keine Liebe wie dich und Elaina, und ich will nicht den Rest meines Lebens mit einer Frau verbringen, die ich nicht kenne und die mir nichts bedeutet. Ich möchte eine andere heiraten.«

Ein furchtbares Schweigen breitete sich aus, und obwohl Gareth sitzen blieb und sich nicht rührte, hatte Dane den Eindruck, daß sein Bruder seine ganze Willenskraft aufbieten mußte, um nicht gewalttätig zu werden. Dann, endlich, sprach Lord Hadleigh.

»Du bist ein Ritter«, sagte er. »Wo bleibt deine Ehre?«

Diese Worte trafen Dane wie ein Faustschlag in den Magen; dabei hatte er sich diese Frage selbst schon so oft gestellt. »Was wäre ehrenhaft daran, ein Haus mit einer Frau zu teilen und eine andere zu lieben?« versetzte er. »Würde ich irgendeine der beiden Ladys ehren, indem ich eine zur Mätresse machte und die andere zwänge, den für sie bedeutungslos gewordenen Titel einer ›Gemahlin‹ zu tragen?«

Endlich stand Gareth auf, und Dane sah, daß sein Bruder die Fäuste ballte. »Du bist ein Narr«, sagte Gareth. »Kein Mann, der bei Vernunft ist, würde eine Frau wie Gloriana nicht haben wollen!«

»Wenn du so begeistert von der Lady bist«, entgegnete Dane kühl, »dann heirate sie doch selbst.«

Gareth wandte sich ab. »Verdammt, Dane – du weißt, daß das unmöglich ist!«

»Was ich weiß, ist, daß deine Frau mondsüchtig ist; mal lacht sie, mal weint sie, wie ein einfältiges Kind streift sie durch die Umgebung. Sie hat dir niemals einen Erben geschenkt. Elaina würde es gar nicht merken, Gareth, wenn du eine andere Frau nähmst. Oder hat sich etwas geändert während meiner Abwesenheit? Erwartet Elaina heute etwa mehr von dir als gelegentliche Besuche und hübschen Tand?«

Gareth zögerte lange, bevor er sich wieder zu seinem Bruder umwandte, und als er es tat, glitzerten Tränen in seinen Augen. »Ich liebe Elaina«, sagte er schlicht. »Welche glatte Antwort hast du *darauf* anzubieten, Kenbrook?«

Es kostete Dane Mühe, Gareths Blick standzuhalten. Er hatte von Anfang an gewußt, daß die Unterredung schwierig würde, und sich dafür gewappnet.

»Keine«, erwiderte er kühl. »Auch ich bin Elaina sehr zugetan. Sie war immer gut zu mir, und ich würde sie gegen jeden Feind verteidigen – das weißt du. Aber ihr Geist ist krank, Gareth. Es würde sie nicht kümmern, wenn du dir einen Harem hieltest, solange du sie nur weiterhin in der Abtei besuchtest, wie du es bisher getan hast.«

Gareth seufzte. »In dieser Hinsicht werden wir wohl niemals übereinstimmen, fürchte ich.«

»Willst du mir erzählen, du wärst mit keiner Frau zusammengewesen, seit Elaina bei den Nonnen lebt?« Danes Ton war sanft, doch er nahm sich als Bruder das Recht heraus, frank und frei zu reden.

»Ich wünschte, ich wäre so edel«, gab Gareth mit grimmiger Miene zu. Ein Krug Wein stand auf dem Tisch, zusammen mit einem halben Dutzend hölzerner Becher. Gareth schenkte Dane und sich ein und reichte seinem Bruder den einen Becher.

Kenbrook verzog beim ersten Schluck das Gesicht. Nachdem er den Wein in Frankreich und Italien kennengelernt hatte, schmeckte dieser hier sauer wie Essig. »Du sprichst wie jemand, der seine Sünden bereut«, sagte er zu Gareth. »Aber ich bin dein Bruder und nicht dein Beichtvater. Ich verurteile nicht und erteile auch kein Absolution.«

Der Schatten eines Lächelns erschien um Gareths Lippen, und der Wein, so schlecht er auch war, hatte wieder etwas Farbe in sein Gesicht zurückgebracht. »Wie kommt es«, fragte er, »daß wir von *meiner* Ehe sprechen, obwohl es *deine* ist, die sich in Gefahr befindet?«

»Gloriana wird ohne mich glücklicher sein«, erklärte Dane.

Gareth gab ein verächtliches Schnauben von sich und runzelte die Stirn, während er seinen Becher nachfüllte. »Es ist gut möglich, daß sie dich umbringt und damit das Dilemma für euch beide löst.«

Dane lachte und griff nach dem Krug. Der Wein war nicht besser als zuvor, aber je mehr er trank, desto weniger störte ihn der saure Geschmack. Auch seine Anspannung begann allmählich nachzulassen.

»Sie wird mir für meine Weisheit und Voraussicht dankbar sein, die schöne Gloriana«, erklärte er mit neugewonnener Zuversicht. »Wenn nicht heute, dann ganz sicher morgen.«

Gareths Blick verriet Zweifel. »Was hast du mit ihr vor?«

»Es gibt zwei Möglichkeiten«, erwiderte Dane. »Ich

könnte sie in ein Kloster schicken oder sie mit jemand anderem verheiraten.« Er hielt inne und runzelte die Stirn. »Obwohl diese Idee mir nicht besonders zusagt – Gloriana mit einem anderen zu verheiraten, meine ich. Wie könnte ich sicher sein, daß er sie gut behandelt? Wenn sie allerdings Nonne würde ...«

Gareth fing schallend an zu lachen. »Gloriana?« fragte er. »Du warst zu lange fort, Bruder, und du kennst die Frauen nicht.« Als Dane protestieren wollte, brachte er ihn mit einer Handbewegung zum Schweigen. »Ich spreche nicht von deinen Verführungskünsten, Dane – ich zweifle nicht daran, daß du ein sehr erfahrener Verführer bist. Aber ich glaube, daß du nicht die geringste Ahnung hast, wie sie denken, diese Töchter Evas. Und da wäre auch noch die Sache mit der Mitgift.«

Danes Augen wurden schmal. »Mit der Mitgift?«

Gareth verschränkte die Arme und lehnte sich ans Fensterbrett. »Hast du es vergessen, Dane? Wir haben sehr viel Gold erhalten, als der Ehevertrag geschlossen wurde. Gloriana ist reich – sie hat Ländereien geerbt, kostbaren Schmuck, das Haus im Dorf und noch mehrere andere in London. Vielleicht wärst du bereit, auf das Erbe deiner Frau zu verzichten, aber es bliebe das Problem mit dem Gold. Es ist aufgebraucht, Dane, seit langem schon – wir haben Schulden und Soldaten, Bestechungsgelder und Steuern damit bezahlt. Wenn du Gloriana verstößt, müssen wir jeden einzelnen Penny zurückzahlen, die volle Summe und die Zinsen dazu.«

Dane setzte sich wieder. Glorianas Vermögen kümmerte ihn nicht, die Mitgift jedoch war eine andere Sache. Kein ehrbarer Mann verschwendete das Brautgeld einer Frau und verstieß sie dann, selbst wenn sie reizvoll genug war, vom Aussehen her wie auch in finanzieller Hinsicht, um einen neuen Gatten für sich zu interessieren. Das Geld mußte zurückgezahlt werden, und das würde Jahre in Anspruch nehmen.

Gareth kam zu Dane und klopfte ihm auf die Schulter. »Es wäre sinnlos, uns jetzt den Kopf darüber zu zerbrechen«, meinte er. »Du bist nach viel zu langer Abwesenheit heimgekehrt, und morgen wird dein jüngerer Bruder zum Ritter geschlagen. Danach bleibt uns noch Zeit genug, dein Problem zu erörtern und die Angelegenheit zu regeln.«

Dane stieß einen ergebenen Seufzer aus und nickte. »Zur Taverne also«, sagte er.

Grinsend wandte Gareth sich zur Tür, und nach kurzem Zögern folgte Dane.

Als Gloriana allein in ihren Gemächern war, dachte sie über ihre Lage nach. Sie hatte Edwards Heiratsantrag sanft, aber entschieden abgelehnt und ihn daran erinnert, daß Lord Kenbrook trotz seiner offensichtlichen Mängel ihr rechtmäßiger Gatte war und sie, wie jeder andere Christ, nur einen Gatten gleichzeitig haben durfte. Sie hatte *nicht* gesagt, daß sie Edward nie andere Gefühle entgegenbringen würde als eine Schwester ihrem Bruder.

Seufzend hatte er ihre Stirn geküßt, dann war er ohne ein weiteres Wort gegangen.

Nun, eine gute Stunde später, war sie fertig angekleidet. Sie trug ein Kleid aus apfelgrüner Wolle, und ihr dichtes Haar, das ihr bis auf die Hüfte reichte, war, obwohl noch ein wenig feucht, sehr ordentlich frisiert. Ihre Kopfhaut schmerzte noch von den kräftigen Bürstenstrichen, aber das war nichts im Vergleich zu der Qual in ihrem Herzen. *Kenbrook hatte seine Mätresse nach Hadleigh Castle mitgebracht* – es war einfach unglaublich. Wäre Glorianas Empörung nicht größer gewesen als ihr Schmerz, hätte sie sich jetzt vielleicht aufs Bett geworfen und geweint. Doch so half ihr Zorn ihr, Haltung zu bewahren.

Himmel, natürlich verschließe ich meinen Blick nicht vor den Realitäten, dachte Gloriana, während sie sich von dem großen Oval aus poliertem Silber abwandte, das ihr als Spiegel diente. Männer nahmen sich nun mal Mätressen – ihr Adoptivvater, Cyrus, war Edwenna ein liebevoller Gemahl gewesen, und doch war in seinem Londoner

Haushalt viel über eine Frau in Flandern getuschelt worden. Selbst Gareth St. Gregory, der Glorianas Ansicht nach zu den edelsten Männern in ganz England gehörte, seine bedauernswerte Elaina anbetete und es ihr an nichts fehlen ließ, hielt sich in einem Cottage am See eine Geliebte, eine dunkelhaarige irische Schönheit namens Annabel.

Es ist nicht richtig, wenn ein Mann oder eine Frau das Ehegelübde bricht, dachte Gloriana weiter. Tatsache jedoch war, daß selbst gute Menschen irren konnten, aus tausend verschiedenen Gründen. Sie hätte nie erwartet, nicht einmal in ihren sentimentalsten Augenblicken, daß Dane keusch blieb, während er in der Ferne weilte und darauf wartete, daß seine siebenjährige Braut erwachsen wurde. Aber sie hatte zumindest erwartet, daß ihr Mann ihr die Chance geben würde, sich ihm als temperamentvolle, aufmerksame und unterhaltsame Gemahlin zu erweisen – und nun war ihr diese Möglichkeit verweigert worden.

Es ist einfach nicht gerecht, sagte sie sich wütend, als sie die größte ihrer drei Truhen öffnete und die Schleier und anderen Kopfbedeckungen darin betrachtete. Keine anständige Frau ließ sich mit unbedecktem Haar sehen, doch Gloriana empfand Schleier als lästig und trug sie daher so selten wie nur möglich. Sie preßte die Lippen zusammen, ließ die Truhe zufallen und ging entschlossen zur Tür.

Das Abendessen würde jeden Augenblick serviert werden, und sie war hungrig.

Frisches Binsenstroh war in der großen Halle ausgestreut, es roch nach Lavendel und Salbei, Minze und Raute, die unter das Stroh gemischt worden waren. Öllampen, die an eisernen Ketten von den hohen Deckenbalken hingen, verbreiteten ein anheimelndes Licht, und die lange Tafel, gesäumt mit Gästen und Gewappneten, war blitzblank gescheuert. Platten mit Wildbret, Kapaun und Kaninchen standen zwischen Schüssel mit weißen und roten Rüben. Auf einer Art Podium befand sich ein zweiter, etwas kleinerer Tisch, an dem Gareth gewöhnlich speiste – zusammen mit Elaina, wenn sie zu einem ihrer kurzen Besuche im Schloß erschien. Der Haushofmeiser, ein Schotte namens Hamilton Eigg, hatte dort ebenfalls einen Platz, ebenso wie Cradoc, der Mönch, und jeder andere geschätzte Gast. Auch Edward saß im allgemeinen bei seinem älteren Bruder, und natürlich auch Gloriana.

Im Augenblick waren nur Eigg und Cradoc zu sehen, doch Gareth kam oft spät zu Tisch, und heute abend würde Kenbrook ihn begleiten. Während Gloriana nichts dagegen hatte, in Gesellschaft ihres Gatten zu speisen, war sie keineswegs bereit, das Brot mit seiner Mätresse zu brechen.

Gloriana stand mitten in der großen Halle, nicht sicher, ob sie bleiben oder fliehen sollte, als Edward neben ihr erschien, ihren Ellbogen ergriff und sie zum Podium führte.

»Hab keine Angst«, flüsterte er, denn er war sehr geschickt darin, ihre Gedanken zu erraten. »Meine Brüder sind im Dorf und trinken Bier. Weshalb es äußerst unwahrscheinlich ist, daß sie uns Gesellschaft leisten werden. Die Frau hat Kopfweh, wie ich hörte, und wird in ihren Zimmern bleiben – die in einiger Entfernung von Kenbrooks Gemächern liegen, falls das Wissen dich beruhigt.«

So blieb Gloriana also wenigstens an diesem Abend die öffentliche Vorstellung der Geliebten ihres Gemahls erspart. Es war natürlich nur ein kurzer Aufschub, aber sie war trotzdem froh darüber. »Ist es dir gelungen, herauszufinden, wie sie heißt?« flüsterte sie Edward zu, als sie an den Tisch traten.

»Mariette«, erwiderte Edward genauso leise.

Eigg und der Priester erhoben sich ehrerbietig vor Gloriana, und sie schenkte ihnen ein erzwungenes Lächeln, als sie sich zu ihnen setzte.

»Ihr habt Eure Kopfbedeckung vergessen, Lady Kenbrook«, rügte Cradoc zwischen zwei Löffeln des würzigen Fleischeintopfs. Der Mönch war ein liebenswürdiger Mann mittleren Alters, dessen Haarkranz sich langsam silbern färbte und der eine lange, schiefe Narbe unter dem rechten Auge hatte.

Gloriana senkte den Kopf, murmelte ein kurzes Gebet und nahm sich dann mit Hilfe ihres Messers eine dampfende Rübe und ein Stück Wildbret von den Platten. Sie dachte nur selten an *die Zeit davor* und an den Ort, von dem Edwenna stets behauptet hatte, er existiere nur in ihrer Phantasie, doch an gewisse Dinge erinnerte sie sich manchmal ganz genau. Wie jetzt zum Beispiel, als sie ihr ein spitzes Gerät in den Sinn kam, Gabel genannt, das das Essen sehr erleichterte.

»Sie hat sie nicht vergessen«, bemerkte Eigg betrübt und brach sich ein Stück Brot ab. Er war zehn Jahre jünger als Cradoc, ein gutaussehender Mann mit dunklem Haar, dunklen Augen und einem Talent für Zahlen. »Mylady trotzt nur gern den religiösen Vorschriften.«

Normalerweise hätte Gloriana die scherzhafte Bemerkung des Haushofmeisters nicht übelgenommen und vielleicht sogar ihren Spaß daran gehabt. An diesem Abend jedoch war sie sehr empfindlich. »Mit Eurem Gerede werdet Ihr mich noch als Ketzerin auf den Scheiterhaufen bringen«, entgegnete sie steif. »Darf ich Euch daran erinnern, Sir, daß ich jeden Morgen die Messe besuche, gläubig wie alle anderen?«

»Wenn es Sünde ist, was Eure Neugier erregt«, warf Edward ein, »dann seht Euch den Gemahl der Dame an.«

Während Eigg sorgfältig sein Messer an einem Stück Brot abwischte, nahm Cradoc sich vom Tablett eines vorübergehenden Dienstboten eine gebratene Taube.

»Und nun«, sagte der Priester kauend, »werden wir uns sicher einen Vortrag über Tugenden anhören müssen – von niemand anderem als Edward St. Gregory selbst, der mehr Buße tat als jeder andere Jüngling zwischen hier und London.«

Unwillkürlich mußte Gloriana lächeln, als die Edward erröten sah. Es stimmte, daß Edward ein außerordentliches Talent zum Schabernack besaß, und niemand wußte das besser als der Mönch, der sie beide unterrichtet hatte.

Bevor der junge St. Gregory etwas dazu sagen konnte, entstand Bewegung an der Eingangstür zur Halle, und Glorianas Lächeln verblaßte.

Offensichtlich war Gareth doch noch zum Abendessen erschienen, und Dane begleitete seinen Bruder.

Gloriana wollte sich erheben, denn ihr erster Impuls war Flucht, doch Eigg ergriff ihr Handgelenk, um sie zurückzuhalten.

»Es wäre zu einfach für Seine Lordschaft, wenn Ihr geht«, sagte er so leise, daß nur Gloriana es verstehen konnte. »Bleibt, Lady Kenbrook, denn es ist Euer gutes Recht, an diesem Tisch zu speisen.«

Gloriana beobachtete ihren Gatten. Seine Wangen waren vom Trinken gerötet, und er schlenderte durch die Halle, einen Arm kameradschaftlich um die Schultern seines älteren Bruders gelegt.

Bewaffnete aus Kenbrooks schäbiger Truppe umringten sie und grölten ein unanständiges Tavernenlied, in das die Männer an dem niedriger gelegenen Tisch johlend einstimmten.

Gareths Hunde, die geduldig auf Knochen und andere Leckerbissen warteten, stoben unter dem Tisch hervor und flohen in alle Richtungen. Dies erzeugte einen Ausbruch rauhen Gelächters, denn diese Tiere waren Jagdhunde, die sich sonst weder vor Wildschweinen noch vor dem spitzen Geweih eines in die Ecke gedrängten Hirsches fürchteten.

Gloriana saß steif da, das Kinn erhoben und die Schultern gestrafft, als sie ihrem Gemahl entgegensah. Als Kenbrook näher kam, erkannte sie, daß er keineswegs so betrunken war, wie sie vermutet hatte, doch das war nur ein schwacher Trost. Seine Augen, blau wie die stürmische See des Nordens, glitzerten vor Trotz und unterdrücktem Spott.

Gloriana umklammerte ihren Becher unwillkürlich fester, und sie mußte dem Impuls widerstehen, ihn ihrem Gatten an den Kopf zu werfen. Als Dane das Podium bestieg und hinter ihr stehenblieb, zwang sie sich, ihre Finger zu entspannen und die Hände locker auf den Tisch zu legen.

Sie spürte Kenbrooks Wärme an ihrem Rücken, obwohl sie sich nicht berührten, und ein machtvolles, primitives Gefühl durchfuhr sie. Danes Atem streifte ihren Nacken, als er sich vorbeugte, um leise in ihr Ohr zu sprechen; ein Schauder lief über ihren Körper, der auf eine höchst merkwürdige Art reagierte. Ihre Brustspitzen verhärteten sich, sie fühlte ein seltsames Ziehen in ihrem Schoß.

»Geh«, befahl Kenbrook ruhig, »und verhülle dein Haar.«

Gloriana wandte sich auf der harten Bank um und schaute zu ihm auf. Er roch nach Bier, aber seine Augen waren klar, und er sprach auch nicht mit schwerer Zunge. Sie wollte schon etwas erwidern, doch dann verzichtete sie darauf. Nicht etwa, weil sie Angst vor diesem Fremden hatte, der ihr rechtmäßiger Gemahl war, nein, sie hatte keine Lust, den anderen Anwesenden ein amüsantes Schauspiel zu bieten.

Edward erhob Protest, doch er hatte gerade erst ein paar Worte gesagt, als Dane ihn unsanft am Arm packte.

»Hüte deine Zunge, Welpe«, warnte Kenbrook. »Ich dulde keine Einmischung.«

Gloriana begann allmählich die Beherrschung zu verlieren. »Laßt ihn los«, zischte sie. »Sofort!«

Dane lachte und zog den Arm zurück, und Gloriana dachte, daß Edward am nächsten Morgen etliche blaue Flecken haben würde. Und das nur, weil er sie hatte verteidigen wollen.

Langsam und mit aller Würde, die sie aufbringen konnte, erhob sich Gloriana; ihre Wangen brannten. Sie nickte Kenbrook flüchtig zu – ihm mehr Höflichkeit zu erweisen, brachte sie nicht über sich –, raffte ihre Röcke und rauschte an ihm vorbei.

Doch statt seinen Platz neben Gareth einzunehmen, folgte Kenbrook ihr in den Korridor vor der großen Halle, wo er ihren Ellbogen ergriff, so sanft, daß sie es fast nicht spürte, und gleichzeitig so fest, daß sie ihm nicht hätte entkommen können. Da es sinnlos gewesen wäre, Kraft zu verschwenden, nur um sich lächerlich zu machen, versuchte Gloriana erst gar nicht, sich zu befreien.

Warum nur hatte sie die Liebe zu diesem Mann in ihrem Herzen genährt und gehegt? Sie blickte zu ihm auf.

Im Schein der Fackeln auf dem Gang sah Kenbrook wie ein Wikinger aus. Er erscheint unfaßbar groß, sein Körper strahlte Kraft und Hitze aus. Gloriana brauchte ihn nicht zu berühren, um zu wissen, daß seine Muskeln sich so hart anfühlen würden wie der Stein einer Statue. Kalt erwiderte er ihren Blick.

Eine Woge völlig unziemlicher Wärme erfaßte sie.

»Werdet Ihr in die große Halle zurückkehren?« Es war Kenbrook nicht anzusehen, was er dachte, als er diese Frage stellte. »Nachdem Ihr Euer Haar verhüllt habt, meine ich.«

»Nein, Mylord«, erwiderte Gloriana und starrte vielsagend auf seine Hand, bis er sie schließlich zurückzog. Er brauchte nicht zu wissen, daß er durch diese bloße Berührung ihre Sinne entflammt hatte. »Ich finde die Gesellschaft sehr ermüdend, und im übrigen denke ich gar nicht daran, mein Haar zu verhüllen.«

Einen langen Moment schwieg Kenbrook sichtlich verblüfft. Befehlsverweigerung, ganz gleich, in welcher Form, schien etwas Unverständliches für ihn zu sein. Oder vielleicht war er auch einfach dumm.

Natürlich wußte Gloriana, daß es nicht so war. Dane galt als kluger Mann, vor allem in strategischen Dingen, aber sie war so wütend, daß sie sich für einen Moment eine ganz bewußte Fehleinschätzung erlaubte.

Als er sprach, klang seine Stimme ruhig, sogar freundlich, und Gloriana spürte, daß Dane, obwohl er niemals Hand an eine Frau legen würde, eine Bedrohung für sie darstellte, weil er imstande war, ihr auf tausend verschiedene Arten das Herz zu brechen. Ihr Körper pochte von dunklen Sehnsüchten, die sie nicht benennen konnte.

»Solange du meine Frau bist, Gloriana«, sagte er, »wirst du mir gehorchen.«

Sie war müde, und Kenbrooks Heimkehr, über die sie sich anfangs gefreut hatte, war zu einer bitteren Enttäuschung für sie geworden. All ihre schönen Träume waren dahingeschmolzen wie Schnee in der Frühlingssonne, und ihr Maß an Selbstbeherrschung hatte sie bereits vorhin in der Halle erschöpft. »Wenn du dich nicht an unser geheiligtes Gelübde gebunden fühlst«, erwiderte sie kühl, »brauche ich es auch nicht.«

»Was willst du damit sagen?«

»Ich glaube, das weißt du.«

»Mariette.« Dem Namen folgte ein schwerer Seufzer.

»Deine Geliebte«, sagte Gloriana mit einer Spur von Triumph in ihrer Stimme. Was sie wirklich empfand, war natürlich etwas völlig anderes.

»Mariette ist nicht meine Geliebte«, fuhr Kenbrook auf und stemmte die Hände in die Hüften. Der Schein der Fackeln brach sich in seinem Haar. »Ich versichere dir, daß meine Verbindung zu der Demoiselle nicht tugendhafter sein könnte.«

Gloriana drängte die Tränen zurück, die sich hinter ihren Augen sammelten und in ihrer Kehle schmerzten. Sie würde es sich nie verzeihen, wenn sie vor diesem Mann weinte. »Du hättest mir und unserer Ehe eine Chance geben können«, sagte sie, »bevor du sie hierhergebracht hast, um meinen Platz einzunehmen.«

»Du verstehst nicht ...«

»Ich fürchte, doch«, fuhr Gloriana fort. »Und jetzt möchte ich mich in meine Gemächer zurückziehen und ausruhen. Es war ein aufreibender Tag.«

»Ja«, stimmte Kenbrook schließlich zu. »Du hast recht, das war er. Wir werden morgen weiterreden.«

Gloriana biß sich auf die Lippen und nickte. Es gab vieles, was sie ihrem Gatten sagen wollte, Fragen, die sie ihm zu stellen hatte, aber dies war nicht der richtige Moment dazu. Zuerst mußte sie sich ausruhen und ihre Gefühle unter Kontrolle bringen.

»In Elainas Solarium, nach der Messe«, erklärte er, und sie glaubte, eine leise Trauer in seiner Stimme mitklingen zu hören. Lachen klang aus der großen Halle zu ihnen heraus, und irgendwie klang es unangebracht und seltsam fremd.

Hadleigh Castle war Glorianas Heim, seit sie zwölf Jahre alt gewesen war, und sie war dort stets glücklich gewesen. Sie hatte nie bezweifelt – bis ihr Mann heimkehrte –, daß ihr Platz zwischen diesen uralten, soliden Mauern war. Nun fragte sie sich, ob es auf der Welt überhaupt einen Platz für sie gab, und sie dachte voller Unruhe statt mit Vorfreude an die Zukunft.

Glorianas Zofe, Judith, hatte bereits eine Talgkerze angezündet, obwohl es draußen noch nicht ganz dunkel war, und auch die Bettdecken waren schon zurückgeschlagen. Eine Schüssel frisches Wasser stand auf einem Tisch, darüber an der Wand hing ein reich verziertes Kruzifix, das einst Edwennas liebster Besitz gewesen war.

Gloriana sehnte sich nach dem Rat und Trost ihrer Adoptivmutter, wie so oft schon, seit das Fieber die gute Frau und ihren Gatten dahingerafft hatte. Pater Cradoc glaubte, daß Edwenna und Cyrus zusammen im Himmel waren, weil beide fromm gewesen waren und das Paradies das letzte Ziel all jener war, die die Gebote der Kirche einhielten – nach einem kurzen Besuch im Fegefeuer vielleicht, wo sie Buße tun konnten, um die letzten Spuren ihrer Sünden auszulöschen.

Liebevoll berührte Gloriana die Füße der hölzernen Christusfigur. Sie mochte nicht daran denken, daß die sanfte Edwenna oder Cyrus auch nur einen Moment im Fegefeuer büßten, an diesem furchtbaren Ort, der fast so erschreckend war wie die Hölle selbst. Ihren Stiefvater hatte Gloriana nicht besonders gut gekannt, weil er selten daheim gewesen war, doch Edwenna war eine gute, gläubige Christin gewesen und hatte die Gebote der Kirche sorgsam eingehalten. Selbst ein eifersüchtiger und rachsüchtiger Gott hätte eine solche Frau doch ganz sicher nicht gestraft!

Mit gesenktem Kopf murmelte Gloriana ein kurzes, aber tiefempfundenes Gebet für die Seelen von Edwenna und Cyrus, wusch dann ihr Gesicht und zog ihr grünes Wollkleid aus. Nachdem sie es sorgfältig zusammengefaltet und in der richtigen Truhe untergebracht hatte, blies sie die Kerze aus und stieg im Hemd ins Bett. Dort, unter den Decken, wie man es sie gelehrt hatte, schlüpfte sie aus der Unterwäsche. Obwohl sie nie begriffen hatte, warum sie sich mühsam unter der Decke auskleiden sollte, selbst wenn sie allein im Zimmer war, vollzog sie dieses Ritual, weil der Anstand es erforderte.

In der Dunkelheit ließ Gloriana endlich ihren Tränen freien Lauf. Sie hatte sich so lange auf diese Nacht gefreut, in der sicheren Erwartung, sie in den liebenden Armen ihres Gatten zu verbringen, von ihm gestreichelt, liebkost und schließlich zur Frau gemacht zu werden. Sie hatte sogar gewagt, darauf zu hoffen, daß sie schon in jener ersten Nacht ein Kind empfangen würde. Statt dessen jedoch war sie nun allein, während Danes wahre Liebe unter demselben Dach schlummerte und Gloriana selbst nichts anderes zu erwarten hatte als nach der Morgenmesse eine Unterredung, die wer weiß was bringen mochte, in Elainas Solarium.

Obwohl Gloriana überzeugt war, daß sie die ganze Nacht kein Auge zutun würde, schlief sie innerhalb weniger Minuten ein und fand sich in einem Traum wieder, der sie schon sehr lange nicht mehr heimgesucht hatte.

Das Fegefeuer … vielleicht war sie im Fegefeuer, denn dies war ein lauter, geschäftiger Ort, wo sich alles viel zu schnell bewegte und die Leute eigenartige Kleider trugen und in einer Sprache redeten, die Gloriana nicht verstehen konnte, obwohl sie ihr vertraut erschien. Im Traum war sie nicht Gloriana St. Gregory, eine erwachsene Frau, sondern ein Kind namens Megan.

Sie hielt eine herrliche Puppe in den Armen und streifte verloren und allein durch die Ruinen einer alten Abtei, auf der Suche nach jemandem, der anscheinend nicht gefunden werden wollte. Während sie beobachtete, wie ein Tor in der verfallenen Mauer Gestalt annahm, kehrte die Erinnerung zurück.

Fremde Laute kamen von ihren Lippen, deren Bedeutung sie nur durch die Trauer in ihrem Herzen verstand: *Sie wollen mich nicht.*

An dieser Stelle erwachte sie abrupt aus ihrem Traum, richtete sich auf und rang nach Atem. Ihr schlanker Körper war schweißbedeckt.

Zitternd lag Gloriana in ihrem Bett und begann sich zu erinnern. Als Kind hatte sie unablässig über jenen *anderen Ort* geplappert und sogar darüber geschrieben, weil sie glaubte, er sei real. Die Dame Elaina und schließlich auch Edwenna hatten sie davor gewarnt, mit jemandem darüber zu sprechen. Mit der Zeit hatte Gloriana ihre Aufzeichnungen fortgelegt und sich allmählich damit abgefunden, daß sie sich das ganze Abenteuer nur eingebildet hatte. Oft vergingen Jahre, ohne daß sie auch nur ein einziges Mal an jenes Land dachte, das sie in ihrer Phantasie geschaffen hatte, doch dann kam ihr ein Bild oder ein Wort in den Sinn, oder sie träumte davon wie heute nacht.

Seufzend kuschelte sie sich noch tiefer in die Decken und schloß die Augen, um zu schlafen, aber ihre Blase verlangte, entleert zu werden. Ergeben griff sie nach ihrer *chemise* und zog ihr Hemd an, bevor sie die Decke zurückschlug. Gloriana wußte nicht, was ihr mehr verhaßt war – der Nachttopf unter dem Bett oder die stinkenden Latrinen am Ende des Ganges, die sich in einen speziellen Kanal unter der Burg entleerten.

Schließlich kehrte sie ins Bett zurück, wo das ganze Ritual des Auskleidens erneut begann.

Nach langem Umdrehen und Herumwälzen schlief Gloriana endlich wieder ein, und diesmal störte nichts ihre Ruhe. Beim ersten Hahnenschrei erhob sie sich, um sich hastig in der kühlen Morgendämmerung anzuziehen. Ihr Kleid war aus schlichter brauner Wolle, darüber zog sie einen Umhang, der Wärme wegen und weil die Kapuze ihr Haar verbergen würde. Sie tat dies jedoch nicht, um ihrem Gatten zu gehorchen, sondern aus Ehrfurcht vor Gott, weil es gotteslästerlich gewesen wäre, ohne geziemende Kopfbedeckung eine Kirche zu betreten.

Die mysteriöse Mariette mußte krank sein, denn im Gegensatz zu allen anderen in der Burg blieb sie der Messe fern. Dane erschien kurz nach Gloriana, in Begleitung seiner Brüder, und nahm neben seiner Gemahlin im Kirchenstuhl Platz. Ein verstohlener Blick verriet ihr, daß ein grimmiger Zug um seinen Mund lag und er ungewöhnlich blaß war. Falls Kenbrook überhaupt zu Bett gegangen war in der vergangenen Nacht, hatte er sehr schlecht geschlafen.

Kapitel 3

Die Mitglieder des Haushalts lächelten und nickten, als Gloriana und Dane Seite an Seite nach der Morgenmesse das Gotteshaus verließen. Egal, welche Gerüchte umgingen – die Bewohner von Hadleigh Castle schienen erfreut, das junge Paar zusammen zu sehen. Niemand hatte offenbar bemerkt, daß Danes Hand auf Glorianas Rücken sie sanft, aber unerbittlich weiterdrängte.

Er verneigte sich vor jenen, die ihm einen Gruß zuriefen, sagte jedoch nichts; seine Gedanken schienen voll und ganz auf sein Vorhaben gerichtet zu sein – was immer das auch sein mochte. Er führte Gloriana eine Treppe hinauf, an deren Ende sich eine Tür befand, die in Elainas verlassenes Solarium führte.

Wie fast alle anderen Räume im Schloß war auch dieser Raum gefegt und mit frischer Binsenstreu und Kräutern ausgestreut worden, in Vorbereitung auf die morgige Zeremonie, bei der Edward und einige andere junge Männer zum Ritter geschlagen werden würden. Gloriana dachte flüchtig, wie seltsam dies doch war, da der Raum auf Gareths Anordnung hin wie eine Art Heiligtum behandelt wurde – ein verstaubter Altar für seine noch lebende, doch unwiederbringlich verlorene Frau.

Ein leiser Schmerz huschte für einen Moment über Kenbrooks Züge, während er sich umsah, dann blieb er vor Gloriana stehen und legte ihr seine großen, starken Hände auf die Oberarme. Er setzte zum Sprechen an, überlegte es sich anders und war offensichtlich gleichzeitig verärgert über sein eigenes Zögern.

»Du wolltest über jene andere Frau mit mir reden«, sagte Gloriana. Obwohl ihr ausgesprochen bang ums Herz war, gelang es ihr, äußerlich ruhig zu wirken. Oder so hoffte sie zumindest.

Dane ließ seine Hände langsam Glorianas Arme hinabgleiten, und sie dachte, daß er, obwohl er ein starker Mann war und sehr gewalttätig, wenn man den Geschichten seiner Soldaten Glauben schenkte, auch unendlich sanft sein konnte.

»Wie einfach mir dies alles aus der Ferne erschien«, bemerkte er schließlich seufzend.

Da Gloriana sicher war, daß er weder eine Antwort erwartete noch wünschte, erwiderte Gloriana nichts. Schweigend wartete sie ab, und als sie zu ihm aufschaute, las er in ihrem Blick all das, was sie eigentlich vor ihm verbergen wollte. Merkwürdigerweise hatte seine Zärtlichkeit sie gekränkt; sie war voll eigenartiger, beängstigender, bittersüßer Empfindungen, was nur eins bedeuten konnte: daß es noch viel schwerer sein würde, ihn aufzugeben, als sie bisher vermutet hatte.

Dane führte sie zu einer mit kunstvollen Schnitzereien verzierten Bank und setzte sich neben sie. Während er Glorianas Hand hielt, verschränkte er unwillkürlich seine Finger mit ihren. Es dauerte eine Weile, bis er weitersprach. »Ich habe Mariette aus Frankreich mitgebracht, weil ich sie heiraten will.«

Gloriana schluckte. »Aber du bist mein Gemahl!« sagte sie bestürzt.

Dane wandte den Blick ab und zwang sich dann, sie wieder anzusehen. »Gloriana«, sagte er heiser, »du mußt doch wissen, daß unsere Verbindung keine Liebesheirat, sondern nur ein Vertrag war.«

Sie blinzelte verwirrt. Die Vorstellung, aus Liebe zu heiraten, war etwas ganz Neues für sie. Wenn sich vor der Hochzeit zärtliche Gefühle einstellten, war es ein glücklicher Zufall – Liebe wuchs mit der Zeit, Tag um Tag, während ein Paar sich kennen- und zu schätzen lernte. Sie, Gloriana, hatte nie die Chance dazu erhalten, und diese Ungerechtigkeit erfüllte sie mit bitterer Empörung.

»Mein Vater«, sagte sie kühl, während sie ihr Gewand glattstrich, »hielt dich für einen Ehrenmann, der seine Absprachen honorieren würde.«

Dane zuckte zusammen, ein Beweis, daß der Stich gesessen hatte, doch dann lächelte er. »Willst du einen Gatten, schöne Gloriana, der eine andere begehrt?«

Sie entzog ihm ihre Hand, um sich zu erheben, und dabei rutschte die Kapuze von ihrem Haar. Sie gab sich keine Mühe, sie wieder hochzuziehen. »Nein«, entgegnete sie entschieden, »das will ich nicht.«

Es sprach für Dane, daß er keinen Versuch machte, sie zu berühren. »Es wird schon nicht so schlimm werden«, versicherte er ruhig. »Es gibt überall in England sehr gute Klöster, wo eine Frau mit deinen Talenten ihre Tage auf angenehme Weise …«

Gloriana fuhr herum. »Klöster?« wiederholte sie entgeistert. »Du glaubst, du könntest mich in ein Kloster stecken, als wäre ich verrückt wie Elaina oder eine Ehebrecherin?«

Dane blieb von ihrem Ausbruch ungerührt. Er ist ein Krieger, ermahnte sich Gloriana, der sich bei Auseinandersetzungen wohler fühlt als im Frieden. Lediglich eine schwache Spur von Ärger blitzte in seinen kühlen Augen auf. »Das klingt, als ob ich dich ins Gefängnis stecken sollte. Klöster sind gar nicht so schrecklich. Mariette selbst ist in einem aufgewachsen und erzogen worden …«

»Dann soll *sie* doch ins Kloster gehen und ihr Leben mit Weben, Beten und Sticken verbringen – ich werde es jedenfalls nicht tun, Sir!«

»Du bist meine Verantwortung, wenn auch nicht meine wahre Gattin, und wirst anständig versorgt werden, ob es dir nun paßt oder nicht!«

Gloriana lachte zornig auf. »Deine *Verantwortung?* Ich bin erheblich mehr als das – ich bin eine Frau aus Fleisch und Blut, mit einem Herzen, das schlägt, Lungen, die atmen, und ich lasse mich nicht in ein Kloster stecken, damit du kein schlechtes Gewissen zu haben brauchst. Ich besitze Gold, Land und eigene Häuser, hier und in London. Ich brauch deine ›Hilfe‹ nicht!«

Dane schloß einen Moment die Augen, und Gloriana sah, daß es ihn Mühe kostete, seine Beherrschung zu wahren. Obwohl sie ihn liebte – was ihr geheimer Fluch war –, wünschte sie in diesem Augenblick, sein Kopf möge in tausend Stücke zerspringen. »Du wirst nicht allein leben«, sagte er leise, doch eine Drohung schwang in seiner Stimme mit.

»Ich wäre nicht allein«, erwiderte Gloriana stur. »Ich hätte meine Dienstboten.«

»Das ist nicht das gleiche«, wandte Dane ein. »Eine Frau kann nicht schutzlos und unbeaufsichtigt existieren …«

Gloriana murmelte ein Wort, das sie vielleicht in jenem anderen Leben gelernt hatte, von dem sie manchmal träumte und von dem zu sprechen Edwenna ihr verboten hatte. »Witwen in ganz England leben so«, erklärte sie.

»Du bist keine Witwe.«

»Leider. Irgendwie ist die Vorstellung reizvoll«, entgegnete Gloriana zuckersüß. »Statt dessen werde ich eine entehrte Frau sein; eine Frau, von ihrem leichtfertigen Gatten in ein Kloster abgeschoben, so, wie ein fauler Diener schnell mit dem Fuß eine tote Maus unter das Binsenstroh in der großen Halle schieben würde.«

Gloriana bemerkte, wie Dane die Farbe wechselte: Erst wurde er blaß, dann rot. »Man würde dich höchstens unehrenhaft nennen«, stieß er ärgerlich hervor, »wenn du auf diesem dummen, eigensinnigen Vorsatz, allein zu leben, beharren würdest. Du kannst dich also glücklich schätzen, daß ich dich vor einem solchen Irrtum bewahren werde!«

Für Gloriana war die Unterredung beendet. Als sie aufstand, rutschte ihr der Umhang auf den Boden, und sie ließ ihn achtlos dort liegen, als sie zur Tür ging. Dort drehte sie sich noch einmal kurz zu ihrem Gatten um. »*Du* zeigst keine Ehre«, sagte sie ruhig, »damit hast du auch das Recht verwirkt, ein Ritter zu sein. Von mir aus kannst du zur Hölle fahren und dort für den Rest deiner Tage schmoren!«

Mit diesen unbedachten Worten, die vermutlich ihre eigene Seele in Gefahr brachten, floh Gloriana aus Elainas Sonnenzimmer und hastete die Treppe hinunter.

Dane stand allein in dem Raum, wo er einst als kleiner Junge zu Füßen seiner Schwägerin gesessen und ihr gelauscht hatte, wenn sie Harfe spielte, Lieder sang oder ihre wunderbaren Märchen erzählte. Wie hatte er diese Geschichten geliebt, die fast immer von Zauberern und verwunschenen Prinzessinnen handelten und an die er sich noch heute oft erinnerte, nicht Wort für Wort, aber Traum für Traum. Er verspürte ein fast schmerzhaftes Bedürfnis, Elaina zu sehen, obwohl ihm klar war, daß sie ihm keinen Trost würde schenken können. Geschichten würden ihm jetzt nicht helfen, genausowenig wie Lieder oder Harfenklänge.

Am Fuß der Treppe traf er auf Edward, der dort offensichtlich auf der Lauer gelegen hatte. Der Junge schälte mit einem spitzen Messer eine Birne, und Dane mußte ein Lächeln unterdrücken, als er sich fragte, ob dieser Grünschnabel sich wohl für eine furchterregende Erscheinung hielt.

»Hallo, Edward«, sagte Dane. »Ich werde Lady Elaina einen Besuch abstatten. Möchtest du mich begleiten?«

Edward wirkte überrascht. »Lady Elaina?« wiederholte er, als habe er den Namen noch nie zuvor gehört. »Aber sie ist doch verrückt!«

Dane wandte sich bereits in Richtung Ställe. »Das mag sein«, räumte er ein. »Vielleicht ist unsere Schwägerin aber auch nur weiser als wir alle.«

»Sie sieht Dinge, die es nicht gibt«, wandte Edward ein, während er sich bemühte, mit Dane Schritt zu halten. »Und die Leute sagen, daß sie auch Stimmen hört.«

Dane zuckte mit den Schultern und ging weiter. »Vielleicht sind wir anderen diejenigen, die blind und taub sind«, entgegnete er, und nachdenklich fragte er sich, ob das nicht besonders auf ihn zutraf – zumindest in bezug auf Gloriana. »Wie dem auch sei«, fuhr er dann fort und verdrängte dieses Gefühl des Unbehagens, »ich habe jedenfalls keine Angst vor Lady Elaina.«

Er holte Peleus, seinen Hengst, aus den Ställen und sattelte ihn selbst, wie er es meistens tat. Das temperamentvolle Tier hatte in der kurzen Zeit, seit es Dane gehörte, schon mehr als einen unvorsichtigen Knecht getreten. Edward, der anscheinend doch beschlossen hatte, mitzureiten, führte einen kräftigen Wallach auf den Hof. Dane erkannte den abgenutzten Sattel und lächelte.

»Ich möchte über Gloriana sprechen«, sagte Edward, während sie langsam auf die Tore zuritten, die trotz Gareths Problemen mit Merrymont weit offenstanden.

»Aber ich nicht«, antwortete Dane, als die Hufe ihrer Pferde über die Holzbohlen der Zugbrücke klapperten. »Bald wirst du zum Ritter geschlagen, Edward. Laß uns lieber darüber reden.«

Der Weg, der hinter dem Burggraben vorbeiführte, war von riesigen alten Eichen gesäumt, deren ausladende Äste wohltuenden Schatten auf den Weg warfen. Trotz all der Probleme, die Dane hatte, empfand er plötzlich eine tiefe Freude – endlich war er heimgekehrt.

»Ich möchte Söldner werden« sagte Edward plötzlich. »Wie du. Und gegen die Osmanen in den Krieg ziehen.«

Schaurige Bilder entstanden vor Danes Augen, Dinge, die die berüchtigten Osmanen getan hatten und die ihnen angetan worden waren, aber er zwang diese Erinnerung hinter die geistigen Barrieren zurück, die er um seiner selbst willen errichtet hatte. Seit er Soldat war, hatte er sehr viel Übung darin gewonnen, Erinnerungen aus seinem Bewußtsein zu verbannen. »Es ist dein Leben«, erwiderte er schlicht. »Du kannst damit tun und lassen, was du willst.« In Gedanken sah er dabei Glorianas Gesicht vor sich, wie sie ihn spöttisch anschaute, als ob sie sagen wollte, daß für das das gleiche gelte.

»Würdest du es wieder tun?« fragte Edward. »Kenbrook Hall und England zu verlassen, meine ich, um für Gold zu kämpfen?«

Leder ächzte, als Dane sich im Sattel umwandte, um seinen jüngeren Bruder anzusehen. »Wenn ich mir über diese Frage klargeworden bin«, sagte er, »werde ich dir die Antwort mitteilen. Der Krieg ist kein Sport, Edward, wie die Kämpfe, die du mit anderen deines Alters austrägst, und er ist auch kein Spiel wie Schach. Er ist ein häßliches, grimmiges Geschäft, der Krieg, und ich bin seiner müde.«

»Du bist alt«, sagte Edward, als erklärte das alles.

Dane lachte und erinnerte sich, das gleiche von Gloriana gedacht zu haben – daß sie ein altes, verrunzeltes Weib sein würde, wenn er heimkehrte. Was für ein naiver Narr er doch gewesen war, trotz all seiner Reisen und Schlachten nicht viel weiser als der junge Edward. »Ja«, erwiderte er, weil Edward sicher keinem Argument zugänglich gewesen wäre. »Ich bin alt und zu nichts anderem mehr nütze, als auf dem Bauch vor dem Feuer zu liegen, wie ein alter Hund, der zu viele Jagden mitgemacht hat.«

Edward blieb eine Weile stumm, was Dane als Erleichterung empfand. Als Soldat und Kommandeur seiner eigenen Truppe war Dane sinnloses Geschwätz und Plaudereien nicht gewöhnt und liebte es auch nicht. Er hoffte, daß sie die Abtei erreichen würden, ohne weiter miteinander reden zu müssen, doch der Junge sprach schon weiter.

»Ich würde Gloriana umwerben«, erklärte Edward. »Sie ist schön, liebenswert und temperamentvoll. Und gar nicht dumm für eine Frau.«

»Erwidert die Dame deine Gefühle?« fragte Dane. Die Tore der Abtei waren geschlossen, und er bückte sich, um den Riegel zurückzuschieben.

»Gloriana bildet sich ein, dir zugetan zu sein«, antwortete Edward mit einer Unverblümtheit, die Dane bewundern mußte. »Aber das wird sie mit der Zeit überwinden.«

Dane erinnerte sich an ihre Aufforderung, ›zur Hölle zu fahren und dort zu schmoren‹, und lächelte traurig, als er das offene Tor passierte. Sie gab sich bereits große Mühe, die schöne Gloriana, ihre ›Zuneigung‹ zu ihm zu überwinden. Aber wieso sollte ihn das traurig stimmen? Es wäre für alle das beste, wenn Gloriana aufhörte, ihn zu lieben, und sich mit einem stillen Leben in der Zurückgezogenheit und Sicherheit eines Klosters wie jenem abfand, das er und Edward nun betraten.

Die Äbtissin, Schwester Margaret, kam in den kleinen Hof, wie alle anderen Mitglieder ihres Ordens in eine schlichte graue Tunika gekleidet, dazu trug sie einen Schleier. Sie strahlte, als sie Dane erblickte.

»So«, meinte sie, als er absaß. »Es ist also wahr, was wir hörten – Ihr seid heimgekehrt nach Hadleigh Castle!«

Dane erhob den Blick zu der düsteren Masse Stein, die in der Ferne aufragte. »Heimgekehrt bin ich«, erwiderte er, »aber nach Kenbrook Hall und nicht nach Hadleigh Castle. Dort werde ich leben, sobald ich einige schwierige Angelegenheiten geregelt habe.«

Edward stieß ein leises, verächtliches Schnauben aus, enthielt sich jedoch jeden weiteren Kommentars.

»Wie geht es Lady Elaina?« wollte Dane wissen. Er und Schwester Margaret brachten einander viel Zuneigung entgegen, und als sie ihm nun die Hand reichte, drückte er sie herzlich.

Schwester Margaret seufzte und wandte sich ab, um über den Hof voranzugehen. Die Abtei, wie Kenbrook Hall, war alt, und ihre Geschichte reichte bis in die Anfänge der Zeit zurück. »Sie behauptet, in Verbindung mit den Feen zu stehen«, antwortete die Äbtissin, »und tatsächlich scheint Lady Hadleigh immer jünger zu werden, während wir anderen alle altern. Ich glaube, daß ihre Phantasien oft gar keine Phantasien sind und sie die Feen nicht nur kennt, sondern sogar eine der ihren ist und Zugang zu ihren Geheimnissen besitzt.«

»Vielleicht pflegt Ihr die Gemahlin unseres Bruders schon zu lange«, bemerkte Edward.

Dane warf ihm einen vernichtenden Blick zu, und Edward schien verlegen, obwohl diese Verlegenheit vermutlich schnell vergehen würde.

Elaina saß mit geschlossenen Augen in einer Ecke eines kleinen Innenhofs, das Gesicht zum warmen Sonnenschein erhoben und ein schwaches Lächeln auf den Lippen. Ihr Haar schimmerte wie altes Gold, ihr Gewand aus feinster Gaze bewegte sich in der Brise und schien genauso lebendig wie das Gras, die Vögel oder die grünen Blätter der hohen Eichen.

Sie öffnete die Augen und schaute ihre Besucher an, ohne die geringste Überraschung zu zeigen. Ihre Haltung war gelassen und würdevoll, und als sie aufstand und auf sie zukam, dachte Dane: *Wenn Elaina wahnsinnig ist, dann bin ich es auch.*

»Dane«, sagte sie und reckte sich ein wenig, um ihn auf die Wange zu küssen. »Du bist erwachsener geworden, seit ich dich zuletzt gesehen haben. Und du hast keine Narben – keine sichtbaren zumindest. Das ist ein gutes Zeichen, denke ich.«

»Mylady«, erwiderte Dane zur Begrüßung und wollte sich vor ihr verbeugen, doch Elaina legte ihm die Hände auf die Schultern. Prüfend schaute sie ihm ins Gesicht und sah die Tränen, die er nur mühsam unterdrückte.

»Mein Dane«, sagte sie mit liebevoller Zuneigung, »du trauerst um mich, aber das ist nicht nötig. Ich bin die glücklichste aller Frauen.« Elaina wandte sich kurz an Edward, der neben der Äbtissin stand und zum offenen Tor hinüberschaute, als wollte er jeden Augenblick die Flucht ergreifen. »Geh, Edward«, meine Elaina. »Du fühlst dich hier nicht wohl.« Es war eine schlichte Feststellung.

Der Junge verließ nur zu gern den Hof, und die Äbtissin folgte ihm und schloß das Tor.

Dane umarmte seine Schwägerin und gab ihr einen brüderlichen Kuß. Ihr Haar und ihre Kleider dufteten so angenehm wie die Glorianas, nach Sommerkräutern und frischer Luft. »Warum bleibst du hier?« fragte er. »Du bist nicht verrückter als wir anderen.«

Darauf wandte sich Elaina ab und schlang die Arme um den Körper, als fröre sie. »Es ist meine Welt, und ich bin damit zufrieden, zumindest die meiste Zeit.« Einen Moment senkte sie den Kopf, als drücke ein geheimer Schmerz sie nieder, und als sie wieder zu Dane aufschaute, schimmerten Tränen in ihren Augen. »Wie geht es meinem Gemahl? Ist er wohlauf?«

»Gareth geht es gut. Er vermißt dich, wie wir alle.«

»Ja«, erwiderte Elaina nachdenklich. »Ich glaube, das tut er, trotz seiner irischen Mätresse – du weißt schon, diese Annabel.«

Dane öffnete den Mund, doch bevor er irgendeine platte Beschwichtigung finden konnte, trat Elaina zu ihm und legte einen Finger an seine Lippen.

»Pst«, sagte sie. »Fordere nicht mit einer Lüge die ewige Verdammnis heraus. Ich kann Gareth nicht vorwerfen, daß er woanders Trost sucht – er war immer gut zu mir, obwohl ich ihm nie eine wahre Gattin war. Glaubst du, daß sie ihm ein Kind gebären wird?«

»Ich kann die Zukunft nicht voraussagen«, antwortete Dane sanft, »aber ich glaube es eigentlich nicht. Solchen Frauen ist Unfruchtbarkeit von Nutzen, und ganz sicher wissen sie diesen Vorteil auch zu wahren.«

»Es stimmt mich traurig, daß Gareth niemals Kinder haben wird«, gestand Elaina, und wieder schien sie ferne, stumme Töne zu vernehmen, die Danes Ohren nicht erreichten. »Er wäre ein wunderbarer Vater.«

Dane nickte. »Gareth war Edward und mir ein guter Bruder und hat uns den Vater ersetzt, so gut er konnte.«

Elaina kehrte zu der Bank zurück, auf der sie vorher gesessen hatte. Als sie ihre Hände im Schoß verschränkte, sah sie rein und friedlich wie ein Engel aus. »Ich bin an dir verzweifelt«, sagte sie, als Dane schon glaubte, sie hätte wieder vergessen, daß er da war. »Ich fragte mich, ob du je heimkehren und deiner schönen Gloriana ein Gemahl sein würdest.«

»Dann kennst du sie also.« Mehr wußte Dane darauf nicht zu sagen.

»Natürlich kenne ich sie«, entgegnete Elaina lachend, und als sie ihn ansah, war sie wieder ganz die alte. »Gloriana lebt seit ihrem zwölften Lebensjahr in Hadleigh Castle. Wie alt war sie, als sie deine Frau wurde, Dane?«

»Sieben«, gestand er. »Es ist barbarisch, Kinder mit Kindern zu verheiraten. Ich werde so etwas nicht dulden, wenn ich eigene Söhne und Töchter habe.«

Elaina zog eine Augenbraue hoch und lächelte. »Hüte dich vor überstürzten Schwüren, Kenbrook«, scherzte sie. »Fordere das Schicksal nicht mit Worten wie ›nie‹ und ›immer‹ heraus ... Aber in diesem Fall war es eine gute Wahl, eine Ehe, die in einem höheren Königreich als diesem hier geschlossen wurde.«

Dane setzte sich neben sie und stieß einen schweren Seufzer aus. »Ich glaube, ich liebe eine andere Frau«, sagte er. An diesem Morgen, vor der Messe, hätte er noch geschworen, Mariette ohne Wenn und Aber zu lieben, doch jetzt war er sich dessen nicht mehr so sicher. Glorianas Feuer hatte ihn versengt, so sehr er auch wünschte, daß es nicht geschehen wäre. Nie hätte er eine derartige Schönheit erwartet, ein solches Temperament und eine solche Würde.

»Unsinn«, meinte Elaina. »Gloriana ist dein Schicksal, und du bist ihres. Ich wußte es, als sie das erste Mal durch dieses Tor dort drüben schritt.« Sie hob die Hand und deutete auf ein ganz gewöhnliches Portal, das Dane wieder zu Bewußtsein brachte, warum Lady Elaina in diesem Kloster lebte statt bei ihrem Gatten. »Weißt du, was auf der anderen Seite dieses Tores liegt, Dane?«

Traurig schüttelte er den Kopf. »Nein, meine Liebe.«

»Eine andere Welt«, erklärte Elaina. Sie war sehr blaß, und er sah unter der dünnen Haut die zartes blauen Adern an ihrer Schläfe pochen. »Es ist ein Gang zu jener anderen Welt, die eines Tages unsere sein wird. Es gibt jedoch noch andere Tore, andere Schwellen und Korridore, die zu anderen ...«

Dane hatte ihre Hand ergriffen, führte sie an seine Lippen und küßte sanft die Fingerknöchel. »Pst«, meinte er. »Du bist müde, Elaina. Mein Besuch hat dich erschöpft, du solltest dich jetzt ausruhen.«

Sie nickte. »Ja«, erwiderte sie, und in ihren Augen sammelten sich Tränen, als sie sich von der Bank erhob und Dane ihre Hand entzog. »Ja, ich muß mich ausruhen. Ich kann sie hören, weißt du.« Elaina legte beide Hände über die Ohren, wie um sie vor irgendeinem unerträglichen Geräusch zu schützen. »Es ist ein schrecklicher, grauenhafter geschäftiger Ort voller Wagen, die nicht von Pferden gezogen werden, sich aber dennoch unfaßbar schnell bewegen und schrille Töne ausstoßen wie tausend Hirsche in tausend Wäldern …«

Dane hoffte, daß sie den Hof verließ, bevor er zusammenbrach und um sie weinte. »Ich werde wiederkommen«, versprach er, weil das alles war, was er ihr zu geben hatte. Zwar hatte er herrliche Geschenke gekauft für Lady Elaina, doch die befanden sich noch in seinem Zimmer in Hadleigh Castle, weil er vergessen hatte, sie zu holen, bevor er das Schloß verlassen hatte.

»Schick Gloriana morgen zu mir«, bat Elaina und blieb zögernd am Tor stehen, elfenhaft schlank und zart wie ein junges Mädchen. »Ich muß sie sprechen.« Auf sein zustimmendes Nicken hin wandte sie sich ab und ging.

Dane blieb noch einen Moment, um seine Fassung wiederzugewinnen, und schlenderte dann in den größeren Hof, wo Edward und die Äbtissin bei den Pferden warteten.

Dane nahm eine Münze aus dem Lederbeutel an seinem Gürtel, drückte sie in die schwielige Hand der Äbtissin und schloß ihre knochigen Finger darum. Er bat Schwester Margaret nicht, sich um Elaina zu kümmern, denn das wäre eine Beleidigung gewesen, weil jeder ihre Ergebenheit für Lady Hadleigh kannte und wußte, wie selbstlos sie sie umsorgte. So bestieg Dane nur wortlos seinen Hengst und trieb das große, nervöse Tier auf das Außentor zu.

»Was hattest du dir von dem Besuch bei Lady Elaina erhofft?« fragte Edward, als sie sich von der Abtei entfernt hatten und die große Zugbrücke in Sicht kam.

Es war eine Frage, auf die Dane nichts zu erwidern wußte. »Ich mag Elaina«, sagte er schließlich. »Und du solltest auch Zuneigung für sie zeigen, nachdem sie jahrelang wie eine Mutter für uns war.«

Edwards junges Gesicht glühte. »Es heißt, daß Elaina eine Hexe ist und zaubern kann. Sie hat in einem Jahr die Schweine sterben lassen und in einem anderen ...«

»Das ist doch lächerlich!« unterbrach Dane ihn ärgerlich. »Welcher unwissende, abergläubische Narr verbreitet so törichte Behauptungen?«

Der Junge schüttelte den Kopf. »Glaubst du wirklich, das würde ich dir verraten, Kenbrook?« fragte er. »Damit du ihm die Zunge herausreißt?«

Dane warf den Kopf zurück und lachte, aber es lag kein Humor darin. »Das würde ich tun«, bestätigte er kühl. »Sieh dich vor, Edward. Es gibt Menschen, die Elaina für ihre Schwächen verbrennen und es als Dienst am Allmächtigen bezeichnen würden. Wenn dir unsere Schwägerin etwas bedeutet, dann sei vorsichtig und bring solches Gerede zum Verstummen, wann immer du es hörst.«

Edward schluckte, doch dann nickte er.

Kein weiteres Wort wurde zwischen den Brüdern gewechselt, während sie Seite an Seite über die Zugbrücke ritten, den äußeren Hof durchquerten und vor den Ställen absaßen. Edward überließ seinen Wallach einem Stallknecht, während Dane Peleus selbst absattelte und tränkte.

Gloriana war hinauf in den Speicher des Hauses gestiegen, das einst ihrem Vater gehört hatte und nun ihr Eigentum war, und betrachtete nachdenklich den Inhalt einer Truhe. Edwenna hatte sich große Mühe gegeben, die Wahrheit über ihre Adoptivtochter zu verbergen, denn sie hatte diese Truhe in den hintersten und staubigsten Winkel des Dachbodens geschoben.

Der erste Gegenstand, den Gloriana herausnahm, war in brüchigen Stoff gewickelt, und bevor sie diesen entfernte, wußte sie schon, daß sich die Puppe darunter verbarg – die prachtvolle Nachbildung einer Königin, die erst noch geboren werden mußte.

»Elizabeth die Erste«, wisperte Gloriana. Die Königin, die im sechzehnten Jahrhundert den Thron besteigen und viele Jahre lang über ein turbulentes England herrschen würde. Die Königin, deren Kosenamen Gloriana angenommen hatte.

Sie schloß die Augen und schwankte ein wenig, weil es unter dem Dach so heiß und stickig war. Vorsichtig, mit zitternden Fingern legte sie sie kostbare Puppe beiseite und nahm ein anderes Bündel aus der Truhe. Hosen – *Jeans* hatte sie sie in jenem anderen Leben genannt. Ein kleineres Kleidungsstück – ein *T-Shirt*, erinnerte sie sich –, das für ein Kind zugeschnitten war. Schuhe, mit harten Sohlen und doch erstaunlich biegsam …

Während sie diese Gegenstände betrachtete, erfaßte sie Freude, gefolgt von einer Welle schwindelerregender Übelkeit. In einer Mischung aus Zärtlichkeit und Furcht legte sie alles rasch wieder in die Truhe zurück und schloß den Deckel. Sie begriff bis heute nicht, was damals, vor all diesen Jahren, mit ihr geschehen war, aber sie wußte, daß Edwenna gut daran getan hatte, die Sachen zu verstecken. Die Bewohner von Hadleigh Village hätten sie ganz zweifellos als Hexe angeklagt, wenn sie diese seltsamen Gegenstände je zu Gesicht bekommen hätten.

Es kam nicht sehr oft vor, daß jemand auf dem Scheiterhaufen oder am Galgen starb, weil er angeblich mit dem Teufel im Bunde stand, aber die Hexenfurcht war weit verbreitet, und die Menschen wollten das vernichten, was sie nicht verstanden und wovor sie Angst hatten. Stirnrunzelnd blickt Gloriana auf die Truhe und zerbrach sich den Kopf darüber, was sie mit den Sachen machen sollte. Ein Teil von ihr hätte sie am liebsten zerstört und sogar das ganze Haus verbrannt, wenn es nicht zu umgehen wäre, doch ein anderer Teil von ihr schätzte diese eigenartigen

Besitztümer. Sie waren schließlich ihre letzte Verbindung zu Megan, dem Kind, das sie einst gewesen war, und der fernen Welt, die sie verstoßen hatte.

Sie schluckte, dann beugte sie sich vor und legte die Stirn an den staubigen Deckel der alten Truhe. Wenn es doch nur jemanden gäbe, zu dem sie gehen könnte, jemanden, der ihr Rat und Trost vermitteln konnte. Doch sie vertraute niemandem – weder Edward, ihrem besten Freund, noch Gareth, so gütig er auch sein mochte, und schon gar nicht Kenbrook, der nur noch kurze Zeit ihr Gemahl sein würde. Denn er wollte sie loswerden, um die Französin zur Frau zu nehmen, und hätte sie vielleicht sogar verraten, um seine Freiheit wiederzuerlangen.

Gloriana atmete flach und schnell, ihr war so schwindlig, daß sie befürchtete, das Bewußtsein zu verlieren. Nein, sagte sie sich und drückte wie das Opfer eines Giftanschlags die Hände auf den Bauch. Nein, Dane würde nie erlauben, daß man sie als Hexe verbrannte. Aber vielleicht würde er sie in ein Kloster stecken, so wie Gareth Elaina in die Abtei verbannt hatte; es würde Kenbrooks Gewissen beruhigen, wenn er behaupten konnte, seine erste Frau sei verrückt. Er würde eine Annullierung der Ehe erreichen, und niemand würde es ihm verübeln, wenn er eine neue Ehe einging.

Zitternd erhob sich Gloriana und versuchte ihr Gewand glattzustreichen, obwohl es hoffnungslos zerknittert und verschmutzt war. Sie straffte die Schultern und atmete tief durch. Vielleicht, dachte sie, bin ich ja tatsächlich eine Hexe, ein ahnungsloses Werkzeug Luzifers. Der Gedanke verursachte ihr Übelkeit, denn obwohl Gloriana eigensinnig war, bei der Messe manchmal träumte, während der Andacht des öfteren einschlief und sich zudem weigerte, außer in der Kirche ihr Haar zu bedecken, war sie im Grunde ihres Herzens gut und fromm.

Sie mußte diese Sachen aus der Truhe so bald wie möglich loswerden und durfte nie, *niemals* von ihren Erinnerungen sprechen!

Mit raschen Schritten durchquerte sie den Speicher und bückte sich vor der kleinen Tür, dann betrat sie die schmale, steile Treppe, die nach unten führte. Sich mit ihren schmutzigen Fingern an der Wand entlangtastend, erreichte sie den ersten Stock und dann das Erdgeschoß. Die vertraute Umgebung tröstete sie ein wenig; fast konnte sie sich einreden, daß Edwenna gleich erscheinen und alles wieder in Ordnung bringen würde.

Gloriana setzte sich auf die unterste Stufe und stützte das Kinn auf die Hände. Es waren keine leeren Worte gewesen, als sie Kenbrook vorhin im Solarium gesagt hatte, sie würde in ihrem eigenen Hause leben und sich selbst um ihre Angelegenheiten kümmern. Ihr Stolz würde ihr nie gestatten, unter dem gleichen Dach zu leben wie Dane St. Gregory, während er einer anderen Frau den Hof machte.

Eine Träne des Zorns rann über Glorianas verschmutzte Wange, und sie wischte sie hastig ab. Das war *eine* Entscheidung, die sie getroffen hatte – so weit, so gut. Aber es blieb die Tatsache, daß sie Kenbrook von ganzem Herzen liebte und ihr Instinkt sie drängte, um ihn zu kämpfen und um die Kinder, die nie geboren würden, falls er sie verstieß.

Die Scharniere quietschten, als die Eingangstür plötzlich aufgestoßen wurde, und erstaunt und auch ein wenig verärgert schaute Gloriana ausgerechnet zu jenem Mann auf, über den sie gerade nachgedacht hatte.

Sie unterdrückte den Impuls, über ihr Haar und ihr Gewand zu streichen. »Was willst du?« fragte sie, während sie Dane von oben bis unten musterte.

Er fuhr sich seufzend durch sein Haar. »Du siehst schrecklich aus«, sagte er, statt auf ihre Frage zu antworten. »Was hast du bloß getrieben?«

Gloriana dachte an die Puppe, die sonderbaren Kleidungsstücke, die Schuhe, die mit nichts vergleichbar waren, was es im dreizehnten Jahrhundert gab. »Ich bin dir keine Rechenschaft schuldig«, erwiderte sie kühl. »Dies ist mein Haus, und was ich innerhalb dieser Mauern anstelle, ist ausschließlich meine Sache.«

Dane lehnte sich an die schwere Holztür und stieß einen weiteren Seufzer aus. Seine Arme hatte er vor der Brust verschränkt, wie es seine Gewohnheit war. »Darüber will ich nicht mit dir streiten«, sagte er nicht unfreundlich. »Zumindest jetzt nicht. Du scheinst erzürnt zu sein, und das ist meine Schuld. Es tut mir aufrichtig leid, falls ich dich gekränkt habe.«

Gloriana wartete schweigend ab. Daß es Kenbrook leid tat, hieß noch lange nicht, daß er es sich mit der Annullierung ihrer Ehe anders überlegt hatte. Denn das verriet ihr sein Gesichtsausdruck.

»Mit der Zeit«, sagte er, »wirst du es verstehen.«

Gloriana unterdrückte den unziemlichen Impuls, ihm auf die Stiefel zu spucken. »Ich verstehe es jetzt schon«, entgegnete sie, ohne die Stimme zu erheben. »Du bist ein Schuft, ein Lügner und Betrüger. Ich bin froh, wenn ich dich nicht mehr zu sehen brauche.«

Dane schüttelte den Kopf und löste sich von der Tür, mit einer Geschmeidigkeit und Anmut, die Glorianas Herz schneller schlagen ließ. »All das bin ich«, stimmte er zu, »und noch viel mehr.«

Seine Worte nahmen ihrem Zorn die Leidenschaft, und das empörte sie. »Bitte geh«, sagte Gloriana.

Statt dessen kam er näher, legte eine Hand auf das Treppengeländer und schaute durch Wimpern, die viel zu lang für einen Mann waren, auf Gloriana herab. »Ich habe heute Lady Elaina gesehen«, bemerkte er, als hätte Gloriana ihn nicht eben erst aufgefordert, ihr Haus zu verlassen. »Sie möchte, daß du sie morgen aufsuchst.«

Diese wenigen Worte genügten, um Glorianas Stimmung zu verändern. »Wie geht es ihr?« erkundigte sie sich leise.

Dane erwiderte nichts, aber das war auch gar nicht nötig, denn die Antwort stand klar und deutlich in seinem Gesicht geschrieben.

Kapitel 4

Der Abendgottesdienst, den Pater Cradoc in der Kapelle abhielt, bedeutete formal das Ende des heutigen Ruhetages. Gloriana nahm daran teil, mit einem sauberen Gewand aus violettem Stoff bekleidet und einem weißen *Wimpel,* jener enganliegenden Haube, die fest ihr Gesicht umschloß. Sie war mit ihrem Herzen jedoch nicht bei den Gebeten, als sie dort in ihrer Bank saß; zu viele andere Angelegenheiten beschäftigten sie.

Dane war wie immer ein Teil ihrer Gedanken, und selbstverständlich auch Elaina, die um Glorianas Besuch am nächsten Tag gebeten hatte. Und dann, wie ein Dorn in einer eiternden Wunde, war da diese Französin, Mariette de Troyes, die mit ihrer Zofe und dem rothaarigen Mann namens Maxen unauffällig im Hintergrund der Kapelle saß. Mariette war auf eine zarte, ätherische Weise schön – *aber viel zu schwach,* dachte Gloriana gehässig, *um sich einem Mann wie Kenbrook gegenüber zu behaupten.*

Aus Höflichkeit vielleicht, obwohl Gloriana ihrem Mann eine solche Feinfühligkeit gar nicht zutraute, hatte Kenbrook in der ersten Reihe der alten Kapelle Platz genommen. Gareth saß zu seiner Rechten, Edward zu seiner Linken.

Pater Cradoc, wie es seine Art war, dehnte die Messe zu einer endlosen Folge von Litaneien aus.

Ein Festmahl würde auf die Messe folgen, das erste von vielen, die geplant waren, um Edwards Erhebung in den Ritterstand, genauso die der sieben anderen jungen Männer, die mit ihm ausgebildet worden waren, zu feiern. Bestimmt wird Mademoiselle de Troyes an unserem Tisch sitzen, dachte Gloriana unglücklich. Vielleicht war sie sogar dreist genug, sich neben Dane zu setzen, als wäre sie bereits seine Frau.

Die Vorstellung einer solchen Demütigung ließ Gloriana vor Zorn erröten, und obwohl sie eben noch sehr hungrig gewesen war, weil sie die Mittagsmahlzeit ausgelassen hatte, drehte sich ihr nun der Magen herum.

Dann war die Messe vorbei, und Gareth, in seiner Eigenschaft als Lehnsherr fast sämtlicher Anwesender, war der erste, der sich erhob und durch das Mittelschiff zum Ausgang schritt. Dane, der hinter ihm ging, hielt vor Glorianas Bank inne und schaute in einer Mischung aus Belustigung und Neugier auf sie herab.

Am liebsten hätte sie ihren Schleier abgerissen und ihn Kenbrook ins Gesicht geschleudert, obwohl sich ein Teil von ihr nach seiner Anerkennung sehnte.

Er reichte ihr die Hand, doch Gloriana zögerte. Die Kapelle hatte sich inzwischen geleert, denn die Leute waren hungrig und begierig, die Feier zu beginnen; nur sie beide waren noch hier.

Gloriana erhob sich, ungewöhnlich unentschlossen, und schaute zu dem Platz hin, an dem Mariette gesessen hatte. »Ich werde nicht zu deiner Linken sitzen«, sagte Gloriana mit bebender Entschlossenheit, »während deine Mätresse an deiner Rechten hofhält.«

Dane ließ die Hand sinken. »Du glaubst doch wohl nicht, daß ich dich in dieser Weise demütigen würde – oder Mariette.«

»Im Gegenteil«, erwiderte Gloriana kühl. »Ich kann mir nicht vorstellen, warum du zögern solltest, es zu tun.« Sie drängte sich an ihm vorbei, doch als sie auf den Ausgang zueilte, war sie nicht überrascht, als Dane ihr folgte.

Draußen dämmerte es schon. Pechfackeln loderten und erhellten den großen Burghof, und ein Pferdekarren mit einer Schaustellertruppe ratterte geräuschvoll über das Kopfsteinpflaster.

Eine ganz merkwürdige Nostalgie erfaßte Gloriana und die Furcht, von diesen Menschen getrennt zu werden, von dieser Zeit und diesem Ort, nie wieder zurückzukehren. So gefährlich diese Welt war, so schmutzig und so rückständig, sie war Glorianas Zuhause, und sie liebte sie.

»Hältst du mich für einen solchen Unmenschen?« fragte Dane, nachdem er eine Weile über ihre Anschuldigungen nachgedacht hatte, und riß Gloriana damit aus ihren unglücklichen Überlegungen. »Glaubst du etwa, ich hätte dies alles nur getan, um dich zu kränken?«

Sie blieb stehen, blickte zu Dane auf und riß sich gleichzeitig den verhaßten Schleier ab. Sie sah, wie Danes Augen sich weiteten, als ihr Haar im Schein der Fackeln offen über ihre Schultern fiel, aber sie hielt sich nicht mit der Überlegung auf, was er wohl denken mochte. »Ja, Kenbrook«, sagte sie, »ich glaube, daß du ein Unmensch bist, und noch viel mehr. Daß du dies alles jedoch *absichtlich* getan hast, um mich zu verletzen, traue ich dir dennoch nicht zu. Dein Laster, Sir, ist nicht Gemeinheit, sondern hemmungsloser Egoismus. Du hast in dieser Angelegenheit nur an deine eigenen Wünsche und nicht an anderes gedacht.«

Nach diesen Worten wollte sie sich abwenden, doch er ergriff ihren Arm und hielt sie zurück. Die Fackeln warfen ein unheimliches Licht auf seine Züge, und Gloriana wurde wieder daran erinnert, daß er ein Krieger war, der keine Gnade auf dem Schlachtfeld kannte.

»Dann wirst du froh sein, mich loszuwerden« sagte er mit ruhiger Logik.

Ein Klumpen formte sich in Glorianas Kehle, der sie fast erstickte, und demütigende Tränen brannten in ihren Augen. »Ich habe mein Leben damit verschwendet, auf dich zu warten«, antwortete sie flüsternd. Sie waren schließlich nicht allein auf dem Hof, und ihr Gespräch war nicht für fremde Ohren bestimmt. »Ich hätte ein Heim haben können, in dem ich die Herrin gewesen wäre, einen Gatten, der mich liebt, und Kinder. Du hast mich all dieser Dinge beraubt. Und jetzt willst du mich einsperren wie einen lästigen Besitz, den du weder in deiner Nähe haben noch wirklich aufgeben willst. Wie ich dir schon sagte, werde ich in das Haus meiner Eltern ziehen, sobald Edward zum Ritter geschlagen ist – und du kannst zu deinem Freund, dem Teufel, gehen und in der Hölle braten!«

Danes Finger lockerten sich, wie die Hand eines Verwundeten um sein Schwert, und Gloriana wandte sich hocherhobenen Kopfes ab und ließ Kenbrook mitten auf dem Burghof stehen. Doch sie betrat die große Halle nicht gleich, sondern wischte sich draußen in den Schatten mit dem Ärmel ihres Kleides die Tränen von den Wangen. Dann, nach einem tiefen Atemzug, schritt sie in das Licht und den Lärm der Halle, in der die verdienten Kämpfer, ob sie nun unter Gareths oder Danes Kommando standen, die langen Tafeln säumten. Dienstmägde bewegten sich zwischen ihnen mit Tabletts und Krügen und wichen lachend den Kniffen und Tätscheleien der Männer aus. Ein Jongleur zeigte vor dem Podium seine Kunststückchen und hielt sieben goldene Bälle in Bewegung, während er zu den munteren Tönen tanzte, die von der Musikerempore herabdrangen.

Mariette de Troyes saß in der Tat an Gareths Tisch und knabberte an einem Hähnchenschenkel, während Eigg, der Schotte, sie mit einer Geschichte unterhielt, zu der er heftig gestikulierte und ziemlich albern lachte. Der freie Platz neben der jungen Frau war der von Kenbrook; Glorianas befand sich etwas weiter unten am Tisch, an Edwards Seite.

Obwohl fast alle mit Essen und Reden beschäftigt waren oder der Musik lauschten, spürte Gloriana mehr als einen prüfenden Blick auf sich. Stolz hob sie das Kinn und schritt kühn die Stufen zum Podium hinauf, nickte Edward und Gareth zu, als sie an ihnen vorbeiging. Anstatt sich neben ihren jüngeren Schwager zu setzen, der sie ganz offensichtlich schon erwartete, ließ Gloriana sich an Mariettes Seite nieder.

Eigg verstummte mitten im Wort, genau wie so viele andere im Saal. Selbst die Musik schien leiser zu werden, aber das, dachte Gloriana, bilde ich mir bestimmt nur ein. Das Blut dröhnte in ihren Ohren, so laut, daß sie taub für alles andere war.

Mariette wandte sich ihr zu, und Gloriana sah Überraschung in ihrem reizenden Gesicht. Das Mädchen unterdrückte dieses Gefühl jedoch schnell und sprach Gloriana auf französisch an.

»Mein Englisch ist nicht gut«, sagte sie. »Ich hoffe, Ihr verzeiht mir.«

Gloriana mochte ihre Rivalin augenblicklich, ein Umstand, der die ganze Angelegenheit jedoch nur noch mehr erschwerte. Mariette erinnerte sie an die Krokusse, die durch die Schneedecke brachen, wenn der Frühling noch eine ferne Hoffnung war, die erblühten und dann wieder verschwanden. »Ich spreche nur sehr wenig Französisch«, erwiderte Gloriana. »Aber es dürfte reichen, denke ich, um Euch zu erheitern.«

Mariettes Lächeln war strahlend, aber flüchtig. »Ich werde nicht lachen. Ich brauche eine Freundin.«

Andere hätten diese letzte Bemerkung für anmaßend gehalten, so wie die Lage war, aber Gloriana reagierte mit Wärme darauf. Das Mädchen war weit entfernt von seiner Heimat, in einem fremden Land, wirkte eingeschüchtert und verängstigt. Ihr Angebot der Freundschaft abzulehnen wäre grausam gewesen, sie für Kenbrooks Verrat verantwortlich zu machen, ungerecht. »Ihr habt in mir eine gefunden«, erklärte die Baronin ihrer Nachfolgerin.

Ein Tumult entstand am fernen Ende der Halle, und Gloriana sah, daß Dane eingetreten war und zwischen den langen Tischen auf das Podium zuging. Sein Blick ruhte auf Glorianas Gesicht, und sie erkannte einen grimmigen Zorn darin, der ihren Atem stocken ließ – doch nicht aus Angst; es war eher ein Gefühl, das freudiger Erregung nahekam.

»Unser Gemahl kommt«, sagte Gloriana zu ihrer Tischgefährtin.

Mariette kicherte, mehr ängstlich als frivol, und preßte ihre schlanken Finger auf die Lippen. »Er ist beängstigend, nicht wahr?« wisperte das Mädchen.

Gloriana dachte, daß er das wohl in gewisser Weise war. Sie selbst jedoch hatte nicht das Verlangen zu fliehen. »Kenbrook war zu lange auf dem Schlachtfeld«, vertraute sie Mariette in ihrem holprigen Französisch an. »Er hat seine Manieren verlernt, falls er jemals welche hatte.«

»Er hatte keine«, bemerkte Gareth, der hinter Mariette

und Gloriana getreten war. »Er war schon immer ein Barbar und ein Tyrann, mein Bruder.«

Gloriana fühlte Gareths Hand auf ihrer Schulter. »Komm, Gloriana«, sagte er. »Sie spielen fröhliche Musik, und ich würde gerne tanzen.«

Auch andere hatten den Tisch verlassen, um zu tanzen, wie Gloriana sah. »Ich habe noch nicht gegessen«, sagte sie, denn sie konnte ausgesprochen eigensinnig sein. Als sie noch unterrichtet wurde, hatte Pater Cradoc sie deswegen oft zusätzliche Gebete sprechen lassen, in der Hoffnung, daß Gott diese Schwäche aus ihrem Charakter tilgen würde.

Bisher hatte Er es nicht getan, und obwohl der gute Pater erstaunt sein mochte über dieses Versehen des Allmächtigen, war Gloriana es nicht. Gloriana schätzte, daß Gott andere, wichtigere Sorgen hatte als die Schwächen einer jungen Frau.

»Als dein Vormund und Burgherr hier«, sagte Gareth ruhig, während seine Finger sich noch fester um Glorianas Schultern schlossen, »befehle ich dir, mir zu gehorchen.«

Gloriana seufzte und erhob sich. »Ich würde es nicht wagen, mich dir zu widersetzen«, flüsterte sie, obwohl das Lächeln keine Sekunde lang von ihren Lippen wich.

»Eine weise Einstellung«, erwiderte Gareth. Gloriana war kaum aufgestanden, als er sie auch schon zu den Stufen zog, an den Tischen vorbei und hin zu den Tanzenden. Dane schaute ihnen eine Weile zu, als überlegte er, ob er sich die Mühe machen sollte, sie durch das Gedränge zu verfolgen. Dann, nachdem er sich dem Podium genähert hatte, um mit Mariette zu sprechen, ließ er sich an einem der Tische in der Halle nieder, um sich unter seine Männer zu mischen.

Einer der Schausteller näherte sich Gloriana und bot ihr schweigend eine Maske an, ein hageres, unglückliches Gesicht, an einer dünnen Stange befestigt. Gloriana nahm sie, bestürzt, daß ihr Unglück so offensichtlich sein sollte, obwohl sie sich doch so darum bemüht hatte, nach außen hin Gelassenheit zu zeigen.

Nach einer angedeuteten Verbeugung hob sie die Maske vor ihr Gesicht und folgte anmutig Gareths Schritten. »Ich hasse ihn«, sagte sie.

»Das kann ich dir nicht verdenken«, erwiderte Gareth. Er war schon immer ein einfühlsamer, vernünftiger Mann gewesen. »Man sagte mir, daß du in das Haus deines Vaters ziehen willst, um allein dort zu leben.«

»Ich werde die Burg gleich nach Edwards Zeremonie verlassen«, bestätigte sie.

Gareth hatte sie aus der Halle in einen kühlen Gang geführt, der nur schwach von einigen rauchenden Öllampen erleuchtet war. Hier ließ Gloriana die Maske sinken und setzte sich auf eine Bank. Sie war erschöpft, nicht vom Tanzen, sondern von der Anstrengung, Haltung zu bewahren.

Gareth, einen Fuß auf die Bank gestützt, betrachtete Gloriana einen Moment lang schweigend. Dann seufzte er, und zum ersten Mal fiel ihr auf, wie sehr er in all den Jahren gealtert war. »Du mußt vernünftig sein«, sagte er schließlich. »Es ist weder ratsam noch schicklich für eine junge Frau, allein zu leben. Nicht, wenn sie Verwandte hat, die sich um sie kümmern können.«

Gloriana stieß ärgerlich die Maske weg. »Und dennoch werde ich es tun«, erklärte sie. »Ich habe Gold. Ich kann mir eigene Bewaffnete leisten, wenn ich es wünsche, und was die Schicklichkeit betrifft – darum schere ich mich nicht.«

»Und wer soll dich vor deiner Leibwache beschützen?« hielt Gareth ihr entgegen. »So stark und klug du auch sein magst, Gloriana, du bist trotz allem eine Frau.« Er deutete zur Halle hin, aus der Lärm und Gelächter drang. »Hörst du die Rüpel dort drinnen, die an meiner Tafel sitzen? Die Hälfte von ihnen hat noch schlechtere Manieren als meine Hunde. Sie würden dir nie gehorchen. Ganz im Gegenteil – sie würden eine Gefahr für dich darstellen!« Wieder hielt er inne, während Gloriana über seine beunruhigenden Worte nachdachte. »Ich habe deinem Vater geschworen, deinen guten Ruf und deine Tugendhaftigkeit zu schützen, falls dein Gatte diese Pflichten nicht erfüllen sollte. Ich werde mein Wort halten, Gloriana – und falls du versuchen solltest, mich daran zu hindern, werde ich entsprechende Schritte unternehmen.«

Gloriana ballte die Hände zu Fäusten. »Dein Versprechen war angebracht, als ich noch ein Kind war«, antwortete sie, so ruhig sie konnte. Schließlich liebte sie Gareth; er war immer großzügig und gut zu ihr gewesen. »Aber jetzt bin ich eine erwachsene Frau. Ich besitze Ländereien und ein ansehnliches Vermögen. Ich kann gehen, wohin es mir beliebt, und tun und lassen, was ich will.«

»Wo hast du bloß diese Ideen her?« murmelte Gareth, dessen Geduld allmählich zu Ende ging.

Gloriana dachte an jene andere Welt, die sie als Kind verlassen hatte, und vermutete, daß dies die Antwort auf Gareths Frage war – aber das sagte sie natürlich nicht. »Du bist nicht anders als dein Bruder«, warf sie ihm vor. »Kenbrook möchte mich in ein Kloster schicken, damit ich nicht mit meiner Gegenwart sein Gewissen belaste, und du – *du*, Gareth, der du stets mein Freund warst – drohst mir, mich zu deiner Gefangenen zu machen, wenn ich deinen Befehlen nicht gehorche.«

Gareth hatte den Anstand, beschämt zu wirken, aber nur für einen Augenblick. Einen Moment später erfüllte ihn schon wieder seine Selbstgerechtigkeit. Es erübrigte sich zu sagen, wie viele eigensinnige Frauen ihr Leben in Turmkammern verbracht hatten, wo sie den Wechsel der Jahreszeiten nur durch schmale Fenster beobachten konnten und nie wieder einen Fuß auf den Boden draußen setzten, bis sie begraben wurden.

Als er endlich das unheilvolle Schweigen brach, das zwischen ihnen entstanden war, klang seine Stimme wie die eines Fremden. »Ich liebe dich, als wärst du meine Schwester – nein, meine eigene Tochter –, aber du wirst meinen Wünschen Folge leisten, Gloriana St. Gregory, oder es für den Rest deines Lebens bereuen.«

Sie erhob sich, um den Herrn von Hadleigh Castle und sämtlicher umliegender Ländereien – mit Ausnahme von

Kenbrook selbstverständlich – anzuschauen. Da sie ihrer Stimme im Moment nicht traute, machte Gloriana nur eine tiefe, spöttische Verbeugung vor Gareth, dann wandte sie sich auf dem Absatz um und stürmte in die Halle zurück.

Mariette wollte gerade aufbrechen, begleitet von ihrer Zofe, als Gloriana eintrat. Dane stand mitten in einem Kreis lärmender Männer und hatte mit dem Waliser und einem schon sehr rotgesichtigen Hamilton Eigg ein Wettrinken begonnen. Um sie herum scharten sich Männer und Dienstmägde, hockten auf Bänken und auf Tischkanten und feuerten mal den einen, mal den anderen ›Kämpfer‹ an.

Gloriana war zutiefst entrüstet und schaute sich suchend nach Edward um, doch der drängte sich gerade durch die Menge zu seinem Bruder vor. Nur Pater Cradoc saß noch auf dem Podium, als Gloriana hinaufstieg, um besser sehen zu können. Edward, dachte sie hoffnungsvoll, wird diesem beschämenden Unfug ein Ende bereiten. Er war schließlich schon fast ein Ritter.

»Ein trauriges Schauspiel«, bemerkte der Pater von seinem einsamen Platz an der Familientafel. »Die Sünde ist nach Hadleigh Castle gekommen, Mylady.«

Gloriana hatte nicht das Herz, ihrem Lehrer und Priester zu sagen, daß die Sünde schon seit geraumer Zeit in diesen Mauern residierte. »Keine Sorge«, meinte sie zerstreut. »Edward wird dem Treiben ein Ende setzen.«

Inzwischen hatte Edward die drei Trinker erreicht. Er sagte etwas zu Dane, was dieser mit schallendem Gelächter, einem Schlag auf die Schulter, der Edward beinahe umwarf, und einem bis zum Rand gefüllten Krug Bier beantwortete. Fassungslos beobachtete Gloriana, wie Edward den Krug an die Lippen hob, den Kopf zurücklegte und trank, bis die große Halle von dem aufmunternden Gebrüll der anderen Männer zu erzittern schien. Am lautesten war natürlich Glorianas eigener Mann, der inzwischen betrunkene Dane St. Gregory und fünfter Baron von Kenbrook.

»Jetzt verderben sie auch Edward!« rief Gloriana und

raffte die Röcke, um sich in die Menge zu stürzen und für Ordnung zu sorgen.

Der Pater hatte sich von seinem Platz erhoben, während Gloriana Edwards Abstieg in die Schande verfolgt hatte, und hielt sie nun am Arm zurück. Sie wäre gestolpert, wenn der Priester seinen Griff nicht noch verstärkt hätte.

»Du kannst nichts tun, Kind«, teilte er in jenem ruhigen Ton mit, mit dem er sie auch Latein und Französisch, Mathematik und Arithmetik, griechische Geschichte und Kräuterheilkunde gelehrt hatte. »Wenn du deinem alten Lehrer einen Gefallen tun willst, dann geh in deine Gemächer und bleib dort, bis die Glocken dich zur Morgenmesse rufen.«

Gloriana öffnete den Mund und schloß ihn wieder. Danes Krug wurde aufgefüllt, dann der von Edward und Master Eigg. Sie hatte für diesen Tag genug Kämpfe ausgefochten und dabei gelernt, daß weder mit Kenbrook noch mit Lord Hadleigh vernünftig zu reden war. Edward, in seiner jugendlichen Torheit, war längst über jeden Rat hinaus, zumindest heute nacht.

Einen Moment lang stand Gloriana einfach da und beobachtete, wie der Wettbewerb der Narren weiterging. Erst als Dane ihren Blick spürte und in einem frechen Toast seinen Zinnkrug hob, verließ sie die Halle.

Judith, ihre Kammerfrau, wartete bereits im Schlafgemach. Sie hatte die Lampen angezündet, die Bettdecke zurückgeschlagen und warmes Wasser in eine Schüssel gefüllt. Nachdem sie Gloriana beim Auskleiden geholfen hatte, schaute sie ihre Herrin fragend an.

»Darf ich jetzt gehen, Mylady?«

Obwohl Gloriana dem Mädchen ein Sofa als Schlafstatt angeboten hatte, bestand Judith darauf, in die Küche zurückzukehren, wo sie, wie die meisten anderen Dienstboten, auf einem Strohsack vor dem Feuer schlief.

»Bleib noch einen Moment, bitte«, sagte Gloriana, als sie sich vor den Spiegel setzte und den elfenbeinernen Kamm ergriff, den Edwenna ihr vor Jahren in London gekauft hatte. »Ich möchte dir eine Frage stellen.«

»Ja, Mylady?« Judith wirkte plötzlich sehr nervös und fahrig.

»Wenn ich Hadleigh Castle verlassen würde, um im Hause meines Vaters im Dorf zu leben, würdest du mich dann begleiten und mir dienen?«

Judith zögerte. »Ihr wollt Hadleigh Castle verlassen, Mylady? Ohne Lord Kenbrook? Aber das werden sie doch niemals zulassen. Lord Kenbrook hat doch ein eigenes Haus, nicht wahr?«

»Ich werde es trotzdem tun«, entgegnete Gloriana entschieden. »Ohne Lord Kenbrook und ohne seine Erlaubnis.«

Gloriana konnte sehen, wie Judith blaß wurde. »Aber Mylady, Ihr könnt doch nicht einfach die Burg verlassen, nur weil Ihr es so wollt!« wandte das Mädchen ein.

»Na schön«, erwiderte Gloriana gekränkt. »Vergiß es. Du kannst hierbleiben, Judith, und bei den Hunden und anderen Dienern in der Küche schlafen. In meinem Haus hättest du natürlich ein eigenes Zimmer, mit einem Bett, das du mit niemandem zu teilen brauchtest ...«

Das Mädchen machte große Augen. »Was würde das schon nützen«, sagte sie dann, »wenn Lord Kenbrook käme, um uns an den Haaren hierher zurückzuschleifen!«

Gloriana seufzte. »Ich würde Kenbrooks Herz mit einem Pfeil durchbohren, wenn er so etwas versuchen würde!«

Judiths Augen wurden noch größer. »Sie würden Euch am Hals aufhängen, wenn Ihr so etwas tätet!«

»Um Himmels willen, Judith«, meinte Gloriana ungeduldig. »Ich meinte es nicht wörtlich. Es war nur ein Beispiel. Wirst du nun mit mir gehen oder nicht?«

Judith überlegte, schluckte und kratzte sich am Kopf. »Ich gehe mit, wenn Ihr es wünscht, Mylady. Aber glaubt mir – sie werden uns beide in die Abtei stecken, bis ans Ende unserer Tage, genau wie Lady Hadleigh!«

Diese Vorstellung löste ein Frösteln in Gloriana aus. Elaina schien zufrieden mit dem Klosterleben, aber Gloriana wußte, daß sie selbst sich wie eine Gefangene fühlen und vermutlich den Verstand verlieren würde. »Lord Hadleigh ist ein gerechter Mann«, erklärte sie, aber mit weniger Überzeugung, als sie vor ihrem Gespräch mit Gareth empfunden hatte. »Er würde dich nie dafür bestrafen, meine Anordnungen befolgt zu haben.«

Judith nickte, sagte: »Ja, Mylady«, und hastete hinaus. Die massive Eichentür fiel krachend hinter ihr ins Schloß.

Gloriana, mit gelöstem Haar und nur mit ihrem Hemd bekleidet, durchquerte den Raum, um den Riegel vorzuschieben. Dann, nachdem sie sich gewaschen und ein rasches Gebet gesprochen hatte, stieg sie in ihr Bett. Es folgte das Ritual des Hemdausziehens, dann kuschelte sie sich in die Federn, um zu schlafen.

Der Lärm aus der Halle war deutlich zu vernehmen, selbst aus dieser Entfernung, und während Gloriana lauschte, brannten ihre Augen von Tränen, die sie nicht vergießen wollte. Sie hatte wegen Kenbrook genug geweint, und selbst wenn es sie das Leben kosten sollte, sie würde nicht mehr weinen! Er war es einfach nicht wert.

Und dennoch glaubte sie, ihn zu lieben. Ihrer eigenen, beträchtlichen Willenskraft und allen Argumenten ihrer Vernunft zum Trotz empfand sie die Trennung von Dane so schmerzhaft, wie sie den Verlust eines ihrer Glieder empfunden hätte.

So sollte es aber nicht sein, jammerte sie innerlich.

Ein Klopfen ertönte an ihrer Zimmertür, das sich kurz darauf wiederholte.

Edward, zweifellos, und zu betrunken, um sich auf den Beinen zu halten. Er wird es morgen früh bereuen, dachte Gloriana schadenfroh. »Geh weg!« rief sie.

»Bitte«, antwortete eine zaghafte, furchtsame Stimme mit französischem Akzent. »Bitte, laßt mich ein, Mademoiselle, ich habe Angst!«

Mariette.

Gloriana sprang auf, zog ihr Hemd über den Kopf und ging zur Tür. Der Riegel klemmte, aber es gelang ihr, ihn zu öffnen, und so ließ sie die junge Frau ein, die ihr Mann zu seiner Braut erwählt hatte.

Mariette weinte und fröstelte in ihrer dünnen, spitzenbesetzten Tunika. Eine Nachthaube aus durchsichtiger Gaze bedeckte ihr dunkles Haar. »Es gefällt mir hier nicht«, sagte sie. »Es ist so laut hier, und ich fürchte mich so sehr!«

Gloriana, die einst geglaubt hatte, diese Frau zu hassen, stellte fest, daß es ihr nichts ausmachte, Mariette zu trösten. Sie führte sie zur Bank vor dem Kamin und bat sie, sich zu setzen. Dann legte sie ihr behutsam eine Decke um die bebenden Schultern.

»Ich will nach Hause«, murmelte Mariette, als ihr Schluchzen für einen Moment verstummte.

Gloriana setzte sich neben sie und legte einen Arm um ihre Schultern. »Pst«, sagte sie, sanft wie eine Mutter, die ein aufgeregtes Kind beruhigt, und versuchte, sich auf ihr spärliches Französisch zu besinnen. Leider beherrschte sie diese poetische Sprache nur sehr unzureichend. »Du wirst bald heiraten. Dann bist du wieder glücklich.«

Mariette schenkte ihr ein zaghaftes Lächeln. »Ja«, erwiderte sie in Englisch. »Aber damit ich glücklich sein kann, mußt du leiden, und das will ich nicht. Du warst so gut zu mir.«

Gloriana seufzte leise. »Ich werde auch weiterhin deine Freundin sein, ganz gleich, was passiert, Mariette.« *Vorausgesetzt natürlich, sie sperren mich nicht in irgendeinem Turmzimmer oder in einem Kloster ein,* fügte sie im stillen hinzu.

Mariettes braune Augen waren riesengroß und schimmerten von Tränen. »Ich dachte, du wärst eine alte Frau … mit Warzen und Runzeln im Gesicht. Kenbrook sagte das. Ich war sehr verblüfft, als ich dich sah.«

Gloriana lächelte und drückte Mariettes Hand. »Und du erstaunst mich«, erwiderte sie aufrichtig. In einer Hinsicht zumindest hatte Dane die Wahrheit gesagt – Mariette war nicht seine Geliebte. Eine Frau, die derart unsicher und schüchtern war, mußte noch unberührt sein.

Mariette stieß einen leisen Schluchzer aus. »Mein Herz ist voller Freude, wenn ich Kenbrook erblickte. Aber ich habe gesehen, daß du ihn auch liebst, deshalb werde ich mit Fabrienne nach Frankreich zurückkehren.«

Gloriana war gerührt. Mariette liebte Dane, vielleicht genauso leidenschaftlich wie sie selbst, und doch war die Französin bereit, auf ihn zu verzichten und in ihr Heimatland zurückzukehren.

»Nein«, sagte Gloriana und schüttelte den Kopf. *»Du* bist diejenige, die Dane liebt und zur Frau begehrt, nicht ich. Ich hatte eigentlich vor, um ihm zu kämpfen, aber ... Nun ja, jetzt sehe ich ein, daß ich ihn nicht zwingen kann, mich zu lieben.«

»Arme Gloriana«, erwiderte Mariette, und Tränen schimmerten in ihren schönen Augen, als sie Glorianas Hand drückte. »Er hat dir das Herz gebrochen, nicht?«

Gloriana wollte nicht über gebrochene Herzen sprechen. Wenigstens nicht jetzt, wo es dunkel wurde und alles so furchtbar sinnlos erschien. »Erzähl mir, wie du Kenbrook kennengelernt hast«, bat sie die Französin.

Mariettes Gesichtsausdruck veränderte sich und spiegelte die verschiedenen Emotionen wider. »Ich war eines Tages mit Fabrienne auf dem Markt. Er war da.« Sie lächelte und seufzte träumerisch. »Er war stark und schön.« Ein Stirnrunzeln ersetzte das Lächeln, und Angst flackerte in ihren wundervollen Augen auf. »Banditen kamen, um zu stehlen. Einer von ihnen hob mich auf sein Pferd.« Ein Schauder lief über ihren Körper. »Fabrienne schrie. Ein Kampf entstand. Kenbrooks Schwert schlug Funken.« Wieder ein Lächeln, diesmal voller Zärtlichkeit. »Er hat mich gerettet.«

Es war eine bewegende Geschichte, und Gloriana konnte sie sich lebhaft vorstellen: die farbenfrohen Stände der Händler, die gackernden Hühner und gurrenden Tauben in den Käfigen, das Klingen von Metall gegen Metall. Sie konnte Mariette keinen Vorwurf daraus machen, daß sie sich in ihren Retter verliebt hatte; welche Frau hätte das unter solch dramatischen Umständen nicht getan?

Gloriana lächelte. »Ich bin froh. Daß er dich gerettet hat, meine ich.«

Mariette stand auf, die Bettdecke noch um die Schultern. »Du bist sehr liebenswürdig«, sagte sie. »Ich werde jetzt schlafen gehen, wenn du mich nicht haßt.«

Gloriana folgte ihr zur Tür. »Ich könnte dich niemals hassen«, erklärte sie und dachte, daß ihr Leben einfacher wäre, wenn sie das Mädchen hassen könnte. Sie sagten sich gute Nacht, und Mariette trat auf den Gang hinaus, wo Fabrienne schon ungeduldig auf und ab schritt und ärgerlich in Französisch vor sich hin murrte. Als sie Mariette sah, ergriff sie augenblicklich deren Arm und begleitete sie in ihr Zimmer zurück.

Gloriana hatte nicht erwartet, Schlaf zu finden, und tatsächlich wollte er sich auch nicht einstellen. Sie döste zwar mehrmals ein, warf sich jedoch unruhig herum und war schon hellwach, noch bevor das Krähen der Hähne die Morgendämmerung ankündigte. Hastig wusch sie sich und zog sich an, dann verließ sie ihr Schlafgemach und eilte über finstere Nebengänge zu einer Tür, die alle anderen außer ihr längst vergessen hatten.

Die Glocken der Kapelle läuteten und riefen zur Messe, und obwohl Gloriana heftiges Schuldbewußtsein empfand, weil sie ihre Christenpflicht versäumte, ging sie unbeirrt in entgegengesetzter Richtung weiter. Die Morgendämmerung färbte die Blüten im Obstgarten rosa und apricotfarben, als Gloriana auf dem Weg zu einer der Seitenpforten zwischen den Bäumen hindurchlief. Nach einer Weile befand sie sich außerhalb der Burgmauern und schlug einen Weg ein, der durch dichten Wald zur Abtei führte.

Die Morgengebete waren gesprochen, als Gloriana die Klostermauern erreichte und an das große Holztor klopfte. Zwei Augen schauten sie durch das kleine, vergitterte Fenster an, dann schwang das Portal auf. Aber die Nonne, die Gloriana einließ, verbarg ihre Mißbilligung nicht vor ihr.

»Es schickt sich nicht für Mylady, allein die Wälder zu durchqueren«, schalt die Frau. »Banditen treiben sich dort herum, und Wölfe und Wildschweine.«

Gloriana nickte nur. »Ich war sehr vorsichtig«, log sie. Dabei hatte sie weder an wilde Tiere noch an Räuber gedacht, denn ihre Gedanken waren von Dane erfüllt. Aber Wölfe, Wildschweine und Banditen stellten sehr reale Gefahren dar, und es wäre besser gewesen, zu ihrem Schutz Bogen und Pfeile mitzunehmen. »Ich möchte Lady Elaina sehen«, sagte sie.

»Sie verrichtet ihre Gebete«, antwortete die Nonne, während sie das Tor schloß und den schweren Riegel vorlegte. »Wie Ihr es zu dieser Stunde auch tun solltet, Mylady. Es ist die Stunde des Herrn.«

Gloriana verzichtete auf die Erwiderung, daß auch die gute Schwester nicht bei ihren Gebeten gewesen sein konnte, denn die Kapelle der Abtei lag in einiger Entfernung von dem Tor, durch das Gloriana eingetreten war. »Darf ich auf sie warten? Sie ließ mir gestern eine Botschaft überbringen, daß sie mich sehen möchte.«

Die Nonne seufzte. »Natürlich«, antwortete sie und deutete auf den kleinen Hof, in dem Elaina im Frühling, Sommer und zu Beginn des Herbstes ihre Tage verbrachte. »Nehmt dort Platz, beim Brunnen, und wartet, bis Lady Elaina zu Euch kommt.«

»Danke«, sagte Gloriana und schnitt der frommen Schwester eine Grimasse, als sie ihr den Rücken zuwandte.

Sie brauchte nicht lange zu warten. Elaina erschien lautlos wie ein Schatten, wie es ihre Art war, aber sie war dünner als sonst und hatte dunkle Ringe unter ihren Augen. Sie nahm Glorianas Hand und hielt sie fest, als die junge Frau aufsprang, um sie auf beide Wangen zu küssen.

»Ich habe dich zu lange nicht besucht«, sagte Gloriana reumütig.

Elaina lächelte. »Unsinn. Dane ist heimgekehrt, und da mußt du dich um ihn kümmern.«

Doch als sie sich auf die kühle Marmorbank setzten, wich Gloriana Elainas Blick aus. »Um ihn kümmern?« entgegnete sie bitter. »Kenbrook hat mich verstoßen. Er begehrt eine andere.«

»Er ist ein Narr und weiß nicht, was er will«, sagte Elaina. Ihre Stimme klang sanft, aber sie drückte Glorianas Hand fast schmerzhaft fest, als sie eindringlich sagte: »Du darfst nicht zulassen, daß Dane sich eine andere Frau nimmt und dich verstößt, Gloriana! Es würde tragische Folgen nach sich ziehen, für uns alle.«

Gloriana spürte, wie ein Schatten sich über ihr Herz senkte. Alle wußten, daß Elaina verrückt war, aber sie verfügte dennoch über eine Reihe seltsamer Talente, unter anderem die Fähigkeit, mit geradezu unheimlicher Genauigkeit die Zukunft vorauszusagen. »Was kann ich schon tun?« flüsterte Gloriana. »Er will mich nicht.«

Elainas Hand zitterte, als sie der jungen Frau das lockige Haar aus dem Gesicht strich. »Große Schwierigkeiten und schreckliche Gefahren erwarten dich«, sagte Elaina ernst. »Aber du besitzt das Herz einer Löwin, meine kühne Gloriana. Folge ihm, wohin es dich auch führen mag, bis in die Flammen der Hölle selbst, denn dahinter liegt der Himmel, und du kannst ihn auf keinem anderen Weg erreichen.«

»Ich verstehe nicht«, protestierte Gloriana.

Elaina erhob sich. »Folge deinem Herzen«, sagte sie ruhig, und damit war das Gespräch für sie beendet.

Kapitel 5

Als Gloriana auf einem kleinen Maulesel, den die Äbtissin ihr geliehen hatte, nach Hadleigh Castle zurückkehrte und durch das Haupttor ritt, sah sie, daß ein Pavillon hinter der äußeren Burgmauer errichtet worden war, neben dem Turnierplatz, auf dem Gareths Bewaffnete sonst ihre Kriegskünste trainierten. Eine hölzerne Plattform war erbaut worden, auf der die Trompeter in der rotgoldenen Livree der Hadleighs stehen würden. Eine Strohpuppe in voller Rüstung, die den Kämpfenden als Ziel dienen würde, baumelte von den Querstreben eines hohen Pfostens im Zentrum des Kampfplatzes.

Der heutige Tag, dachte Gloriana ein wenig traurig, bedeutet das offizielle Ende von Edwards Kindheit. Nach der Zeremonie, die nach einem festlichen Frühstück in der großen Halle stattfinden sollte, würde Edward ein Krieger sein und damit allen Gefahren ausgesetzt, die dieser Beruf mit sich brachte.

Gloriana ging zur zweiten Mauer weiter und hielt kurz vor den Ställen inne, um einem Knecht den Maulesel zu übergeben, mit dem Befehl, ihn unverzüglich zur Abtei zurückzubringen.

In der Kapelle sprach sie ein kurzes Gebet zur Entschuldigung dafür, daß sie die Morgenmesse versäumt hatte. Dann, nachdem sie an einem Brunnen ihr Gesicht gekühlt hatte, betrat sie die große Halle.

Edward und die anderen Anwärter auf die Ritterwürde saßen an einem besonderen Tisch am Fuß des Podiums. Sie alle trugen die traditionellen weißen Seidengewänder, Hemden, Hosen und Tuniken, und farbenfrohe Umhänge.

Edwards Gesicht verriet deutlich die Nachwirkungen seines Trinkgelages mit Dane und die Schlaflosigkeit, denn er hatte, wie es üblich war, die Nacht mit der Ritterwache in der Kapelle verbracht, um zu beten und sich auf den heiligen Schwur vorzubereiten, den er am Morgen leisten würde.

Gloriana fing seinen Blick auf und lächelte ihrem Schwager ermutigend zu, und er erwiderte ihr Lächeln voller Zuneigung.

Dann erst hielt Gloriana nach Dane Ausschau. Er war natürlich schon da und saß neben seinem Bruder Gareth. Mariette war nicht erschienen, was Gloriana einerseits beunruhigte und andererseits mit Erleichterung erfüllte. Sie hätte ihren Platz auf dem Podium an diesem wichtigen Tag nicht gerne aufgegeben, hätte es jedoch ohne Zögern getan, um nicht den Tisch mit Kenbrook und seiner zukünftigen Braut teilen zu müssen.

Nach einer tiefen Verbeugung vor Gareth, der sie mit einem nachdenklichen Stirnrunzeln musterte, bestieg Gloriana das Podium und nahm ihren Platz neben ihrem Gatten ein – dem Mann, den sie Elainas Ansicht nach mit allen Mitteln für sich gewinnen sollte.

Bisher hatte sie sich jedoch noch nicht entschieden, ob er die Mühe wert war.

Kenbrook erhob sich, als sie sich setzte, und verneigte sich vor ihr. »Endlich«, sagte er, und obwohl er ein charmantes Lächeln zeigte, klang seine Stimme kalt. »Wo warst du?«

Gloriana setzte sich und nahm sich Brot und Käse. »Lady Elaina wollte mich sehen«, antwortete sie mit ausgesuchter Höflichkeit, sah ihn aber nicht an. »Da du mir ihre Botschaft selbst überbracht hast, erst gestern nachmittag, und da die Dame meine liebste Freundin ist, hättest du es dir eigentlich denken können und nicht zu fragen brauchen.«

»Du hast die Burg allein verlassen«, hielt Dane ihr vor.

»Natürlich«, erwiderte Gloriana. »Alle anderen waren schließlich zu beschäftigt, um mich zu begleiten. Edward nahm sein zeremonielles Bad, danach fand die feierliche Messe statt, an der selbst das niedrigste Gesinde teilnahm. Wen hätte ich bitten sollen, mit mir zur Abteil zu reiten?«

»Du hättest warten können«, hielt Dan ihr vor, der sich nur noch mühsam zu beherrschen schien. »Ich bin sicher, daß Lady Elaina, als sie um deinen Besuch bat, nicht erwartete, daß du unbegleitet und ohne die Messe besucht zu haben bei ihr erscheinen würdest, noch bevor der erste Hahnenschrei verklungen war!«

Gloriana aß hungrig ein Stück Käse, bevor sie freundlich erwiderte: »Wie dem auch sei, jedenfalls war ich in der Abtei und bin sicher auf Schwester Margarets kleinem Maulesel zurückgekehrt.«

Dane griff nach seinem Wein, trank und setzte den Becher klirrend ab. Aus den Augenwinkeln bemerkte Gloriana, wie Pater Cradoc und Master Eigg sich vorbeugten und zu ihnen herüberstarrten. »Du bist unverbesserlich«, sagte Kenbrook etwas ruhiger.

Gloriana lächelte strahlend. »Wie gut, daß ich nicht mehr dein Problem bin«, meinte sie und erwiderte endlich seinen Blick. »An deiner Stelle würde ich mich um die schöne Mariette sorgen, die sehr zart ist und sich schrecklich fürchtet vor diesem unzivilisierten Land und seinen ungehobelten Bewohnern.«

Zu Glorianas großer Befriedigung stieg heftige Röte in Kenbrooks Nacken zu seinen Wangen auf. »Das hat sie dir gesagt?«

»Ja«, antwortete sie und spießte sich ein weiteres Stück Käse mit ihrem Messer auf. »Wir sind Freundinnen. Sie leidet sehr darunter, meine Ehe zu zerstören – anscheinend dachte sie, ich sei eine alte Frau mit Runzeln und mit Warzen –, und will deshalb nach Frankreich zurückkehren. Ich habe sie natürlich gebeten, hierzubleiben. Je schneller wir unsere unselige Ehe auflösen, desto eher kann ich anfangen, mein eigenes Leben zu gestalten.«

Dane trank einen weiteren Schluck Wein – um Zeit zu gewinnen, bevor er ihr antwortete, oder einfach, weil er Durst hatte? –, und Gloriana grinste. Nach der feuchtfröhlichen Nacht mußte er einen trockenen Hals haben, Kopfschmerzen und einen sauren Magen. Jedenfalls hoffte sie das.

»Das alles haben wir bereits besprochen. Du kannst dir die Mühe sparen, ›ein eigenes Leben‹ zu beginnen, da ich eine passende Beschäftigung für dich finden werde.«

Glorianas Lächeln war strahlend, engelhaft und bezaubernd. »Der Teufel soll dich holen«, sagte sie sanft. »Und all deine hochtrabenden Pläne, mich in ein vornehmes, luxuriöses Gefängnis zu stecken.«

Kenbrook stieß einen tiefen Seufzer aus. »Ich beginne allmählich zu glauben, daß du die Strafe für längst vergessene Sünden bist.«

»Das mag sein«, stimmte Gloriana heiter zu. »Es überrascht mich nicht, daß du sie vergessen hast – deine Sünden, meine ich –, denn sie müssen so zahlreich sein wie die Sterne am Himmel.«

»Es ist dein Glück, Gloriana«, erwiderte Kenbrook,

während er strahlend in die Runde blickte, »daß ich nichts davon halte, eine Frau zu schlagen. Aber ich würde zu gern meine Prinzipien für einen Moment vergessen, um dich übers Knie zu legen und dir ein bißchen Vernunft einzubleuen.«

»Es ist durchaus möglich, daß das bißchen Vernunft, das dir mitgegeben wurde, bei dir in jenem Körperteil sitzt«, entgegnete Gloriana. »Aber bei mir befindet sie sich in meinem Kopf und meinem Herzen.« Sie stieß einen leidgeprüften Seufzer aus. »Allerdings muß ich gestehen, daß mich ähnliche Skrupel plagen wie dich, Kenbrook. Wenn Mord keine Todsünde wäre, würde ich dir dein verräterisches Herz mit einem Pfeil durchbohren und anschließend vor aller Welt einen Freudentanz aufführen.«

Gareth, der offensichtlich dem Gespräch von Anfang an gefolgt war, mischte sich nun ein. »Hört jetzt sofort mit diesen Wortgefechten auf, sonst lasse ich euch beide in Eisen legen und in den Kerker werfen, damit wir anderen Ruhe haben.«

Dane wollte protestieren, aber Gloriana berührte seinen Arm, um ihn daran zu hindern. Unter der grün und weiß karierten Seide seines Ärmels fühlten sich seine Muskeln wie Stahl an.

»Es ist Edwards Tag«, sagte sie ruhig. »Ich möchte ihn ihm nicht durch unsere Unstimmigkeiten verderben.«

Dane zögerte, und sie glaubte, Qual in seinen Augen zu sehen, und nur mühsam unterdrückten Ärger. »Ich auch nicht«, stimmte er zu. »Sollen wir also einen Waffenstillstand schließen, Lady Kenbrook?«

Sie nickte lächelnd. »Bis morgen«, stimmte sie zu.

Kenbrook lachte und hob seinen Becher mit dem Wein. »Bis morgen«, bestätigte er.

»Wie flüchtig«, meinte Gareth trocken, »ist diese süße Harmonie.«

Weder Gloriana noch Dane gaben eine Antwort darauf.

Nachdem die Freunde und Familien von Edward und den anderen Anwärtern ihr Frühstück eingenommen hatten, erklang ein Trompetenstoß aus dem Hof. Dane erhob sich und bot Gloriana seinen Arm, den sie pflichtbewußt und gehorsam akzeptierte.

Die bloße Berührung ihre Fingerspitzen auf seinem Arm ging ihm durch und durch und weckte die widerstrebendsten Gefühle in ihm. Er hätte sie am liebsten an sich gerissen und im gleichen Moment von sich gestoßen. Und immer fester setzte sich in seinen Gedanken die Vorstellung fest, wie es wohl wäre, mit ihr das Bett zu teilen ...

Man konnte Dane viel vorwerfen, aber er war kein Lügner. Von dem Moment an, als er Gloriana wiedergesehen hatte, in der Badewanne und bedeckt von gelben Rosenblüten, hatte er sie mit einem Verlangen begehrt, das weder Vernunft noch schlechter englischer Wein zu beschwichtigen vermochten. In der Nacht zuvor, nachdem Edward und die anderen in die Kapelle geschwankt waren, um die vorgeschriebene Wache zu halten, war Dane zum See hinuntergegangen, um dort nackt im mondbeschienenen Wasser zu schwimmen. Doch auch die Kälte hatte ihm keine Erleichterung verschafft – es gab nur eine Möglichkeit dafür.

Er beobachtete Gloriana verstohlen, während er sie mit vollendeter Höflichkeit aus der großen Halle führte, hinaus in den sonnenbeschienenen Hof, wo Banner aller Farben flatterten. Gloriana ist noch unberührt, ermahnte Dane sich, und obwohl sie so frech war und unziemliche Ideen hatte, hatte er nicht die Absicht, sie zu entehren – ganz gleich, wie verlockend sie ihm erscheinen mochte.

Natürlich hatte er nicht nur ausschließlich ›edle‹ Beweggründe, sich von Gloriana fernzuhalten, sondern sehr handfeste, praktische: wenn er mit dieser Frau das Bett teilte, konnte ihre Ehe nicht mehr annulliert werden. Es war sogar möglich, daß das kleine Biest ganz bewußt versuchte, ihn zu verführen, obwohl sie ihn verabscheute, nur um seine Pläne zu durchkreuzen und zu verhindern, daß sie ins Kloster geschickt wurde.

Grimmig konzentrierte Dane sich darauf, seine jungfräuliche Gemahlin zu ignorieren. Sein Körper war jedoch beträchtlich weniger gehorsam; er erkannte Glorianas schlanken, biegsamen Körper als perfekte Ergänzung und sehnte sich danach, sich mit ihr zu vereinen.

Zum Glück bot dieser feierliche Tag mehr als genug Ablenkung, denn schon als Dane und Gloriana ihre Plätze im Hof einnahmen, Seite an Seite, übertönten Trompetenstöße die Lieder der Spielmänner und Minnesänger, die durch die Menge schritten. Zusammen mit Gareth und Pater Cradoc bestiegen Väter, Onkel und Brüder der anderen jungen Männer, die heute zum Ritter geschlagen werden sollten, das improvisierte Podium.

Obwohl seine Beziehung zu Edward nicht ohne Spannungen war, wurde Dane von heftigem Stolz gepackt, der ihm die Tränen in die Augen trieb. Er unterdrückte sie jedoch schnell, bevor sie ihn beschämen konnten, und sah zu, wie sein Bruder und die anderen jungen Männer niederknieten und den Kopf senkten, um den Segen des Paters zu empfangen. Die Spielmänner verstummten, die Zuschauer falteten ehrerbietig die Hände und senkten fromm ihre Blicke.

Mit weittragender Stimme bat Cradoc den Herrgott darum, daß er mit Wohlwollen und Gnade auf diese tapferen Soldaten des Kreuzes herabschauen, sie läutern, ihnen in jeder Prüfung Mut schenken und ihnen ewigen Frieden gewähren möge, wenn sie schließlich ihre Schwerter niederlegten, um den Tag der Wiederauferstehung zu erwarten. Nachdem er noch die Bitte um eine gute Ernte hinzugefügt hatte, beendete der Priester sein Gespräch mit Gott, und die jungen Anwärter auf die Ritterschaft erhoben den Blick zu ihm, behielten jedoch ihre demutsvolle Haltung bei.

»Seid ihr bereit, Gott und eurem Lehnsherrn Treue zu schwören?« fragte der Geistliche in strengem, aber irgendwie auch zärtlichem Ton jeden einzelnen der jungen Männer.

Dane spürte, wie sich sein Herz zusammenzog beim

Gedanken an die Gefahren, die diese tapferen, hoffnungsvollen Jungen erwarteten, sobald sie in den Kampf ziehen würden. Auch die lebhaften und oft übertriebenen Erzählungen der altgedienten Kämpen, die nun Gareths Pferde versorgten, die Tore bewachten und auf den Zinnen Wache hielten, vermochten die Jungen nicht vorzubereiten auf den Kampf in seinen vielen Facetten, den Kampf, der tiefstes Leid und höchste Ehre bringen konnte, die meiste Zeit jedoch einfach nur beschwerlich war. Wer ihn niemals selbst mitgemacht hatte, konnte ihn sich niemals richtig vorstellen.

»Ich schwöre«, sagte Edward mit klarer, ernster Stimme, als er an der Reihe war, »die Gesetze Gottes aufrechtzuerhalten, den Willen meines Bruders und Lehnsherren, des Lords Hadleigh, zu respektieren und meine Ehre bis zum Augenblick meines Todes und darüber hinaus zu bewahren.«

Gareth hielt in seinen Händen das zeremonielle Schwert, ein Familienerbstück, von dem behauptet wurde, daß in seinem Griff ein Stück von einem Knochen des heiligen Andreas eingeschlossen war. Er trat vor, berührte zuerst die linke Schulter Edwards mit der glänzenden Klinge, dann die rechte. »Hiermit ernenne ich dich zu Sir Edward St. Gregory, Ritter des Königreiches und tapferem Diener Gottes.«

Als Dane flüchtig zu Gloriana hinschaute, sah er, daß eine Träne auf ihrer Wange schimmerte.

Edward hielt den Kopf gesenkt, wie es von ihm erwartet wurde, und sagte nichts.

Einer nach dem anderen wurden die anderen jungen Männer von den männlichen Oberhäuptern ihrer Familien zum Ritter geschlagen, mit anderen Schwertern, die andere Reliquien enthalten mochten. Die Väter, Brüder und Onkel waren ausnahmslos Vasallen und Ritter in Gareths Diensten.

Die frischgebackenen Ritter erhoben sich anmutig, ihre jungen Gesichter gerötet vor Stolz auf ihre neue, harterworbene Stellung. Die meisten hatten schon im Alter von sieben oder acht Jahren mit ihrer Ausbildung begonnen, hatten zuerst einem älteren Ritter als Knappen gedient und dann gelernt, zu reiten und zu kämpfen, mit Lanzen, Schwert und Streitaxt. Diese Vorbereitungszeit war lang und anstrengend, und nur die beharrlichsten der Jungen standen die damit verbundenen Torturen bis zum Ende durch.

Ein letztes Ritual war noch durchzuführen, und Dane spürte, wie Gloriana sich neben ihm versteifte. Edward trat vor seinen ältesten Bruder, schlank und anmutig in seinen weißen Seidenkleidern, den Kopf hoch erhoben und den Blick auf Gareth gerichtet. Dane wußte, wie sehr es Gareth widerstrebte, das zu tun, was er nun tun mußte, doch sein älterer Bruder ließ sich seine Empfindungen nicht anmerken, als er die Hand hob und Edward einen so heftigen Schlag versetzte, daß der Junge schwankte, obwohl er darauf vorbereitet war. Blut strömte aus seiner Nase und einem Mundwinkel und tropfte auf seine blütenweiße Tunika.

Edward straffte sich und stand nun stolz vor seinem Bruder und Lehnsherrn. Beifall und Jubel erklangen aus der Zuschauermenge.

»Barbaren«, murmelte Gloriana.

»Muß ich dir erst erklären«, entgegnete Dane nachsichtig, »daß dieser Schlag ein wichtiger Teil des Rituals ist und dem Zweck dient, den jungen Ritter an seinen Schwur zu erinnern?«

»Danke, du hast es gerade erklärt«, erwiderte Gloriana. »Und dennoch halte ich es für brutal und barbarisch.«

Dane sagte nichts darauf. Die jungen Männer, dachte er, würden wohl schon in gar nicht so ferner Zeit erheblich mehr erleiden müssen als den harten Schlag von einem Blutsverwandten.

Auch die anderen Jungen wurden nun der gleichen Prozedur unterzogen wie Edward. Gloriana stand das Ganze tapfer durch, obwohl Dane sehen konnte, daß sie am liebsten weggeschaut hätte, und er bewunderte sie dafür. Nur wenige Frauen hatten diesen Mut, den er in ihr spürte.

Der offizielle Teil der Zeremonie war nun beendet, und überall auf dem großen Hof erklangen Freudenschreie und Jubelrufe. Die Trompeten setzten ein, und die Spielmänner stimmten ihre Lauten und ihre Flöten an.

Edward, der sich das Blut mit dem Ärmel vom Gesicht gewischt hatte, schaute suchend zum Podium hinauf. Seine Miene hellte sich auf, als er Gloriana entdeckte, und Dane empfand unwillkürlich einen kurzen, aber schmerzhaften Stich der Eifersucht. Rasch legte er einen Arm um seine Gemahlin und grub seine Finger in ihre Rippen, als sie sich ihm zu entziehen versuchte.

Doch als Edward sie erreichte, trat Gloriana vor und schlang die Arme um seinen Nacken, und er umarmte sie stürmisch und wirbelte lachend mit ihr herum. Dane biß die Zähne zusammen und rief sich in Erinnerung, daß er Gloriana schließlich nicht behalten wollte und Edward ein bißchen weibliche Bewunderung verdient hatte.

»Ich habe ein Geschenk für dich«, sagte Gloriana und schaute strahlend zu Edward auf, dessen Gesicht vor Stolz und Freude glühte. »Ich habe es schon seit dem Sommerjahrmarkt, und du ahnst ja nicht, wie schwer es war, dir nichts davon zu verraten!«

»Zeig es mir«, bat Edward, noch immer ihre Hand haltend, und dann erst schaute er Dane an. Kenbrook gratulierte ihm ruhig. Irgendwann, nach dem Essen vielleicht, würde er Edward den juwelenbesetzten Dolch geben, den er in Italien für ihn gekauft hatte. Gareth würde dem Jungen in einer weiteren, wenn auch sehr viel weniger formellen Zeremonie ein Pferd, eine Lanze und eine Rüstung übergeben.

Edward murmelte seinen Dank für die guten Wünsche seines Bruders – schließlich hatten Dane und er in der vergangenen Nacht den Versuch begonnen, ihre Differenzen aus der Welt zu schaffen –, aber er wehrte sich nicht, als Gloriana ihn mit sich zog. Obwohl er jünger ist als Gloriana, dachte Kenbrook, als sie davoneilten, würde Edward einen passenden Ehemann für sie abgeben. Als jüngster Sohn besaß er keine eigenen Ländereien und kein Vermögen, aber Gloriana war reich genug für sie beide. Obwohl Zuneigung in solchen Ehen gewöhnlich keine Rolle spielte, brachte Edward Gloriana ganz offenbar sehr zärtliche Gefühle entgegen und würde ganz sicher seine Seele dafür hingeben, sie in seinem Bett zu haben.

Dane begriff nicht, warum er Gloriana nicht einfach Edward übergab, zusammen mit dem wundervollen Dolch vielleicht. Er wußte nur, daß er eher gestorben wäre. Nein, sein ursprünglicher Plan war besser: Gloriana gehörte ins Kloster, wo sie sicher und behaglich leben würde ...

Unberührt von den Händen eines Mannes.

Einen Fluch murmelnd, strich Dane sein Haar zurück und suchte die Menge nach Gareth ab. Bevor er jedoch zu seinem Bruder gehen konnte, zupfte ihn jemand am Ärmel.

»Monsieur?«

Es war Fabrienne, Mariettes Zofe. Dane unterdrückte seine Ungeduld, als er den anklagenden Blick der Frau erwiderte. Sie waren nie Freunde gewesen, aber auch keine Feinde. Das hätte eine Anstrengung erfordert, zu der sie beide nicht bereit waren.

»Wie geht es deiner Herrin?« erkundigte sich Dane.

»Gut genug, Mylord«, erwiderte Fabrienne. Obwohl Dane fließend Französisch sprach und sie das wußte, redete sie stets so langsam und überheblich mit ihm, als hätte sie einen Hund oder einen Idioten vor sich. »Obwohl Ihr sie sträflich vernachlässigt.«

Kenbrook dachte nicht daran, das Offensichtliche zu erklären: daß dieser Tag Edward und den anderen frisch ernannten Rittern gehörte. Er hatte Mariette eingeladen, als Ehrengast den Festlichkeiten beizuwohnen, und sie hatte den Blick gesenkt und höflich abgelehnt.

Es beunruhigte ihn, daß sie so schüchtern war.

»Was willst du?« fragte er ganz unverblümt.

Fabrienne lächelte. »Ein Geschenk für Mademoiselle, um ihr Eure Anerkennung zu beweisen. Ein Schmuckstück, ein seidenes Band – oder einen Penny vielleicht?«

Dane öffnete seine Börse und nahm die verlangte Münze heraus. Fabrienne langte danach und steckte sie mit gierig glitzernden Augen in den Beutel, der an ihrem Gürtel hing.

Kenbrook machte eine spöttische Verbeugung; beide wußten, daß Mariette den Penny nie sehen würde. Er hatte sich damit eine kurze Atempause erkauft, und obwohl er das Geld nicht missen würde, ärgerte es ihn, es ausgeben zu müssen. Das erste, was er tun würde, wenn er und Mariette verheiratet waren – nun gut, nicht das allererste –, war, Fabrienne nach Frankreich zurückzuschicken.

»Vielleicht möchte Mademoiselle Mariette uns auf die Festwiese begleiten«, sagte er.

Fabrienne schnaubte verächtlich und wandte sich ohne ein weiteres Wort ab.

»Was für ein abstoßendes Geschöpf«, bemerkte Gareth. Dane, der ihn nicht bemerkt hatte, zuckte unwillkürlich zusammen. »Warum hast du ihr Geld gegeben? Womit erpreßt sie dich?«

Dane wandte sich zu seinem Bruder um, verärgert über ihn und gleichzeitig erstaunlich erleichtert über dessen Anwesenheit. »Sag bloß, du interessierst dich in deinem Alter immer noch für pikante Einzelheiten«, erwiderte er und klopfte Gareth grinsend auf die Schulter. »Ich habe sie bezahlt, damit sie geht und mich in Ruhe läßt – was zweimal den gezahlten Preis wert war. Das ist alles.«

Gareth nickte und fragte dann: »Wo ist deine erste Frau?«

Dane behielt sein Grinsen bei, obwohl es ihm nicht leichtfiel. »Lady Gloriana ist mit Edward auf und davon. Und ich brauchte sie nicht einmal dafür zu bezahlen. Ist Elaina heute hier, Gareth, oder hast du deine Geliebte mitgebracht?«

»Großer Gott, du wirst immer unverschämter!« stieß Gareth hervor und wischte sich mit einem Taschentuch die Stirn. »Elaina hatte keine Verlangen, dem Ritterschlag beizuwohnen, und wird deshalb nur zur Vesper und zum Abendessen kommen. Und Annabel – als ob es dich etwas anginge! – ist viel zu diskret, um sich in der Öffentlichkeit mit mir zu zeigen. Sie bietet mir eine ganz andere Art von Trost.«

Kenbrook wurde daran erinnert, wie verzweifelt auch er sich nach einem solchen ›Trost‹ sehnte, und verspürte einen ziehenden Schmerz in seinen Lenden. Gloriana war seine Frau, aber er durfte ihr Bett nicht teilen. Genausowenig durfte er sich Mariette zuwenden, denn eine Jungfrau wie sie nahm man nicht ins Bett, wenn man nicht mit ihr verheiratet war.

Es wäre leicht genug gewesen, eine willige Frau zu finden – verschiedene hatten ihm bereits ihre Dienste angeboten –, aber er fand keinen Geschmack mehr an solchen Zerstreuungen. Zwei Frauen waren anstrengend genug, ohne sich zusätzlich noch mit einer Dienstmagd oder der Hure aus der Dorfschenke zu belasten.

»Ich beneide dich«, gestand Dane, und Gareth grinste. »Verrate mir, mein weiser Bruder, wie du es schaffst, mit einer Frau zu schlafen, obwohl du erwiesenermaßen eine andere liebst?«

Gareths Grinsen verblaßte und wich einem Ausdruck tiefster Qual, so daß Dane seine voreiligen Worte bereute. »Es gibt Momente«, sagte Gareth mit leiser, wehmütiger Stimme, »in denen die Einsamkeit nicht mehr zu ertragen ist.«

»Es tut mir leid«, erwiderte Dane und meinte es auch so. »Ich hatte kein Recht zu fragen.«

Nun lächelte Gareth wieder. »Ein Krug Bier soll deine Buße sein«, sagte er und klopfte seinem Bruder auf die Schultern. »Nein, zwei. Edward hat sich gestern nacht gut gehalten neben dir und diesem Waliser, der mir vorkam wie ein Faß ohne Boden.«

»Allerdings«, stimmte Dane lachend zu. »Ich komme gleich nach.«

Gareth nickte, und Dane beobachtete, wie sein Bruder sich zur Außenmauer der Burg wandte, um sich dort unter die Feiernden zu mischen.

»Gefällt er dir?« fragte Gloriana, als Edward über das glatte Leder des Sattels strich, den sie ihm geschenkt hatte. Sie waren in ihrem kleinen, privaten Hof, und die Luft war schwer vom Duft der gelben Rosen, die in üppiger Pracht die Mauern überwucherten.

Edwards Augen funkelten, als er Gloriana ansah. »O Glory – es ist der schönste Sattel, den ein Mann je besessen hat!«

»Ein *Ritter*«, berichtigte sie ihn, denn obwohl sie Angst um Edward hatte, war sie auch ungeheuer stolz auf ihn. Sie wußte besser als jeder andere, wie treu sein Herz war, wie edel seine Seele. »Du wirst ab heute ein Roß und eine Rüstung haben, ein gutes Schwert, einen Schild und eine Lanze. Aber was wird nun aus dem armen Odin werden?«

Edward lächelte bei der Erwähnung seines Wallachs, des Pferdes, auf dem er reiten gelernt hatte und das er genauso liebte wie seinen Jagdhund. »Er wird von heute an nichts Schwereres mehr tragen müssen als meinen Knappen und fortan nur noch süßes Heu fressen«, erwiderte Edward, während er den Sattel von der Bank hob, auf der Gloriana ihn abgelegt hatte. Eine leichte Röte stieg dabei in seine Wangen. »Danke, Glory.«

Gloriana biß sich auf die Lippen. Fast hätte sie geweint, so stark war ihre Zuneigung zu ihm. »Keine Ursache, Sir Edward«, antwortete sie mit einem kleinen Knicks. »Komm – du mußt dein Schwert und deine Lanze in Empfang nehmen und beweisen, daß du ein tüchtiger Ritter bist. Du wirst doch vorsichtig sein, nicht wahr?«

Er stand ganz nahe. Ehrfürchtig beugte er den Kopf und küßte ihre Stirn. »Wenn ich Drachen töten und gegen die Osmanen kämpfen und andere tapfere Taten vollbringen würde, wie König Artus«, sagte er, »würdest du dann einen Grund finden, mich zu lieben?«

Sie schaute zu ihm auf und wünschte, ihrem Herzen befehlen zu können, Edward zu lieben statt seinen Bruder. »Ich werde dich immer lieben, das weißt du«, antwortete sie und spürte eine Träne über ihre Wange rollen.

Edward seufzte. »Auf die gleiche Weise, wie du Gareth liebst.«

Gloriana biß sich auf die Lippe, dann nickte sie. »Ja.«

Er berührte ihre Wange und wischte die Träne mit dem Daumen fort. »Meine Ehre verlangt, daß ich dich warne, Lady Gloriana. Es ist nicht meine Art, kampflos aufzugeben. Ich sehne mich danach, dich zu besitzen, deinen Körper und deine Seele, und das wird sich niemals ändern.«

»Es *wird* sich ändern«, beharrte Gloriana. »Eines Tages, sehr bald schon, wirst du einem hübschen Mädchen begegnen …«

»Es ist viel wahrscheinlicher«, unterbrach Edward sie bedrückt, »daß sie eine passende Heirat für mich arrangieren werden.« Ein bitteres Lächeln begleitete seine Worte.

»Vielleicht«, gab Gloriana zu. »Doch was immer auch geschieht, du darfst dein Herz nicht damit vergeuden, mir nachzutrauern.«

Er hatte ihre Hand ergriffen und streifte nun ihre Fingerknöchel mit den Lippen.

»Wage es nicht, sie zu küssen«, erklang Danes kalte Stimme vom Tor her, das sich lautlos geöffnet hatte, »denn sonst durchbohre ich dich mit meinem Schwert – auch wenn du mein eigener Bruder bist!«

Gloriana ärgerte sich, daß sie unwillkürlich einen Schritt von Edward zurückgewichen war, denn schließlich hatte sie nichts Falsches getan und deshalb auch keinen Grund, sich schuldbewußt zu fühlen.

Edward musterte seinen Bruder stirnrunzelnd, ließ aber Glorianas Hand nicht los. »Entscheide dich, Kenbrook«, forderte er. »Welche Frau wirst du beschützen?«

Gloriana unterdrückte das Bedürfnis, ihren Freund zum Schweigen zu bringen; Edward war nie ein Feigling gewesen, doch durch den Ritterschlag schien er eine neue innere Festigkeit gewonnen zu haben.

»Laß sie los«, befahl Dane.

Edward blieb jedoch ungerührt und dachte gar nicht daran, seinem Bruder zu gehorchen. Gloriana hingegen verspürte ein eigenartiges Frösteln bei den Worten ihres Gatten und entzog Edward ihre Hand.

»Ich habe dir eine Frage gestellt«, sagte Edward zu seinem Bruder.

»Und ich denke nicht daran, sie zu beantworten«, erwiderte Dane. »Gareth wartet mit deinem Pferd, deiner Rüstung und dem Schwert. Geh, Sir Edward, und zeig all den Huren, Mägden und Dienstmädchen, daß du endlich ein Mann geworden bist.«

Edward erblaßte, aber nicht aus Furcht. Er machte einen Schritt auf Dane zu, doch Gloriana packte ihn am Arm und hielt ihn zurück.

Ihr Blick glitt zu Kenbrook zurück, und selbst wenn sie es versucht hätte, wäre es ihr nicht gelungen, ihre Entrüstung zu verbergen. »Es herrscht Waffenstillstand zwischen dir und mir«, fuhr sie ihn an. »Aber ich schwöre dir, morgen früh werde ich dir genau erklären, was ich von dir halte.«

Kenbrook warf den Kopf zurück und lachte schallend – was Glorianas Wut fast zum Überkochen brachte. Edward machte sich darauf von seiner Schwägerin frei, doch er stürzte sich nicht, wie sie für einen Moment befürchtet hatte, auf seinen Bruder, sondern sah Dane nur verächtlich an.

»Vielleicht muß ich dir ebenso wie den ›Huren, Mägden und Dienstmädchen‹, wie du es so unfein ausgedrückt hast, beweisen, daß ich in der Tat ein Mann bin.«

Die Zeit schien für einen Moment stillzustehen, aber vielleicht war es auch nur Glorias Herz. Das Schweigen war unerträglich, erstickte jedes andere Geräusch. Gloriana wußte, daß Edward seinem Bruder in einem Zweikampf nur unterliegen konnte, und sie hätte ihr Leben geopfert, um einen Kampf zu verhindern. Obwohl sie den jüngsten St. Gregory nicht so liebte, wie er es gern gehabt hätte, waren ihre Gefühle für ihn tief in ihrem Herzen verwurzelt. In ihrer Verzweiflung schaute sie Dane bittend an.

»Nein«, sagte er schließlich und hielt dem wütenden

Blick seines jüngeren Bruders stand. »Du brauchst mir gar nichts zu beweisen, Edward. Ich werde mich nicht dafür entschuldigen, dich zurechtgewiesen zu haben, aber ich gebe zu, daß du in einer Hinsicht recht hast: Wenn ich nicht meine Ehre verlieren will, muß ich mich zwischen Mariette und Gloriana entscheiden.«

Darauf hatte Edward nichts mehr zu erwidern. In so mancher Hinsicht hatte er in dieser Auseinandersetzung die Oberhand behalten. Gloriana jedoch fühlte eine merkwürdige Schwäche bei Kenbrooks Worten. Sie hatte nicht gedacht, daß es eine Entscheidung für ihn zu treffen gäbe – seine Verbindung mit Mariette war ihr unerschütterlich erschienen. Obwohl er sie mit seiner Arroganz und Befehlshaberei zum Wahnsinn trieb, spürte sie eine leise Hoffnung in sich erwachen, so süß, daß sie unwillkürlich eine Hand auf ihr Herz legte, dort, wo sie ihre liebsten Träume bewahrte.

Sir Edward, dessen Freunde und Bewunderer ihn auf dem Turnierfeld erwarteten, nahm seinen neuen Sattel von der Bank und schaute sich über die Schulter zu Gloriana um. Er brauchte nicht zu fragen, ob sie bleiben wollte, denn eine Besonderheit ihrer Freundschaft war die Fähigkeit, sich ohne Worte verständigen zu können. So zog er nur eine Augenbraue hoch.

»Ich komme gleich nach«, sagte sie.

Dane trat zurück, um Edward vorbeizulassen. »Ich glaube wirklich, er wäre mit jeder Waffe, die ich vorgeschlagen hätte, auf mich losgegangen!« sagte Kenbrook, als er sich wieder zu Gloriana umwandte.

Sie hatte sich inzwischen auf die Marmorbank gesetzt. »Ich hätte es dir nie verziehen«, erwiderte sie.

»Liebst du ihn?«

»Ungeheuer«, antwortete sie lächelnd. »Aber nicht so, wie du glaubst.«

»Manchmal denke ich, er wäre ein passenderer Ehemann für Mariette als ich«, gestand Kenbrook und brachte Gloriana damit erneut aus der Fassung. Ihre Freude wurde jedoch getrübt, als sie sich sagte, daß das nicht unbedingt bedeuten mußte, daß ihr Gemahl sich für sie erwärmte, sonder eher wohl, daß er unbeständig war – um nicht zu sagen, besitzergreifend.

»Damit magst du recht haben«, meinte Gloriana vorsichtig und senkte den Blick, um ihre unziemlichen Gedanken zu verbergen.

Kenbrook hatte nun einen Fuß auf die Bank gestellt, die Arme lagen locker auf seinem Knie. Gloriana glaubte, sein Lächeln so deutlich wie die Sonne und die Brise, die vom See kam, spüren zu können, daß sie nicht im mindesten überrascht war, als sie aufschaute und es sah.

»Ich hätte nicht geglaubt, diese Worte jemals über Eure Lippen kommen zu hören, Mylady«, scherzte er.

Gloriana erhob sich, weil Kenbrooks Nähe sie verwirrte. »Gibt es noch etwas, was du mir sagen möchtest?« fragte sie aus sicherer Distanz. »Obwohl es mir keine Freude bereiten wird, Edward und seine Freunde mit erhobenen Lanzen aufeinander zureiten zu sehen, ist meine Anwesenheit erforderlich. Die barbarischen Festlichkeiten werden jeden Augenblick beginnen, falls sie nicht längst begonnen haben.«

Kenbrook streckte den Arm aus und schloß das Tor, als sie hindurchschlüpfen wollte, und Gloriana fand sich gefangen zwischen dem Tor und den Armen ihres Gatten. »Ja«, sagte er. »Es gibt noch etwas, was ich dir sagen möchte, Lady Kenbrook. Du wirst keinen anderen Mann als mich küssen.«

Sein Mund war nur noch Zentimeter von Glorianas entfernt, und ihr ganzer Körper bebte in Erwartung seines Kusses. »Das ist ein äußerst unvernünftiges Ansinnen«, protestierte sie. »Ich kann ihm nicht zustimmen, wenn du mir nicht das gleiche versprichst.«

Kenbrooks leises Lachen war wie ein Streicheln. »Nun gut«, sagte er. »Dann verspreche ich dir eben, keinen anderen Mann zu küssen.« Und dann nahm er ihre Lippen in Besitz, sanft zunächst und dann mit einer Wildheit, die Gloriana völlig überwältigte und Reaktionen in ihrem Körper hervorrief, die sie niemals für möglich gehalten hätte.

Und noch immer beherrschte er sie, mit seinen Lippen und seiner Leidenschaft, und brannte sein Bild unauslöschlich in ihre Seele ein.

Gloriana sank gegen das Tor, als er sie schließlich losließ, und rang nach Atem.

Kenbrook starrte in sichtlicher Verwirrung auf sie herab und strich mit der Fingerspitze über ihre erhitzten Wangen. »Möge Gott mir beistehen«, sagte er rauh, »denn ich bin unweigerlich verdammt!«

Kapitel 6

Während jenes langen, ereignisreichen Nachmittags, angefüllt mit Spielen und Turnieren, glitt Gareths Blick oft zu seinem Bruder Dane und der schönen Frau an dessen Seite. Gloriana schien verändert, als wäre erst jetzt ihr wahres Ich zum Vorschein gekommen, als wäre sie erst jetzt, nach Kenbrooks Heimkehr, zu ihrer vollen Schönheit erblüht.

Sie schienen sich ungewöhnlich gut zu verstehen, diese beiden, ob sie nun das Turnier verfolgten oder sich so angeregt unterhielten, als gäbe es außer ihnen niemanden sonst auf der Welt. Es war Gareths liebste Hoffnung, daß sie sich versöhnten und ihre Ehe fortsetzten – es war in der Tat lebenswichtig.

Aber Hadleigh war ein Pragmatiker und daher ziemlich sicher, daß diese zur Schau getragene Harmonie nur vorübergehend war, angeregt durch den Glanz und die Emotionen dieses Tages. Sobald alle wieder ihr normales Leben aufnahmen, würden Gloriana und Dane bestimmt wieder zu ihren alten Unstimmigkeiten zurückkehren, vor allem, solange die Französin noch in der Burg weilte.

Nachdem eine Trompete das Ende des letzten Turniers dieses Tages angekündigt hatte, zog Gareth ein Taschentuch aus seiner Tunika und tupfte sein verschwitztes, staubbedecktes Gesicht ab. Trotz der grenzenlosen Zuneigung, die er den beiden Menschen entgegenbrachte, beruhte sein Wunsch nach Frieden zwischen Gloriana und Dane nicht nur auf sentimentalen Gründen. Falls Kenbrook die Ehe annullieren ließ, wäre der ansehnliche Prozentsatz an den Gewinnen aus der noch immer blühenden Handelsgesellschaft von Glorianas verstorbenem Vater verloren. Ländereien, Liegenschaften und Frachtschiffe würden dann Glorianas alleiniger Kontrolle unterliegen, und sowohl Hadleighs wie auch Kenbrooks Anteile an diesen Geschäften würden erlöschen.

Gareth wischte über seinen Nacken und fluchte leise vor sich hin. Das durfte er nicht zulassen. Er war gezwungen, etwas Drastisches zu unternehmen, so sehr er es auch haßte, sich in die Beziehung zwischen seinem geliebten Schützling Gloriana und seinem Bruder einzumischen.

Mit einer Handbewegung befahl Gareth seinen vertrauenswürdigsten Bewaffneten zu sich und erteilte ihm mit leiser Stimme Anweisungen.

Die Ritter hatten viel Staub aufgewirbelt bei den kühnen Darstellungen ihrer Kampfeskünste, und Gloriana war, wie alle anderen, von Kopf bis Fuß mit Staub bedeckt. Gloriana wollte in ihre Gemächer zurückkehren, um sich zu waschen und ihr Kleid zu wechseln, bevor sie in die Abendmesse ging und zu dem Fest, das anschließend folgen würde.

Dane, der den ganzen Nachmittag sehr aufmerksam gewesen war und ihr das Turnier mit seinen Bemerkungen erträglich gemacht hatte, begleitete sie bis zur großen Halle. Es hatte sich einiges zwischen ihnen geändert seit jenem Kuß am Tor, aber Gloriana wagte es nicht, den wenigen Stunden voller Glück zuviel Gewicht beizumessen. Da war noch immer Mariette, und es blieb die düstere Aussicht auf ein Leben hinter Klostermauern.

Kenbrook trat Gloriana in den Weg, als sie sich abwenden wollte, und legte die Hände um ihr schmutziges Gesicht. »Dein Haar«, sagte er. »Du wirst es doch nach der Messe nicht bedecken?«

Gloriana spürte, wie das Blut in ihre Wangen stieg, wie ihr Herz zu rasen begann. Sie schüttelte den Kopf. »Nein, Mylord«, antwortete sie ohne Spott.

Zufrieden entließ er sie, und sie eilte aus dem großen Saal.

Judith hatte eine Wanne in ihr Schlafzimmer gebracht, und Gloriana sank dankbar in das Wasser, obwohl es nur noch lauwarm war. Nachdem sie sich rasch gewaschen hatte, setzte sie sich hinaus auf die Bank in ihrem Hof und bürstete den Staub aus ihrem Haar, während ein Dienstmädchen die Wanne herausschleppte und sie an der Mauer ausleerte.

Es war ein milder Sommerabend, und eine leichte Brise trug die fröhlichen Weisen der Spielmänner zu Gloriana in den Garten.

»Ich war so stolz auf Master Edward«, bekannte Judith. Auch sie war staubbedeckt, denn bis auf die Küchenmägde, die das abendliche Festmahl zuzubereiten hatten, hatten die Dienstboten sich die Turniere anschauen dürfen. Plötzlich kicherte sie. »Er hat auch eine Verehrerin – jenes französische Mädchen, das Euer Gemahl mit heimbrachte.«

Gloriana verspürte ein leises Schuldbewußtsein, weil sie Mariette während der Festlichkeiten nicht vermißt hatte. »Woher willst du das wissen, Judith? Das arme Ding hat sich doch praktisch nur in seinem Zimmer aufgehalten, seit es nach Hadleigh Castle kam.«

Judith nickte. »Das ist wahr, Mylady. Aber sie hat die Zeremonien und die Turniere von dem Balkon vor ihrem Zimmer verfolgt.«

Trotz ihrer aufrichtigen Sympathie für Mariette verspürte Gloriana leisen Ärger. »Mademoiselle hat sicher Kenbrook beobachtet, nicht seinen Bruder«, meinte sie gereizt und erhob sich, um in ihr Zimmer zurückzugehen und ein hübsches grünes Gewand anzulegen.

Judith folgte ihr hinein. »O nein, Mylady. Ihre Blicke galten nur Sir Edward und niemand anderem. Meine eigene Schwester Mag war dem Mädchen zugeteilt worden, weil diese gräßliche Fabrienne Kopfschmerzen hatte. Mag war die ganze Zeit bei der Französin und hat es genau gesehen.«

Es stimmte, daß Edward eine beeindruckende Figur abgab, vor allem jetzt, wo er ein Ritter war, und es hätte Gloriana daher eigentlich nicht überraschen dürfen, daß Mariette ihn attraktiv fand.

Aber irgendwie überraschte es sie doch.

Kenbrook ist schließlich nicht der einzige gutaussehende, begehrenswerte Mann auf dieser Welt. Gloriana lächelte und summte vor sich hin, als sie sich anzog. Angenommen, Edward würde die schöne Französin nun auch bemerken …

»Darf ich jetzt gehen, Mylady?« unterbrach Judith Glorianas angenehme Überlegungen. »Wir Dienstboten feiern nämlich heute abend unser eigenes Fest.«

»Geh nur«, erwiderte Gloriana lächelnd.

Als sie allein war, flocht sie ihr Haar zu einem dicken Zopf, in den sie grüne und goldfarbene Seidenbänder schlang. Nachdem sie den Zopf am Nacken festgesteckt hatte, bedeckte sie ihr Haar mit einem apfelgrünen Schleier. Während sie sich noch prüfend in ihrem silbernen Spiegel betrachtete, begannen die Glocken zu läuten, die die Mitglieder des Haushalts zur Andacht riefen.

Die Kapelle war bis auf den letzten Platz gefüllt. Edward und seine Gefährten, die auf einer separaten Bank vor dem Altar saßen, boten einen prachtvollen Anblick in ihren neuen Tuniken aus Scharlachrot und Gold. In der ersten Reihe saßen Gareth, an seiner Seite Lady Elaina und Dane, der allein war und eine ernste Miene zeigte. Die Dienstboten füllten den hinteren Teil der Kirche, wo Gloriana zögernd stehenblieb, bis Kenbrooks Blick sie fand.

Sein jähes Lächeln genügte ihr als Einladung. Rasch schritt sie durch den mit Binsenstroh bedeckten Hauptgang, um ihren Platz neben ihrem Gatten einzunehmen.

Auch Dane hatte sich gewaschen und seine verstaubten Kleider gegen ein neues Hemd, eine frische Tunika und enganliegende Beinkleider aus graubrauner Wolle ausgetauscht.

Bevor Gloriana sich setzte, bückte sie sich, um Lady Elainas Wange zu küssen. Gareth, der sehr zerstreut wirkte, begrüßte Gloriana mit einem kurzen Nicken, bevor er den Blick wieder von ihr abwandte. Edward drehte sich auf seinem Ehrenplatz um und schenkte ihr ein strahlendes Lächeln.

Sie spürte, wie Dane sich versteifte, als sie neben ihm ihren Platz einnahm.

»Dreister Welpe«, murmelte er.

Gloriana unterdrückte ein Lächeln. »Sei nett«, riet sie ihrem gereizten Gatten. »Dies ist schließlich ein Haus Gottes.« Sie sah sich in der schlichten, aber geräumigen Kapelle um. »Hier hat unsere Trauung stattgefunden, nicht?«

»Ich denke schon«, antwortete Kenbrook gleichgültig. »Ich war auf dem Weg nach Italien, als mein Stellvertreter die verhängnisvollen Gelübde für mich sprach, und du warst, glaube ich, noch ein kleines Kind und weit entfernt in London.«

Sie erinnerte sich plötzlich an das erste Mal, als sie mit Edwenna in die Kapelle gekommen war und gebetet hatte, daß niemand das Geheimnis erfuhr, daß sie mit Lady Elaina teilte – daß Gloriana einst Megan geheißen hatte. Sie war aus einer anderen Welt gekommen, die unerwünschte Tochter reicher, egoistischer Eltern, von denen einer aus Amerika und einer aus England stammte.

»Gloriana?« Danes Stimme, die rauh vor Sorge war, riß sie aus dem Strom von Erinnerungen, der sie zu überwältigen drohte. »Fühlst du dich nicht wohl? Mein Gott, du siehst aus, als ob du keinen Tropfen Blut mehr in dir hättest!«

Gloriana war heiß und schwindlig, als ob sie jeden Augenblick in Ohnmacht fallen würde. Sie, die in ihrem ganzen Leben noch nie ohnmächtig gewesen war, nicht einmal, als sie von einem Baum gestürzt war und ihren

Arm gebrochen hatte! Hatte dieser Unfall hier stattgefunden, in England, oder in jenem anderen Land, das noch auf keiner Karte zu finden war und unentdeckt auf der anderen Seite des Ozeans lag?

»Gloriana!« wiederholte Dane.

Sie war im großen Garten der Saunders gewesen und hatte gelauscht, wie der Wind die Glöckchen auf der Terrasse zum Klingen brachte, bevor sie vom Apfelbaum herabstürzte …

»Es ist alles in Ordnung«, flüsterte sie und versuchte ihre Erschütterung zu verbergen, als Pater Cradoc seinen Platz hinter dem Altar einnahm, um die Andacht zu beginnen. Dennoch wurde sie weiterhin von diesen erbarmungslosen Erinnerungen bedrängt, die sie den größten Teil ihres Lebens erfolgreich unterdrückt hatte.

Sie hatte ihren Arm in Amerika gebrochen.

Sie war nicht per Schiff nach London gekommen, sondern in einer riesigen, lauten Maschine namens ›Flugzeug‹. Sie hatten Sitze in der ersten Klasse gehabt, und ihre Eltern hatten während der gesamten Reise Cocktails getrunken und sich in gedämpftem Ton gestritten. Sie wollten sich scheiden lassen, und der Anlaß ihres Streits war Megan. Jeder wollte, daß der andere ›das Kind‹ nahm, doch sie konnten sich nicht einigen und brachten sie deshalb nach England, um sie in einem Internat anzumelden und dann zu vergessen.

Gloriana schloß die Augen, als Traurigkeit sie überwältigte.

Dane legte einen Arm um ihre Taille, während der gute Pater zu einer seiner ausgedehnten Predigten ansetzte. »Was hast du?« fragte Kenbrook leise.

Wenn ich es ihm nur sagen könnte, dachte Gloriana und riß sich unter Aufbietung ihrer ganzen Willenskraft zusammen. Das war der schlimmste Teil ihrer Erinnerungen – das Wissen, daß ihre eigenen Eltern sie nicht gewollt hatten. Sie wagte nicht, sich Dane oder irgend jemand anderem anzuvertrauen, aus Angst, für verrückt erklärt zu werden.

Und vielleicht war sie das ja auch.

Aber nein, sie hatte die Kleider, die kleinen Schuhe und die Puppe – all das lag verborgen in der großen Truhe auf dem Dachboden ihres Hauses. Diese Dinge waren ein solider Beweis dafür, daß jene andere Welt existiert hatte, obwohl sie nicht riskieren durfte, diese Sachen irgend jemandem zu zeigen. Selbst Cyrus, ihr Adoptivvater, hatte nie die ganze Geschichte erfahren. Er hatte Gloriana für ein Findelkind gehalten, das, wie Edwenna stets behauptet hatte, bis zu seinem fünften Lebensjahr in einem Kloster aufgewachsen war. Cyrus, der ein nachsichtiger Gatte war, trotz seiner angeblichen Romanze auf dem Kontinent, hatte Gloriana wie eine eigene Tochter aufgezogen, nur weil Edwenna es so wollte.

Soweit Gloriana sich erinnern konnte, hatte der Kaufmann nie Fragen gestellt und sie mit einer zurückhaltenden, aber beständigen Zuneigung behandelt, wie ihr wirklicher Vater sie ihr nicht einmal vorgetäuscht hatte. Eine Mitgift war für sie bereitgestellt worden, Pläne und Absprachen waren getroffen und Dokumente unterzeichnet worden. Cyrus hatte Gloriana als Alleinerbin seines beträchtlichen Vermögens eingesetzt, und Edwenna hatte sie aufgezogen und ihr Liebe und Wärme, Freude und Sicherheit geschenkt.

Ich werde ewig dankbar sein, dachte Gloriana, als sie neben Dane saß, *daß das Schicksal eingegriffen und mich an diesen Ort gebracht hat.*

Tränen standen in ihren Augen, als der Priester auf latein die Messe las und dann ein Gebet begann. Einer nach dem anderen erhoben sich die frischgebackenen jungen Ritter, um ihre Schwerter auf den Altar zu legen und Christus Treue zu schwören.

Edward war der letzte, und durch das vielfarbige Glas des Fensters, auf dem der heilige Georg abgebildet war, fiel das buntgefärbte Licht genau auf ihn, als er wie die anderen niederkniete und seinen Eid sprach. Dann erhob er sich, aber er nahm nicht wieder Platz, so wie die anderen, sondern trat vor Gloriana.

Sein Blick ruhte auf ihrem Gesicht, während er sich auf ein Knie niederließ und ihr die schimmernde Klinge zu Füßen legte. »Euch will ich dienen und verteidigen«, gelobte er ernst, »und Euch niemanden voranstellen als nur den Erlöser.«

Ein spannungsgeladenes Schweigen folgte, dann fingen alle auf einmal an zu reden, wenn auch in gedämpftem Ton. Nur Dane sagte nichts, und auch Gareth und Elaina schwiegen.

Gloriana beugte sich vor, legte ihre Hände um sein blasses Gesicht und küßte ihn auf die Stirn. Errötend nahm er sein Schwert, steckte es in die Scheide und kehrte an seinen Platz bei den anderen jungen Rittern zurück.

Die Messe endete, und Gareth war wie stets der erste, der sich erhob, um die Kapelle zu verlassen. Lady Elaina, wunderschön in ihrem blauen Kleid und Schleier, stützte sich auf seinen Arm. Ihnen folgte Pater Cradoc, dann kamen die acht Ritter in ihren prachtvollen Tuniken. Edward zögerte kurz, als ob er etwas sagen wolle, überlegte es sich dann jedoch und ging schweigend weiter.

Dane reichte Gloriana seinen Arm und führte sie durch den Gang in den Hof hinaus, wo Pechfackeln brannten und Komödianten, Akrobaten und Gaukler ihre Kunststücke vorführten. Der verlockende Duft nach geröstetem Wildbret, Aalpasteten und anderen Köstlichkeiten stieg den hungrigen Gästen in die Nase und reizte ihre Mägen. Heute abend würde das Essen im Freien eingenommen werden, an langen Tischen und Bänken wie auf einem Jahrmarkt.

Nach dem ausgedehnten Festessen wurde auf dem Hof getanzt, Spiele und andere Zerstreuungen wurden geboten wie sonst nur zu Ostern und an den Weihnachtstagen. Gloriana und Edward hatten sich beide schon seit Monaten auf den Spaß gefreut. Doch nun fühlte Gloriana sich erschöpft und dermaßen von ihren widerstreitenden Gefühlen verwirrt, daß sie nicht mehr wußte, ob sie gehen oder bleiben sollte.

Kenbrook, der geschwiegen hatte, seit Edward Gloriana in der Kapelle seinen Treueschwur geleistet hatte, bot Gloriana einen Platz auf dem breiten Rand des Brunnens an und ließ sie allein, um wenige Minuten später mit einer Aalpastete und einem Krug Wein zurückzukehren. Sie dankte ihm und aß so manierlich, wie es ihr unter den gegebenen Umständen möglich war, während Kenbrook neben ihr saß und zuschaute.

»Er versteht sich in Szene zu setzen, mein Bruder«, sagte Dane, und Gloriana wunderte sich, daß nicht der geringste Groll in seiner Stimme klang.

Sie begann sich etwas besser zu fühlen, nachdem sie etwas gegessen und von dem Wein getrunken hatte. »Ich bitte dich, nachsichtig mit ihm zu sein«, antwortete sie leise. »Edward ist noch jung und eben erst zum Ritter geschlagen worden. Sein Kopf steckt noch voller Geschichten von Jungfrauen, Drachen, Königen und Zauberern. Eines Tages wird er entdecken, wie die Wirklichkeit ist.«

»Vielleicht«, stimmte Dane mit heiserer Stimme zu und betrachtete Gloriana, ohne sein eigenes Essen anzurühren. »Aber es ist nicht ungewöhnlich für einen Mann, ein Leben lang eine einzige Frau zu lieben. Es könnte so sein bei Edward angesichts der Verehrung, die er dir entgegenbringt.«

»Ich hoffe es nicht«, erwiderte Gloriana, und ihr Herz tat weh beim Gedanken an Edwards wundervolle Geste in der Kirche und den Ausdruck, der auf seinem Gesicht gelegen hatte, als er ihr den Eid leistete.

»Kannst du seine Gefühle nicht erwidern?«

Zu jeder anderen Zeit hätte diese Frage Gloriana ungeduldig gestimmt oder gar verärgert. Nun löste sie nur eine leise Trauer in ihr aus. »Ich habe es dir bereits gesagt«, erwiderte sie. »Ich kann Edward nicht so lieben, wie er es sich wünscht, obwohl ich es tun würde, wäre ich dazu imstande.«

Danes blaue Augen, etwas sanfter nun, suchten ihren Blick. Der Fackelschein vergoldete sein helles Haar. »Weil du einen anderen liebst«, sagte er.

»Unseligerweise ja«, erwiderte Gloriana und wußte,

daß sie zuviel gesagt hatte und zu freimütig gewesen war.

Kenbrook strich mit dem Finger über ihre Lippen, und Gloriana erschauerte vor Verlangen, selbst bei dieser unschuldigen Berührung. »Heute nacht«, erklärte er lächelnd, »werden wir tanzen, fröhlich sein und nur von Dingen sprechen, die nicht wichtig sind. Wir haben morgen noch genug Zeit, um Krieg zu führen.«

Gloriana lachte, obwohl sie ganz ungewöhnlich müde war und sich innerlich wie zerbrochen fühlte. Immer wieder mußte sie daran denken, wie in der Kapelle die alten Erinnerungen über sie hereingebrochen waren, und seitdem wurde sie von einer merkwürdigen Angst, fast einer Vorahnung, geplagt. Wenn sie einmal einer Welt entrissen worden war, dann mochte es doch durchaus sein, daß sie auch aus dieser Welt gerissen wurde.

»Wir werden Frieden bewahren«, versprach sie Dane. »Bis morgen früh.«

Lady Elaina, die neben ihrem Gatten stand und sich nach der Stille ihrer kleinen, kargen Klosterzelle sehnte, beobachtete Dane und Gloriana, die im flackernden Schein der Fackeln tanzten. »Du hast recht«, sagte sie zu Gareth, der ihr gerade seine Pläne anvertraut hatte. »Die Nacht scheint wie verzaubert, mit der Musik, den Gauklern und den Komödianten überall, aber sie sind stolze Menschen, Dane und Gloriana, und es wird nicht lange dauern, bis sie sich wieder streiten.«

»Was ich vorhabe, erscheint mir ein wenig kühn«, gestand Gareth. »Doch es ist eine Verzweiflungstat.«

Elaina drückte seinen Arm. »Die Lage erfordert außergewöhnliche Maßnahmen, mein Gemahl. Und die Folgen, falls deine Bemühungen scheitern sollten, wären unausdenkbar.« Sie seufzte und lehnte für einen Moment den Kopf an seine breite Schulter. Gareths körperliche Kraft und sein schnell erwachendes Verlangen hatten sie früher stets fasziniert, doch schon seit langem überließ sie derartige Dinge bereitwillig seiner irischen Mätresse. »Ich bin müde«, sagte sie. »Vielleicht wären ein oder zwei deiner Bewaffneten bereit, mich heimzubegleiten?«

Gareth warf ihr einen Blick zu, der Qual und unverbrüchliche Zuneigung verriet. »›Heim‹ in die Abtei, Elaina?« fragte er. »Was ist mit Hadleigh Castle? Wirst du nie zurückkehren?«

Elaina betrachtete ihn eine Weile schweigend, und ihr Herz verkrampfte sich. Wie hätte sie ihm beschreiben können, welchen besonderen Preis ihre ungewöhnlichen Fähigkeiten forderten? Sie konnte ihm unmöglich anvertrauen, was sie über Gloriana und jene Welt wußte, die sich hinter einem gewissen Tor in der Mauer der Abtei öffnete, und sie konnte ihm auch nicht verraten, welches Schicksal sie alle hier erwartete.

»Nein, Geliebter«, sagte sie leise. »Ich bin für dich verloren. Trauere nicht um mich.«

Tränen glitzerten in Gareths Augen. »Du verlangst etwas Unmögliches«, erwiderte er, bedrängte sie jedoch nicht weiter. Das tat er nie. Später, wenn die bittere Aufgabe dieser Nacht erledigt war, würde er zweifellos zu Annabel, seiner irischen Geliebten, gehen, um dort Trost zu suchen, den seine Frau ihm nicht mehr geben konnte. Im stillen segnete Elaina die beiden.

Gareth brachte sie auf seinem eigenen Pferd zu den Toren der Abtei, die sich bei ihrer Ankunft öffneten. Früher, dachte Elaina traurig, sind wir oft so geritten, wenn auch aus völlig anderen Gründen. In jenen längst vergangenen Tagen hatte Gareth sie zu irgendeinem abgelegenen Ort im Wald gebracht und sie dort geliebt, auf einem Bett aus weichem Gras, bis sie beide erschöpft waren von den süßen Strapazen …

Elaina legte eine Hand an Gareths Wange. Die Äbtissin wartete am Tor, hielt eine Lampe und schaute zu den Ruinen von Kenbrook Hall hinüber.

»Mein Geliebter«, flüsterte Elaina und küßte die Lippen ihres Mannes zärtlich, doch ohne Leidenschaft. »Gott schütze dich.«

Mit diesen Worte löste sie sich von ihm und glitt anmutig aus dem Sattel, denn sie war früher eine hervorragende Reiterin gewesen, und ein Teil von ihr erinnerte sich noch daran.

Gareth schaute schweigend zu, wie die Äbtissin Elaina durch das Tor führte und es hinter ihnen verschloß. Elaina weinte lautlos, all des Schmerzes wegen, den sie verursacht hatte, und um alles, was sie verloren hatte.

Schwester Margaret schien zerstreut. »Es ist wirklich eigenartig«, sagte sie, als sie den dunklen Hof überquerten. »Ich könnte schwören, daß ich Licht in einem der Türme von Kenbrook Hall gesehen habe.«

Elaina schwieg, denn es gab Dinge, die sie nicht einmal ihrer guten Freundin und Ratgeberin verraten hätte. Sie hörte den Hufschlag von Gareths Pferd, als er fortritt und sich von der Abtei entfernte. Er konnte nicht wissen, daß ein Teil von Elainas Seele mit ihm ritt und in aller Ewigkeit bei ihm sein würde.

Edward mied Gloriana den ganzen Abend, obwohl er hin und wieder einen sehnsuchtsvollen Blick in ihre Richtung warf, und sie war froh darüber. Sie konnte ihn nicht heiraten, daran hatte sich nichts geändert, doch um nichts auf dieser Welt oder auf jener anderen hätte sie ihm weh getan.

Irgendwann brachen die Männer zur Dorfschenke auf, angeführt von den acht frischgebackenen jungen Rittern, und die Komödianten und die Gaukler tauchten in der Nacht unter. Die Fackeln waren schon ziemlich heruntergebrannt, als Gloriana aufstand und Dane verließ – ihm eine gute Nacht zu wünschen, hätte das offizielle Ende ihres Waffenstillstands bedeutet – und durch den dunklen Garten auf ihren Hof zuging.

Es wäre ihr nie in den Sinn gekommen, sich zu fürchten, denn sie kannte sich in Hadleigh Castle aus, und niemand hätte je gewagt, sie zu belästigen. Doch nun, als sie an einer hohen Hecke vorbeiging, hörte sie ein Rascheln hinter sich.

Im Glauben, es sei Edward, der ihr einen Streich spielte, oder Dane, der den morgigen Krieg zu früh begann, drehte sie sich um, stützte die Hände in die Hüften und spähte ungeduldig in die Dunkelheit. »Wer immer du auch sein magst – laß mich in Ruhe«, befahl sie.

In diesem Augenblick schloß sich von hinten ein starker Arm um ihre Taille, eine Hand legte sich über ihren Mund.

»Habt keine Angst, Mylady«, flüsterte eine Stimme, die ihr zwar bekannt vorkam, die sie jedoch nicht erkannte. »Ich schwöre bei meiner Seele, daß niemand Euch etwas zuleide tun wird.«

Das vermochte Gloriana nicht zu beruhigen, und so trat sie aus und zappelte, doch ohne Erfolg. Ihr Angreifer war groß und kräftig, und falls er doch sein Versprechen bräche und ihr etwas antäte, könnte sie nichts dagegen unternehmen.

Dennoch verdoppelte sie ihre Bemühungen, denn Gloriana hielt nichts davon, aufzugeben, selbst wenn keine Hoffnung auf Erfolg bestand. Ihr Angreifer fluchte leise und hielt sie fest, während sich aus Hecken und Schatten Männer lösten, um ihm dabei zu helfen, die Wildkatze fortzuschaffen. Blitzschnell hatte man ihr die Augen verbunden, sie geknebelt und ihr an Händen und Füßen Fesseln angelegt.

Gloriana blieb wachsam, für den Fall, daß sich eine Chance zur Flucht ergeben sollte. Sie wurde auf einen Wagen gehoben, nicht grob, sondern ausgesprochen behutsam, und mit Stroh bedeckt. Es kitzelte, stach und erschwerte ihr das Atmen.

Glorianas Erregung wuchs, aber sie zwang sich, ruhig zu bleiben. Sie mußte nachdenken. Konnte es sich um einen Streich oder irgendein Ritual der jungen Ritter handeln? Nein, ausgeschlossen. Edward hätte einen so grausamen Scherz nie zugelassen, geschweige denn, sich persönlich daran beteiligt.

Vorausgesetzt natürlich, daß Edward wußte, was hier vorging …

Ein Frösteln erfaßte Gloriana, als sie sich an einige der schrecklichen Geschichten erinnerte, die das Gesinde sich spätabends in der großen Halle am Kamin zu erzählen pflegte. Ihr Entführer hätte Merrymont sein können, der grausame Feind der St. Gregorys, oder ein Bandit, der sie verkaufen würde wie eine Ware … sie würde im Bauch eines Schiffs aus England fortgebracht und im Harem irgendeines Sultans enden … Nein, sie durfte solchen Gedanken nicht nachgeben!

Der Wagen holperte über unebenen Boden, was bedeutete, daß er nicht durch den Burghof oder das Dorf fuhr. Sie fuhren am Seeufer entlang; Gloriana hörte das leise Plätschern der Wellen und nahm selbst durch das Stroh den Geruch nach Wasser wahr. Doch in dieser Richtung lag nur Kenbrook Hall …

Gloriana hätte sich aufgerichtet, wenn ihre Fesseln sie nicht daran gehindert hätten. Kenbrook Hall, der offizielle Wohnsitz Dane St. Gregorys, des fünften Barons von Kenbrook!

Ich hätte es mir denken sollen, dachte sie verbittert, daß all seine Aufmerksamkeiten, angefangen von dem Kuß am Gartentor bis hin zu jenem letzten Tanz heute abend, zu einem geschickten Plan gehörten. Sie hatte damit gerechnet, daß die Feindseligkeiten am nächsten Morgen wiederaufgenommen würden, doch er hatte sie übertölpelt.

Ein überwältigender Zorn erfaßte sie.

Kenbrook würde dafür zahlen. Beim Fersenknochen des heiligen Andreas, eingeschlossen in Gareths zeremoniellem Schwert, bei den Engeln im Himmel und den Teufeln in der Hölle – Gloriana schwor, daß sie Vergeltung üben würde.

Die Fahrt zu der verlassenen Ruine schien Stunden zu dauern, und vielleicht war es auch so, denn Kenbrooks Männer waren bestimmt zu klug, um durch Hast die Aufmerksamkeit auf sich zu lenken. Es war stockfinster, und eine Wolke hatte den Mond verschlungen, als sie in den Hof ratterten und Gloriana endlich aus ihrem Nest aus

Stroh gehoben wurde. Dann wurde ihr die Augenbinde abgenommen.

Sie erkannte die Männer, die sie entführt hatten, noch immer nicht, aber das war nicht wichtig, denn sie wußte eh, wer sie waren. Kenbrooks bezahlte Söldner mußten dieses Abenteuer als ungeheuer amüsant empfinden.

Wie ein Kind wurde Gloriana durch den Hof in die Burg getragen und dann eine ihr vertraute Treppe hinauf. Sie und Edward hatten oft hier gespielt, nachdem sie nach Hadleigh Castle gezogen war. Er war König Arthur gewesen und sie seine Dame Guinevere.

Diese Erinnerung tröstete sie ein wenig, und sie setzte ihren Entführern keinen Widerstand entgegen. Aber das hieß nicht, daß sie sich ergab – sie wollte lediglich ihre Kräfte schonen. Um Kenbrooks Pläne, sie für immer loszuwerden, zu durchkreuzen, würde sie all ihren Mut, ihre Kraft und ihre Klugheit benötigen.

Nachdem sie noch mehr Treppen hinaufgestiegen waren, öffnete sich vor ihnen quietschend eine mächtige Tür, und Gloriana blinzelte. Das Gemach war hell erleuchtet.

»Setz sie vorsichtig hin, du Grobian, oder ich lasse dich auspeitschen, bis du nicht mehr stehen kannst!« Der scharfe Befehl ließ Glorianas Herz für einen Moment verstummen, denn es war nicht Kenbrooks, sondern Gareths Stimme.

Mit großen Augen starrte Gloriana ihren Schwager an, als einer seiner Männer sie so sachte und behutsam wie eine kostbare Porzellanfigur auf einen Stuhl setzte. Da sie allerdings nach wie vor geknebelt war, konnte sie nichts sagen, und das war gut so, denn die Worte, die ihr in den Sinn kamen, waren äußerst unfein.

»Geht jetzt«, sagte Gareth und begann im Schein der einzigen Lampe unruhig auf und ab zu schreiten. Der Raum, der ihr eben noch so hell erschienen war, wirkte jetzt beinahe düster.

Die Bewaffneten gingen.

»Gott ist mein Zeuge«, meinte Gareth schroff, »daß niemand dir etwas zuleide tun wird. Ich mußte zu diesem Mittel greifen, weil mir keine andere Wahl blieb.« Dann, endlich, kam er zu ihr, um den Knebel zu entfernen, und löste die Fesseln an ihren Händen und an den Füßen.

Gloriana war zu betroffen, um zu fliehen, zu bestürzt, um zu schreien oder auch nur eine Erklärung zu verlangen. Sie hatte ihren Zorn auf Kenbrook geschürt und wußte nun nicht, wie sie sich verhalten sollte, als sie statt dessen Gareth gegenüberstand. Ihrem Vormund. Ihrem Beschützer. Ihrem Schwager.

Ihrem Verräter.

Er holte ihr einen Becher Wein.

Gloriana nahm ihn mit bebender Hand und trank.

»Warum?« fragte sie schließlich. Obwohl sie zitterte und zutiefst erschöpft war, empfand sie keine Angst mehr.

»Du wirst eine Weile hierbleiben«, sagte Gareth sanft, zog sich einen Schemel heran und setzte sich. »Nur für eine kurze Zeit, Gloriana«, fügte er rasch hinzu, als sie protestierte. »Es wird dir an nichts fehlen, das verspreche ich dir.«

»Außer meiner Freiheit«, sagte Gloriana, und eine Träne rollte über ihre Wange.

Gareth schaute sie an, als wollte auch er in Tränen ausbrechen, was recht erstaunlich war, weil dieser Mann sonst keine Schwäche kannte. Selbst Merrymont, sein ärgster Feind, hätte sich dafür verbürgt. »Ich kann es nicht erklären«, erwiderte er rauh. »Ich habe meine Gründe, Gloriana, gute Gründe, und du mußt mir vertrauen. Nur darum und um nichts anderes bitte ich dich.«

»Wie kann ich dir nach all dem noch vertrauen, Gareth?«

Er seufzte und erhob sich von seinem Schemel, doch sein Blick blieb unverwandt auf sie gerichtet. »Ich glaube, du tust es, trotz allem. Weil du weißt, tief in deinem Innersten, daß du auf Erden keinen treueren Freund besitzt als Gareth St. Gregory.«

Das stimmte, obwohl Gloriana es natürlich niemals zugegeben hätte. Dennoch hegte sie arge Bedenken und einen Groll, der von Minute zu Minute wuchs. »Warte nur, bis Lady Elaina davon hört«, drohte sie.

»Lady Elaina unterstützt mein Vorhaben«, antwortete Gareth. Und dann durchquerte er mit klirrenden Sporen den Raum, der zum größten Teil im Dunkeln lag, und Gloriana hörte, wie er an die Tür klopfte. Die alten Scharniere der mächtigen Eichentür quietschten wieder, als sie geöffnet wurde. »Gute Nacht, Gloriana«, wünschte Gareth, ging hinaus und ließ sie allein in ihrer geräumigen Gefängniszelle zurück.

Lange Zeit saß sie nur still im schwachen Schein der Lampe da und versuchte, sich mit der Erkenntnis abzufinden, daß zwei der Menschen, denen sie am meisten vertraut hatte, sich gegen sie verschworen, sie entführt und zu einer Gefangenen gemacht hatten. Das Schlimmste jedoch war, daß sie keine Erklärung dafür fand – es schien fast, als bliebe ihr nichts anderes übrig, als diese Prüfung zu ertragen und ihren Peinigern zu vertrauen.

Nachdem sie ihren Wein getrunken und sich ein wenig ausgeruht hatte, hob Gloriana die Lampe auf und begann sich umzusehen. Sie befand sich in einem sehr geräumigen Zimmer, das in allen vier Himmelsrichtungen Fenster besaß, die weit geöffnet waren, um die kühle Nachtluft einzulassen.

Als Gloriana sich auf der Nordseite aus dem Fenster beugte, erkannte sie in der Ferne Hadleigh Castle und den im Mondlicht schimmernden See. Rasch stellte sie die Lampe auf das Fensterbrett und legte wie einen Trichter die Hände um den Mund.

»Hilfe!« schrie sie gellend, obwohl sie wußte, daß es sinnlos war.

Niemand würde sie hören, und falls doch zufällig jemand ihren Schrei vernahm, würde er sie für ein Gespenst halten, das in den alten Gemäuern umging, und entsetzt die Flucht ergreifen. Ihre einzige Hoffnung war, daß Edward, wenn er sie am Morgen vermißte, daran denken würde, an diesem Ort nachzusehen, wo sie als Kinder so viele glückliche Stunden miteinander verbracht hatten.

Eine beträchtliche Zeit war bereits verstrichen, als Gloriana Geräusche auf der Treppe hörte.

»Großer Gott«, fluchte jemand, »er ist schwerer als ein Ackergaul!«

»Paß auf, daß du ihn nicht verletzt«, warnte eine andere Stimme.

»Und das sagt der, der den armen Mann mit einem Stein niedergeschlagen hat!« versetzte eine dritte Stimme spöttisch.

Gloriana blieb dicht am Eingang stehen und stürzte hinaus, kaum daß die Tür sich öffnete, doch jemand fing sie auf und trug sie in den Raum zurück. Zwei andere Männer zerrten ihre ohnmächtige Beute, die niemand anderer als Kenbrook war, über die Schwelle und ließen ihn achtlos aufs Gesicht fallen.

Gloriana befreite sich von dem Mann, der sie an der Flucht gehindert hatte, lief zu Kenbrook und kniete sich neben ihn auf den kalten Steinboden. Sein goldblondes Haar war dunkel vor geronnenem Blut.

»Dane?« wisperte sie und empfand plötzlich eine fürchterliche Angst.

»Morgen wird er wieder auf den Beinen sein«, sagte einer von Gareths Männern aus dem Halbdunkel, und dann gingen sie und verriegelten hinter sich die Tür.

Gloriana berührte die Schulter ihres Gatten. »Dane!« rief sie noch einmal.

Er stöhnte. »Mein Kopf«, sagte er unnötigerweise und versuchte, sich aufzurichten, was ihm jedoch kläglich mißlang.

»Bleib einen Moment dort liegen«, befahl Gloriana, während sie aufsprang und die Lampe nahm, die sie vorher auf einen Tisch gestellt hatte. »Ich hole Wasser und Tücher.«

Sie hatte beides gesehen, als sie den Raum erforscht hatte, außerdem Lebensmittel, Wein, Feuerholz, Schreibmaterial und ein Schachbrett mit Figuren aus Elfenbein und Onyx sowie ein großes Bett, das vermutlich den eindeutigsten Hinweis auf Gareths Absicht bildete.

Kenbrook, der ihre Anweisung ignorierte, hatte sich gesetzt, als sie ihm zurückkehrte, obwohl es ihm nicht gelungen war, sich aufzurichten. »Was zum Teufel …?«

Gloriana kniete sich hinter ihn und begann die Wunde an seinem Hinterkopf zu säubern. »Du bist heimgekehrt nach Kenbrook Hall, Mylord«, sagte sie trocken, und der Teufel hat gar nichts damit zu tun.«

Kapitel 7

»Wenn uns nicht der Teufel hergebracht hat«, fragte Dane und sog scharf den Atem an, als Gloriana seine Kopfwunde mit einem feuchten Tuch berührte, »wer dann?«

Gloriana hatte inzwischen Zeit gehabt, sich an den Gedanken zu gewöhnen, und obwohl sie wütend auf Gareth war und gewiß gern geflohen wäre, widerstrebte es ihr, ihn als kompletten Schurken darzustellen. Sie überlegte noch, wie sie Kenbrooks Fragen am besten beantworten sollte, als er von selbst erkannte, was geschehen war.

»Großer Gott«, murmelte er, schob Glorianas Hand fort und zog sich mühsam auf die Beine. »Es war dieser Schwachkopf von meinem Bruder – denn wer sonst würde es wohl wagen, mich in meiner eigenen Burg gefangenzuhalten?«

Auch Gloriana erhob sich und stellte die Schüssel mit dem Wasser und Tuch auf einen Tisch. »Aber warum sollte er uns so etwas antun?« fragte sie verwundert. »Ich habe bisher nichts als Güte von Hadleigh erfahren, und doch …«

Dane schwankte und stützte sich auf die Lehne eines groben Stuhls. »Dafür reiße ich ihm die Zähne aus! Ich werde ihm die Ohren und die Haare auf seinem …«

Gloriana wartete und war enttäuscht, als Kenbrook nicht verriet, was er mit Gareths Ohren zu tun gedachte.

»Ich kann mir höchstens vorstellen«, bemerkte sie nach einer hoffnungsvollen Pause, »daß Gareth hofft, wir würden uns gegenseitig umbringen.«

Dane lachte freudlos und ließ sich mit einem unterdrückten Stöhnen auf den Stuhl sinken. »Uns umbringen?« wiederholte er spöttisch. »Denk nach, Gloriana. Benutz den Verstand, den Pater Cradoc und all die anderen jahrelang so gewissenhaft geschult haben. Hadleigh will, daß wir uns *paaren* – wie zwei Kaninchen, die man zusammen in einen Käfig sperrt –, so daß unsere Ehe nicht mehr gelöst werden kann.«

Gloriana war froh über die Dunkelheit, denn sie wollte nicht, daß Kenbrook ihr Lächeln sah. Obwohl sie Gareths willkürliche Methoden zwar nicht billigen konnte, konnte sie ihm andererseits sein Ziel doch nicht übelnehmen. Denn seit dem Kuß am Hoftor wußte sie, daß sie weit mehr als nur Respekt und Bewunderung für ihren Mann empfand ...

»Oh«, meinte sie und blieb außerhalb des Lichtstrahls stehen.

»Ist das alles, was du dazu zu sagen hast? Gareth hat dich entführen lassen, Gloriana! Und nicht etwa aus romantischen Gründen. O nein! Es ist deine Mitgift, die Gareth sich erhalten will. Er profitiert ganz anständig von den Geschäften deines Vaters, und ich möchte wetten, daß er ruiniert wäre, wenn er dir die Mitgift zurückerstatten müßte.«

Gloriana war fassungslos. Sie kannte natürlich die Bedingungen der Vereinbarung und hatte auch gewußt, daß eine bedeutende Summe Gold in ihrem Namen angelegt worden war. Sie hatte jedoch stets geglaubt, Gareths Zuneigung zu ihr sei echt, und war daher sehr bestürzt, solche beunruhigenden Dinge zu hören. »Nein«, flüsterte sie, obwohl sie wußte, daß Kenbrook recht hatte.

Erbarmungslos fuhr ihr Gatte fort: »Als dein Vormund hatte Hadleigh Anspruch auf einen Prozentsatz der Gewinne, und so würde es auch bleiben, vorausgesetzt, du wärst weiterhin mit mir verheiratet. Oder meine

Witwe. Nur bei einer Trennung würde das Abkommen seine Gültigkeit verlieren.«

Entsetzt schlug Gloriana eine Hand vor den Mund und wandte sich ab.

»Du wußtest doch bestimmt von der Vereinbarung, die dein Vater einst mit Hadleigh traf?«

»Ja, ich kenne sie«, bestätigte Gloriana leise und dachte, daß sie nun auch auf dieser Welt niemanden mehr hatte, mit Ausnahme von Edward, und so allein war, wie Megan es einst gewesen war. Ihr Platz in der Familie St. Gregory war nichts als eine hübsche Illusion gewesen und so falsch wie die Tricks der Gaukler.

Der Stuhl scharrte, als Dane aufstand, und Gloriana spürte, wie er näher kam. Seine Hände legten sich auf ihre Schultern. Seine Stimme klang schroff. »Gloriana ...«

Sie weinte – sie, die sich geschworen hatte, nie wieder eine Träne in Kenbrooks Gegenwart zu vergießen. »Laß mich in Ruhe«, stieß sie gepreßt hervor.

Statt dessen drehte er sie um und zog sie an seine Brust. »Ich war zu ehrlich«, sagte er. »Es tut mir leid. Gareths Zuneigung zu dir ist aufrichtig, das kann ich dir versichern, falls es das ist, was diesen Strom von Tränen hervorgerufen hat. Selbst wenn keine gewinnbringende Handelsgesellschaft mit im Spiel wäre, würde er sich wünschen, uns für alle Ewigkeit vereint zu sehen – und alles tun, um es zu erreichen.«

Gloriana lehnte den Kopf an seine Brust. Für alle Ewigkeit! Wenn er wüßte, wovor sie seit diesem Tag solche Furcht hatte! Der Wunsch, Dane ihr Geheimnis anzuvertrauen, drohte sie zu überwältigen, aber sie wagte es nicht, die Worte auszusprechen. »Was sollen wir tun?«

Dane strich ihr über das Haar, in dem noch etliche Strohhalme steckten, und pickte sie heraus. »Es gibt kein Entkommen aus diesem Turm«, erwiderte er. »Wir müssen uns damit abfinden und hoffen, daß Gareth zur Besinnung kommt. Oder ...«

Gloriana hielt den Atem an und bog den Kopf zurück, damit sie Dane ansehen konnte.

»Oder«, fuhr er grimmig fort, »wir vollziehen unsere Ehe. In diesem Fall würde Gareth uns ganz sicher freilassen.« Doch er mißverstand den Ausdruck, der auf Glorianas Gesicht lag. »Fürchte dich nicht«, fügte er lächelnd hinzu. »Ich bin kein Grobian, der einer Frau Gewalt antut.«

Gloriana spürte, wie eine eigenartige, versengende Hitze in ihr aufstieg. »Woher will Gareth wissen, ob wir ...« Verlegen hielt sie inne, weil sie nicht wußte, wie sie ihre Frage formulieren sollte. »Warum belügen wir ihn nicht einfach?«

Kenbrook seufzte. »Weil er einen Beweis verlangen würde.«

Gloriana war entsetzt. »Einen Beweis?«

»Das Bettlaken«, erklärte Dane.

Sie schloß die Augen. »Das ist abscheulich!«

»Wir können von Glück sagen«, entgegnete er, »daß mein Bruder nicht von uns verlangt hat, daß wir Zeugen zulassen. Schließlich ist dies ein ganz normaler Brauch bei Heiraten, wo es um Titel, viel Gold oder große Ländereien geht.«

Er hatte recht, das wußte Gloriana, denn sie hatte schon von solchen Dingen gehört. Frauen hohen Standes beispielsweise mußten ihre Kinder oft vor einer ganzen Versammlung von Höflingen zur Welt bringen, damit der Säugling nicht gegen einen anderen ausgetauscht und dem wahren Erben das Geburtsrecht nicht vorenthalten werden konnte.

»Glaubst du, Gareth würde uns hier wirklich einschließen, bis ...?«

»Ich bin mir sogar ziemlich sicher«, erwiderte Kenbrook resigniert. Der Schlag auf seinen Kopf mußte sehr hart gewesen sein, denn er war leichenblaß, und seine Kleider waren voller Blut. »Nachdem er schon zu so zweifelhaften Mitteln gegriffen hat, um seine Ziele zu erreichen, kann ich mir nicht vorstellen, daß er jetzt noch bereit wäre, nachzugeben.«

»Vielleicht erfährt Edward, was geschehen ist, und kommt, um uns zu befreien.«

Kenbrook war unverschämt genug, sie auszulachen. »Es wäre durchaus möglich, daß Sir Edward versucht, uns zu befreien – vor allem *dich* natürlich. Aber Gareth ist ein erfahrener Kämpfer und würde die ungeschickten Attacken eines Neulings mühelos abwehren.«

Gloriana preßte ihre Fingerspitzen an die Schläfen. »Ich würde es nicht ertragen, wenn Edward meinetwegen verwundet oder gar getötet würde.«

»Edward wird nichts geschehen, Mylady«, versicherte Kenbrook ihr mit einem Lächeln in der Stimme. »Gareth würde niemals das Schwert gegen den Jungen erheben oder seinen Männern gestatten, es zu tun. Und nun leg dich hin, Gloriana, und ruh dich aus. Bei mir bist du sicher.«

Sie nickte; es wäre sinnlos gewesen, den Rest der Nacht herumzuhocken und über ihre Lage zu jammern. Vielleicht würde morgen, im Licht der Morgensonne, alles besser aussehen.

»Wir werden uns das Bett teilen«, sagte Gloriana großzügig. »Ich kann nicht dulden, daß du auf dem Boden schläfst oder gar die Nacht auf einem Stuhl verbringst.«

Kenbrook grinste. »Ich hatte nicht die Absicht, irgendwo anders als neben dir zu nächtigen, Mylady.«

Gloriana verschränkte die Finger und biß sich auf die Lippen. Sie hatte jahrelang davon geträumt, daß ihr Gatte endlich heimkehrte, hatte auf ihn gewartet und sich danach gesehnt, die Geheimnisse der Liebe zu ergründen. Sie war ein von Natur aus sinnlicher und leidenschaftlicher Mensch, doch nun, trotz Kenbrooks Versprechen, daß sie bei ihm sicher war, war sie plötzlich zu gehemmt, um sich neben ihn zu legen.

»Ich bete immer vor dem Schlafen«, meinte sie und kam sich gleich darauf sehr albern vor.

Kenbrooks Lächeln vertiefte sich, er spreizte die Hände. »Bitte«, sagte er. »Bring bloß nicht meinetwegen deine unsterbliche Seele in Gefahr.«

Gloriana warf ihm einen unsicheren Blick zu, ging dann zum Bett und kniete davor nieder. Sie betete still und bat die Jungfrau Maria um Zurückhaltung, Weisheit und vor allem Tugendhaftigkeit. Dann schlug sie den schweren, samtenen Überwurf zurück, streifte ihre Schuhe ab und legte sich, voll angekleidet, auf das Laken.

Kenbrook, der sich mit einem schweren Seufzer auf der anderen Seite niedergelassen hatte, nahm sich sehr viel Zeit, um seine Stiefel auszuziehen, und straffte, tief Atem holend, die Schultern, bevor er sich endlich auf der Matratze ausstreckte. Gloriana lag steif wie eine Leiche da, die Augen weit geöffnet, obwohl ihre Lider schwer waren von Müdigkeit. Ihr Körper pochte vor Erschöpfung – und dem ungestümen, widerstrebenden Verlangen einer Jungfrau, die begierig ist, der Spannung ein Ende zu bereiten.

Dane bewegte sich unter den Decken, worauf die Matratze nachgab, und obwohl sie recht weit voneinander entfernt lagen, war Gloriana sich der Tatsache bewußt, daß Dane seine Hose und sein Hemd auszog.

»Schlaf, Gloriana«, befahl er, obwohl er sie in der Finsternis unmöglich sehen konnte. »Falls ich dich nehmen sollte, wird es bei hellem Tageslicht geschehen. Die Liebe ist eine Kunst, keine Wissenschaft, und wenn ich eine Frau liebkose, möchte ich sehen, wie sie darauf reagiert.«

Glorianas Blut erhitzte sich bei seinen Worten, aber nicht etwa, weil sie zornig gewesen wäre. Sie hätte vielleicht besser nichts gesagt, aber es gelang ihr nicht, den Mund zu haben. »Ich habe gehört, daß Frauen weinen«, gestand sie flüsternd.

Dane seufzte. »Falls ich deinem unbestrittenen Charme erliegen sollte, wirst du nicht weinen, oder jedenfalls nicht aus Kummer. Darauf kann ich dir mein Wort geben.«

Glorianas Wangen brannten. Sicher wagte sie es nur, eine so kühne Frage zu stellen, weil es dunkel war und Dane sie nicht sehen konnte. »Was … was wäre meine Aufgabe dabei?«

Kenbrook lachte leise, und sie spürte, wie er sich auf die Seite rollte. *Ob er nackt ist?* dachte sie. Wenn sie doch nur gewagt hätte, die Hand auszustrecken und ihn zu berühren.

»Deine Aufgabe wäre«, antwortete er nach einer Weile, »mich in dir aufzunehmen.«

Sie versuchte, es sich vorzustellen, und ihr wurde ganz schwindlig vor Aufregung. Eine fast schmerzhafte Hitze erwachte an jener Stelle, die dazu geschaffen war, ihn aufzunehmen. »Tut es ... Würde es schmerzen?«

Er streckte die Hand aus, fand ihren Zopf und zog daran. »Beim ersten Mal vielleicht schon«, erwiderte er ruhig. Sein Ton enthielt keine Spur von Spott oder Belustigung, und dafür war Gloriana dankbar. »Ich würde dich natürlich bestens vorbereiten, und *das* ist ein Vorgang, der ausgesprochen angenehm sein kann.«

Gloriana schwieg sehr lange. Dann sagte sie leise: »Ich bin so neugierig ...«

»Möchtest du, daß ich dich in die Geheimnisse der Liebe einweihe, Gloriana?«

Sie schluckte. »Würdest du es tun? Wenn ich dich darum bäte, meine ich?«

Er lachte. »Allerdings. Gareths Wunsch wird sich damit zwar heute nacht nicht erfüllen, aber ich bin ohne weiteres bereit, dich in gewisse Teile des Rituals einzuführen.«

Gloriana zitterte. Entweder hatte die Jungfrau ihre Gebete nicht gehört, oder sie, Gloriana, war eine schlimmere Sünderin, als sie sich jemals hätte träumen lassen. »Ich glaube, ich würde sehr gern lernen«, antwortete sie.

»Dann steh auf«, sagte Dane, »und zieh dieses gräßliche Kleid aus. Der Körper einer Frau ist ein exquisites Instrument, dazu geschaffen, die herrlichste Musik hervorzubringen, aber ein Musikant muß die Saiten seiner Leier berühren, um ihr Töne zu entlocken.«

Ein köstliches Erschauern durchzuckte Gloriana, und sie tat, was Dane gesagt hatte. Sie erhob sich und legte langsam ihr Gewand ab. Dane, von dem sie erwartet hatte, daß er im Bett liegenbleiben würde, stand ebenfalls auf und zündete zusätzliche Lampen an, bis das ganze Zimmer hell erleuchtet war.

Gloriana stand wie gelähmt neben dem Bett, splitterfasernackt. »Ich wußte nicht, daß du Licht wolltest«, wisperte sie.

»Ich möchte dich sehen«, erwiderte Kenbrook, der nur noch seine Hose trug. »Ich will sehen, ob meine Berührung dir die Freude gibt, die ich dir schenken will.«

In einem Anfall von Schwindel umklammerte Gloriana haltsuchend den kunstvoll geschnitzten Bettpfosten.

»Komm her«, sagte Dane.

Sie zögerte nur kurz, bevor sie langsam auf ihn zuging, mitten in den Kreis des Lichts hinein. Dane maß ihren Körper mit einem langen, anerkennenden Blick.

»Du bist außergewöhnlich schön«, sagte er mit heiserer Stimme.

Sie erinnerte sich, wie er sie geküßt hatte, und an all das, was dieser Kuß in ihr entfacht hatte. Wäre dieser Kuß nicht gewesen, hätte sie Kenbrook vielleicht nicht ganz so ungestüm begehrt. »Du wirst mich nicht ... besitzen?«

Dane schüttelte den Kopf. »Nein«, antwortete er. »Aber ich werde dir auf alle nur erdenklichen anderen Arten Lust bereiten.«

»Es ist nicht fair«, hörte Gloriana sich erwidern, »daß ich so bloß vor dir stehe, während du noch angezogen bist.«

Ohne die geringste Verlegenheit öffnete Dane seine Hosen, streifte sie über seine Schenkel und ließ sie auf den Boden fallen. Als er aus ihnen heraustrat, fiel Glorianas Blick auf den sichtbaren Beweis seiner männlichen Erregung.

Der Anblick ließ ihr den Atem stocken. »Ich glaube nicht, daß ich ... Es wäre bestimmt nicht möglich«, sagte sie.

Wieder lachte Dane, dann trat er vor sie und legte ihr die Hände auf die Schultern. »Darüber brauchst du dir keine Sorgen zu machen«, erwiderte er. »Wenn und falls die Zeit kommt, wirst du mich ohne Schwierigkeiten in dir aufnehmen. Die menschliche Natur ist auf dieses besondere Ereignis vorbereitet.«

Obwohl Gloriana plötzlich am liebsten die Flucht

ergriffen hätte, hätte sie um nichts auf der Welt darauf verzichten wollen. »Wirst du mich küssen?«

»Allerdings«, erwiderte Kenbrook. Sein Blick ruhte nicht auf ihren Lippen, sondern auf ihren festen Brüsten, deren zarte Knospen sich vor Eifer aufgerichtet hatten. Langsam hob Dane die Hände und legte sie um ihre Brüste, so sachte und behutsam, als hielte er die zerbrechlichste aller Kostbarkeiten.

Gloriana schnappte nach Luft, denn nie hätte sie gedacht, daß eine simple Berührung eine derartige Glut entfachen könnte.

»Das ist nur der Anfang«, meinte Kenbrook, während er mit seinen rauhen Daumen ihre Brustspitzen liebkoste.

Ein heftiges Erschauern durchzuckte Gloriana, und mit einem Schrei warf sie den Kopf zurück, schloß die Augen und überließ sich der ungestümen Freude, die Kenbrooks Zärtlichkeiten in ihr weckten.

Er schloß seine großen Hände um ihre Brüste, besitzergreifend und dennoch sanft, und sie dachte an den Vergleich, den er zuvor benutzt hatte, zwischen einem exquisiten Instrument und einem Frauenkörper. Ihr Körper sang unter seiner erfahrenen Anleitung, sie begann schneller und schneller zu atmen, und ein leises Wimmern stieg in ihrer Kehle auf.

Kenbrook senkte den Kopf und suchte ihre Lippen, während er sie unaufhörlich streichelte, und Gloriana gab sich ihm hilflos hin. Sie war viel zu benommen, viel zu abgelenkt von all den unbekannten Empfindungen, die seine Zärtlichkeiten in ihr auslösten.

Er küßte sie sehr sanft zunächst, dann zunehmend leidenschaftlicher, und umfaßte ihre Hüften. Die Härte seines muskulösen Körpers löste eine unbestimmte Sehnsucht in ihr aus. Instinktiv griff sie nach seinen Schultern und versuchte, ihn noch näher zu ziehen.

Dane küßte sie, bis sie das Gefühl hatte, daß ihre Glieder wie Wachs in der Sonne dahinschmolzen, und dann hielt er sie auf Armeslänge von sich ab. Mit einer gemurmelten Bitte an die alten Götter, die nicht den geringsten

Sinn ergab, senkte er den Kopf, um seinen Lippen um eine ihrer Brustspitzen zu schließen, und entfachte damit eine so ungestüme Lust in ihr, daß sie aufschrie und die Hände in seinem Haar vergrub.

Gloriana bog sich ihm entgegen – was gewiß sehr schamlos war, aber das kümmerte sie nicht. Von jenem Zeitpunkt an, als ihr Körper begonnen hatte, sich zu verändern, hatte sie diesen Moment erwartet, und nun, wo er endlich, endlich gekommen war, überließ sie sich willig diesem Liebesspiel. Ihr Körper brannte, ihr Haar klebte an ihrer Stirn, auf ihrer Haut glitzerten feine Schweißperlen.

Dane wandte sich ihrer anderen Brust zu und liebkoste auch sie, und dann, als er genug hatte, nahm er ihr Gesicht zwischen seine Hände und küßte sie, diesmal mit unverhohlenem Verlangen, das sie noch viel mehr erregte.

»Jetzt«, keuchte Kenbrook und löste seinen Mund von ihr.

Gloriana rechnete damit, daß sie nun ins Bett gehen würden, doch statt dessen zog Dane den Stuhl heran, auf dem er vorher gesessen hatte, legte eine ihrer Hände auf die Lehne und hob einen ihrer Füße auf den Sitz.

Nichts in Glorianas jungfräulichen Phantasien hätte sie vorbereiten können auf das, was nun geschah. Kenbrook kniete vor ihr nieder und begann die Innenseiten ihrer Schenkel zu liebkosen, und sie schaute auf ihn herab und wartete mit angehaltenem Atem.

Als seine Lippen sie dort berührten, wo die süße Qual am größten war, schluchzte sie vor Entzücken und zog ihn mit ihrer freien Hand noch fester an sich. Die wachsende Spannung, die Erregung und die Aussicht auf Erfüllung ihrer geheimsten Sehnsüchte veranlaßten sie, einladend die Hüften zu bewegen. Dane hörte nicht auf, sie zu liebkosen und zu erregen, und als der Tumult losbrach, stützte er sie mit beiden Händen.

Gloriana fühlte sich wie von einem Katapult an einen Ort geschleudert, wo sie hinter die Sterne schauen konnte, und Dane ließ ihr keine Chance, von dort zurückzukehren. Als es dann doch vorbei war, endlich, sank sie über seine Schulter, kraftlos und wohlig erschöpft, und er trug sie zum Bett und legte sie sanft darauf.

Sie streckte die Arme nach ihm aus, denn daß auch er Erfüllung brauchte, erkannte selbst sie in ihrer Unerfahrenheit. Doch Kenbrook schüttelte den Kopf.

»Nein, Gloriana«, sagte er. »Nicht heute.«

Vielleicht nie. Diese Worte hingen unausgesprochen zwischen ihnen in der Luft.

Gloriana begann allmählich ruhiger zu atmen. Ihre Haut war gerötet, ihr Herz raste noch immer. Wortlos ergriff sie Danes Hand und zog sie auf ihren Bauch.

Mit einem leisen, fast unhörbaren Aufstöhnen sank er wieder auf die Knie, und seine Hände glitten erneut hinab zu jenem Ort, den er so gründlich beherrscht hatte. Gloriana wurde ganz atemlos vor neu erwachter Lust. Jetzt, wo sie wußte, was Ekstase war, wollte sie sie erneut erfahren.

Kenbrook wußte das natürlich, und drang mit einem Finger in sie ein.

Gloriana hob beide Hände an den Kopf und stieß ein heiseres Stöhnen aus.

Dane beugte sich über sie, küßte ihren Mund, ihre Brüste, ihren Bauch, während er nicht aufhörte, sie auf intimste Weise zu liebkosen, was sie als unendlich erregend und beruhigend zugleich empfand. Ein köstliches Fieber ergriff Besitz von ihr, als er eine verborgene, ganz besonders empfindsame Stelle in ihr fand, die er ganz offenbar gesucht hatte.

Gloriana schrie auf und hob die Hüften an. Die Sterne schienen wieder hinter ihr zurückzufallen, wie ein Gewand, das sie getragen hatte und nun, Teil für Teil, ablegte. Nachdem Kenbrook sie über die Grenzen ihres eigenen Bewußtseins hinausgeführt hatte, begleitete er sie geduldig zurück, streichelte ihre Schenkel, flüsterte ihr beruhigende Worte zu und liebkoste sie zärtlich.

Als Gloriana endlich wieder imstande war, einen zusammenhängenden Gedanken zu fassen, hatte ihr Gemahl sich vom Boden erhoben, alle Lampen gelöscht und seinen Weg zurück zum Bett gefunden. Obwohl er sich ein paarmal die Zehen gestoßen und ärgerlich geflucht hatte, sprach er kein Wort, als er sich neben ihr niederließ.

»Dane?«

Die Matratze bewegte sich, als er sich zum Schlafen hinlegte. »Hm?« murmelte er.

»Was ist mit dir?« fragte sie.

Er fluchte, benutzte dabei Worte, die sie nicht verstand. »Schlaf, Gloriana«, sagte er schließlich.

Sie stieß einen tiefen, zufriedenen Seufzer aus. »O ja, das werde ich, ganz sicher. Aber ich mache mir trotzdem Sorgen um dich.«

»Das brauchst du nicht.« Dane klang alles andere als liebenswürdig. »Ich war fast mein ganzes Leben lang Soldat und habe Schlimmeres ertragen als das, was mir der heutige Tag beschert hat.«

Gloriana starrte in die Dunkelheit. »Es tut mir leid, Dane«, murmelte sie. »Ich habe nur an mein eigenes Vergnügen gedacht. Ich wußte nicht, daß du leiden würdest.«

Wieder fluchte Kenbrook und rollte sich im Bett herum, was die Matratze von neuem in Bewegung setzte. »Es gibt Momente«, sagte er, »in denen Ehre eine verfluchte Last sein kann. Dennoch muß ihr, was dich betrifft, meine Lady, Genüge getan werden. Und falls du auch nur eine Spur von Erbarmen in deiner Seele hast, dann hör jetzt auf, mich zu quälen mit der Erinnerung an das, was hätte sein können, und *schlaf*!«

Abgesehen von dem, was sie in dieser Nacht gelernt hatte, war Gloriana noch immer unschuldig. Ihr Instinkt sagte ihr jedoch, daß sie Dane verführen konnte, wenn sie sich einfach ganz dicht neben ihn legte, ihn vielleicht berührte oder sogar küßte.

Ihr Anstand hinderte sie jedoch daran, eine solche Taktik anzuwenden. Wenn sie ihn nicht regelrecht dazu aufgefordert hätte, hätte Dane ihr nie die Lust vermittelt, die sie bei ihm erfahren hatte. Aus offensichtlichen Gründen wollte er ihre Ehe nicht vollziehen, und ihr blieb nichts anderes übrig, als seine Wünsche zu respektieren.

»Gute Nacht dann«, sagte sie. »Und vielen Dank.«

Er stieß einen lauten, gereizten Seufzer aus.

»Habe ich etwas Falsches gesagt?« fragte Gloriana gekränkt.

Kenbrook erwiderte nichts, aber er sprang auf und begann in der Finsternis herumzustolpern, offenbar auf der Suche nach seinen Kleidern, und murmelte wütende Worte vor sich hin.

Gloriana mußte ein Lachen unterdrücken, denn schließlich war nichts Komisches an ihrer Situation. Sie waren Gefangene, und es war nicht vorauszusagen, wie lange sie hier zusammen eingesperrt sein würden.

»Was machst du da?« fragte sie, als sie ihrer Stimme wieder trauen konnte. Sie war den Tränen jetzt näher als dem Lachen, wäre jedoch eher aus einem der Turmfenster gesprungen, als noch einmal wegen Dane zu weinen.

Er antwortete nicht, aber sie hörte, wie der Stöpsel aus einer Karaffe gezogen wurde, und vermutete, daß er den Wein gefunden hatte. Seufzend kuschelte sie sich in die Decken und schloß die Augen.

Irgendwann in den frühen Morgenstunden kehrte Kenbrook ins Bett zurück und warf sich voll angekleidet auf die Matratze, um wie ein Toter zu schlafen.

Gloriana richtete sich im Bett auf und zog die Decken bis unter das Kinn, als helle Morgensonne aus einem der hohen Fenster ins Zimmer strömte und den Turm mit goldenem Licht füllte. Der Raum war keineswegs der grimmige, düstere Ort, den sie sich vorgestellt hatte, sondern vielmehr wie ein komfortabel eingerichtetes Solarium. Jemand hatte sich sehr viel Mühe gegeben, dieses Zimmer bewohnbar zu machen.

Es waren Kohlebecken zum Heizen da und genug Kohlen, um sie zu füttern. Ansehnliche Vorräte an Nahrungsmitteln und Wasser standen bereit, und Gareth – oder vielleicht war es Elaina gewesen – hatte sogar daran gedacht, eine Truhe mit Gewändern, Tuniken und Hemden herüberzuschicken. Frische Binsenstreu bedeckte den Boden, nirgends waren Spinnweben zu sehen.

Kenbrook schlief auf dem Bauch, und sein Rücken hob und senkte sich bei jedem seiner Atemzüge. Gloriana beugte sich über ihn und betrachtete prüfend die Wunde an seinem Hinterkopf. Sie sah schon besser aus als am Tag zuvor, und erleichtert stand Gloriana auf und ging zu einem kunstvoll bemalten Wandschirm auf der anderen Zimmerseite.

Wie erwartet, verbarg sich ein Nachttopf hinter der Spanischen Wand. Gloriana war fertig angezogen und wusch sich gerade Hände und Gesicht in einer Schüssel neben dem Bett, als Kenbrook endlich erwachte und sich auf einen Ellbogen aufstützte.

»Es war also doch kein Alptraum«, sagte er in einem Ton, der grenzenlose Enttäuschung widerspiegelte.

»Nein«, erwiderte Gloriana, während sie ihr Gesicht mit einem Leinentuch abtrocknete. Sie war sehr verlegen heute morgen – es beschämte sie, wie sie sich in der Nacht zuvor verhalten hatte, so ungeniert und wild, und daß er sich ihr dennoch verweigert hatte. »Es ist offensichtlich«, fuhr sie mit soviel Würde, wie sie aufbringen konnte, fort, »daß unser Waffenstillstand nun beendet ist.«

Kenbrook richtete sich auf und preßte stöhnend eine Hand an seinen Hinterkopf. »Stell meine Geduld nicht auf die Probe, Weib«, knurrte er. »Ich gehöre nicht zu den Männern, die zu dieser frühen Stunde bester Laune sind.«

Glockengeläut, klar und hell, erklang von der anderen Seite des Sees. »Wir verpassen die Messe«, bemerkte Gloriana.

»Das«, versetzte Kenbrook, während er sich endlich vom Bett erhob, »ist ungeheuer schade.« Auf unsicheren Beinen ging er zu dem Tisch mit dem Proviant und untersuchte Schüsseln und Körbe, bis er einen Laib Brot und etwas Käse fand. »Laß uns über die Prüfungen Josefs nachdenken, der, seines prächtigen Rocks beraubt, von seinen herzlosen Brüdern in eine Grube geworfen wurde.«

Gloriana verdrehte die Augen. Sie gab sich große

Mühe, höflich zu sein, aber falls Kenbrook anfing, sich mit Figuren aus den Heiligen Schriften zu vergleichen, würde sie nicht lange imstande sein, ihre Zunge im Zaum zu halten.

Das Brot und den Käse in der Hand, ging Kenbrook zum Nordfenster hinüber, von wo aus der See und Hadleigh Castle zu sehen waren. »Sei verflucht, Gareth«, brüllte er, so laut er konnte. »Geh zur Hölle, Schurke!«

»Großartige Idee, dieses Geschrei«, bemerkte Gloriana spitz, während sie sich etwas zu essen nahm und sich damit an den Tisch setzte wie ein zivilisierter Mensch. »Es ist sinnlos zu hoffen, daß jemand dich hört und dir zu Hilfe kommt. Alle glauben, daß in Kenbrook Hall Gespenster umgehen. Sie würden dich für einen Geist halten.« Einen kleinen, boshaften Stich konnte sie sich nicht verkneifen. »Einen bösen Geist natürlich.«

Mit düsterer Miene wandte sich Dane vom Fenster ab. Es war schwer zu glauben, daß dies derselbe Mann war, der sie erst wenige Stunden zuvor so zärtlich und leidenschaftlich erregt hatte. »Falls sie nicht beabsichtigen, uns verhungern und verdursten zu lassen, werden sie herkommen müssen, um uns Essen und Wasser zu bringen«, sagte er. »Und dann können wir sie überwältigen. Bei Gott, wenn ich Gareth in die Finger kriege, wird er wünschen, tot zu sein!«

Gloriana aß mit langsamen, präzisen Bewegungen, um Ruhe zu bewahren. »Du bist zu optimistisch«, entgegnete sie in nachsichtigem Ton. »Ganz gleich, für wie stark du dich auch halten magst – du könntest es nie mit einem halben Dutzend von Gareths Männern aufnehmen.«

Kenbrook zog sich einen Stuhl heran, drehte ihn um und setzte sich rittlings darauf. Seine Augen waren schmal und strahlten ein kühles, blaues Feuer aus. »Gestern nacht mochtest du mich lieber, glaube ich«, stellte er fest. »Da hast du meinen Namen gerufen, wieder und wieder, und falls Gareths Männer draußen in der Halle Wache hielten, werden sie nun überzeugt sein, Gareth hätte sein Ziel erreicht.«

»Hör auf«, sagte Gloriana, und es klang halb wie eine Bitte, halb wie ein Befehl.

Dane nahm sich ein Stück Käse und kaute es gemächlich, bevor er schluckte. »Es war dieser Stuhl, nicht wahr«, fuhr er erbarmungslos fort, »auf den du dich gestützt hast, während ich …«

»Ja!« schrie Gloriana und errötete bis in die Haarwurzeln. »Ja, verdammt, es war dieser Stuhl! Warum quälst du mich?«

Kenbrooks schöne Züge wurden weicher. »Gute Frage«, räumte er ein. »Vielleicht sollte ich mir dich noch einmal gründlich vornehmen, Frau, um dich sanftmütiger und liebenswürdiger zu stimmen. Wenigstens, bis du wieder zu Atem kommst, um mir von neuem zuzusetzen.«

Gloriana senkte den Blick, beschämt, daß ein Teil von ihr sich ihm sogar in diesem Augenblick gern hingegeben hätte. »Ich gebe zu«, gestand sie schüchtern, »daß du Gefühle in mir erweckst, die mir bis dahin völlig unbekannt waren. Ich möchte dich jedoch daran erinnern, daß mein Körper mein Tempel ist, über den ich selbst bestimme. Ob du nun mein Gatte bist oder nicht, du besitzt kein Recht darauf.«

Dane schwieg, bis sie aufschaute und ihn ansah. Er hatte mit seinem Messer ein Stück Brot aufgespießt, und obwohl er den Bissen auf ganz normale Art und Weise in den Mund steckte, haftete der Geste irgend etwas an, was eine heftige Unruhe in Gloriana auslöste.

»Ich denke, es wird unvermeidlich sein«, meinte er, »daß wir die Ehe vollziehen. Gareth hat mich richtig eingeschätzt – ich kann nicht mehr viele Nächte wie die vergangene ertragen, ohne schwach zu werden.«

»Du würdest mich mit Gewalt nehmen?«

Er schnitt sich ein weiteres Stück Brot ab und aß es wieder von der Messerspitze. »Es wäre nicht nötig, dich zu zwingen, Gloriana«, entgegnete er nachsichtig und nach einem ausgedehnten Schweigen, das sie noch viel mehr in Unruhe versetzte. »Du bist ein heißblütiges Geschöpf, und ich könnte dich dazu bringen, mich zu begehren, ohne dich auch nur anzufassen.«

Obwohl Gloriana befürchtete, daß er recht hatte, war sie empört über seine Arroganz. »Du bist längst nicht so charmant, wie du zu glauben scheinst.«

Das entlockte ihm nur ein schwaches Lächeln. »Die gestrige Nacht war nur eine Einführung in die Freuden des Fleisches«, sagte er, mit einer solch lustvollen Begehrlichkeit in seinem Ton, daß Gloriana ihn nur fasziniert anstarren und nichts erwidern konnte.

Sie versuchte, sich zusammenzureißen, aber das Gefühl, daß ihre Muskeln sich in warmen Honig verwandelten, blieb. Während sie reglos auf ihrem Stuhl saß und durch Kenbrook hindurchsah, als sei er nicht vorhanden, zwang sie sich, nichts zu hören, nichts zu denken und nichts zu fühlen.

Kenbrook begann ihr zu beschreiben, sehr ausgiebig und anschaulich, wie er sie auf die intime Vereinigung vorzubereiten gedachte, wie er sie erregen und an den Rand der Erfüllung bringen würde, um sie ihr sodann zu verweigern und wieder von vorne zu beginnen …

Gloriana begann unruhig auf ihrem Stuhl herumzurutschen.

Dane hörte nicht auf, mit seinen Worten Bilder zu zeichnen, unglaublich erotische Szenen, die Glorianas Blut in Wallung brachten und eine süße Sehnsucht in ihr entfachten. Er redete, ohne seine Stimme zu erheben und ohne die geringste Eile, bis Gloriana sich einer Ohnmacht nahe fühlte. Ihre Haut war feucht und klamm, überall, und sie begehrte Kenbrook noch tausendmal mehr als in der Nacht zuvor.

Sie hätte nicht sagen können, wieviel Zeit verstrichen war, als Kenbrook ihr schließlich im gleichen, ruhigen Ton befahl, zu ihm zu kommen.

Im vollen Bewußtsein dessen, was sie tat, stand Gloriana auf und ging zu Dane.

Wortlos und ohne sich zu erheben, trennte er mit seinem Messer die Bänder durch, die ihr Mieder über der

Brust zusammenhielten. Dann, mit einer einzigen Bewegung seiner Hand, streifte Kenbrook ihr das Mieder ab, und es sank unbeachtet auf den Boden. Gloriana, nackt bis auf ihr dünnes Leinenhemd, blieb zitternd vor ihm stehen.

Dane legte das Messer fort, dann strich er mit der Fingerspitze über die zarten rosa Knospen, die sich unter dem fast durchsichtigen Stoff abmalten, und sein Gesichtsausdruck war nicht der eines Eroberers, sondern eines ehrfürchtigen Pilgerers, der endlich den Ort seiner Anbetung erreicht hatte.

»Und das, Gloriana?« fragte er rauh und ballte die Faust um den dünnen Stoff. »Was soll ich damit tun?«

»Es zerreißen«, wisperte sie.

Ganz Kavalier, gehorchte Kenbrook.

Kapitel 8

Wenn Kenbrook nicht bereits gesessen hätte, hätte er wohl geschwankt wie von einem Schwertstreich, als er Gloriana in ihrer wundervollen Nacktheit sah, in ihrer ganzen Unschuld und Vollkommenheit. In jenem Augenblick sah er plötzlich seine gesamte Zukunft vor sich, als hätte ein Hellseher sie in allen Einzelheiten vor seinen Augen heraufbeschworen.

In seinem ehrfürchtigen Erstaunen flüsterte Dane etwas Unverständliches und hob das Hemd auf, das er zerrissen hatte. Fast grob drückte er es ihr in die Hand und sagte rauh: »Bedeck dich!«

Gloriana drückte den Stoff an ihre Brust, und ihre Augen weiteten sich vor Schmerz und Verwirrung, als sie sah, wie Kenbrook sich von ihr abwandte. »Was ist?« fragte sie bestürzt.

Dane durchquerte den Raum, wählte eine der Karaffen aus und schenkte sich eine doppelte Portion Wein ein. Er schmeckte eigenartig, aber es war ja auch englischer Wein, der mit den Rebensäften Frankreichs und Italiens nicht zu vergleichen war. »Ich habe es mir anders überlegt«, erwiderte er und wandte sich zu Gloriana um, den Becher in der Hand.

Es war die größte Untertreibung seines Lebens.

Gloriana errötete. »Vielleicht wolltest du mich ja nur demütigen«, sagte sie leise. »Falls es so war, ist es dir gelungen.«

Kenbrook trank einen weiteren Schluck Wein, schaute stirnrunzelnd den Becher an und stellte ihn beiseite. »Ich will in diesem Augenblick nichts anderes, als dich auf das Bett werfen und wahrhaft in Besitz nehmen, ein für allemal. Da dies jedoch kein glücklicher Beginn wäre, werde ich meine animalischen Instinkte so lange beherrschen, wie es mir möglich ist.«

Ihre schönen Augen weiteten sich. »Ich verstehe nicht ...«

»Das ist natürlich«, meinte Kenbrook, »und wer könnte es dir verübeln? Ich habe je selbst eben erst die Entdeckung gemacht, obwohl ich vermute, daß sie schon eine ganze Weile in meinem Bewußtsein lauerte – seit ich nach Hadleigh heimkehrte und dich in der ganzen Schönheit deiner voll erblühten Weiblichkeit erblickt habe.«

Gloriana schluckte, und ihr Blick verriet, daß sie bemüht war, keine voreiligen Schlüsse zu ziehen. Es zerriß Dane das Herz, sie so leiden zu sehen.

In der Absicht, sie zu trösten, ging er einen Schritt in ihre Richtung. Doch da stolperte er plötzlich und sah nichts mehr außer einem wirren Gemisch aus Farben und Formen. *Vielleicht ist die Verletzung ja doch schlimmer, als ich glaubte,* dachte er bestürzt und berührte noch die Wunde an seinem Kopf, bevor er in einer allumfassenden Finsternis versank. Entsetzt sah Gloriana, wie Kenbrook auf den harten Boden stürzte, und sie war bei ihm, bevor ihr überhaupt bewußt wurde, daß sie sich bewegt hatte. Als sie seinen Namen sagte, reagierte er mit einem Stöhnen, aber er öffnete nicht die Augen.

In ihrer Panik rief Gloriana erneut seinen Namen und schüttelte Dane, aber er antwortete nicht und rührte sich auch nicht. Rasch stand sie auf, um Wasser zu holen, doch selbst als sie es ihm über den Kopf schüttete, blieb er weiter reglos.

Zu guter Letzt versuchte sie, ihn zum Bett hin zu ziehen, doch sein regungsloser Körper war so schwer, daß sie ihn nicht von der Stelle bewegen konnte.

Tränen rannen ihr über die Wangen, als sie zum Bett zurückeilte, um ein Kissen und eine Decke zu holen.

»Dane!« rief sie und schlug ihm leicht auf beide Wangen.

Er seufzte nur.

Gloriana vernahm die Geräusche an der Tür zunächst nur schwach, doch dann begriff sie, daß Gareth zurückgekehrt war, und lief rasch zum Wandschirm, um sich anzukleiden.

»Gareth, beeil dich!« schrie sie. »Dane ist ohnmächtig!«

Die Tür sprang auf, und zwei von Gareths größten Männern traten ein und schauten nach rechts und links, als rechneten sie mit einem Hinterhalt. Ihr Blick fiel auf Kenbrook, der reglos auf dem Boden lag, und einer der Männer grinste.

»Alles in Ordnung, Mylord«, rief er über die Schulter. »Es hat geklappt – Lord Kenbrook schläft!«

Die Hände in die Hüften gestützt und rot vor Zorn, stand Gloriana neben Dane. Es muß der Wein gewesen sein, dachte sie und erinnerte sich, daß ihr Mann davon getrunken hatte, bevor er zusammengebrochen war. Sie mußten ihm etwas hineingegeben haben, um ihn außer Gefecht zu setzen, damit sie ungefährdet sein Gefängnis betreten konnten.

Gareth folgte dicht hinter den beiden Riesen, die Kenbrook im Auge behielten, obwohl er nach wie vor bewußtlos war. Lord Hadleigh, der Glorianas Blick sah und ihn richtig deutete, hob beschwichtigend die Hände.

»Es wird ihm keinen bleibenden Schaden zufügen«, sagte er mit einem flüchtigen Blick auf seinen Bruder.

Dann lächelte er Gloriana an. »Du siehst gut aus. Bist du glücklich hier?«

Das einzige, was Gloriana davon abhielt, sich wie eine gereizte Löwin auf ihren Schwager zu stürzen, war die Gewißheit, daß ein solcher Angriff ihn höchstens belustigt hätte.

»Woher wußtest du, daß Dane den vergifteten Wein trinken würde?« fragte sie. »Wenn ich ihn getrunken hätte, und *er* noch bei Sinnen gewesen wäre, wärst du jetzt in einem Raum mit einem gereizten Stier sicherer als mit Kenbrook!«

Gareth seufzte, und hinter ihm erschienen Diener, die schnaufend und schwitzend Fässer, eine große, kupferne Badewanne und verschiedene andere Gegenstände schleppten. »Du trinkst fast nie«, erwiderte Lord Hadleigh, »aber Dane liebt seinen Wein, und ich wußte, daß er früher oder später die zweite Karaffe öffnen würde. Es war jedoch pures Glück, daß es so schnell geschah.«

»Das werde ich dir nie verzeihen«, sagte Gloriana.

»Im Gegenteil«, erwiderte Gareth freundlich. »Ich habe allen Grund zu der Annahme, daß du mir nicht nur verzeihen, sondern mir sogar ewig dankbar sein wirst.« Dann kniete er neben Dane nieder und tastete mit zärtlicher Besorgnis nach dem Puls an dessen Kehle. Gloriana hegte nicht den geringsten Zweifel, daß Gareth Dane von Herzen liebte – wie bizarr seine Art, es zu zeigen, auch erscheinen mochte. »Er wird in einer Stunde oder so wieder zu sich kommen«, erklärte er und erhob sich wieder.

Die Dienstboten waren überall, schien es, stellten frische Nahrungsmittel bereit, legten Kleidungsstücke für Gloriana und Dane zurecht und stellten Wasser auf einem Kohlebecken auf, das zu diesem besonderen Zweck hereingetragen worden war. Eine der Frauen, die Gloriana aus dem Schloß kannte, ging zum Bett und schlug die Decken zurück.

»Noch nicht«, sagte die Dienstmagd und beantwortete damit eine unausgesprochene Frage ihres Herrn.

Glorianas Wangen brannten vor Verlegenheit. »Vielleicht wirst du jetzt auch noch Zeugen verlangen«, murmelte sie bitter und dachte an die Unterhaltung mit Dane in der Nacht zuvor.

Beschämt wandte Gareth sich ab, doch als er Gloriana wieder ansah, lag eiserne Entschlossenheit in seinem Blick. Und da begriff Gloriana, daß er genauso stur wie der Maulesel der Äbtissin war, und fragte sich, wieso sie das nicht schon früher erkannt hatte. »Du solltest meine Geduld nicht auf die Probe stellen«, entgegnete er ärgerlich. »Und es wäre auch nicht ratsam, mich mit Vorschlägen zu verspotten, deren Verwirklichung du dir unmöglich wünschen kannst!«

Gloriana schwieg, denn eine neue Wahrheit dämmerte ihr in diesen Augenblick, eine erschütternde Erkenntnis, die sie keinem Menschen jemals eingestanden hätte. Sie, Gloriana, die ihre Freiheit schätzte, wollte den Turm eigentlich gar nicht verlassen, sondern lieber in ihrem Gefängnis bleiben, allein mit Kenbrook, bis sie geregelt hatten, was einer Regelung bedurfte. Die Außenwelt bot viel zu viele Ablenkungen.

»Was hat Edward zu meinem Verschwinden gesagt?« fragte sie Lord Hadleigh.

Gareth, der sich bereits zum Gehen wandte, hielt bei ihrer Frage inne und erwiderte mit einem Ausdruck des Bedauerns: »Der arme Junge. Er glaubt, du hättest dich mit Kenbrook ausgesöhnt und ihr wärt dabei, auf die übliche Weise eure Ehe zu vollziehen. Aus diesem Lager brauchst du keine Hilfe zu erwarten, falls es das war, was du dir erhofft hast. Der Junge ist am Boden zerstört, das gebe ich zu – aber er ist zäh wie alle anderen jungen Menschen. Unser Edward hat sich jetzt die Aufgabe gestellt, die Mademoiselle zu trösten.«

Die Dienstboten gingen hinaus, gefolgt von Gareth und seinen Bewaffneten. Gloriana hörte, wie die Tür sich hinter ihnen schloß und der Riegel vorgeschoben wurde.

Sich umschauend, sah sie, daß die Wanne gefüllt war und Seife und saubere Tücher zum Abtrocknen bereitlagen. Wieder kniete sie neben Dane nieder und schüttelte ihn. »Wach auf«, sagte sie liebevoll und streng zugleich. »Denn sonst nehme ich das Bad, das für dich bestimmt ist.«

Kenbrook schlug die Augen auf. Wäre die Verwirrung in seinen blauen Augen nicht gewesen, hätte Gloriana ihn jetzt vielleicht verdächtigt, seine Bewußtlosigkeit nur vorgetäuscht zu haben, als Gareth sich im Zimmer aufhielt.

»Aber gern«, erwiderte er und stützte sich auf einen Ellbogen. »Ich möchte dich gern nackt sehen.«

Gloriana lächelte, froh, daß Dane wieder zu sich gekommen war, und bereit, seine unverfrorene Bemerkung zu ignorieren. »Das Bad wird dich nach der Ohnmacht erfrischen.«

Kenbrook richtete sich in eine sitzende Haltung auf und stand dann schwankend auf. »Es war keine Ohnmacht«, entgegnete er grimmig. »Ich wette, daß es einer von Gareths Tricks war – der Wein schmeckte eigenartig, selbst für das armselige Gesöff, das sie hier als Wein bezeichnen.«

»Du hast recht«, bestätigte Gloriana. »Sie haben dich betäubt. Ich glaube allerdings, daß dein Bruder es nicht getan hat, um dich unschädlich zu machen, wie ich anfangs dachte, sondern damit du nicht bei einem Kampf verletzt würdest.«

Kenbrook ging auf unsicheren Beinen zur Wanne und zog sein Wams, sein Hemd und seine Hose aus, bevor er in das warme Wasser stieg.

Gloriana, die ihn unverwandt beobachtete, dachte, was für ein schöner Mann er war, trotz der Narben, die die durchstandenen Kämpfe auf seiner Brust und seinem linken Oberschenkel hinterlassen hatten. Mit einem lustvollen Seufzer sank er in das Wasser.

»Wir unterhielten uns gerade, als du zusammenbrachst«, erinnerte Gloriana ihn, während sie zum Tisch ging, auf dem ein Korb mit Kuchen und anderen Köstlichkeiten stand.

Kenbrook tat, als müsse er erst überlegen. »Ach ja«, meinte er dann. »Du hattest dich mir gerade angeboten, kühn wie eine Schankmagd, und ich, in meiner ritterlichen Tugend, hatte soviel Distanz wie möglich zwischen uns gebracht, um dich vor deinen niedrigen Instinkten zu beschützen.«

»Wie arrogant du bist«, sagte Gloriana, aber es lag kein Vorwurf in ihrer Stimme.

»Komm doch bitte her und wasch mir den Rücken, schöne Gloriana.«

»Wasch dir selbst den Rücken«, antwortete sie, während sie sich an den Tisch setzte. Im Augenblick interessierte sie nur der süße Honigkuchen aus dem Korb.

»Früher«, teilte Kenbrook ihr mit leidgeprüfter Stimme mit, »gehorchten die Frauen ihren Herren noch. Wie sich die Welt verändert hat!«

Gloriana dachte an das Flugzeug, das sie nach England gebracht hatte, damals, als sie noch Megan Saunders gewesen war. »Ja«, stimmte sie zu. »Du kannst dir gar nicht vorstellen, was noch auf die Welt zukommen wird.«

»Und du kannst es?«

Sie erwiderte nichts, denn die Versuchung, ihm ihre seltsame Geschichte zu erzählen, war gefährlich stark. Sie fragte sich, wo ihre Aufzeichnungen sein mochten, die Pergamente, auf denen sie als Kind so eifrig ihre Erinnerungen festgehalten hatte. Wahrscheinlich hatte Edwenna sie verbrannt oder verborgen wie die Puppe und die Kleider. Aber sie waren nicht bei den anderen Sachen in der Truhe auf dem Dachboden ihres Elternhauses gewesen.

Kenbrook schien sein Bad genießen. Falls der vergiftete Wein irgendwelche Nachwirkungen hatte, verstand er sie bestens zu verbergen. »Du bist eine ungewöhnliche Frau, Gloriana«, meinte er, während er sie nachdenklich betrachtete. »Du bist kräftiger als die meisten Frauen und auch größer. Deine Haut ist makellos, und deine Zähne sind erstaunlich weiß und fest.«

»Das klingt, als wäre ich ein Pferd, das du auf dem Jahrmarkt feilbietest«, bemerkte Gloriana gleichgültig. Was sie jetzt wirklich hören wollte, war das, was er ihr vor seiner Ohnmacht hatte sagen wollen, doch sie war zu stolz, um zu fragen.

Er lächelte. »Du weißt, daß es so ist«, erwiderte er. »Du bist anders als die meisten Frauen. Du hast sonderbare Ideen – Einfälle, die eine gewöhnliche Frau erröten lassen würden, wenn sie nur so etwas dächte, ganz zu schweigen davon, es auch tatsächlich auszuführen.«

»Vielleicht bin ich ja verrückt wie Lady Elaina«, entgegnete Gloriana achselzuckend.

»Elaina ist nicht verrückt«, erwiderte Dane vorwurfsvoll. »Sie sieht und hört nur besser als wir anderen.«

Gloriana erstarrte. Vielleicht hätte sie jetzt gesprochen und ihm alles erzählt, was sie über sich wußte und erraten hatte, doch ganz plötzlich war der Raum erfüllt von einem eigenartigen Summen, als schwirrte ein ganzer Bienenschwarm darin herum; ein blauer Dunst stieg auf, der alles um sich herum verschlang.

In sprachloser Faszination beobachtete Gloriana, wie das Turmzimmer sich vor ihren Augen in eine merkwürdige Ausgabe seiner selbst verwandelte. Der Boden war anders, und die Wände waren mit kostbaren Gemälden bedeckt. Menschen in fremdartiger Kleidung schlenderten durch den großen Raum, betrachteten die Kunstwerke und sprachen in jener seltsam schnellen Sprache, die Gloriana aus ihrer frühesten Kindheit kannte. Obwohl sie noch saß, war der Tisch nicht mehr vorhanden, und sie spürte auch den Stuhl nicht mehr. Ein kleiner Junge in kurzen Hosen, einem Hemd und Schuhen wie jenen, die in der Truhe auf dem Dachboden ihres Elternhauses lagen, war der einzige Mensch, der sie zu sehen schien.

»La-dy«, sagte er und zeigte auf sie.

Gloriana hatte schreckliche Angst, daß sie von Dane getrennt würde, vielleicht sogar für immer. Stumm schickte sie ein Gebet zum Himmel, sie ins dreizehnte Jahrhundert zurückkehren zu lassen, denn dort war sie daheim.

Sie wußte nicht, wie lange es dauerte, bis die Vision verblaßte und sie wieder bei Dane und in dem Zimmer war, das sie erkannte. Er saß nun nicht mehr in der Wanne, sondern stand, halb angekleidet, neben ihr. Sanft legte er die

Hand unter ihr Kinn und schaute ihr beunruhigt in die Augen.

»Großer Gott, Gloriana, was ist passiert?« flüsterte er. Er war leichenblaß und zutiefst erschüttert.

»Ich weiß es nicht«, erwiderte sie kläglich nach mehreren vergeblichen Versuchen, seine Frage zu beantworten. »Was hast du gesehen?«

Er zog sich einen Stuhl heran. »Was für ein Trick war das, Gloriana?« Seine Augen wurden schmal, und er zitterte sogar ein bißchen, dieser tapfere Soldat, der gegen die Osmanen gekämpft hatte. »Ich schwöre dir, Gloriana, daß etwas Wirkungsvolleres als Schlafpulver in diesem Wein gewesen sein muß! Du bist vor meinen Augen verschwunden – hast dich einfach in Luft aufgelöst!« Dane ergriff ihre Hände, merkte, wie kalt sie waren, und rieb sie geistesabwesend. »Entweder habe ich den Verstand verloren, oder du bist eine Hexe und hast mich verzaubert.«

Gloriana erschauderte, denn der Zauberei beschuldigt zu werden war eine tödliche Gefahr. »Ich bin keine Hexe«, flüsterte sie verzweifelt. »Bitte, sag so etwas nicht.«

»Ich habe dich *verschwinden* sehen«, beharrte Dane und umklammerte ihre Schultern.

Sie senkte den Kopf. »Es muß der Wein gewesen sein«, erwiderte sie leise.

»Sieh mich an«, befahl er.

Glorianas Willenskraft versagte; sie erhob den Blick zu ihm. »Ich kann es nicht erklären«, sagte sie niedergeschlagen. »Ich verstehe es ja selbst nicht. Eben war ich noch hier, und dann war ich plötzlich … noch immer in diesem Raum, aber in einer anderen Zeit. Ich sah Menschen, deren Kleider äußerst seltsam waren …«

Kenbrook war sichtlich unzufrieden über ihre Antwort. Sein verwirrter Blick gab ihr das Gefühl, eine Art seltenes Insekt zu sein. »Hast du so etwas vorher schon einmal erlebt?«

»Ja«, gestand Gloriana leise. »Als kleines Mädchen.«

»Willst du mir davon erzählen?« fragte er sanft.

Sie schlang die Arme um den Oberkörper und beugte

sich vor, weil sie das Stillsitzen nicht ertrug. »Ich war bei einer Gruppe anderer Kinder aus Briarwood School. Meine Eltern hatten mich dort zurückgelassen – in der Schule, meine ich – weil sie mich nicht bei sich haben wollten. Wir … wir kamen, um das Dorf und die Burg zu besichtigen, und da war ein Tor …«

Dane zog Gloriana auf seinen Schoß und schloß sie in die Arme. »Edwenna soll dich nicht gewollt haben?« rügte er zärtlich und strich ihr über das Haar. »Das ist Unsinn, Gloriana. Sie betete dich an – jeder weiß, daß sie dir jeden Wunsch von den Augen ablas!«

Gloriana schlang einen Arm um Kenbrooks Nacken. »Edwenna«, flüsterte sie, als könnte sie jene gute Frau damit zurückbringen. »Edwenna war nicht meine richtige Mutter.«

»Du warst ein Findelkind«, sagte Dane ruhig. »Ich erinnere mich jetzt wieder.«

»Es ist ein schreckliches Durcheinander, und ich bin darin gefangen«, wisperte Gloriana. »Ich wünschte, ich könnte wenigstens einem Menschen die Wahrheit anvertrauen, Dane, aber ich habe solche Angst.«

»Was könnte so furchtbar sein, daß du es deinem Mann nicht erzählen kannst?« Danes Stimme war leise und nachdenklich, als wollte er nicht nur sie, sondern auch sich selbst beruhigen.

»Meinem Mann, der mich in ein Kloster stecken will, um eine andere zu heiraten?« rief Gloriana ihm in Erinnerung, und ihr Herz klopfte dabei so ungestüm, daß sie befürchtete, ohnmächtig zu werden.

»Ich habe versucht, es dir zu erklären, bevor Gareths Wein seine Wirkung zeigte. Es hat sich etwas für mich geändert – ich will dich nicht mehr aufgeben, Gloriana. Du kannst mir dein düsteres Geheimnis also ruhig anvertrauen.«

Sie biß sich auf die Lippe. »Du wirst es mir nicht glauben«, erwiderte sie. »Du wirst es dir nicht vorstellen können. Aber ich kann dir einiges davon beweisen, sobald wir wieder frei sind.«

Kenbrook lehnte sich im Stuhl zurück, betrachtete ihr Gesicht und wartete.

Gloriana strich nervös ihr Haar zurück. »Aber wenn ich dir die Beweise für meine Behauptungen zeige, wirst du mich eine Hexe nennen …«

»Das könnte ich jetzt schon«, unterbrach Dane sie ruhig. »Immerhin habe ich dich eben in blauem Dunst verschwinden sehen.«

Sie starrte ihn an. »Du weißt, was sie mit mir machen würden, und ich bin kein schlechter Mensch – das schwöre ich!«

»Niemand wird dir etwas antun«, versicherte ihr Kenbrook. »Im übrigen habe ich nicht vor, der Welt zu erzählen, was sich hier zugetragen hat – und sei es auch nur, um nicht an meinem eigenen Verstand zu zweifeln.«

Es stimmte, daß man Kenbrook als geisteskrank bezeichnen würde, falls er irgend jemandem ihr Geheimnis anvertraute. Vielleicht hätte man auch ihn der Hexerei bezichtigt. Gloriana mußte ihm jetzt alles sagen, das war klar, aber sie wußte nicht, wie sie es in Worte fassen sollte.

Lange Zeit verging, bevor sie sprach, und auch dann nur zögernd. »Die Dinge sind nicht so simpel, wie sie aussehen, und auch die Zeit scheint keine Frage von Momenten zu sein, die auf Momente folgen und sich in Stunden, Monaten und Jahren rechnen. Die Schöpfung ist … Sie hat viele Schichten, glaube ich, ähnlich wie eine Zwiebel oder die Ringe eines Baums. Jede einzelne Schicht ist auf ihre Weise eigenständig und doch ein Teil des Ganzen.«

Kenbrook runzelte die Stirn und bedeutete ihr, fortzufahren.

»Du und ich, wir stammen aus verschiedenen Teilen des Baumes.«

Er lachte und schüttelte den Kopf. »Das wirst du mir eingehender erklären müssen. Ich bin Soldat und kein Gelehrter.«

»Stell dir die Geschichte als Stamm einer riesigen Eiche mit vielen, vielen Ringen vor«, sagte Gloriana nach kurzer Überlegung. »Jeder Ring stellt ein anderes Jahr dar.«

»Fahr fort.«

»Ich wurde in einem fernen Zeitalter geboren«, sagte sie und schloß die Augen. »In einer Zeit, die noch nicht gekommen ist.«

»Du willst sagen, daß du aus einer späteren Zeit zu uns gekommen bist?«

Gloriana starrte ihn an, erstaunt, daß er so ruhig und sachlich blieb. »Ja.«

»Aus welchem Jahr?«

»Ich war damals ein kleines Kind«, sagte Gloriana und beobachtete ihn, um herauszufinden, ob er ihr glaubte oder nicht. Er wirkte fasziniert. »Ich erinnere mich nicht an das Jahr. Vielleicht habe ich es nie gewußt.« Plötzlich ertrug sie die Spannung nicht mehr. »Du glaubst mir doch, nicht wahr?«

Kenbrook schaute sie lange an. »Ja, ich glaube, daß du die Wahrheit sagst«, erwiderte er schließlich. »Wenn du verschwinden kannst – und ich vertraue meinen eigenen Wahrnehmungen –, wäre es auch möglich, daß du imstande bist, durch die Zeit zu reisen. Das eine ist schließlich nicht sonderbarer als das andere.«

Gloriana war so erleichtert, daß sie den Kopf an seine Schulter legte. »Danke«, sagte sie.

Er streichelte ihr Haar. »Wir werden später noch einmal darüber reden, und dann möchte ich die Beweise sehen, von denen du gesprochen hast.« Seine Lippen streiften ihre Stirn. »Ich könnte es nicht ertragen, dich zu verlieren«, fügte er leise hinzu.

Sie richtete sich auf und schaute ihm in die Augen. »Es wäre unehrenhaft, mir etwas vorzumachen, nur weil du in einem Turm gefangen bist und dir angenehme Unterhaltung wünschst.«

»Du bist meine Frau«, erklärte er. »Ich möchte dich besitzen.«

Eine heiße Röte stieg in Gloriana Wangen. »Jetzt?«

»Nur, wenn du es wünschst.«

Sie glitt von seinem Schoß. Es war ihr Wunsch, ihrer Ehe Gültigkeit zu verleihen, und das bedeutete, daß sie vollzogen werden mußte. Sie hegte keinen Zweifel, daß die Erfahrung mehr als angenehm sein würde, nach all den herrlich schamlosen Dingen, die er sie in der Nacht zuvor gelehrt hatte. Warum zögerte sie also noch? Warum klopfte ihr Herz, als müsse es zerspringen?

Dane stand auf, und ein schwaches Lächeln spielte um seine Lippen. »Vielleicht brauchst du Zeit, um dich an den Gedanken zu gewöhnen.«

Gloriana begann nervös im Zimmer auf und ab zu gehen. »Es ist hellichter Tag«, murmelte sie. »Außerdem könnte jemand an der Tür lauschen.« Ein wahrhaft schrecklicher Gedanke kam ihr plötzlich. »Oder uns durch das Schlüsselloch beobachten!«

Dane nahm eins der Leinentücher und hängte es vor die Tür. Dann kehrte er zum Tisch zurück und nahm sich ein Stück Honigkuchen. »Was den Rest angeht«, sagte er schmunzelnd, »wirst du dich ganz einfach still verhalten müssen.«

Gloriana preßte die Fingerspitzen ihrer rechten Hand an ihre Schläfe. Es geschah alles viel zu schnell; nur Minuten zuvor war ein geheimer Schleier gelüftet worden, und sie war in eine andere Zeit geschlüpft. Sie hatte eine Wahrheit ausgesprochen, die so lange und so gut verborgen geblieben war, daß sie sie selbst beinahe vergessen hatte. Und nun wünschte Kenbrook, der sie gestern noch hatte verstoßen und eine andere Frau heiraten wollen, mit ihr die Ehe zu vollziehen.

Während Gloriana unruhig durch das Zimmer schritt, schaute Dane ihr in belustigtem Schweigen zu, bis sie sich erschöpft hatte und auf eine Truhe hockte.

Er ging zur Harfe auf der anderen Seite des Raums und strich über die Seiten.

»Wovor hast du Angst, Gloriana?« fragte er.

Nervös befeuchtete sie ihre Lippen. »Ich habe Angst, benutzt und dann verstoßen zu werden«, erwiderte sie aufrichtig. »Ich befürchte, daß du damit nur den Schock überwinden willst über das, was ich dir gesagt habe … und was du gesehen hast …«

Wieder strich er über die Saiten, gelassen und ohne jede Hast. »Wir haben beide Zeit genug, uns an den Gedanken zu gewöhnen«, meinte er. »Dafür hat Gareth ja gesorgt.«

Und dann begann er, seine Kleidung zu vervollständigen. Als er zum Tisch zurückkehrte, brachte er ein Schachbrett und Figuren mit.

Gloriana beobachtete ihn von ihrem Platz auf der Truhe. »Wie kannst du so ruhig sein«, fragte sie, als er die Figuren aufbaute, »wenn du mich vor deinen Augen verschwinden sahst?«

»Ich habe schon viele andere merkwürdige Dinge gesehen«, erwiderte Kenbrook, ohne aufzuschauen. »Geister und Gespenster beispielsweise.«

Gloriana schnappte nach Luft und senkte die Stimme zu einem Flüstern. »Erzähl mir keine Geschichten! Das kannst du nicht gesehen haben!«

Er lächelte. »Es gehen mehr Gespenster in diesem Haufen Steine um«, behauptete, während er einen Stuhl für Gloriana heranzog und sie mit einer galanten Geste einlud, Platz zu nehmen, »als in ganz London. Und es gibt sie auch in Hadleigh Castle.«

»In solch alten Gemäuern sieht man viele Schatten und hörte merkwürdige Geräusche«, sagte Gloriana, stand jedoch auf und ging langsam zu Kenbrook an den Tisch. Er hatte ihr die Jadefiguren gegeben, und sie drehte das Brett, um mit den elfenbeinernen zu spielen.

Kenbrook saß ihr gegenüber, betrachtete seine starren Truppen und seufzte. »Nach dir«, meinte er.

»Edward behauptete früher immer, römische Soldaten marschierten hier durch die Gänge«, bemerkte sie, während sie einen Bauern bewegte. »Er wollte mich nur erschrecken, wie du jetzt vermutlich auch.«

Auch ihr Mann versetzte einen Bauern, aber erst nach eingehender Überlegung, und Gloriana begann zu hoffen, daß er ein leidlich guter Spieler war. Gareth hatte sie beim Schach noch nie geschlagen, und auch Edward und Cradoc war es nicht gelungen. Eigg, der Schotte, hatte ihren König einmal schachmatt gesetzt, aber das war vor fünf Jahren gewesen, und seither hatte er sie nie mehr besiegt.

»Wenn ich dich erschrecken wollte«, entgegnete Dane, »würde ich bis zum Abend warten, um dir Geistergeschichten zu erzählen. Damit du Schutz in meinen Armen suchen würdest.«

Gloriana machte einen weiteren, scheinbar sehr gewagten Zug, aber sie war sich der Position und des Nutzens einer jeden Figur genau bewußt. »Es gibt viel zu regeln zwischen uns.«

Er unterdrückte ein Grinsen. »Da bin ich anderer Ansicht, Mylady. Wir haben unseren Differenzen bisher zuviel Bedeutung zugemessen. Es wird Zeit, daß wir uns Gedanken über unsere gemeinsamen Interessen machen.«

»Und die wären?«

»Schach zum Beispiel«, antwortete Kenbrook. »Poesie und Geschichte.« Als er den Kopf hob, um sie anzuschauen, erkannte sie Belustigung und Zärtlichkeit in seinen Augen. »Und noch viele andere Freuden.«

Gloriana senkte den Blick. »Ich kann dir nicht widersprechen«, gab sie zu und nahm sich seinen Läufer. »Ich liebe Schach.«

Kenbrook lachte. Und dann, mit drei Zügen, setzte er ihren König matt.

»Liebst du mich, Gloriana?« fragte er, während sie noch über diese rasche und gänzlich unerwartete Niederlage staunte.

Offen erwiderte sie seinen Blick. »Ja.«

»Möchtest du wirklich meine Frau sein und meine Kinder gebären?«

»Ja.«

»Dann mußt du auch mein Lager teilen.«

Gloriana betrachtete ihn eine Weile. »Angenommen, ich würde dir nicht gefallen?«

Kenbrook lächelte. »Ich bin bereits sehr zufrieden mit dir«, sagte er und reichte ihr eine Hand. »Du kannst mir nur Freude schenken, Mylady. Aber wird mir das auch bei dir gelingen?«

Gloriana legte ihre Hand in seine und schloß für einen atemlosen Moment die Augen, als er sie auf die Füße zog.

Er führte sie nicht sofort zum Bett, wie sie gehofft und befürchtet hatte, sondern zog sie in die Arme und küßte sie. Es war ein unendlich zärtlicher Moment, und Glorianas Ängste schwanden, als eine süße, lustvolle Erregung in ihr erwachte.

Zum Schluß war es Gloriana, die Dane zum Ehebett hinüberzog und ihn mit ihren Küssen und Liebkosungen verführte und verlockte. Er streifte ihr das Gewand und das Hemd ab und zog seine eigenen Kleider aus, bevor er sie sanft auf die Matratze bettete.

»Du bist wunderschön«, wisperte er, als er neben ihr lag und sie mit Händen, Lippen und zärtlichen Versprechungen in einen Zustand ungestümen, verzweifelten Begehrens versetzte. Sie kam nicht plötzlich, diese Erfüllung ihrer Sehnsüchte, denn dies alles hatte mit dem ersten Kuß in Glorianas Hof begonnen und fand jetzt nur seine Verwirklichung. Als Kenbrook sich aufrichtete, wand sie sich bereits in Flammen des Begehrens, das er in ihr entfacht hatte. »Beim ersten Mal …«

Sie legte ihm einen Finger auf die Lippen. »Das kümmert mich nicht«, versicherte sie ihm.

Kenbrooks Selbstbeherrschung, die in der Nacht zuvor noch unerschütterlich gewesen war, verließ ihn plötzlich. Mit einem heiseren Aufstöhnen, das tief aus seiner Kehle kam, drang er mit einer einzigen, kraftvollen Bewegung in sie ein.

Ein kurzer, scharfer Schmerz durchzuckte Gloriana, aber ihre Leidenschaft war stärker, und einladend hob sie die Hüften, um Dane noch tiefer in sich aufzunehmen. Ihre Reaktion raubte ihm die letzte Kontrolle über seine Gefühle. Er stöhnte auf und begann sich in ihr zu bewegen.

Wieder kam sie ihm entgegen, paßte sich seinen Bewegungen an und schrie auf vor Entzücken, als er sie höher und höher auf den Gipfel der Gefühle trieb. Es war eine glorreiche Erfahrung, und während Gloriana sich in fieberhafter Erregung unter Danes Körper wand, entdeckte sie, daß eine Frau nicht nur dazu geschaffen war, Vergnügen zu schenken, sondern es auch selbst zu empfangen. Zitternd überließ sie sich den Forderungen ihres Körpers und hörte Danes leisen, rauhen Triumphschrei, als er ihr an jenen geheimen Ort hinter den Sternen folgte.

Kapitel 9

Als ihr leidenschaftliches Begehren endlich gestillt war, schlief Gloriana an Danes Schulter ein. Ihm genügte es, still dazuliegen, sie in den Armen zu halten und ihren tiefen, ruhigen Atemzügen zu lauschen, während die Sonne ihren Zenit erreichte und den Raum mit ihrem Licht erfüllt.

Als Gloriana sich im Traum bewegte, beruhigte Dane sie mit sanften Worten. Dann gestattete er seinen Gedanken wieder, zu jenem seltsamen Ereignis vor der Schachpartie zurückzukehren.

Gloriana hatte am Tisch gesessen und Kuchen gegessen, während er badete, sie betrachtete und nach den richtigen Worten suchte, um ihr zu sagen, welch ein Narr er gewesen war, daß er Kinder mit ihr haben wolle und sie vielleicht sogar lieben würde – obwohl er sich des letzteren nicht ganz so sicher gewesen war. Seine Gefühle für Gloriana waren etwas völlig Neues für ihn, chaotisch und pathetisch, düster und strahlend, Sonnenschein und Gelächter, und er mußte sie selbst erst noch verstehen.

Bevor er ihr dies alles jedoch erklären konnte, war sie verschwunden – einfach verschwunden, von einem Augenblick zum anderen. Anders hätte er das, was geschehen war, nicht erklären können, weder sich selbst noch anderen, falls er je dumm genug sein sollte, es zu versuchen. Was Dane jedoch noch mehr beunruhigte als die

Zauberei, war die Tatsache, daß Gloriana es nicht bewußt getan hatte, sondern gegen ihren Willen fortgebracht worden war, von einer Macht, die weder er noch sie begreifen konnten. Und das bedeutete, daß sie ihm jeden Augenblick erneut genommen werden konnte.

Wie lange würde Gloriana für ihn verloren sein, wenn das geschah – eine Stunde, einen Tag? Für immer?

Dane fröstelte und zog Gloriana, obwohl er sie nicht wecken wollte, noch fester in die Arme. Noch nie hatte er ein solch intensives Gefühl oder eine solche Furcht gekannt. Wenn er jetzt bedachte, daß diese schöne, temperamentvolle Frau all diese Jahre in Hadleigh auf ihn gewartete hatte, und er, der größte aller Narren, sich ganz bewußt von ihr ferngehalten hatte!

Welch kostbarer, geheimnisvoller Stoff die Zeit war, wertvoller als Gold und Edelsteine – und soviel war verschwendet worden.

Er hob den Kopf, um Gloriana besser sehen zu können. Ihr Gesicht, fast durchscheinend zart im Schlummer, war unermeßlich schön. Dane, der sonst nur betete, wenn er gezwungen war, an einer Messe oder Andacht teilzunehmen, schickte ein stummes Gebet zum Himmel, daß er sich dieser Frau würdig erweisen möge, ihr Ehre machen und nichts als Freude schenken möge.

Als hätte sie seine unausgesprochene Bitte an Gott gehört, flatterten Glorianas Lider, und sie öffnete die Augen. »Ich hoffe, daß wir ein Kind gezeugt haben«, sagte sie.

»Ich auch«, antwortete er schroff.

»Was wirst du Mariette sagen? Sie ist so weit gekommen …«

Dane berührte Glorianas Nasenspitze. »Ich werde ihr sagen, liebe Frau, daß es mir leid tut, und sie heim nach Frankreich schicken. Mit einer entsprechenden Eskorte selbstverständlich.«

Gloriana lehnte den Kopf an seine Schulter. Ihr Haar, ein Gewirr aus kupferfarbenem Gold, fühlte sich wie Seide auf seiner Schulter an. »Es könnte sein, daß Edward ihr den Hof macht. Meine Zofe hat mir gesagt, daß er ihr gefällt.« Sie hielt inne, um in einer Parodie der Unschuld zu Dane aufzuschauen. »Mariette, meine ich.«

»Ich weiß, wen du meinst«, erwiderte Dane schmunzelnd und kniff sie zärtlich in den Po. »Vielleicht ist sie ja gar nicht so traurig, mich zu verlieren.«

»Das wäre durchaus möglich«, scherzte Gloriana.

Er hob die Augenbrauen und bemühte sich um einen finsteren Blick. »Impertinenz, Mylady?« fragte er. »Dafür werdet Ihr Buße tun.«

Gloriana errötete. »Und wie könnte ich Euch besänftigen, Mylord?«

Statt einer Antwort umfaßte Dane ihre Taille, hob sie hoch, und zog sie rittlings auf seine Hüften. Ihre schönen Augen weiteten sich, als sie den Beweis seiner männlichen Erregung spürte, und die Spitzen ihrer wohlgeformten Brüste verhärteten sich.

»Wißt Ihr, welches Schicksal Euch erwartet, Mylady?«

Sie nickte, biß sich auf die Lippen und bewegte sich sachte, wie um ihn in sich aufzunehmen.

Dane war so begierig wie sie, aber er wußte, daß Vorfreude das Vergnügen steigerte. Beim ersten Mal hatte er sie schnell genommen, und darauf waren mehrere andere stürmische Umarmungen gefolgt, doch jetzt wollte er dies alles so lange wie möglich auskosten.

Gloriana legte eine Hand unter ihre Brust und beugte sich vor, um sie an Danes Lippen zu führen.

»Du keckes kleines Ding«, sagte er und strafte sie mit einer leider nur allzu flüchtigen Berührung seiner Zunge. »Wo hast du ein so schamloses Benehmen gelernt?«

Sie stöhnte enttäuscht und versuchte, ihn dazu zu bringen, ihre Brust zu küssen. »In Eurem Bett, Mylord«, erwiderte sie atemlos. »Bitte, Dane …«

»Was?« fragte er und ließ die Hände von ihren Schultern zu ihrem Po hinabgleiten. »›Bitte, Dane‹ – tu was?«

Gloriana hatte begonnen, sich zu bewegen, und er hoffte, daß sie nicht merkte, was sie ihm antat. »Du bist ein Schuft.«

Dane spreizte eine Hand über ihren Bauch, während sein Daumen unter das seidenweiche Haar zwischen ihren Schenkeln glitt und jene harte kleine Knospe fand, wo ihre süße Qual am größten war. Während er sie liebkoste, beobachtete er, wie Gloriana wimmernd den Rücken krümmte und ihm ihre schönen Brüste bot, was ihn fast an die Grenzen seiner Beherrschung brachte.

Mit der freien Hand liebkoste er eine ihrer Brustspitzen. »Ich warte, Gloriana«, murmelte er. »Sag mir, was ich tun soll.«

Mit einem kleinen Aufschrei warf sie sich vor, barg ihr Gesicht im Kissen, bewegte aber ihre Hüften auf und ab. »*Ooh* – ich möchte ... daß du meine Brüste küßt, Mylord, und ... *ooh* ... ich weiß nicht, wie ich es sagen soll ... Ich will dich in mir haben ...«

So schnell war Dane indes nicht bereit nachzugeben, obwohl er befürchtete, jeden Augenblick die Kontrolle über seine Gefühle zu verlieren. Als Gloriana sich aufrichtete, drückte er sie rücklings auf die Matratze, sank vor ihr auf die Knie und vergrub sein Gesicht zwischen ihren Schenkeln. Gloriana spreizte die Beine und stieß einen lustvollen Schrei aus, als sie seine Zunge liebkosend spürte.

Als Dane merkte, daß sie bereit war, zog er sich zurück, obwohl sie die Hände in seinen Haaren vergrub und schluchzend protestierte. Noch immer zwischen ihren Schenkeln kniend, schaute er auf sie herab, in einer stummen Bitte um Erlaubnis, bevor er sich langsam auf sie niederließ und behutsam in sie eindrang. Sein Verlangen raubte ihm fast den Verstand, aber er wollte Gloriana nicht weh tun.

Zitternd vor Erwartung bog Gloriana sich Dane entgegen, um ihn aufzunehmen, und stieß ein leises, rauhes Schluchzen aus. Ihr Haar umgab sie wie eine feurige Aura, und Dane war erschüttert von ihrem Anblick, von der süßen Qual, sie zu besitzen. Einen Moment lang war ihm, als zerbräche sein abgehärtetes Soldatenherz wie ein billiges Schmuckstück von einem Jahrmarktstand.

Gloriana schlang die Beine um seine Hüften, als er immer tiefer, immer ungestümer in sie eindrang; ihre Hände waren nie still auf seinem Rücken, streichelten, gruben sich in seine Schultern und umklammerten seinen Po.

Großer Gott. Wie lange würde er eine solche Ekstase aushalten, ohne zu sterben?

»Dane«, rief Gloriana wie im Fieber. Ihre Hände glitten über sein Gesicht, seine Brust, beschrieben Kreise um seine Brustwarzen und strichen über seine harten Bauchmuskeln.

Sie paßte sich auf geradezu perfekte Weise seinem Rhythmus an, ihr wundervoller Körper war wie ein gespannter Bogen, und er fühlte, wie ihre Muskeln sich um ihn zusammenzogen. Sie rief seinen Namen, schrie ihn heraus, als ob sie von der Macht ihrer Gefühle überwältigt wurde und eine Ekstase erlebte, wie sie sie nie für möglich gehalten hätte. Und auch Dane schrie auf, als er zusammen mit ihr den Höhepunkt erreichte. Schließlich sank er ermattet auf sie herab und blieb zitternd in ihren Armen liegen, den Kopf an ihrer Brust.

Sie flüsterte ihm zärtliche, beruhigende Worte zu, und plötzlich hatte er keine Schwierigkeiten mehr, das Gefühl, das sie in ihm entfachte, zu benennen: Es war Liebe.

Gloriana schlief in Danes Armen ein, und als sie erwachte, war sie hungrig. Sanft schüttelte sie ihren Geliebten und weckte ihn, um sich dann lachend unter ihm fortzurollen, als er ihre Brüste liebkosen wollte. Er stützte sich auf einen Ellbogen und schaute ihr mit glänzenden Augen nach, als sie nackt zum Tisch ging und sich etwas Käse und Brot nahm.

Dann stand er auf, schlank und anmutig wie der Panther, von dem sie einst gehört hatte. Oder hatte sie ihn sogar gesehen, vor langer Zeit, in der noch ungeborenen Zukunft, an jenem Ort, den sie Amerika nannten? Vage erinnerte Gloriana sich an Käfige wie kleine Kerker und eine ganze Menagerie aus Lärm und Zorn.

Aber da kam Kenbrook zu ihr, mit einem Lächeln, das ihr Herz schneller klopfen ließ, und Gloriana vergaß den kurzen Moment der Trauer und lachte wieder, als Dane die Hand ausstreckte und ihr den Honigkuchen stahl.

Danach fütterten sie sich gegenseitig, scherzten und neckten sich, und schließlich schüttete Dane sein Badewasser aus dem Turmfenster und erhitzte über einem Kohlebecken frisches für Gloriana. Sie badete bei Kerzenschein.

Als Gloriana sich gewaschen hatte, trocknete er sie mit einem weichen Tuch ab, und das Gefühl, umsorgt und verwöhnt zu werden, war so wundervoll, daß sie Dane allein schon dafür liebte.

Sie zog ein frisches Hemd aus hauchfeinem Leinen an, unter dem sich ihre rosa Brustspitzen und das Haar zwischen ihren Schenkeln abmalten. Diesmal setzten sie sich zu einer ausgiebigeren Mahlzeit an den Tisch, und dann begann es Nacht zu werden. Dane zündete die Lampen an, und sie setzten sich auf das breite Bett. Sie spielten Schach, das Brett auf der Daunendecke zwischen ihnen, und Dane gelang es an diesem Abend nicht, seine Frau zu schlagen. Schließlich brachte er das Brett fort und löschte die Lampen.

Wieder liebten sie sich, langsam und zärtlich, und dann schliefen sie.

Als Gloriana erwachte, schien hell die Sonne in das Turmzimmer, und Dane stand angezogen am Nordfenster. Er trug ein grünes Wams und Hosen, Beinkleider und weiche Lederstiefel, und Gloriana erfaßte eine leise Trauer, als sie ihn so sah, denn er sah aus wie ein Mann, der zu einer Reise aufbrach.

Als hätte er ihren Blick gespürt, drehte Dane sich um und lächelte. »Erhebt Euch, Mylady«, sagte er, »und macht Euch zurecht. Unsere Gefängniswächter nahen, um uns in die Freiheit zu entlassen. Glaubst du, ein Engel hat ihnen verraten, daß wir endlich den Bund besiegelt haben, den unsere Vertreter vor so langer Zeit geschlossen haben?«

Gloriana lächelte. »Ich glaube nicht, daß Engel von solchen Dingen sprechen«, erwiderte sie, als sie aufstand, ihr Hemd anzog und darüber das braune Gewand, das sie am Tag zuvor getragen hatte. Sie hätte gern gebadet, war jedoch seltsam verlegen an diesem Morgen, und außerdem hatte Dane Gareth und seine Männer gesehen, die auf die Burg zuritten, was bedeutete, daß sie in kurzer Zeit bei ihnen sein würden.

Dane verließ das Fenster, kam zu ihr und legte ihr die Hände auf die Schultern. »Darin muß ich dir widersprechen«, sagte er zärtlich, »denn Engel sprechen ganz bestimmt von Liebe. Wenn es nicht so wäre, hättest du mir nicht so stürmisch deine Leidenschaft versichert, als du in meinen Armen lagst.«

Gloriana blinzelte, um ihre Tränen zurückzudrängen. Es waren ausnahmsweise einmal reine Freudentränen, aber sie weigerte sich trotz allem, sie zu vergießen. »Schmeichler«, warf sie ihm vor und schlang die Arme um seinen Nacken. »Jetzt nennst du mich einen Engel, aber ich glaube, du hast mich ganz anders benannt, als wir noch Differenzen hatten.«

Er gab ihr einen langen Kuß, der ihr alle Kraft raubte. Dann umfaßte er ihr Kinn und sah ihr lächelnd in die Augen. »Du besitzt das seltene Talent, Mylady, zu erkennen, wann du ein Engel zu sein hast und wann etwas anderes.«

Tief unter dem Turmfenster klapperte Pferdehufe über das uralte Kopfsteinpflaster. Bald würde die Idylle beendet sein, denn um eine Form der Freiheit zu gewinnen, mußte eine andere geopfert werden. »Du hingegen«, erwiderte Gloriana lächelnd, »bist niemals engelhaft, sondern immer ›etwas anderes‹.«

Danes blaue Augen funkelten, aber als er ihr in die Augen schaute, verwandelte sich seine Belustigung in Sorge. »Was bedrückt dich, Gloriana? Ich sehe, daß du etwas vor mir verbirgst.«

Sie seufzte. Gareth und seine Männer waren nun schon in der Burg, ihre Schritte waren auf der Treppe zu vernehmen. »Wenn ...« Errötend hielt sie inne. »Wenn sie den

Beweis für den Vollzug unserer Ehe gesehen haben und uns hinauslassen …«

Die Geräusche kamen näher, waren fast schon an der Tür.

»Ja?« fragte Dane, als hätten sie alle Zeit der Welt.

»Ich möchte wissen, was ich dann von dir zu erwarten habe«, sagte Gloriana. »Werde ich an deiner Seite leben wie deine wahre Gattin? Denn ganz gleich, welch noble Gefühle ich dir entgegenbringe, ich schwöre, daß ich fliehen werde, falls du versuchst, mich zu einer Gefangenen zu machen.«

Der Schlüssel drehte sich bereits im Schloß, als Kenbrook Glorianas Gesicht in seine Hände nahm und mit den Daumen über ihre Wangenknochen strich. »Du wirst meine Gemahlin sein, Gloriana«, versprach er. »Hier in Kenbrook Hall. Und dies wird unser Zimmer sein, während die anderen Räume wieder hergerichtet werden. Hier werden wir unsere Söhne und Töchter zeugen, und hier werden sie auch geboren werden, wenn du es wünschst.«

Gloriana blinzelte. Ein hartes Klopfen ertönte an der Tür. »Was ist mit Mariette?«

Dane küßte gerade ihre Stirn, als die Tür aufsprang und Gareths Recken eintraten, gewappnet für einen Kampf mit Kenbrook, der sie jedoch nicht beachtete. »Ich lasse sie nach Frankreich zurückbringen, falls es das ist, was sie will. Wenn nicht, kann sie hier einen anderen heiraten, Maxen, den Waliser, zum Beispiel, oder unseren Edward. Sie kann auch ins Kloster eintreten. Weder sie noch irgendeine andere wird je meine Mätresse sein, Gloriana – nicht, solange du mich liebst.«

»Ihr seid euch also endlich einig!« dröhnte Gareth von der Tür. »Verschwindet, Männer – wir brauchen euch nicht mehr.«

Widerstrebend löste Dane den Blick von Gloriana, um seinen älteren Bruder anzusehen.

»Ich brauche nicht zu fragen, Kenbrook, ob du die schöne Dame zu deiner Frau gemacht hast«, erklärte

Gareth schmunzelnd. »Es ist euch deutlich anzusehen, daß die Verbindung nicht länger eine Täuschung ist, sondern wahr und fruchtbar, wie es von Gott gewollt war.«

Gloriana legte ihre Hand auf Kenbrooks Arm, für den Fall, daß diese Predigt ihn zu Gewalttätigkeit verlockte, aber die Geste erwies sich als unnötig.

Kenbrook war bester Stimmung. »Du hast recht, mein Bruder«, sagte er. »Wirst du ein Glas Wein mit mir trinken, um unser Glück zu feiern?«

Gareth verzog das Gesicht. »Selbst wenn ich hundert Jahre leben sollte, Kenbrook, würde ich nie einen Wein trinken, den du mir anbietest.«

Dane zog eine Augenbraue hoch. »Du traust mir nicht?«

»In allen anderen Dingen ist mein Vertrauen in dich so beständig und unvergänglich wie die Mauern dieser Burg. Was jedoch deine Gefangenschaft und vorübergehende Betäubung angeht, bin ich nicht so dumm zu glauben, du würdest darauf verzichten, Vergeltung an mir zu üben. Obwohl wir viele Jahre lang getrennt waren, war schließlich ich derjenige, der dich aufgezogen hat, und ich weiß sehr gut, wie hinterhältig du sein kannst.«

Gloriana sah ein beunruhigendes Glitzern in Kenbrooks Augen, das auch Gareth bemerkt haben mußte.

»Dann nimm dir deine Worte zu Herzen«, sagte Dane, und obwohl er es ganz ruhig sagte, dachte Gloriana: *Gift ist Gift, ganz gleich wie mild.* »Denn es sind weise und wahre Worte.«

Ein verlegenes Schweigen folgte, dann räusperte Gareth sich. »Wie ich schon sagte, es ist offensichtlich, daß zwischen euch alles in Ordnung ist.« Er richtete kurz den Blick auf das zerwühlte Bett. »Deshalb werde ich auch nicht verlangen, den ... äh ... Beweis zu sehen.«

»Du bist nicht nur großmütig«, bemerkte Dane im selben ruhigen, aber bedrohlichen Tonfall, »sondern auch vorsichtig, Gareth. Da Lady Gloriana und ich die Absicht haben, uns hier häuslich einzurichten, darfst du dich verabschieden, wenn du willst.«

Gareth öffnete den Mund und schloß ihn wieder, wie ein Fisch, der auf dem Trockenen liegt. Auch Gloriana war verblüfft, denn sie hatte erwartet, daß der Umzug später stattfand.

Rot bis in die Haarwurzeln, zögerte Gareth nur einen Moment, bevor er sich abwandte und das Turmzimmer verließ.

Gloriana schaute ihrem Schwager nach und begann eine leise Trauer zu verspüren.

»Sei nicht traurig«, sagte Dane belustigt. »Mein Bruder und ich werden uns mit der Zeit schon aussöhnen, denke ich. Und bis dahin wird niemand dir den Umgang mit ihm oder den anderen in seinem Haus verbieten.« Er nahm ihre Hand. »Und nun komm, Lady Kenbrook. Ich möchte dir Teile dieser Burg zeigen, die du noch nie gesehen hast.«

Gloriana folgte ihm aus dem Turmzimmer auf den Gang, und sie stiegen rasch die Treppe hinab und betraten den großen Saal, der so alt war, daß es dort keine Kamine gab, nur Löcher im Boden und Rauchabzüge in der Decke, die den Regen durchließen. Die Burg war eine Ruine, aber Gloriana liebte sie und betrachtete sie als ihr Zuhause.

»Ich habe früher mit Edward hier gespielt«, sagte sie, als Kenbrook sie weiterzog. So schnell sie auch ging, sie schaffte es einfach nicht, mit ihm Schritt zu halten. »Er war Artus – König Arthur. Und ich war Guinevere.«

Dane blieb am Kopf einer weiteren Treppe stehen und drehte sich zu Gloriana um. In der Dunkelheit, die hier herrschte, konnte sie seinen Gesichtsausdruck nicht erkennen, aber seine Stimme klang belustigt.

»Du brauchst jetzt keinen Arthur mehr, und ich will keine Guinevere. Ihre war eine sehr unglückliche Verbindung, während unsere bis ans Ende aller Zeiten und darüber hinaus bestehen wird.«

Obwohl Gloriana unendlich glücklich war, erfaßte sie ein leises Unbehagen. »Bitte, sprich nicht so, Dane«, sagte sie schaudernd. »Du könntest damit das Schicksal herausfordern, deine Worte Lügen zu strafen.«

Kenbrook beugte sich vor und küßte sie. »Wie du

meinst, Mylady«, sagte er und zog sie in die Gewölbe unter die Burg, in die sie und Edward sich niemals hineingewagt hatten. Die riesigen Räume waren feucht, lagen jedoch nicht in völliger Dunkelheit, weil schmale Fenster unter den schweren Deckenbalken ein bißchen Licht hereinließen.

Gloriana nahm Schwefelgeruch wahr und hörte das leise Plätschern von Wasser.

»So, Guinevere«, scherzte Dane und zog sein Wams aus. »Dann hat Arthur dich also nicht hierhergebracht. Das freut mich.«

»Was ...«, begann Gloriana verwirrt und schaute sich mit großen Augen um.

»Sie legten großen Wert auf Sauberkeit, die Römer«, erklärte Dane, während er Hosen und Beinkleider abstreifte.

Gloriana schaute ihm in dem Wechselspiel aus Licht und Schatten zu, und da fiel ihr zum ersten Mal auf, wie merkwürdig das Licht war – es tanzte und schimmerte, als spiegelte es sich auf Wasser wider.

»Das ist ein römisches Bad?« fragte sie und vermochte kaum zu glauben, daß etwas so Uraltes überlebt haben sollte.

»Ja«, rief Dane von weiter vorn, und seine Stimme hallte von den Wänden wider. »Es gibt hier eine Quelle – was vermutlich einer der Gründe war, warum die Römer diesen Ort für eine Befestigung wählten.«

Gloriana folgte seiner Stimme und dem Geräusch des Wassers, bis sie an ein großes, rechteckiges Becken gelangte, das von verfallenen Statuen umgeben war. Zerbrochene Kacheln, die noch Spuren von Farbe aufwiesen, säumten das Becken.

»Wie konnte das erhalten bleiben?« fragte Gloriana erstaunt, während sie Kleid und Hemd auszog und beides beiseite legte.

»Die Quelle erneuert sich von selbst«, erklärte Dane, »und die Römer haben alles – vor allem das, was ihrem Vergnügen diente – so gebaut, daß es die Jahrhunderte überdauerte. Sei vorsichtig beim Gehen. Es sind natürlich Risse in den Kacheln, und das Moos macht sie glitschig.«

Dampf stieg aus dem sprudelnden Becken auf, zusammen mit dem unverkennbaren Geruch von verfaulten Eiern.

Vorsichtig ging Gloriana in Danes Richtung. »Wie wird es entleert?«

Kenbrook legte ihr die Hände auf die Schultern. Das heiße, sprudelnde Wasser fühlte sich wunderbar auf ihrer Haut an. »Durch ein Röhrensystem, das zum See führt«, sagte Dane ganz dicht an Glorianas Lippen. Es war offensichtlich, daß sein Interesse nicht den architektonischen Leistungen der Römer galt.

Als er den Kopf senkte und Gloriana küßte, schloß sie ihre Finger um sein Glied. Ein berauschende Gefühl der Macht erfaßte sie, als Dane lustvoll aufstöhnte.

Zu weiteren Einleitungen kam es nicht. Mit einer kraftvollen Bewegung hob Dane Gloriana aus dem Wasser und auf seine Hüften, küßte ihre Brüste und liebkoste die zarten Knospen, bevor er sie mit entnervender Langsamkeit an sich herabgleiten ließ und in sie eindrang.

Instinktiv schlang Gloriana die Beine um seine Hüften und legte aufstöhnend den Kopf zurück, als die erste Woge der Ekstase über ihr zusammenschlug.

Kenbrook brauchte länger, aber als schließlich auch er Erfüllung fand, hallte sein Triumphschrei durch das Gewölbe.

Ermattet ließ Gloriana sich an seine Brust sinken, schlang die Arme um seinen Nacken und legte den Kopf an seine Schulter. Sie waren noch auf innigste Weise vereinigt, als er sie zu den flachen Stufen auf der anderen Seite des Beckens trug, sie dort behutsam absetzte und so zärtlich wusch, als wäre sie eine Göttin, die vom Olymp gefallen und noch von ihrem Sturz benommen war.

Nach dem Bad blieben sie auf den Stufen sitzen, still und zufrieden, während das warme Wasser ihre Körper umspülte.

Gloriana schlief ein, von Dane gehalten, erwachte und

döste wieder ein. Sie konnte sich nicht entsinnen, je zuvor eine derartige Zufriedenheit verspürt zu haben, und wäre vielleicht hier sitzen geblieben, bis die Burg zu Geröll zerfiel, wenn Kenbrook sie nicht aufgefordert hätte, aufzustehen und sich anzukleiden.

Pferde und Männer warteten auf dem Hof, als sie das Gewölbe verließen, und Kenbrook, dem es nicht das geringste auszumachen schien, daß seine Kleider an ihm klebten und sein Haar tropfnaß war, ging hinaus zu ihnen.

Gloriana folgte ihm, nachdem sie vergeblich versucht hatte, ihr Äußeres in Ordnung zu bringen. Sie befürchtete, daß die Freude über ihre Entjungferung ihr deutlich anzusehen war, denn die Lust brannte noch immer wie eine Flamme in ihr, und vielleicht hätte Gloriana sich versteckt, bis die Männer wieder aufgebrochen waren, wenn ihr Stolz es ihr nicht verboten hätte. Denn obwohl die Burg nicht viel mehr als eine Ruine war, war sie die Herrin auf Kenbrook Hall, und es war ihr Recht so gut wie ihre Pflicht, ihren Platz an Danes Seite einzunehmen.

Als sie hinausging, erkannte sie den rothaarigen Waliser, doch die etwa zwanzig anderen Männer waren ihr fremd.

Maxen nickte respektvoll. »Mylady«, sagte er.

Sie neigte den Kopf, erwiderte aber nichts.

Kenbrook wandte sich lächelnd zu Gloriana um, und sie sah, daß er sich freute. Seine Worte bestätigten es. »Meine Männer sind gekommen, um Quartier bei uns in Kenbrook Hall zu nehmen«, sagte er.

Wie jede Hausherrin fragte Gloriana sich bestürzt, was sie den Männern vorsetzen sollte und wo sie schlafen würden, aber auf ihre Art war sie genauso froh wie Dane. Es waren seine Bewaffneten, und es war nur richtig, daß sie ihm dienten, ganz gleich, wie heruntergekommen sein Besitz auch sein mochte.

»Stellt eure Pferde unter«, fuhr Dane fort, »und kommt herein. Meine Frau und ich heißen euch willkommen.«

Während die Soldaten sich in ihren eigenen Quartieren einrichteten, die wie die Ställe auf der anderen Seite des

Hofes lagen, erschien eine Karawane aus Karren auf der schmalen Straße, die an der Abtei vorbei nach Kenbrook Hall führte. Gloriana wußte, daß sie Vorräte und Gesinde brauchten, und war so froh darüber, daß sie sich in Danes Arme warf und ihn küßte, bevor sie davoneilte, um die Neuankömmlinge in Empfang zu nehmen.

Judith, die neben einem der vollbeladenen Karren ging, begrüßte sie lächelnd. »Da seid Ihr ja, Mylady«, sagte sie. »Hat der Herr von Kenbrook Hall Euch gut behandelt?«

Gloriana errötete bei dem Gedanken daran, *wie* gut Kenbrook sie behandelt hatte. »Bestens«, sagte sie. »Was ist all das?«

»Geschenke von Lord Hadleigh, Mylady. Und natürlich auch Euer eigener Besitz.« Die junge Frau erhob den Blick zur Burg und unterdrückte ein Schaudern. »Die anderen und ich, wir werden dich zusammenrücken in der Nacht«, gestand sie. »Das ist ein furchtbarer Ort, voll heulender Gespenster.«

»Unsinn«, widersprach Gloriana und dachte, daß es nicht Gespenster waren, die die Schuld an dem ›Geheul‹ in Kenbrook Hall trugen, aber das sagte sie natürlich nicht laut.

Die Karren klapperten über den Hof und wurden von Soldaten und Dienstboten entladen, die unter Glorianas Aufsicht die Vorräte in die Burg brachten. Dane hatte sich in der Zwischenzeit mit Maxen zusammengesetzt, um mit ihm über seine Pläne für die Erneuerung der Burg zu sprechen.

Auch Gloriana hatte Pläne für Kenbrook Hall und besaß genügend Gold, um sie auch auszuführen, doch darüber wollte sie später mit ihrem Mann reden, wenn sie allein warren.

Gegen Abend hatten Judith und ihre fleißigen Helfer den großen Saal gefegt und sämtliche Spinnweben und das Ungeziefer daraus entfernt. Ein Feuer loderte draußen vor dem Raum, der später als Küche dienen würde, Spanferkel rösteten an Spießen.

Boten wurden zu Pferd nach Hadleigh und zur Abtei entsandt, und als es dämmerte, trafen die ersten Gäste ein.

Gareth kam, und mit ihm Lady Hadleigh. Edward ritt in einiger Entfernung hinter ihnen, auf seinem prächtigen neuen Streitroß, und Mariette und Fabrienne folgten in einem Wagen, den ein Diener lenkte.

Gloriana machte sich auf Schwierigkeiten gefaßt, während sie in dem von Fackeln erhellten Burghof ihre Gäste erwartete. Obwohl sie Mariette als Freundin nicht verlieren wollte, bereute sie es nicht, ihren Mann für sich gewonnen zu haben.

Zu ihrem Erstaunen begrüßte Mariette sie mit einem freudigen Lächeln und umarmte sie, als sie aus dem Wagen stieg.

»Du bist glücklich, Gloriana!« rief das Mädchen auf französisch. »Ich kann es sehen, denn deine Augen lächeln wie dein Mund.«

Gloriana lachte, teils aus Erleichterung, teils aus Freude, und erwiderte die Umarmung ihrer Freundin. »Du hast mir also verziehen?«

Mariette machte einen Schmollmund. »Nun«, meinte sie, zur englischen Sprache übergehend, »in Herzensangelegenheiten warst du unaufrichtig.« Wieder erhellte ein Lächeln ihr Gesicht. »Aber ich bin selbstlos genug, um dir zu verzeihen.«

Aus dem Augenwinkel sah Gloriana, daß Edward absaß und die Zügel seines stolzen Hengstes einem Knappen übergab. Edwards hübsches Gesicht war ernst und auch ein wenig finster, als er Gloriana schweigend musterte. Fast hätte sie um ihn geweint, um ihren Arthur, der ihr am Tag seines Ritterschlags sein Schwert zu Füßen gelegt hatte. Obwohl es nie ihr Wunsch gewesen war, daß er sie lieben möge, hatte es ihr weh getan, ihn zurückzuweisen.

Bevor Gloriana mit ihm reden konnte, erschien Dane an ihrer Seite und legte kurz den Arm um ihre Schulter, als er Edward grüßte. Dann wandte er sich an Mariette und bat, sie unter vier Augen sprechen zu dürfen.

Gloriana blieb, als Dane und Mariette sich von ihr entfernten, beobachtete sie jedoch nicht, sondern richtete ihren Blick auf Edward.

»Ich hörte, daß Mademoiselle Gefallen an dir gefunden hat«, begann sie.

Edward lächelte nicht und schaute auch nicht in Mariettes Richtung. »Mariette bewundert alle Männer – theoretisch jedenfalls. Ich glaube, sie würde die Wirklichkeit erheblich weniger reizvoll finden. Wird Kenbrook sie nach Frankreich zurückschicken?«

Gloriana nickte und schaute nun doch zu Dane und Mariette hinüber, die auf dem Brunnenrand saßen und sich unterhielten. Ihre Worte waren nicht zu verstehen, und während Gloriana sie beobachtete, erfaßte sie ein Frösteln, das sie wieder an jene unsichtbaren, ineinander übergreifenden und doch so verschiedenen Welten denken ließ.

Laß mich bleiben, lieber Gott, betete sie stumm. *Bitte, laß mich hier auf Kenbrook Hall bei meinem Mann bleiben, für den Rest meines Lebens und in alle Ewigkeit …*

Kapitel 10

Ein großes Fest fand im großen Saal und Hof von Kenbrook Hall statt, und die Nacht war erfüllt vom flackernden Licht der Pechfackeln und der Musik der Spielmänner und Minnesänger. Während Dane mit Gareth und einem halben Dutzend anderer Männer um eine der Feuerstellen im großen Saal der Burg saß, stand Gloriana mit Elaina in der Nähe einer Tür, wo sie sich leise unterhielten.

»Es ist schön, daß wieder Leben in diese alte Burg kommt«, sagte Elaina lächelnd. Sie wirkte heute noch zerbrechlicher als sonst und hatte einen so entrückten Gesichtsausdruck, als sähe sie etwas, was den anderen verborgen blieb. »Ah – sie sind wundervoll, deine edlen Söhne, Gloriana, und deine tugendhaften Töchter, die so weise das Herz ihrer Gatten zu regieren verstehen.«

Gloriana war froh, daß niemand in der Nähe war, um sie zu hören, denn Elainas Äußerungen waren ungemein gefährlich in solch einer abergläubischen Gesellschaft. »Siehst du sie?« fragte Lady Kenbrook leise. »Meine Kinder?«

Es schien, daß Elaina irgendein großartiges Schauspiel sah, voller Farben und Bewegung, denn ihre Augen weiteten sich und funkelten. Lady Hadleigh besaß die Fähigkeit, in die Zukunft zu schauen, und viel Unglück war im Laufe der Jahre vermieden worden durch ihre Warnungen an Gareth, daß eine Mißernte bevorstand oder der kommende Winter ungewöhnlich kalt sein würde. »Ja«, sagte Elaina und blinzelte, als ob die Szene nun verblaßte. Dann wandte sie sich an Gloriana und umklammerte ihren Arm so heftig, daß es schmerzte. »Ich habe sie gesehen.«

Große Angst erfaßte Gloriana, als sie Elainas seltsam starre Haltung bemerkte. »Was ist?« flüsterte sie und fürchtete die Antwort.

»Du wirst großes Leid ertragen müssen, bevor dein Schicksal sich erfüllt«, sagte Elaina. »Und auch Dane wird leiden. Aber falls du versagst oder sogar aufgibst, wenn du nicht beharrlich bist und jede Prüfung überstehst, dann werden deine Kinder nie geboren werden und niemals ihre so wichtige Rolle beim Aufbau der fernen Zukunft spielen.«

Gloriana schaute sich nervös um und zog Elaina fort, als sie in der Nähe eine kleine Gruppe von Dienstboten erblickte. Durch einen Seitengang gelangten die beiden Frauen in einen mondbeschienen Garten, von dem aus Kenbrook Halls uralter Friedhof zu überschauen war.

Römische Offiziere schlummerten unter den ältesten Grabsteinen, mit ihren Frauen und Kindern, und Generationen von Danes Vorfahren waren hier begraben. Die Burg und die dazugehörigen Ländereien hatte ihm seine

Mutter, Aurelia, hinterlassen, die hier in einer prachtvollen, von marmornen Engeln bewachten Krypta ruhte.

»Du mußt mir sagen, was ich tun soll«, bat Gloriana und ergriff Elainas Hände. »Ich habe Angst, von Dane getrennt zu werden …«

»Du *wirst* von ihm getrennt werden«, erwiderte Elaina ruhig. »Und eines Tages wirst du einen Scheideweg erreichen. Dein Verstand wird sich in die eine Richtung wenden wollen und dein Herz in die andere. In den meisten Fällen würde eine kluge Frau den ersten Weg gehen, doch du, Gloriana, mußt den Mut und die Tapferkeit aufbringen, dich für den zweiten zu entscheiden. Du hast das Herz einer Löwin, und das wird dich auf den rechten Weg führen, wenn du ihm vertraust.«

Gloriana kämpfte mit den Tränen, als sie sich auf eine Bank hockte. »Ich will Dane nicht verlassen – ich ertrüge es nicht, von ihm getrennt zu sein! Das waren wir lange genug …«

»Es ist der einzige Weg«, unterbrach Elaina sie sanft. »Und nun geh, Gloriana, und kümmere dich um deine Gäste. Heiße deinen Mann in deinem Bett willkommen, und bewahre Stillschweigen über das, was ich dir gesagt habe. Dane hat genug eigene Kämpfe auszufechten, und das Wissen, daß eure gemeinsame Zeit schon bald ein Ende findet, würde ihn nur schwächen.«

»Warum?« begehrte Gloriana verzweifelt auf. »Warum können wir nicht einfach unser Leben leben wie andere Leute?«

»Weil ihr nicht *andere Leute* seid«, beharrte Elaina leicht gereizt. »Aus deiner Verbindung mit Dane werden Männer und Frauen hervorgehen, denen sogar Könige ihr Ohr leihen werden. Sie werden weisen Rat vermitteln, deine Nachkommen, und die Herrscher werden ihren Rat befolgen, ganz gleich, wie launisch oder impulsiv sie auch sonst sein mögen.«

Die Bürde eines solchen Wissens war fast zuviel für Gloriana. »Ich könnte alles ertragen, wenn ich nur bei Dane wäre«, sagte sie.

Elaina trat vor die Bank und legte eine Hand auf Glorianas Schulter. »Eisen wird durch Feuer hart, und der menschliche Geist wird stark durch Prüfungen. Folge dem Weg, der dir vorgezeichnet ist, Gloriana. Wenn du es nicht tust, wird das Geschlecht der Kenbrooks in wenigen Generationen ausgestorben sein, und ganz England wird darunter leiden.« Mit diesen Worten beugte sie sich vor, küßte Gloriana auf die Stirn und wandte sich ab, um in die Burg zurückzukehren.

Gloriana blieb im Garten, schaute über die niedrige Mauer zur Kapelle und zum Friedhof hinüber und dachte über Elainas Worte nach. *Die Frau ist verrückt*, dachte sie in ihrer Verzweiflung, aber tief im Innersten wußte sie, daß Lady Hadleigh die Wahrheit sprach. Eine schwere Zeit lag vor ihr, Gloriana, doch wenn es ihr gelang, sie zu ertragen, würde ihr danach ein dauerhaftes Glück beschieden sein.

Zu erschüttert, um zu weinen, bedeckte sie mit beiden Händen ihr Gesicht. Sie mußte Dane verlassen, und es war nicht vorauszusagen, wann die Trennung stattfinden und wie lange sie dauern würde. Es war eine niederschmetternde Vorstellung.

»Du bist erschöpft«, bemerkte eine vertraute Männerstimme hinter ihr, und Dane nahm ihren Arm. »Komm, Lady Kenbrook. Ich bringe dich zu Bett.«

Gloriana drehte sich zu dem Mann um, den sie seit frühester Jugend zärtlich liebte, schlang schluchzend die Arme um seinen Nacken und hielt ihren Gatten fest umfangen.

»Was hast du, Liebes?« fragte Dane, als er sie mühelos auf seine starken Arme hob. »Hat Elaina etwas gesagt, was dich beunruhigt? Du darfst nicht vergessen, daß sie mondsüchtig ist.«

Gloriana legte den Kopf auf Danes Schulter. »Ich möchte nicht über Lady Hadleigh sprechen«, sagte sie, und das war das erste ihrer Opfer. Denn in Wirklichkeit hätte sie Dane die ganze Geschichte am liebsten anvertraut und ihn angefleht, ihre Trennung zu verhindern. Da sie jedoch wußte, daß er nicht das geringste dagegen unternehmen konnte und nur leiden würde, wenn er erfuhr, was sie erwartete, schwieg sie. »Meine Füße schmerzen. Ich glaube, es wäre gut, wenn du sie mit Öl massieren würdest, bevor ich schlafen gehe.«

Dane lachte, als er sie über einen Seitengang zur Treppe trug. Obwohl es ziemlich dunkel war, fand er mühelos den Weg, und Gloriana dachte, daß er sehr viel Zeit in der Burg verbracht haben mußte, bevor er in den Krieg gegen die Osmanen gezogen war. »Du bist sehr verwöhnt, Mylady«, sagte er. »Ich werde eine starke Hand bei dir brauchen, das sehe ich schon, weil du mich sonst an die Leine legen und tanzen lassen würdest wie das Äffchen eines Gauklers.«

Gloriana legte eine Hand an seine Brust und spürte seinen ruhigen, beständigen Herzschlag. »Ich werde dich immer lieben«, erwiderte sie.

Inzwischen hatten sie die obere Galerie erreicht, und Dane setzte sie plötzlich ab, umfaßte ihre Schultern und schaute ihr in die Augen. »Ich höre Trauer in deiner Stimme, Gloriana. Was hat das zu bedeuten?«

Sie hob die Hand, um sein Gesicht zu streicheln. Der Schein des vollen Monds erhellte die Umrisse seines Körpers, aber sein Gesicht lag im Schatten, so daß sie seinen Ausdruck nicht erkennen konnte. »Ich werde dich bis ans Ende meiner Tage lieben und darüber hinaus, falls das möglich ist. Das ist alles, was ich sage.«

Dane umfaßte ihr Kinn und hob ihr Gesicht an, und Gloriana hoffte nur, daß er ihr nicht ansah, wie recht er hatte, und daß sie, in gewisser Weise, von ihm Abschied nahm.

»Ich liebe dich, Gloriana«, flüsterte Dane. Und dann küßte er sie.

Gloriana erwiderte seinen Kuß, aber als Dane sie freigab, fragte sie: »Was ist mit Mariette? Du hast mir noch nicht gesagt, was du mir ihr besprochen hast.«

Dane nahm ihre Hand und zog Gloriana mit sich durch die Galerie. »Mademoiselle würde gern ein weltabgeschiedenes Leben führen«, antwortete er. »Ihr Wunsch ist es, in der Abtei zu leben, unter Schwester Margarets Obhut.

»Aber ich dachte … sie hätte an Edward Gefallen gefunden?«

»Edward wird in den nächsten Jahren mit Kämpfen beschäftigt sein«, erklärte Dane. »Er ist noch nicht bereit für die Ehe.«

Inzwischen stiegen sie die Stufen der Wendeltreppe hinauf, die zum Turmzimmer führte. »Wie meinst du das, ›Edward wird mit Kämpfen beschäftigt sein‹?« fragte Gloriana. »Wird er fortgehen wie du damals? Ich hatte so gehofft, daß er darauf verzichten würde!«

»Er braucht nicht fortzugehen, um zu kämpfen«, entgegnete Dane grimmig, und seine Finger verkrampften sich um Glorianas. »Merrymonts Männer haben einige der umliegenden Dörfer in Brand gesteckt.«

Entsetzt ließ Gloriana sich gegen die Mauer des Treppenaufgangs sinken, denn das waren Neuigkeiten, von denen sie bisher noch nichts erfahren hatte. »Und Gareth und die anderen werden nun Vergeltung üben?«

Ein Muskel zuckte an Kenbrooks Kinn, und Gloriana fürchtete seine nächsten Worte fast mehr noch als das Schicksal, das sie bald auseinanderreißen würde. »Nicht nur Gareths Männer werden kämpfen, sondern meine auch. Solche Schandtaten dürfen nicht ungesühnt bleiben.«

Gloriana hatte das Gefühl, daß alle Kraft aus ihren Knien wich. »Was wirst du tun, Dane?« fragte sie gebrochen. »Eins seiner Dörfer überfallen? Unschuldigen Menschen Leid zufügen, wie Merrymont es tut?«

Dane mußte sie die letzten Stufen fast hinaufschleppen. Er schlug die Tür des Turmzimmers zu, bevor er sich zu Gloriana umwandte, die zitternd und mit großen Augen in der Nähe des Tisches stehengeblieben war.

Das Licht aus den Kohlebecken umtanzte Dane wie schattenhafte Flammen. »Hältst du mich für ein Ungeheuer, Gloriana?« fragte er. »Kannst du auch nur einen Moment lang glauben, daß ich dazu fähig wäre? Ganz gleich, aus welchem Grund?«

Gloriana schluckte. »Krieg ist zerstörerisch«, antwortete sie mit schüchterner Überzeugung. »Felder werden zertrampelt, Hütten verbrannt, Bauern und Dorfbewohner getötet und verschleppt. Und dabei ist es völlig einerlei, welchem Herrn sie dienen, scheint mir, denn sie sind in jedem Fall diejenigen, die leiden.«

»Unser Groll richtete sich gegen Merrymont und seine Männer, gegen niemand anderen«, entgegnete Dane kalt.

Seufzend ließ Gloriana sich auf einen Stuhl sinken, und sah sich geistesabwesend um. Das Bett war frisch bezogen, parfümiertes Wasser zum Waschen stand bereit, und frische Kleider für den nächsten Morgen lagen auf der Truhe ausgebreitet.

Gloriana fragte sich, ob sie in diesem Raum erwachen oder sich am nächsten Tag in irgendeinem anderen wiederfinden würde. »Es tut mir leid«, sagte sie und meinte es auch so. »Ich weiß, daß du ein gerechter Mann bist und unschuldigen Menschen kein Leid zufügen würdest.«

Dane legte sein Wams ab, behielt jedoch seine Hosen und sein Hemd an. Er nahm einen kleinen Glasbehälter aus einem Holzkästchen, das auf dem Tisch neben dem Bett stand. Als er sich Gloriana damit näherte, war sein Ärger verraucht, und sein Blick verriet ruhige Gelassenheit.

Er zog sich einen Stuhl heran, setzte sich Gloriana gegenüber und zog einen ihrer Füße auf den Schoß. Er machte das Ausziehen ihres Schuhs zu einem sinnlichen Erlebnis, und sie schnappte verblüfft nach Luft, als er ihren zierlichen Fuß zu massieren begann.

»Es war nicht mein Ernst, daß du mir die Füße ölen solltest, Dane«, sagte Gloriana rasch. »Es war nur so dahergeredet.«

Kenbrook gab etwas von dem goldenen Öl in seine Hand und stellte den Behälter beiseite. Dann begann er Glorianas rechten Fuß zu massieren.

Mit einem tiefempfundenen Seufzer ließ sie sich auf ihrem Stuhl zurücksinken.

»Ihr empfindet es als angenehm, Mylady?« scherzte Dane.

Es war eine durchaus sinnliche Erregung, die sie empfand, und es war ausgesprochen angenehm. »Oh«, hauchte sie und seufzte noch einmal. »Es ist zu gut, um wahr zu sein.«

Seine Daumen beschrieben Kreise auf dem Ballen ihres Fußes und massierten gründlich das duftende, kostbare Öl ein. »Nichts ist gut genug für dich«, sagte er, und seine leise Stimme versetzte Gloriana in eine Art Trance, die sie ihre unheilvolle Unterredung mit Elaina und den bevorstehenden Kampf mit Merrymont vergessen ließ.

Sie hatte das Gefühl, unter Danes Händen dahinzuschmelzen, und sank immer tiefer auf dem Stuhl. »*Hmm*«, murmelte sie entrückt und dachte, daß nichts Schlechtes auf der Welt existieren konnte, daß es kein Leid gab und nichts Böses. Es war ein Irrtum gewesen, es zu glauben …

Kenbrook lachte und nahm ihren anderen Fuß, und mit einem wohligen Erschauern öffnete Gloriana die Augen, als er ihr den zweiten Schuh abstreifte. »Du schnurrst wie eine Katze, die sich am warmen Feuer räkelt«, sagte er. »Wann immer du in Zukunft aufmüpfig werden solltest, werde ich dich einfach massieren und dich damit so träge und anschmiegsam wie ein sanftes Kätzchen machen.«

Seine Worte rissen Gloriana aus ihre angenehmen Versunkenheit, und ihr Herz schwoll vor Liebe, als sie in das Gesicht ihres Gemahls aufblickte.

»Bring mich ins Bett«, bat sie, »und schenk mir ein Kind.«

»Der Vorschlag ist sehr reizvoll«, erwiderte er heiser, »aber ich glaube, daß du längst in anderen Umständen bist.«

Gloriana legte eine Hand auf ihren Bauch, denn das war eine Möglichkeit, an die sie bisher noch nicht gedacht hatte. »Wie kannst du das wissen?« fragte sie erstaunt. »Hast du Visionen wie Lady Elaina?«

Dane lachte und küßte ihr Knie, bevor er den Kopf hob und ihr lächelnd in die Augen schaute. »Ich besitze keine anderen Kräfte als jene, die die Liebe mir vermittelt«, erwiderte er.

Gloriana errötete. Die Kräfte, die Kenbrook aus der Liebe bezog, waren beträchtlich, aber es hätte ihn nur noch arroganter gemacht, wenn sie es ihm gesagt hätte. »Aber du scheinst dir so sicher, daß ich bereits dein Kind unter dem Herzen trage ...«

»Einen Sohn«, erklärte Dane. Seine Augen glitzerten, als er nach dem Öl griff, Glorianas Fuß absetzte und sich erhob. »Eigentlich hätte ich lieber zuerst eine Tochter gehabt«, fuhr er fort. »Ich glaube, daß sie ihren Müttern ein großer Trost sind in Abwesenheit des Hausherrn.«

Wieder erwachte Trauer in Glorianas Herz, die sie jedoch rasch verdrängte, weil sie wußte, wie kostbar jeder Augenblick war. »Wann hast du deinen Sohn gezeugt, Mylord?« fragte sie lächelnd, als Dane ihr eine Hand reichte und sie auf die Füße zog.

»Heute morgen«, antwortete er. »Im Römerbad.«

Gloriana glaubte wieder die Hitze der Quelle zu spüren, die sprudelnde Liebkosung des Wassers und die innige Umarmung ihres geliebten Mannes. Sie errötete, als ihr Blick auf den Flakon mit dem Öl in seiner Hand fiel.

»Nimmst du das mit ins Bett, Mylord?«

»Das und noch etwas anderes«, erwiderte Dane und forderte sie mit einer Kopfbewegung auf, vorauszugehen.

Als Lampen und Kohlebecken in der Dunkelheit flackerten und Funken sprühten, erfüllten Glorianas lustvolle Schreie das Turmzimmer.

Später, in den frühen Morgenstunden, erwachte Gloriana aus tiefem Schlaf zu einem überwältigenden Höhepunkt, und während sie sich lustvoll unter ihrem Gatten wand, küßte er ihre Brüste und flüsterte ihr zu, wie sehr er sie vergötterte.

Der Morgen dämmerte grau, rosa und golden, als Gloriana die Augen aufschlug, und sie sah sofort, daß Dane das Gemach bereits verlassen hatte. Die Kohlebecken waren allerdings schon angezündet, und auf dem Kopfkissen neben Gloriana lag ein Stück Honigkuchen.

Träge richtete sie sich auf und griff nach dem Leckerbissen, den Dane für sie zurückgelassen hatte. In der Ferne, hinter dem See, hörte sie das Geläut, das die Bewohner von Hadleigh Castle zur morgendlichen Messe rief.

Wieder räkelte Gloriana sich voller Wohlbehagen. Irgendwann in nächster Zeit würde sie veranlassen, daß auch hier in der Kapelle von Kenbrook Hall morgens die Messe gelesen wurde, doch heute war sie viel zu faul, um aufzustehen. Und im übrigen sah es nach Regen aus.

Erst als Judith kam, atemlos vom Aufstieg über die steile Wendeltreppe, und ihr einen Krug heißes Wasser brachte, fiel Gloriana wieder ein, was Gareth, Dane und die anderen heute vorhatten. Rasch schlüpfte sie in ihr Hemd und lief auf bloßen Füßen zum Westfenster, von dem sie den Burghof sehen konnte.

Und tatsächlich war Dane dort. Sein blondes Haar schimmerte wie reines Gold in der Morgensonne, als er seinen feurigen Hengst bestieg. Hinter ihm, in voller Rüstung, begannen seine Soldaten sich zu formieren.

»Nein«, wisperte Gloriana entsetzt. Ihre Schultern sackten herab, ihre Augen füllten sich mit Tränen.

»Kommt, Mylady«, sagte Judith tröstend und nahm ihren Arm. »Ihr werdet Euch noch den Tod holen in diesem dünnen Hemd am offenen Fenster!«

»Dane wird kämpfen«, jammerte Gloriana und ließ sich zum Tisch ziehen, wo Judith das Wasser in eine Schüssel goß.

»Ja, Mylady«, bestätigte das Mädchen ruhig.

Gloriana wurde übel. Ihr ganzes Leben hatte sie Männer auf dem Turnierfeld in Hadleigh Castle kämpfen sehen, mit Schwertern und mit Lanzen, doch das waren immer nur Übungen gewesen, nichts weiter als ein rauher Spaß. Das bevorstehende Scharmützel mit Merrymonts Männern hingegen war bitterer Ernst. Auf beiden Seiten würden Männer verwundet werden und vielleicht sogar sterben.

»Setzt Euch, Mylady«, befahl Judith. »Ihr seid grün wie Malachit.«

Gloriana ließ sich in einen Sessel sinken und schloß die Augen, als Judith ihr Haar bürstete und zu einem Zopf flocht.

Als Gloriana angekleidet war – sie trug ein gelbes Kleid mit goldener Tunika und einen Gürtel, der mit bunten Glassteinen besetzt war –, verließ sie das Turmzimmer, zu unruhig, um zu lesen oder sich mit einer Handarbeit zu beschäftigen. Der Himmel war von einem unheilvollen Grau, als sie auf den Burghof hinaustrat. Sie fragte sich, ob ihr Pferd schon hiersein mochte oder noch in Hadleigh Castle war. Zum guten Schluß dachte sie, daß das nicht wichtig war, denn wenn sie versucht hätte, Dane in die Schlacht zu folgen, hätte es ja doch nur mit einer Demütigung oder noch Schlimmerem für sie geendet.

Die alten Grabsteine auf dem Friedhof zogen sie wie magisch an, was vielleicht auf ihre eigene düstere Stimmung zurückzuführen war. Wenn ich Herrin auf Kenbrook Hall sein will, muß ich jeden Winkel kennen, dachte sie und nahm sich vor, Dane nach seiner Mutter zu fragen und all den anderen, die mit ihr auf diesem Friedhof ruhten.

Elainas Warnung erschien ihr irreal im hellen Licht des Tages – nichts als das Gerede einer unglückseligen, mit reger Phantasie begabten Frau, die zuviel Zeit allein verbrachte und eingebildeten Stimmen lauschte.

Gloriana blieb stehen und betrachtete die Krypta, in der die sterblichen Überreste von Danes Mutter ruhten. Es wäre ein Trost gewesen, gewiß zu sein, daß Lady Aurelia bei den Engeln im Himmel war und über Kenbrook wachte und ihn beschützen konnte, doch Gloriana wagte nicht, daran zu glauben.

Eine steife Brise wehte vom nahen See herüber. Als Gloriana sich fröstelnd umdrehte, um zur Burg zurückzukehren – sah sie Judith in ihre Richtung eilen. Doch plötzlich durchzuckte ein jäher, blendender Schmerz ihren Kopf. Sie streckte die Hand aus, um sich irgendwo festzuhalten, doch da zog ihr Magen sich zusammen, und unfähig, sich noch länger auf den Beinen zu halten, sank sie in die Knie.

Gloriana sah plötzlich nichts mehr außer einer allumfassenden Finsternis; ihr war, als würde sie herumgewirbelt wie ein Blatt im Wind. Ein dröhnendes Geheul erfüllte ihre Ohren, schmerzgepeinigt preßte sie die Hände darauf, krümmte sich vor Qualen und stieß einen gellenden Schrei aus.

»*Dane*!«

Der Alptraum nahm kein Ende, und Gloriana hätte nicht sagen können, wieviel Zeit verstrichen war, als ihre Sicht endlich zurückkehrte und der schreckliche Lärm zu einem Summen verblaßte.

Gloriana hob den Kopf, so benommen, daß sie sich einen entsetzlichen Moment lang weder an ihren Namen entsinnen konnte noch daran, was sie auf diesem verregneten Friedhof zu suchen hatte.

Erst nach und nach wurden ihr die Stimmen um sie herum bewußt, die sich in einer fremden Sprache unterhielten. Sie blinzelte, als ihr Bewußtsein einsetzte, blitzartig wie der Kopfschmerz, der sich inzwischen zu einem hohlen Pochen abgeschwächt hatte.

Leute umringten sie und starrten sie an. Es regnete, und das mochte der Grund sein, warum sie kleine bunte Baldachine über ihre Köpfe hielten.

Schirme, wisperte die Stimme der Erinnerung im Hintergrund ihres Bewußtseins.

Die Leute redeten und gestikulierten, und Gloriana wich unwillkürlich einen Schritt zurück und schüttelte den Kopf.

»Armes Ding«, sagte jemand. »Sie hat Angst.«

»Sieh dir diese komischen Klamotten an«, meinte jemand anderes.

Jener Teil ihres Bewußtsein, der die Schirme erkannt hatte, übersetzte auch die merkwürdig abgehackten Worte der Leute, allerdings mit quälender Langsamkeit. Das schlimmste von allem jedoch war die Erkenntnis, daß nun eingetreten war, was Gloriana befürchtet hatte. *Sie war vom dreizehnten Jahrhundert in eine viel spätere Zeit versetzt worden.* Hier, in diesem Zeitalter und an diesem Ort, waren Dane und all die anderen Menschen, die sie geliebt hatte, seit langem tot und nicht mehr als Staub und Knochen in ihren Gräbern.

In ihrer Verzweiflung stieß Gloriana einen schrillen Schrei aus, worauf ein Mann sich aus der Menge löste, eine Hand ausstreckte und sie freundlich ansprach.

»Beruhigen Sie sich«, sagte er, und Gloriana hatte Mühe, seine Worte zu übersetzen. »Sie brauchen keine Angst zu haben. Ich bin Arzt und werde Ihnen helfen.«

Gloriana schloß die Augen und versuchte, sich mit purer Willenskraft zu Dane und nach Kenbrook Hall zurückzuversetzen.

»Aber, aber – so schlimm wird es doch nicht sein, nicht wahr?« sagte der Doktor beruhigend und legte ein schweres wollenes Kleidungsstück um ihre Schultern – einen Männerrock, der angenehm nach Regen und irgendeinem würzigen Parfüm roch. »Kommen Sie, begleiten Sie mich, ich werde mich um Sie kümmern.« Während er Gloriana mit einer Hand stützte, drängte er sich mit ihr durch die kleine Gruppe Neugieriger, die sie umringten. »Was ist los mit euch?« fuhr er die Leute an. »Habt ihr noch nie einen kranken Menschen gesehen?«

Gloriana war wie betäubt. Schweigend stolperte sie neben dem Mann her, der sie in sein Jackett gehüllt hatte, zu verwirrt, um etwas anderes zu tun, als sich von ihm führen zu lassen.

»Ich bin Lynford Kirkwood«, stellte er sich vor. »Mein Auto steht dort hinten am Tor, und meine Praxis ist ganz in der Nähe. Ich werde Sie dort hinbringen und Ihnen heißen Tee und trockene Kleider geben. Und dann werden wir uns unterhalten.«

Gloriana schwindelte von der Anstrengung, die es für sie bedeutete, den Sinn seiner Worte zu erfassen. Sie wußte, daß sie auf die Güte, die sie in diesem ruhigen, bedächtigen Mann spürte, angewiesen war, und nickte deshalb nur, während sie versuchte, sich zu entsinnen, was ein ›Auto‹ war. Die Erinnerung stellte sich ein, als sie es sah: ein benzinbetriebenes Gefährt mit Glasfenstern. Als Kirkwood die Tür für Gloriana öffnete, schaute sie sich sehnsüchtig nach Kenbrook Hall um.

Doch die Burg war nur noch eine Ruine, nicht viel mehr als ein Haufen Steine, bis auf einen Teil – den Turm mit dem Zimmer, in dem sie und Dane zusammen gefangen gewesen waren.

»Steigen Sie ein, meine Liebe«, drängte der Arzt. »Sie sind bis auf die Haut durchnäßt, und ich habe den Eindruck, daß Sie einen schlimmen Schock erlitten haben.«

Gloriana setzte sich und starrte schweigend durch die regennasse Scheibe. Sie fragte sich nicht, wie so etwas geschehen konnte, und sie dachte auch nicht, daß sie den Verstand verloren haben mußte, obwohl viele das bestimmt behauptet hätten. Nein, sie begriff jetzt plötzlich, daß sie in gewisser Weise stets mit etwas Derartigem gerechnet hatte, nicht nur seit der ausdrücklichen Warnung Elainas.

Und das einzig Wichtige war jetzt, einen Weg zurück zu Dane zu finden.

Mrs. Bond, die Haushälterin, stürzte aus der Küchentür, als Kirkwood seinen alten Packard vor dem Haus zum Halten brachte. Wahrscheinlich hatte jemand angerufen, um ihr Bescheid zu sagen, daß er wieder einmal einen verletzten Vogel heimbrachte.

»O Gott«, rief die ältere Frau, während sie eine Ausgabe der Londoner *Times* über ihr kurzes graues Haar hielt, um sich vor dem Regen zu schützen. »Sie ist ganz blau vor Kälte, und sehen Sie doch nur, wie sie zittert!«

Lyn Kirkwood erwiderte nichts, aber er ging zur Beifahrertür und hob die junge Frau heraus, als wäre sie ein Kind. Mit ihren seltsamen Kleidern und dem langen Zopf, der mit bunten Seidenbändern durchflochten war, sah sie aus wie eine Schauspielerin aus einem historischen Theaterstück. Sie hatte während der ganzen Fahrt kein Wort gesprochen und nur ab und zu etwas Unverständliches vor sich hin gemurmelt.

Kirkwood brachte sie in die kleine Bibliothek, weil dort ein Feuer im Kamin brannte, und schickte Mrs. Bond nach Decken, heißem Tee und einem Morgenmantel. Während die Haushälterin das Gewünschte hole, schenkte er Brandy ein und bot ihn seiner Besucherin an, die heftig zitterte – viel zu heftig für jemanden, der in einen warmen Sommerregen geraten war.

Sie starrte den Brandy einen Moment lang an, nahm dann das Glas in beide Hände und nippte daran, vorsichtig zunächst, dann immer durstiger. Als sie das Glas zurückgab, hätte Kirkwood schwören mögen, daß sie sagte: »Danke, Mylord.«

Lyn stellte das Glas fort und setzte sich in einen Schemel. Er war ein guter Arzt, Mitte Dreißig, liebte sein Heim und seine Arbeit und war mit seinem Leben recht zufrieden, obwohl er gern eine Frau und Kinder gehabt hätte.

»Wie heißen Sie?« fragte er ruhig.

Sie runzelte die Stirn, als versuchte sie, zu verstehen, was er meinte. Als sie antwortete, verstand er nichts, weil ihre Worte seltsam verstümmelt klangen, da er sich jedoch für Sprachen interessiert hatte, erkannte er Form und Beugung ihrer Worte.

Mittelalterliches Englisch, dachte er. *Beeindruckend*.

Er machte einen weiteren Versuch, sich mit ihr zu verständigen. »Lyn Kirkwood«, sagte er und legte eine Hand auf seine Brust. Sie trug noch immer sein Jackett, und er merkte jetzt, daß sein Hemd naß vom Regen war.

Mrs. Bond kam mit der Decke und dem Morgenrock zurück und berichtete, daß der Tee bald fertig wäre. »Lassen Sie sie einen Moment allein, Doktor«, sagte sie. »Damit sie sich umziehen kann. Machen Sie sich keine Sorgen, ich kümmerte mich derweil um sie.«

Lyn runzelte die Stirn, als er aufstand und zur Tür ging. Sie braucht mich nicht aus meiner eigenen Bibliothek zu scheuchen, dachte er verärgert. Er war schließlich Arzt, nicht wahr, und hatte genug unbekleidete Frauen gesehen. »Ich hole den Tee.«

»Dann beeilen Sie sich«, entgegnete Mrs. Bond, »denn sonst holt sie sich noch eine Lungenentzündung. Meine Nichte Ellen sah genauso aus, als ...«

Lyn eilte durch das Haus zur Küche, wo er feststellte, daß Mrs. Bond, die Tüchtigkeit in Person, bereits den Wasserkessel aufgesetzt hatte. Die Teekanne war mit heißem Wasser aus dem Boiler gefüllt, und eine Dose Ceylontee stand auf der Anrichte. Lyn war stolz auf seine ruhigen Hände, obwohl er kein Chirurg war, aber jetzt zitterten sie ein wenig, und fast hätte er alles verschüttet.

Seine Gedanken waren natürlich bei der bezaubernd schönen jungen Frau, die er auf dem Friedhof in den Ruinen von Kenbrook Hall gefunden hatte, verstört wie ein Engel, der sich auf der Schwelle zur Hölle wiedergefunden hat. Außerdem hätte Lyn schwören können, daß sie aus dem puren Nichts heraus erschienen war, obwohl das natürlich ausgeschlossen war.

Er brühte den Tee auf, füllte einen Teller mit Keksen und stellte alles nicht allzu sorgfältig auf ein Tablett. Die Teller klapperten, als er es aufhob, und etwas von dem Tee lief über. Jemand wie diese Frau in ihren seltsamen, wunderschönen langen Kleidern hätte mir doch auffallen müssen, dachte er erneut. Er streifte sehr oft durch die Ruinen von Kenbrook Hall, selbst wenn es regnete, weil ... *Weil er sein Leben lang erwartet hatte, dort etwas zu finden*, kam ihm plötzlich zu Bewußtsein, so jäh, daß er sich fast nicht zutraute, das Tablett unbeschadet aus der Küche in die Bibliothek zu tragen.

Mrs. Bond hatte ihre Arbeit getan, als Lyn den Raum erreichte, in dem er fast seine gesamte freie Zeit verbrachte.

»Sie hat kein Wort gesagt«, vertraute die Haushälterin ihm flüsternd an. »Kein einziges Wort. Das arme Ding starrt nur ins Feuer und sieht aus, als ob es seine Seele verloren hätte. Ich weiß nicht, ob sie im Krankenhaus nicht besser aufgehoben wäre.«

Lyn betrachtete das Mädchen. »Ich werde sie untersuchen. Sie gehen jetzt besser und rufen Marge an.« Marge war seine Sprechstundenhilfe. »Bitten Sie sie, vorbeizukommen.«

Mrs. Bond rümpfte die Nase, als befürchtete sie, Lyn könne etwas Unanständiges tun, wenn sie nicht Wache hielt, doch dann schlurfte sie hinaus.

Sein Arztkoffer lag auf dem Schreibtisch, wo er ihn am Morgen nach dem Krankenbesuchen liegengelassen hatte. Er öffnete ihn und nahm ein digitales Thermometer heraus. Eine Routineuntersuchung bestätigte, was er bereits vermutet hatte: Seine Patientin war nicht krank, sondern nur sehr aufgeregt, verwirrt und eingeschüchtert.

Er bot ihr eine Tasse Tee an, und sie schaute die Tasse und den Teller an, als hätte sie dergleichen noch nie zuvor gesehen. Vorher hatte sie noch unverwandt ins Feuer gestarrt, doch als sie nun den Tee trank, den Kirkwood absichtlich sehr stark gesüßt hatte, begann sie ihre Umgebung wahrzunehmen. Ihre Augen wurden groß, dann wieder schmal, und weiteten sich von neuem.

Lyn glaubte fast hören zu können, wie ihr Verstand arbeitete, wie er den Dingen Namen verlieh und ihren Nutzen zu erraten versuchte. Wenn ich es nicht besser wüßte, dachte Mr. Kirkwood, würde ich sie für eine Zeitreisende halten statt für irgendeine arme Seele in museumsreifen Kleidern.

Kapitel 11

Unglücklich kauerte Gloriana in dem weichen Sessel vor Kirkwoods Kamin, überwältigt von den Geschehnissen und stumm vor Schock. Daß sie eine solche Transition schon einmal erlebt und mehr oder weniger mit einer Wiederholung dieser Erfahrung gerechnet hatte, vermochte den Tumult in ihr nicht zu besänftigen. Beim ersten Mal war sie ein kleines Mädchen gewesen, das sich in seiner Einsamkeit oft genug vorgestellt hatte, sich in eine Prinzessin zu verwandeln und in einem Schloß zu leben. Daher war es keine große Überraschung für sie gewesen, als ihr Traum sich verwirklicht hatte; für ein phantasievolles Kind sind die Grenzen zwischen Einbildung und Wirklichkeit wechselhaft und unbeständig.

Sie hatte zuerst gehofft, daß Kirkwood und seine moderne Welt nur Illusionen waren, hervorgerufen durch den unerträglichen Schmerz in ihrem Kopf, der sie an jenem nebligen Morgen des dreizehnten Jahrhunderts auf dem Friedhof von Kenbrook Hall hatte zusammenbrechen lassen. Doch jetzt war offensichtlich, angesichts der Substanz der Dinge und der Menschen, die sie umgaben, daß sie tatsächlich durch die Zeit gereist war und innerhalb weniger Momente mehr als sechshundert Jahre überwunden hatte.

Gloriana schloß die Augen und kämpfte um Beherrschung. An diesem sauberen, aber eigenartig unruhigen Ort, wo sie sich jetzt befand, war Dane seit langem tot, nicht anders als Gareth, Edward, Judith und Lady Elaina. Gloriana wußte, daß sie allein war – bis auf den Mann und die Frau vielleicht, die das Kind Megan in die Welt gesetzt und dann im Stich gelassen hatten.

Trotz ihrer Verwirrung und Furcht verspürte Gloriana jedoch nicht das geringste Verlangen, sich auf die Suche nach diesen beiden Menschen zu begeben. Für sie waren sie Fremde, waren es immer schon gewesen.

Die verschiedensten Geräusche bedrängten sie von allen Seiten – schwache Musikklänge, das Summen einer Waschmaschine, an die sie sich schwach erinnerte, das Ticktack des zeitanzeigenden Geräts auf dem Kaminsims, das Quietschen von Reifen auf der regennassen Straße vor Kirkwoods Haus. Seufzend öffnete Gloriana die Augen und stellte fest, daß Kirkwood noch immer vor ihr saß und sie nachdenklich betrachtete.

»Was ist Ihnen zugestoßen?« fragte er, und diesmal fiel

es Gloriana schon leichter, seine Worte zu übersetzen. In einer Mischung aus Erleichterung und Verzweiflung begriff sie, daß ihr Verstand sich bereits der neuen Umgebung anpaßte, richtig deutete und ihr eine Verständigung ermöglichte. Das war lebenswichtig – aber bedeutete es auch, daß sie verurteilt war zu bleiben?

Auf der Suche nach Pergament und Feder schaute sie sich um, weil sie noch immer nicht imstande war, etwas zu sagen. Vielleicht würde ihr Retter sie besser verstehen, wenn sie ihre Antwort aufschrieb, statt zu sprechen.

Als sie einen Schreibtisch sah, bedeckt mit Dokumenten und anderen Gegenständen, die sie nicht zu benennen vermochte, stand Gloriana auf und ließ Kirkwoods Decke sinken, um das Zimmer zu durchqueren.

Stirnrunzelnd betrachtete sie die glänzenden Gegenstände auf der Tischplatte, und vage Erinnerungen begannen in ihr zu erwachen. Ihr Gastgeber war ihr nicht gefolgt, sondern beobachtete sie nur mit freundlichem Interesse.

Mit einer Geste gab sie ihm zu verstehen, daß sie Feder, Tinte und Pergament wünschte.

Kirkwood lächelte, doch seine Augen blieben nachdenklich, als er sich erhob und zu ihr kam. Aus einer Schublade nahm er einen glänzenden Metallzylinder und einen Block Papier. Der Block zumindest war ihr vertraut, weil sie in ihrer Kindheit als Megan sehr viel gezeichnet hatte. Gloriana fühlte sich ermutigt, und ein zaghaftes Lächeln erschien um ihren Mund, als sie Kirkwood zunickte. Nachdem sie sich in seinem Ledersessel niedergelassen hatte, schaute sie sich nach Tinte um.

Kirkwood nahm ihr das Schreibutensil aus der Hand und drückte mit dem Daumen auf das eine Ende. Dann, um ihr zu zeigen, was er meinte, kritzelte er etwas auf das Papier.

Glorianas Augen wurden groß, doch während sie noch staunte, kehrte die Erinnerung zurück. Ein Kugelschreiber. Als Megan hatte sie Erwachsene oft mit solchen Instrumenten schreiben sehen, obwohl sie für ihre Zeichnungen nur bunte Wachsstifte benutzt hatte.

Zitternd nahm sie das Instrument in die Hand und begann zu schreiben.

Ich werde Gloriana genannt.

Die ersten Worte waren schief und ein bißchen krakelig – ihr Lehrer, Pater Cradoc, wäre nicht begeistert darüber gewesen –, aber als Gloriana sich an den Gebrauch des Stifts gewöhnte, begann sie sicherer zu werden und schrieb zuversichtlicher.

Ich gehöre nicht hierher. Ich möchte nach Hause.

Sie schaute sich nach Kirkwood um, der aufmerksam über ihre Schulter blickte. Obwohl er ernst und fast ein wenig düster wirkte, nickte er ihr aufmunternd zu, und Gloriana fühlte sich plötzlich nicht mehr ganz so allein und eingeschüchtert. Vielleicht war das Phänomen, durch die Zeit zu reisen, ja etwas ganz Alltägliches in der modernen Zeit, und dieser Mann würde ihr helfen können, nach Hause und zu Dane zurückzukehren.

Kirkwood nahm einen zweiten Stift und schrieb: *Wo sind Sie zu Hause? Bitte, sagen Sie mir, woher Sie kommen.*

Gloriana betrachtete die Worte zunächst lange und runzelte die Stirn, doch dann begann sie zu verstehen. Es war ihr fast ein wenig peinlich, sich auf diese Weise verständigen zu müssen, aber ihre gemeinsame Sprache schien sich mit den Jahren verändert zu haben, so daß mehr Ähnlichkeit zwischen den geschriebenen Versionen als zwischen den gesprochenen bestand.

Ich bin Lady Kenbrook und lebe auf Kenbrook Hall, mit meinem Herrn und Gatten, Dane St. Gregory. Bei meinem Aufbruch schrieben wir das Jahr 1254.

Kirkwood las die Worte gewissenhaft und runzelte die Stirn. »Wo ist Geoffrey Chaucer, wenn ich ihn brauche?« murmelte er, und Gloriana bemühte sich gar nicht erst, ihn zu verstehen.

Sie sind also tatsächlich eine Zeitreisende, schrieb er, nachdem er sie eine Weile nachdenklich betrachtet hatte. *Das müßte mich eigentlich überraschen, weil es praktisch ausgeschlossen ist, aber merkwürdigerweise ist es nicht der Fall. Gegenwärtig schreiben wir das Jahr 1996, Mylady.*

Gloriana fühlte, wie sie erblaßte. Sie war erst fünf gewesen, als sie – als Megan – aus einer Welt in die andere versetzt worden war. Obwohl sie sehr begabt gewesen war und viel gelesen und geschrieben hatte, hatte sie sich nie um Jahreszahlen gekümmert, weshalb es sie verblüffte, zu erfahren, daß die Zeit *so* weit fortgeschritten war. Die Menschheit, dachte sie, muß sich ja schon kurz vor dem Jüngsten Tag befinden!

Sie legte den Kugelschreiber fort, weil ihr schwindelte von all diesen Erkenntnissen, und beugte sich vor, um den Kopf auf ihre Arme zu legen.

Kirkwood berührte zögernd ihre Schulter. »Es war ein bißchen viel auf einmal«, seufzte er. »Für mich genauso wie für Sie. Was Sie jetzt brauchen, ist Ruhe.«

Gloriana verstand, was er meinte, ohne es zuerst übersetzen zu müssen. *Das* zumindest wurde immer leichter. Sie hob den Kopf und nickte. Zu schlafen würde ihr helfen. Vielleicht würde sie ja danach erwachen und sich in ihrem und Danes Bett wiederfinden, im Turmzimmer auf Kenbrook Hall, und über ihre lebhaften Träume staunen.

Wenige Minuten später wurde Gloriana von Mrs. Bond in eine kleine Kammer geführt, um sich auszuruhen. Als sie in dem warmen, sauberen Bett lag, überließ sie sich ihrer Erschöpfung und versank in einen tiefen Schlaf.

Stunden später erwachte sie mit der augenblicklichen und herzzerreißenden Erkenntnis, daß sie sich noch immer in Kirkwoods Haus befand. Was bedeutete, daß es kein Traum gewesen sein konnte. Der Schmerz und die Enttäuschung, die sie in jenem Augenblick durchlebte, waren so heftig, daß sie zu keiner Bewegung fähig war.

Hilflos wartete Gloriana ab, während heiße Tränen über ihre Wangen rollten. Leise, fremdartige Geräusche erreichten ihr Gehör, die auf- und abebbten wie eine unsichtbare Flut. Mit der Zeit kristallisierten die Geräusche sich zu zwei verschiedenen Frauenstimmen – und der entfernten, irgendwie mechanischen Stimme eines Mannes, der über Friedensverhandlungen zwischen der britischen Regierung und der Irisch-Republikanischen Armee sprach.

Die Erkenntnis traf Gloriana wie ein Blitzschlag: *Sie verstand, was gesprochen wurde!*

»Sie gehört in ein Krankenhaus, sag' ich«, ertönte von weit her Mrs. Bond. »Ich denke, daß sie unter Drogen steht.«

Gloriana richtete sich auf und hörte aufmerksamer zu. *Drogen*? Das Wort kannte sie nicht, aber es klang irgendwie bedrohlich.

Eine andere Stimme antwortete, sanfter und jünger als die der Haushälterin. »Dazu sieht sie viel zu gesund aus.« Das mußte Marge sein, die Krankenschwester, die Kirkwood erwähnt hatte. »Außerdem ist Lyn Arzt, nicht wahr, und man sollte meinen, er würde es sofort erkennen, wenn dies der Fall wäre.«

»Mir gefällt die ganze Sache nicht«, brummte Mrs. Bond. »Stell dir vor, jemand erscheint auf diese Weise, buchstäblich aus dem Nichts heraus, und noch dazu auf einem Friedhof! Und ihre Kleider hast du ja gesehen – sie sehen aus, als stammten sie aus einem Museum, nur, daß der Stoff so neu und gediegen ist wie die Wolle meines eigenen guten Wintermantels.«

Gloriana hätte sich am liebsten unter den Decken verkrochen, anstatt sich den unvermeidlichen Fragen und neugierigen Blicken auszusetzen, die sie zu erwarten hatte, aber ihre Blase drängte auf Erleichterung. Unbeholfen und zaghaft erhob sie sich und bückte sich, um unter das Bett zu schauen.

Da war kein Nachttopf.

Sich wieder aufrichtend, durchsuchte sie Megans Erinnerungen, bis sie auf das Bild einer mit glänzenden Porzellangeräten ausgerüsteten Kammer stieß. Dieser Raum mußte sich innerhalb des Hauses befinden, wahrscheinlich sogar am Ende dieses Korridors. In Kirkwoods Hemd, das ihr bis auf die Knie reichte, ging Gloriana leise zur Tür und spähte vorsichtig hinaus.

Das Licht draußen war so hell, daß es sie blendete, und

im ersten Augenblick stand sie nur da und blinzelte. Dann klärte ihre Sicht sich wieder, und sie sah Mrs. Bond an einem Tisch in einem hübschen Raum, und eine rothaarige Frau, die ihr Gesellschaft leistete. Eine dampfende Teekanne stand zwischen ihnen, und alles in dem Zimmer schimmerte und glänzte.

»Sie sucht das Bad«, bemerkte Mrs. Bonds Gefährtin, um dann mit einer Handbewegung hinzuzufügen: »Es ist da hinten, Liebes. Am Ende des Korridors.«

Gloriana verstand den Sinn ihrer Bemerkung, wenn auch nicht die genaue Bedeutung ihrer Worte, und fand das Badezimmer. Ein bißchen unsicher benutzte sie es.

Es dauerte eine Weile, bevor sie sich erinnerte, wie die Spülung und die Wasserhähne funktionierten. Als sie auf den Korridor zurückkehrte, wartete Marge bereits auf sie.

»Achten Sie nicht auf Elsa Bond«, riet die Frau ihr flüsternd, während sie sich vorbeugte und Glorianas Hände nahm. »Sie ist nicht schlecht, nur ein bißchen schroff in ihrer Art.«

Gloriana nickte. Wieder hatte sie verstanden, obwohl sie die einzelnen Worte nicht definieren konnte.

»Möchten Sie eine Kleinigkeit zu essen, meine Liebe? Sie haben den Tee verpaßt, als Sie schliefen, aber ich könnte Ihnen rasch etwas zurechtmachen.«

Glorianas Magen übersetzte für sie und knurrte leise. Wieder nickte sie nur.

Marge lächelte und zog sie in den hellen Raum – eine Küche. Sie war völlig anders als ihr Gegenstück des dreizehnten Jahrhunderts, das viel größer, dunkler und heißer gewesen wäre, mit geschäftigem Gesinde und Hunden, die am Feuer schlummerten. An einem Ende des niedrigen Schranks stand ein Kasten mit einem flackernden Bildschirm.

Ein Fernsehgerät, erinnerte sich Gloriana. Die Stimme des Mannes, den sie über die Irisch-Republikanische Armee sprechen gehört hatte, war aus diesem Apparat gekommen.

Neugierig und fasziniert betrachtete sie ihn, während

sie sich auf den Stuhl setzte, den Marge ihr anbot. Mit der gemurmelten Bemerkung, es sei ein langer Tag gewesen, erhob Mrs. Bond sich und verschwand in der Eingangshalle.

Marge, die inzwischen einen Imbiß zusammenstellte, plauderte unentwegt. »Ich stelle den Apparat ab, wenn er Sie stört«, sagte sie. »Elsa liebt ihr Fernsehen und hat es immer laufen, Tag und Nacht. Falls Sie sich fragen, wo Mr. Kirkwood ist – er ist zu seinen abendlichen Visiten unterwegs. Aber er wird bald zurückkehren.«

Der Name Kirkwood ließ Gloriana aufhorchen, und widerstrebend löste sie den Blick von den bunten Bildern auf dem Fernsehbildschirm. Gern hätte sie mit Worten geantwortet, aber noch fehlte ihr der Mut dazu.

»Arme Kleine«, meinte Marge und schüttelte den Kopf. Ihr Haar war kurz, eine wirre Masse dichter Locken, die ein rundes, fröhliches Gesicht umrahmten. »Der Himmel weiß, was Ihnen zugestoßen ist. Der Ausdruck, den ich in Ihren Augen sehe, bricht mir fast das Herz.« Sie stieß einen tiefen Seufzer aus. »Na ja. Machen Sie sich nichts daraus, Liebes. Wir werden uns um Sie kümmern, der Doktor und ich, und alles in Ordnung bringen, wenn wir können.«

Gerührt von der Güte dieser Frau, fühlte Gloriana, wie ihr die Tränen kamen und ihre Kehle sich schmerzhaft zusammenzog. Noch immer nicht bereit, zu sprechen und damit zu verraten, wie *anders* sie tatsächlich war, richtete sie den Blick wieder auf den ›Fernseher‹.

Das unablässige Gerede, die Bilder und die Musikfetzen waren höchst verwirrend, aber in gewisser Weise stellten sie eine Brücke dar zwischen der modernen Welt und jener, die sie an diesem Morgen verlassen hatte. Wenn ich zuschaue und lausche, dachte Gloriana, werde ich bald lernen, mich mit diesen Menschen zu verständigen.

Marge stellte einen Teller vor sie auf den Tisch, und Gloriana erkannte das Angebotene als eine Scheibe geschmolzenen Käse zwischen zwei gerösteten Scheiben Brot. Hungrig und ohne den Blick vom Fernseher abzuwenden, aß sie das Sandwich.

Die Bilder, die sie sah, brachten die Außenwelt in eine Perspektive, zumindest teilweise. Die Worte waren schwerer zu verstehen, da viele Begriffe Gloriana nicht bekannt waren und so schnell gesprochen wurden, daß sie ihr wie Abkürzungen erschienen.

Alle hier, so schien ihr, mußten es furchtbar eilig haben.

»So, wie Sie das erste Sandwich verschlungen haben«, bemerkte Marge und legte ein zweites auf Glorianas leeren Teller, »dachte ich mir, daß Sie bestimmt noch Hunger hatten.«

»Vielen Dank«, wagte Gloriana zu erwidern.

Marge strahlte. »Keine Ursache«, entgegnete sie lächelnd.

Kurz darauf wurde Gloriana wieder von Müdigkeit überwältigt, und sie kehrte in das kleine Zimmer am Ende des Korridors zurück, wo sie in einen unruhigen Schlaf versank. In ihren Träumen sah sie Dane, sah ihn wie ein Gespenst durch die Gänge von Kenbrook Hall laufen und immer wieder ihren Namen rufen.

Nebel waberte zwischen den Ästen der großen alten Eichen, als der kleine, müde Trupp Soldaten an Hadleigh Castle und der Abtei vorbeiritt, langsam, aber beständig im schwachen Licht der Abenddämmerung. Die Schwerter der Männer waren blutverschmiert, ihre Kleider steif vor Schmutz und getrocknetem Schweiß. Sie alle waren kampferprobte Soldaten, aber der Kampf mit Merrymonts Männern hatte über zwei Stunden getobt, mit nur ganz kurzen Pausen zwischendurch, und jeder einzelne von ihnen war an den Grenzen seines Durchhaltevermögens angelangt.

Dane hielt den Blick auf die hohen Mauern seiner Burg gerichtet, wo sein Herz in den Händen einer schönen Frau mit zauberhaften Augen ruhte. Das unsichtbare Band, das zwischen ihnen bestand, zog ihn unwiderstehlich heim, denn er hatte seinen Geschmack am Krieg verloren, und die beeindruckende Willenskraft, die ihn so lange aufrechterhalten hatte, war verbraucht. Er wollte nur noch zu Glorianas Füßen niederknien, seinen Kopf in ihren Schoß legen und ihre sanfte, tröstende Hand auf seinem Haar spüren.

Maxen, der verwundet war, führte ein zweites Pferd am Zügel mit, das einen Toten auf dem Rücken trug. »Eine Ausgeburt des Teufels, dieser Merrymont«, sagte der Waliser. »Hast du gesehen, wie er dort oben auf dem Hügel stand und zuschaute, als seine Männer die Ernte in Brand setzten? Er hat für sicheren Abstand zwischen sich und uns gesorgt, nicht wahr?«

Dane nickte nur. Als er, Maxen und die anderen eine Stunde nach Sonnenaufgang am Seeufer zu Gareths Truppen gestoßen waren, hatten sie Merrymont nicht erst suchen müssen. Der Rauch der brennenden Felder hatte ihnen den Weg gewiesen.

Als sie kurz darauf eine kleine Ansammlung von Bauernkaten erreichten, stellten sie fest, daß Hektar um Hektar Weizen in glühende Asche verwandelt worden war. Schweine und Hühner waren getötet worden, und selbst die Strohdächer der Hütten waren angesteckt worden. Merrymonts Männer hatten die Bauern, die in ihrer Angst in die Wälder geflohen waren, verfolgt und viele von ihnen aus reiner Freude am Töten niedergeschlagen und ermordet.

Dane schloß die Augen bei der Erinnerung. Auf den verbrannten Weizenfeldern war es zum Kampf gekommen zwischen seinen Männern, Gareths und Merrymonts, und selbst jetzt noch glaubte er das Klirren der Schwerter zu hören und die blauen Funken zu sehen, die von den scharfen Klingen sprühten.

Eigentlich hatte er Merrymont, der sicher auf seinem Hügel stand, verfolgen wollen, aber das hätte bedeutet, seine eigenen Männer zurückzulassen – vor allem Edward, der heute mit dem Blut seiner Freunde und Feinde seine Taufe zum Kämpfer erhalten hatte. Und deshalb war Dane geblieben und hatte sein Schwert geschwungen, bis er seinen rechten Arm nicht mehr gespürt hatte, worauf er mit dem linken weiterkämpfte. Während der Schlacht hatte er sein Bestes getan, um seinen jüngeren Bruder im Auge zu behalten, aber natürlich hatte es Momente gegeben, in denen es unmöglich war, des Staubes und des Kampfgetümmels wegen. Dann, endlich, auf Merrymonts Signal hin, hatten dessen Männer aufgegeben und waren – ihre gefallenen Kameraden ihrem Schicksal überlassend – ihrem Anführer in die Berge gefolgt.

Die Verwundeten und Toten waren aufgesammelt und auf Karren vom Schlachtfeld fortgebracht worden, einige nach Hadleigh Castle, andere nach Kenbrook Hall.

Die Hufe der Pferde klapperten auf dem alten Kopfsteinpflaster, als Dane und Maxen durch das große Burgtor ritten.

Dane hatte damit gerechnet, daß Gloriana hinausstürzen würde, um ihn zu begrüßen, mit fliegenden Haaren und besorgten Blicken, die nach Verwundungen Ausschau haltend. Die Enttäuschung – denn es war nur ihr Bild gewesen, das ihm während dieses schrecklichen Tages Kraft verliehen hatte – war ein harter Schlag für Dane, dem er sich jedoch nicht beugte. Denn diesen Luxus konnte er sich nicht erlauben.

Die vier Toten wurden auf den Boden der Kapelle gelegt, um am Morgen begraben zu werden. Die Verwundeten, von denen sieben Kenbrooks Truppe angehörten, waren in die Abtei gebracht worden, um von Schwester Margaret und ihren Nonnen gepflegt zu werden.

Erst als Dane sein Pferd abgerieben, gefüttert und getränkt hatte, erlaubte er sich, die Burg zu betreten.

Judith, Glorianas Kammerfrau, erwartete ihn in der Halle, ein kleines, hageres Gespenst im flackernden Schein der Feuerstellen, das die Hände rang und zitterte.

»Wo ist Eure Herrin?« fragte Dane sie ruhig, obwohl er längst wußte, daß etwas nicht in Ordnung war, da Gloriana nicht hinausgeeilt war, um ihn zu begrüßen.

Eine Träne rollte über die schmale Wange des Mädchens, seine Lippen bebten. »Sie ist uns genommen worden, Mylord.«

Dane unterdrückte den Impuls, das Mädchen zu ergreifen, um eine vernünftigere Antwort aus ihm herauszuschütteln. »Was, zum Teufel, soll das heißen?« fuhr er sie an, obwohl er die Antwort bereits kannte. O Gott – und ob er die Antwort kannte!

»Sie war auf dem Friedhof, Mylord«, erwiderte das Mädchen und knickste ein-, zweimal, als könne sie damit ihrer Antwort mehr Glaubwürdigkeit verleihen. »Es regnete ein bißchen, und da ich Angst hatte, sie könne sich erkälten, brachte ich ihr einen Umhang ...« Schaudernd hielt Judith inne. »Da sah ich sie auf die Knie fallen, wie unter furchtbaren Schmerzen, und begann zu laufen. Bevor ich sie jedoch erreichte, Mylord, war sie ... verschwunden.« Die Augen des Mädchens weiteten sich vor Entsetzen, ihr Gesicht war leichenblaß. »Einige der anderen ... sie sagen, der Teufel hätte sie geholt ...«

Dane beherrschte den Zorn, der in ihm aufwallte, und strich sich mit blutverschmierter Hand durchs Haar. »Sag ihnen«, entgegnete er ruhig, »daß jeder, der einen solchen Unsinn verbreitet, unverzüglich die Burg verlassen muß.«

Judith nickte, ihre Augen füllten sich mit Tränen, und sie hielt die Hände so fest verschränkt, daß die Fingerknöchel weiß hervortraten. »Ihr werdet sie doch finden, Mylord, und zu uns zurückbringen?«

Ungeheure Verzweiflung erfaßte Kenbrook, so heftig, daß er schwankte. Die Macht, die ihm Gloriana geraubt hatte, war für ihn unbegreiflich und von einer Art, der er nichts entgegenzusetzen hatte. Und doch mußte er nicht nur das Rätsel um ihr Verschwinden lösen, sondern auch einen Weg finden, es ungeschehen zu machen.

Gloriana war seine Seele; ohne sie war er kein Mann, sondern eine lebende Leiche.

»Es muß sich um einen Irrtum handeln«, sagte er schließlich, obwohl er es besser wußte. Aber die Lüge vermittelte ihm einen schwachen Trost. »So etwas ist schlicht unmöglich. Leute verschwinden nicht einfach wie Gespenster.«

Judith setzte zu einer Antwort an – Widerspruch vermutlich – und hielt dann inne, schluckte, und nickte stumm. Ihr war anzusehen, daß sie um ihre Herrin trauerte, und Dane fragte sich, ob seine eigenen Gefühle ebenso offensichtlich sein mochten.

»Meine Männer sind müde und hungrig«, fuhr er fort. »Sorg dafür, daß Essen in die Halle gebracht wird und noch mehr Holz für die Feuer.«

Wieder nickte Judith nur und hastete davon. Dane blieb noch einen Moment stehen, wie gelähmt, doch dann zwang er sich, zum Turmzimmer hinaufzusteigen, wo eine einzelne Lampe flackernd Wache hielt.

Um die gierigen Schatten zu vertreiben, zündete er auch die anderen Lampen an und schaute sich im Zimmer um nach einem Hinweis, nach irgendeiner Spur von Gloriana. Ihre Kleider waren da, die Schachfiguren standen, in Erwartung einer neuen Partie, sauber geordnet auf dem Brett. Dane verspürte eine vage Spannung in der Luft, als müsse Gloriana jeden Augenblick hereinstürzen, um ihn mit Fragen zu bestürmen.

»Gloriana«, flüsterte er, dann legte er sein Schwert und seine blutigen Kleider ab, wusch sich und kleidete sich rasch wieder an. Eine Öllampe in der Hand, machte er sich auf den Weg, um die ganze Burg zu durchsuchen, vom obersten Turmzimmer bis hinunter zu den römischen Bädern, und rief unablässig ihren Namen, als genügte das, um sie zurückzubringen.

Gloriana erwachte bei hellem Sonnenschein und mit der Gewißheit, sich noch immer im letzten Teil des zwanzigsten Jahrhunderts aufzuhalten. Am liebsten wäre sie wieder in Tränen ausgebrochen, doch da sie wußte, daß das nichts nützen würde, biß sie sich auf die Lippen und wartete, bis sie ruhiger geworden war.

Jemand hatte Kleider auf dem gepolsterten Sitz unter dem Fenster zurückgelassen, moderne Sachen, ausgeliehen vielleicht von einer Verwandten oder Nachbarin.

Es war nicht Mut, was Gloriana schließlich aus dem

Bett trieb, sondern das dringende Bedürfnis, die Toilette zu benutzen. Als sie durch die Diele ging, sah sie Kirkwood, der am Küchentisch saß. Er mußte sie gehört haben, schaute jedoch nicht auf und sagte auch nichts, vielleicht, weil er ahnte, daß sie, nur mit seinem Hemd bekleidet, nicht gesehen werden wollte.

Als sie in ihr Zimmer zurückkehrte, sah sie sich die Kleider an – blaue, verwaschene Hosen, moderne Unterwäsche, noch im Paket, und ein kurzärmeliges, grünes Hemd mit dem Aufdruck ›Oxford‹.

Nachdem sie die knappen, beinlosen Unterhosen angezogen hatte – sie erinnerte sich, in ihrer Kindheit ähnliche getragen zu haben –, betrachtete Gloriana den anderen Gegenstand, ein höchst eigenartiges Band, das offensichtlich dazu diente, ihre Brüste zu stützen. Sie erinnerte sich nicht, es je zuvor gesehen zu haben, und so dauerte es eine ganze Weile, bis sie herausfand, wie es angezogen wurde. Tatsächlich war sie atemlos vor Frustration, als sie das Schlafzimmer verließ, in dem Oxford-Hemd und den Hosen, die ihr als ›Jeans‹ im Gedächtnis geblieben waren.

Diesmal schaute Kirkwood auf und erhob sich lächelnd. »Guten Morgen«, sagte er.

Plötzlich wieder verlegen, zögerte Gloriana in der Tür und schaute sich um, in der Hoffnung, die liebenswürdige Marge zu sehen oder sogar Mrs. Bond. Doch Kirkwood war allein.

»Guten Morgen«, erwiderte sie leise.

Erfreut deutete er auf den Stuhl, der seinem gegenüberstand. »Kommen Sie, setzen Sie sich. Es gibt Würstchen und Eier. Kein sehr gesundes Frühstück, fürchte ich, aber wir alle haben unsere kleinen Laster.«

Verwirrt runzelte sie die Stirn, setzte sich jedoch auf den Platz, den er ihr angeboten hatte. Das Essen sah ungemein verlockend aus. Es konnte sicher nichts schaden, es zu probieren.

Kirkwood lachte über ihre Verwirrung. »Mein Gott«, sagte er, »wenn Mrs. Bond und Marge und all die anderen Gaffer in den Ruinen von Kenbrook Sie nicht gesehen hätten, würde ich jetzt noch glauben, Sie wären ein Produkt meiner Phantasie. Sagen Sie – sind Sie wirklich eine Jungfer in Bedrängnis?«

Mit gewissenhafter Sorgfalt füllte Gloriana ihren Teller. Wo sie herkam, aßen die Leute mit den Fingern oder benutzten höchstens ein Messer, um etwas zu schneiden oder aufzuspießen, doch hier standen ihr alle möglichen Arten von Utensilien zur Verfügung. Sie dachte gründlich über Kirkwoods Worte nach, bevor sie versuchte, sie zu beantworten.

»Ich möchte heim«, sagte sie. »Nach Kenbrook Hall.«

Kirkwood seufzte. »Hm«, meinte er und nahm Gloriana den Löffel ab, mit dem sie ihre Würstchen essen wollte, um ihn durch einen spitzen Gegenstand zu ersetzen. »Das dürfte ein Problem sein … Heimzukehren, meine ich. Denn Kenbrook ist heute eine Ruine, bis auf den Turm. Aus dem hat die Regierung ein Museum gemacht.«

Glorianas ganzer Schmerz verriet sich in ihrer Stimme, obwohl sie um Tapferkeit bemüht war. »Sie wollen mich nicht zurückschicken?«

Er zuckte zusammen, als spürte er ihre Qual. »Meine Liebe, ich weiß nicht einmal, wie Sie hergekommen sind – wie sollte ich da wissen, wie Sie zurückkehren können? Tatsächlich zerbreche ich mir noch immer den Kopf darüber, wieso ich eigentlich glaube, daß dies alles wahr und nicht nur eine geschickte Täuschung Ihrerseits ist.«

Gloriana legte den spitzen Gegenstand beiseite und schob den Teller fort, weil ihr Appetit vergangen war. Ihr Gesicht mußte jedoch ihre Bestürzung verraten haben, denn Kirkwood nahm ihre Hand.

»Wenn es einen Weg gibt, Ihnen zu helfen, Gloriana«, versprach er, »werde ich ihn finden. Aber Sie müssen geduldig sein.«

Gloriana nickte. Ein Schluchzen stieg in ihrer Kehle auf, das sie rasch unterdrückte. Sie beabsichtigte nicht – *auf gar keinen Fall* –, den Rest ihres Lebens an diesem geschäftigen, lauten Ort zu verbringen, getrennt von Dane. Sie mußte einen Weg zurück finden, und sie würde ihre Suche beginnen, indem sie nach Kenbrook Hall zurückkehrte.

Abrupt stand sie auf und wandte sich zur Tür. Es konnte nicht weit sein. Wenn sie einfach an der gleichen Stelle stehenblieb, wo sie vorher auf dem Friedhof gestanden hatte …

Kirkwood holte sie ein, während sie noch mit der Klinke herumhantierte, und nahm sanft ihren Arm. Seine nächsten Worte bewiesen, daß er ihre Absicht durchschaute.

»Ich fahre Sie hin«, sagte er. »Sie können nicht allein dort draußen herumirren – die heutige Welt ist sehr gefährlich.«

Fünf Minuten später fuhren sie über eine Straße, die am See entlangführte. Sie passierten die Abtei, die vollkommen verfallen war, und als Gloriana nach Hadleigh Castle Ausschau hielt, entdeckte sie keine sichtbare Spur des Schlosses. Kenbrook, wie sie selbst am Tag zuvor gesehen hatte, war heute nur noch ein Turm, umgeben von eingestürzten grauen Steinen.

Kirkwood bezahlte Zoll, als überquerten sie die Brücke eines fremden Herrn, und dann wurden sie eingelassen. Außer dem Torwächter war kein Mensch zu sehen.

Gloriana stieg über die flache Mauer um den Friedhof und eilte zu dem Ort, wo Aurelia St. Gregory begraben war. Die marmornen Schutzengel waren schon vor langer Zeit zu Staub verfallen, doch die Krypta selbst war noch vorhanden.

Mit geschlossenen Augen und angehaltenem Atem versuchte Gloriana, sich zu zwingen, in das Jahrhundert zurückzukehren, das sie kannte, zurück zu Dane.

Nichts geschah. Als sie wieder aufschaute, stand Kirkwood vor ihr und betrachtete sie mitleidig.

»Warum?« flüsterte sie. »Warum ist es geschehen?«

»Ich weiß es nicht«, erwiderte er leise.

Gloriana wandte sich ab und ging mit resoluten Schritten auf den Turm zu. Als sie und Dane dort Gefangene gewesen waren, war sie von jener Welt in diese hier versetzt worden, und wenn auch nur für wenige Minuten. Vielleicht würde sie hier eine Passage in die Vergangenheit entdecken …

Es sprach für Kirkwood, daß er nicht versuchte, Gloriana aufzuhalten, sondern ihr nur wortlos in den Turm und zur Wendeltreppe folgte. Alles hatte sich natürlich sehr verändert, aber Gloriana fand dennoch mühelos den Weg hinauf und dachte im Gehen über ihre erste Transition nach.

Da war ein Tor gewesen.

Als fünfjähriges Kind hatte Gloriana es auf Lady Elainas Aufforderung hin durchschritten … Aber wo genau hatte sich dieses Tor befunden? Die Erinnerung entzog sich ihr wie ein neckisches Kind, das ein Versteckspiel mit ihr trieb.

Das Turmzimmer war mit kostbaren Wandteppichen geschmückt, die zu Glorianas Zeit nicht existiert hatten, und überall waren Glasschränke mit Überbleibseln aus Kenbrook Halls ruhmreichsten Zeiten. Kacheln aus den Römerbädern. Eine Schachfigur aus Jade, die einst in Danes warmer Hand geruht hatte, während er seinen nächsten Zug plante. Ein Dolch mit juwelenbesetztem Griff, ursprünglich ein Geschenk an Edward, anläßlich seines Ritterschlags.

Gloriana stand da, beide Hände auf das Glas gepreßt, und sagte leise, mit klopfendem Herzen und ehrfürchtig wie ein Gebet, den Namen ihres Mannes.

Kirkwood legte ihr die Hände auf die Schultern und drehte sie zu sich herum. »Sagen Sie mir, was in Ihnen vorgeht, Gloriana«, bat er.

Sie zitterte. Wie sollte sie ihm beschreiben, wie es war, all diese Dinge als bloße Überbleibsel aus der Vergangenheit ausgestellt zu sehen? Es gab keine Worte für derartige Empfindungen.

»Bitte helfen Sie mir«, erwiderte sie schlicht.

Kirkwood zog sie in eine brüderliche Umarmung, worauf sie sich an ihn klammerte und den Kopf an seine Schulter legte.

»Ich werde es versuchen«, sagte er, aber es klang unsicher und befangen. Was Gloriana von ihm verlangte, konnte sich als ausgeschlossen erweisen, und das war beiden klar.

Kapitel 12

Im Grunde seines Herzens hatte Dane die ganze Zeit gewußt, daß er Gloriana nicht finden würde, doch dieses Wissen änderte nichts an seinem verzweifelten Bedürfnis, sie zu suchen. Als er schließlich im Turmzimmer ins Bett fiel, völlig erschöpft und erfüllt von Trauer, fuhr er fort, in den düsteren Biegungen und Windungen seiner Träume nach ihr zu suchen.

Sie war verschollen, seine Gloriana, und ihm doch so nahe, daß er ihren Duft zu spüren und ihre Stimme zu hören glaubte. Als das erste Tageslicht sein Gesicht berührte, erwachte er so müde, als hätte er kein Auge zugetan.

Eine Zeitlang blieb er auf dem Rand des Ehebettes sitzen und starrte den Tisch an, an dem Gloriana gesessen hatte, als sie vor seinen Augen verschwunden war. Seufzend strich er sich über das Haar, ohne sich jedoch zu fragen, wie viele Männer es an seiner Stelle vielleicht getan hätten, ob er damals einer Halluzination oder einem schlauen Trick erlegen war. Während seiner Zeit als Soldat hatte er gelernt, seinen Wahrnehmungen zu vertrauen, und auch jetzt zweifelte er nicht an ihnen.

Er stand auf und durchquerte den Raum, um den Stuhl zu berühren, auf dem Gloriana zu sitzen pflegte, wenn sie aß, Schach spielte oder ihn mit ihrer einzigartigen Magie verzauberte. Sie war zurückgekehrt in jene andere Welt – dessen war er sich ganz sicher –, die sie vor so langer Zeit verstoßen hatte.

Eine Zeitlang war Danes Trauer so überwältigend, daß

sie ihm den Atem raubte. Ihm schwindelte, und seine Kehle wurde schmerzhaft eng, als ob jemand versuchte, ihn zu erwürgen.

Ein Klopfen an der Tür erschreckte ihn heftig, und er riß sich zusammen.

»Dane?« Das war Gareths Stimme, schroff vor Sorge und Ungeduld, und er trug eine Lampe, denn Licht fiel in den großen Raum. »Wo ist deine Frau? Großer Gott, Mann, du wirst nicht für möglich halten, was gemunkelt wird …«

Langsam wandte Dane sich um und betrachtete schweigend seinen Bruder. Hier war eine Gefahr, die er in seiner Angst und Verwirrung nicht einmal bedacht hatte. Es war anzunehmen, daß Judith, die hübsche kleine Kammerfrau, den anderen Dienstboten von Glorianas abruptem Verschwinden berichtet hatte. Der geringste Verdacht auf Hexerei war tödlich bei diesen abergläubischen Menschen, die alle außergewöhnlichen Ereignisse den Taten Satans zuzuschreiben pflegten.

»Verdammt«, rief Gareth ungeduldig, »wirst du endlich sprechen?«

Dane seufzte. »Wenn du gehört hast, daß Gloriana verschwunden ist, dann wird es wohl so sein.«

»*Wird es wohl so sein*?« wiederholte Gareth fassungslos. »Zum Donnerwetter, Kenbrook – ein Mensch kann sich nicht einfach in Luft auflösen!«

Trotz der frühen Stunde schenkte Dane sich einen Becher Wein ein. Gareth – der sich selbst bedienen sollte, falls er etwas wollte – mußte noch vor Tagesanbruch aufgestanden sein, um Kenbrook Hall so früh erreicht zu haben. Oder vielleicht war er auch gar nicht erst zu Bett gegangen.

»Nein«, stimmte Dane nach einigem Schlucken zu. Doch der Wein verfehlte heute seine Wirkung, und angewidert stellte Dane den Becher fort. »Aber Gloriana ist keine gewöhnliche Sterbliche.«

Gareth warf einen nervösen Blick auf die Tür des Turmzimmers, die nur angelehnt war. »Was ist sie dann, wenn sie keine Frau aus Fleisch und Blut ist?« flüsterte er verstört.

Dane hätte über die tragische Miene seines Bruders vielleicht gelacht, wenn die Lage nicht so ernst gewesen wäre. »Gloriana ist eine Frau, Gareth, dessen kannst du dir ganz sicher sein«, versicherte er und konnte nicht umhin, einen Blick auf das Bett zu werfen, das er mit seiner Frau geteilt hatte, und sich voll bittersüßer Sehnsucht an die kurzen, ungestümen Freuden zu erinnern, die sie dort erfahren hatten. »Sie ist keine Hexe und keine Zauberin, und sie betet auch nicht den Teufel an, falls es das ist, was deine Vasallen und Bauern verbreiten.«

»Es sind einfache Leute«, gab Gareth zu bedenken. »Und was *sollen* sie denn denken, wenn eine von ihnen Augenzeugin eines solchen Vorgangs war?«

»Gloriana ist nicht böse«, sagte Dane. Zu unruhig, um sitzenzubleiben, durchquerte er den Raum. »Ich kann dir nicht erklären, was geschehen ist, weil ich es selber nicht verstehe. Ich gebe allerdings zu – und möge die heilige Jungfrau dich beschützen, wenn du auch nur ein Wort davon verlauten läßt –, daß ich einmal zugesehen habe, wie Gloriana sich buchstäblich in Rauch auflöste. Es geschah hier in diesem Zimmer, wo wir stehen – eben war sie noch da, und im nächsten Augenblick schon war sie fort.« Dane hielt inne, seufzte und rollte die Schultern, um seine steifen Nackenmuskeln zu entspannen. Als er seinen Bruder wieder ansah, war ihm bewußt, wieviel er preisgab. »Der einzige Unterschied war, daß sie fast augenblicklich wieder erschien.«

Gareth resignierte, ergriff Danes halbleeren Becher und leerte ihn auf einen Zug. Dann ging er zur Tür, um nachzuprüfen, ob draußen jemand lauschte – ein wenig verspätet, dachte Dane –, und schloß die schwere Tür. Während er über die Worte seines jüngeren Bruders nachdachte, füllte Gareth den Becher aus der Karaffe auf dem Tisch.

»Eine solche Geschichte von anderen zu vernehmen … Nun ja, es ist bekannt, wie abergläubisch das gemeine

Volk ist. Sie haben ihre Sagen und Legenden. Aber es von dir zu hören, Kenbrook, ist etwas völlig anderes. Du hast keine Schrullen und bist nie abergläubisch gewesen. Möge Gott mir beistehen, aber wenn du schwörst, etwas Derartiges gesehen zu haben, bleibt mir nichts anderes übrig, als dir zu glauben.«

Danes Lächeln war humorlos, sein Herz nichts als ein hohler Schmerz in seiner Brust. »Danke für dein Vertrauen – wie sehr es dir auch widerstreben mag, es zu gewähren.«

Gareth nahm Danes Bemerkung zur Kenntnis, indem er erneut den Becher hob und trank. Eine steile Falte bildete sich zwischen seinen Brauen, als er über die Angelegenheit nachdachte. »Was, in Gottes Namen, sollen wir bloß tun?« murmelte er. »Denn selbst wenn das arme Kind den Weg zu uns zurückfindet – und das hoffe ich –, wird sie sich in größter Gefahr befinden.«

Dane, der in Beinkleidern und Hemd geschlafen hatte, nahm sich frische Sachen aus einer Truhe neben dem Bett und begann sich ohne die geringste Verlegenheit umzuziehen. »Ja«, räumte er ein, »es wird viele geben, die Gloriana verurteilt sehen wollen.« Ein Schaudern erfaßte ihn bei den Bildern, die ihm in den Sinn kamen. »Sie wird zurückkehren – sie muß es einfach. Und ich werde jeden töten, der es wagt, Hand an sie zu legen. Du kannst Pater Cradoc sagen, daß ich es geschworen habe, und ihn bitten, den Schwur an seine Schäfchen weiterzugeben.«

Gareth errötete. »Cradoc ist ein frommer, weiser Mann. Er wird seine Gemeinde nicht zur Gewalttätigkeit verleiten. Im Gegenteil – ich finde, wir sollten ihm die ganze Wahrheit sagen und ihn um Rat und Hilfe bitten.«

Danes Hand glitt ganz unbewußt zu seinem Schwert. »Niemand wird etwas erfahren«, erklärte er ruhig. »*Keine Menschenseele,* Gareth.«

»Das ist unmöglich. Wir werden nicht allein mit dieser Sache fertig«, widersprach Gareth und hielt inne, um Atem zu holen. Er ging sehr behutsam vor, als versuchte er, einen knurrenden Hund zu beruhigen, damit er ihm nicht an die Kehle sprang. »Wir müssen Elaina dazu befragen. Sie versteht etwas von diesen Dingen. Sie wird ohnehin bereits die Gerüchte vernommen haben.«

Dane senkte den Kopf und rieb sich mit der Hand über die Augen. »Hast du vergessen, daß Elainas Geist gestört ist?«

Gareth kam zu ihm und legte seine starke Hand auf Kenbrooks Schulter. »Sie ist vielleicht die Vernünftigste von uns allen«, wandte er ein. »Komm – laß uns zusammen zur Abtei reiten und meine Frau um ihren Rat bitten.«

»Zuerst habe ich noch etwas anderes zu erledigen«, antwortete Dane. »Wir treffen uns in einer Stunde bei den Stallungen.«

Sein älterer Bruder zögerte zunächst, dann nickte er und nahm die Lampe, um zu gehen. Dane ging zu einer kleinen Truhe, in der Gloriana ihren Flitterkram aufbewahrte, und nahm eins der schmalen, goldenen Bänder heraus, die sie manchmal in ihren Zopf einflocht. Nachdem er es um sein linkes Handgelenk gebunden und unter dem Ärmel seines Hemds verborgen hatte, verließ auch er den Raum.

Sein Ziel war die Kapelle. Der Legende nach war dieses kleine Gotteshaus auf einem Altar erbaut worden, an dem die Menschen der Antike ihrer Göttin gehuldigt hatten.

Dane, der nie besonders religiös gewesen war, zögerte auf der Schwelle. Es brannten keine Kerzen wie in Hadleigh Castle, wo Pater Cradoc wahrscheinlich gerade die Morgenmesse las. Sich im Dunkeln vortastend, schritt Dane durch den schmalen Gang zwischen den kalten Steinbänken.

Vor dem Altar kniete er nieder, um zu beten.

Er bat jedoch nicht den Himmel, Gloriana zu ihm zurückzuschicken, obwohl er sich das mehr als alles andere wünschte. Nein, seine Bitte war viel bescheidener: Er flehte Gott an, seine Frau vor allem Unheil zu beschützen.

Das Wetter war feucht und kalt, und der schmerzliche Anblick von Kenbrook Hall, von dem nur noch der Turm geblieben war, vertiefte Glorianas Niedergeschlagenheit noch. Langsam stieg sie aus Lyns Wagen und ging zu den uralten, verfallenen Grabsteinen hinüber.

Als sie die Krypta fand, wo Aurelia St. Gregory begraben lag, lehnte Gloriana die Stirn an den kalten Marmor und betete stumm, daß die Macht, die sie hierhergebracht hatte, sie wieder ins dreizehnte Jahrhundert zurückversetzen möge.

Doch nichts geschah, nur ein Frösteln kroch in ihre Knochen, und schließlich kam Lyn, nahm ihren Arm und führte sie schweigend zum Wagen zurück.

Gloriana weinte und war froh, daß der Arzt nichts sagte.

Er fuhr mit ihr zu einem Eßlokal, das ungefähr an der gleichen Stelle lag wie einst Hadleigh Village. Es regnete jetzt stärker, und aus den beiden Schornsteinen des Gebäudes kräuselte sich Rauch, der Wärme verhieß.

Gloriana schaute ihren Retter an, der neben ihr auf dem Fahrersitz saß, die Hände auf dem Steuerrad. Mit jedem weiteren Tag wurde das zwanzigste Jahrhundert für sie realer, greifbarer und *beständiger*. Würde sie je den Weg nach Hause finden?

»Ich glaube, ein warmes Essen wäre jetzt das richtige«, schlug Lyn freundlich vor. »Sollen wir hineingehen?«

Gloriana nickte. Sie hatte keinen Appetit, war jedoch ziemlich sicher, daß sie schwanger war, und wußte deshalb, daß sie für ihr ungeborenes Kind zu sorgen hatte. *Danes* Kind.

Das Innere der Schenke, die Lyn als ›Pub‹ bezeichnete, war anheimelnd und gemütlich. Zwei große Kamine erwärmten den großen Raum, und die blankgescheuerten Holztische mit den Bänken waren ähnlich wie auf Hadleigh Castle. Die Laternen, die an langen Ketten von der Decke hingen, ähnelten den Lampen, die Gloriana kannte, obwohl sie ›elektrisch‹ betrieben waren – was immer das auch sein mochte.

Ein bittersüßes Gefühl erfaßte sie, eine Mischung aus Sehnsucht und Erleichterung, als sie sich umschaute. Der Pub war fast leer, und eine Dienstmagd in einem unerhört kurzen Kleid wies ihnen einen Tisch neben einem der Kamine an.

Lyn bestellte Fisch und etwas, was er ›Chips‹ nannte. Beides war heiß und schmeckte ausgezeichnet, und Gloriana entsann sich der Kartoffeln als ›Pommes frites‹. Als sie es Lyn sagte, nickte er lächelnd.

»Aha«, sagte er. »Eine Yankee also.«

»Was ist das?«

»Eine Amerikanerin.«

Wieder dachte Gloriana an ihre streitlustigen Eltern, den Flug nach England und die turbulenten, unglücklichen Tage, die ihm vorangegangen waren. Unwillkürlich erschauderte sie.

Mr. Kirkwoods Augen weiteten sich, aber er sagte nichts dazu, sondern schnitt ein anderes Thema an. »Sie müssen an Ihre Zukunft denken, Gloriana«, meinte er ruhig und legte seine Hand auf ihre. »Es besteht die Möglichkeit, daß Sie niemals zurückfinden werden ... woher auch immer Sie kamen.«

»Sie glauben mir doch?« fragte Gloriana, der es zunehmend leichter fiel, wie Lyn und die anderen zu sprechen.

Lyn nahm sich ein weiteres Stück des schmackhaften, gebackenen Fischs. »Ich habe keine Ahnung, was ich glauben soll«, gestand er. »Aber ich kann eine Prinzessin in der Gewalt eines Drachen erkennen, wenn ich eine sehe.«

»Einige Leute würden mich als verrückt bezeichnen«, entgegnete Gloriana, als gäbe es tatsächlich Drachen in dieser modernen Welt, wie es von ihrer eigenen behauptet wurde. Ihr war im dreizehnten Jahrhundert bei kaltem Wetter noch nie so angenehm warm gewesen, und nun, wo sie gegessen hatte, begann sie schläfrig zu werden.

Kirkwood schüttelte den Kopf. »Ich bin Arzt, Gloriana, und obwohl es möglich wäre, daß Sie irgendeiner Täuschung erlegen sind, sind Sie ansonsten vollkommen gesund.«

Erleichterung erfaßte Gloriana, so heftig, daß sie fast wieder geweint hätte. Es hatte Momente gegeben, in denen sie an ihrem eigenen Verstand gezweifelt hatte. »Danke«, flüsterte sie, entzog Lyn jedoch die Hand.

Wie sich herausstellte, bildete dieser Tag den Auftakt für den Rhythmus der darauffolgenden. Lyn machte seine Hausbesuche: Und dann fuhren er und Gloriana nach Kenbrook Hall, um dort mindestens eine Stunde lang über das Gelände zu wandern. Gloriana suchte einen Weg zurück ins dreizehnte Jahrhundert, und Lyn, obwohl er es niemals sagte, begleitete sie, um ihr beizustehen und sie zu schützen.

Nach diesen gründlichen, jedoch stets erfolglosen Ausflügen aßen sie gewöhnlich im Pub zu Mittag. An den Nachmittagen und Abenden, wenn Lyn in seiner Praxis oder im nahen Krankenhaus beschäftigt war, las Gloriana und sah fern. Obwohl sie sich nach Kräften bemühte, sich dieser neuen, fremden Umgebung anzupassen, war ihre Sehnsucht nach Dane ungebrochen.

Nacht für Nacht träumte sie, an der Seite ihres Mannes in ihrem Bett im Turmzimmer von Kenbrook Hall zu liegen, und diese Visionen waren so real, daß es sie mit tiefer Niedergeschlagenheit erfüllte, wenn sie allein erwachte und Danes Verlust ihr von neuem zu Bewußtsein kam.

Als sie vierzehn Tage bei Lyn gelebt hatte – Marge hatte ihr noch mehr Kleider gebracht und sie gelehrt, die Waschmaschine und andere moderne Geräte zu benutzen –, erschien eines Morgens Mr. Kirkwoods Schwester. Janet, eine gutgekleidete Frau mittleren Alters, besaß ein Antiquitätengeschäft im nächsten Ort, das auf Bücher und alte Schriften spezialisiert war. Lyn habe ihr von Gloriana erzählt, sagte sie, und da sie für einige Monate ins Ausland reisen werde, brauche sie jemanden, der ihr Geschäft führte – gegen ein kleines Gehalt, und in dem Apartment über dem Ladenlokal könne sie wohnen.

Gloriana hätte einwenden können, daß sie nichts von der Leitung eines derartigen Geschäfts verstand, doch sie wollte unabhängig sein und auf eigenen Füßen stehen.

Obwohl Lyn nie etwas gesagt hatte, war ihr klar, daß sie eine Belastung für ihn darstellte. Außerdem vermutete sie, daß es – trotz der freieren Sitten des zwanzigsten Jahrhunderts – noch immer nicht als schicklich galt, daß eine Frau unter einem Dach mit einem Mann lebte, der weder ihr Gatte, Vater, Onkel oder Vormund war.

»Ich würde sehr gern für Sie arbeiten«, erklärte sie daher Janet, die lächelte und ihrem jüngeren Bruder einen Blick zuwarf, der zu bedeuten schien: *Ich habe es dir doch gesagt.*

Lyn stand am Kamin, und obwohl er während des Gesprächs kein Wort gesagt hatte, hatte er die ganze Zeit sehr aufmerksam – und auch ein wenig traurig – zugehört.

»Es besteht kein Grund zur Eile«, meinte er schließlich und schaute dabei Gloriana an.

Bevor sie etwas erwidern konnte, erklärte Janet: »Dies ist ein kleines Dorf, Lynford, und du bist Arzt. Du mußt deinen Ruf schützen und Miss ... Glorianas ebenso.« Sie richtete den Blick auf Gloriana. »Wie heißen Sie? Sie haben mir Ihren Familiennamen nicht genannt.«

»St. Gregory«, antwortete Gloriana und wandte sich dann an Lyn. »Ich bin Ihnen sehr dankbar für Ihre Hilfe, aber Ihre Schwester hat recht. Ich kann nicht länger bei Ihnen leben.«

»Unsinn«, wehrte Lyn rasch ab, und Gloriana sah eine tiefe Röte an seinem Hals aufsteigen. Ein zorniges Funkeln stand in seinen Augen, als er den Blick auf seine Schwester richtete. Seine nächsten Worte waren Gloriana ein Rätsel, obwohl Janet sie bestens zu verstehen schien. »Die gesellschaftlichen Regeln haben sich seit Viktorias Zeiten verändert«, sagte er gepreßt.

Janet nickte, aber sie blieb unnachgiebig. »Das mag schon sein«, gab sie zu. »Aber wir sind hier nicht in Los Angeles, in Paris und nicht einmal in London. Unsere Nachbarn, Freunde und Kunden – *deine* Patienten, Lyn – sind keine Großstädter. Du darfst ihr Vertrauen in dich nicht erschüttern.«

Lyn, dessen Wangen noch immer stark vor Ärger gerötet waren, wollte widersprechen, doch Gloriana hob die Hand.

»Ich möchte nicht bleiben«, sagte sie ruhig.

Schmerz flackerte in seinen Augen auf und wurde augenblicklich unterdrückt. »Nun schön«, murmelte er nach kurzem Schweigen. »Es ist Ihre eigene Entscheidung.«

Eine knappe halbe Stunde später schon fuhr Janet mit Gloriana durch leichten Nieselregen zur nächsten Ortschaft. Das Wetter war nicht anders als an jenem Tag, als Gloriana alles hinter sich gelassen hatte, was ihr lieb und teuer war, um in diese fremde, hektische Welt versetzt zu werden.

»Sie sind irgendwie anders«, bemerkte Janet in ihrer ruhigen, unverblümten Art, während sie durch das beschlagene Glas spähte, das Lyn Windschutzscheibe nannte. Kleine Ruten, die sich rhythmisch von einer Seite zur anderen bewegten, verwischten den Regen, und Gloriana betrachtete sie ein, zwei Minuten fasziniert. »Mein Bruder gibt sich sehr geheimnisvoll in bezug auf Sie«, fuhr Janet fort. »Und Lyn ist *niemals* rätselhaft – dieser Mann ist unkomplizierter als ein Teekessel.«

Gloriana seufzte und schloß die Augen, als schliefe sie. Tatsächlich jedoch war sie hellwach, weil es soviel zu sehen und zu hören gab, so viele neue Eindrücke zu verarbeiten waren.

Janet ließ sich jedoch nicht vom Thema abbringen. »Es wird einige Tage dauern, bis ich Ihnen beigebracht habe, den Laden zu führen. Eigentlich brauchen Sie nichts anderes zu tun, als die Kunden zu begrüßen, Anrufe zu beantworten und dafür zu sorgen, daß um sechs geschlossen wird. Um die Buchführung kümmere ich mich selbst, wenn ich aus Frankreich zurückkehre.«

Gloriana nickte, ohne die Augen zu öffnen. »Ich hoffe, Sie bereuen Ihre Entscheidung nicht. Ich verstehe sehr wenig oder eigentlich gar nichts vom Handel, wie ich Ihnen bereits sagte.« Durch ihre langen Wimpern sah sie Janet die Knöpfe am Radio betätigen, worauf leise, wundervolle Musik erklang.

»›Handel‹«, wiederholte Janet nachdenklich. »Was für ein seltsames Wort in diesem Zusammenhang. Woher kommen Sie, Gloriana St. Gregory?«

Es war offensichtlich, daß Janet kein kameradschaftliches Schweigen zwischen ihnen dulden würde. Und dabei hatte Gloriana so gehofft, dem unsichtbaren Orchester still lauschen zu können. »Ich bin Amerikanerin«, sagte sie, denn so war es. Wenn es auch nicht die *ganze* Wahrheit war. »Zumindest bin ich dort geboren, auch wenn ich den größten Teil meines Lebens in England verbracht habe.«

Janet lenkte den Wagen in eine Kurve, und Gloriana, aus dem Gleichgewicht geraten, richtete sich erschrocken auf. »*Hm*«, murmelte Janet, doch obwohl es zweifelnd klang, stellte sie Glorianas Behauptung nicht in Frage.

Der Laden befand sich in einem zweistöckigen Gebäude mit Giebeln und einem roten Ziegeldach. Gloriana fühlte sich sofort zu Hause an diesem Ort, trotz des schrecklichen Heimwehs, das sie niemals ganz verließ.

»Wie schön«, meinte sie, als sie das Schaufenster mit den alten, ledergebundenen Büchern sah.

Janet lächelte, stieg aus und spannte einen Schirm auf. »Danke«, rief sie Gloriana zu, während sie zum Ladeneingang hinübereilte und die Tür aufschloß.

Gloriana folgte ihr, und einen Moment später standen sie in einem großen, gemütlichen Raum voller Bücherregale.

»Ja, es *ist* hübsch, nicht wahr?« sagte Janet, als sie den Regenmantel ablegte und an einen Haken neben der Tür hängte. Den Schirm ließ sie aufgespannt auf dem gekachelten Boden stehen, damit er trocknete. »Ohne das Geld, das Lyn und ich geerbt haben, könnte ich diesen Laden natürlich niemals führen. Meine Ware ist teuer, und Leute, die sich handgeschriebene Manuskripte und alte Tagebücher leisten können, sind heute dünn gesät.«

Gloriana runzelte verwirrt die Stirn und versuchte,

Janets Worten einen Sinn zu entnehmen, während sie ihre Jacke ablegte.

Janet deutete auf eine Tür. »Kommen Sie, ich zeige Ihnen, wo Sie wohnen werden. Wie ich bereits sagte, gehört ein gemütliches kleines Apartment zum Laden.«

Gloriana folgte ihr mit einem sehnsüchtigen Blick auf die ansehnliche Kollektion von Büchern. »Haben Sie keine Angst, einer Fremden solchen ... Reichtum anzuvertrauen«

Janet lächelte. »Lyn vertraut Ihnen«, erwiderte sie. »Das genügt mir. Er ist ein guter Menschenkenner, und im übrigen würde ich den Verstand verlieren, wenn ich nicht für eine Weile von hier fortkäme. Ich ertrage dieses Wetter nicht.«

Die kleine Wohnung über dem Geschäft war in der Tat sehr hübsch, mit einem Kamin, bequemen Sesseln, wie es sie in der rauheren, einfacheren Welt, die Gloriana kannte, nicht gab, einem Fernseher und zahlreichen Bücherregalen. Das kleinere der beiden Schlafzimmer verfügte über ein separates Bad mit einer großen Wanne, einer Toilette und einem Waschbecken; im großen Wohnraum befand sich eine eingebaute kleine Küche.

»Setzen Sie sich, ich koche uns Tee«, sagte Janet heiter und ging zu einem Schrank, um buntes Keramikgeschirr herauszunehmen. »Ich bin froh, daß Sie den Laden so schnell übernehmen können, Gloriana. Wir sollten allerdings bald Lyn anrufen. Er wird sich Sorgen machen, bis er weiß, daß alles in Ordnung ist und Sie nicht allzu überwältigt sind.«

Gloriana lächelte unwillkürlich, als sie sich in einen der herrlich weichen Sessel setzte. Wie Lyns Cottage war auch Janets kleine Wohnung angenehm warm und unglaublich sauber.

Wenn ›überwältigt‹ bedeutet, was Gloriana vermutete, dann war sie es, zweifelsohne. Sie lernte so viele neue Dinge und so schnell, daß sie manchmal glaubte, der Kopf müsse ihr vor lauter Druck platzen. Sicher, sie war intelligent und von Pater Cradoc in vielen Dingen unterrichtet worden, doch Latein, Griechisch und Mathematik waren nichts im Vergleich zu dem, was sie hier in dieser modernen Welt zu lernen hatte.

Janet brachte Sandwiches und Tee, und Gloriana verfolgte fasziniert, wie Janet verschiedene Knöpfe an dem Telefon betätigte. Obwohl sie und alle anderen eine solch mühelose Verbindung für selbstverständlich hielten, war sie für Gloriana noch immer ein unfaßbares Wunder.

Ihr Herz klopfte vor Erregung, als Janet ihr den Hörer reichte. Gloriana hatte noch nie über ein Telefon gesprochen, und als sie Lyns Stimme hörte, erschrak sie.

»Hallo, Gloriana«, sagte er freundlich.

»H-hallo«, erwiderte Gloriana atemlos. Wenn es doch nur ein Gerät gäbe, das ihr erlaubte, Dane zu hören, wie sie Lyn jetzt hörte!

»Ist meine Schwester nett zu Ihnen?«

Gloriana nickte. »Ja. Janet ist sehr nett – wie Sie.« Es war entnervend, mit jemandem zu sprechen, den man nicht sehen konnte – als führte man ein Gespräch mit einem Geist.

Lyn versicherte ihr, sie könne ihn anrufen, wann immer sie wolle, und nannte ihr seine Nummer. Danach gab sie Janet den Hörer zurück und trat ans Fenster, um hinauszuschauen.

Sie war unter Freunden, das wußte sie, und doch ließ der fast schmerzhafte Wunsch, Dane zu sehen, ihn zu berühren und seine Stimme zu hören, keine Sekunde nach. Würde sie nie den Weg zu ihm zurückfinden? Mußte sie sich damit abfinden, den Rest ihres Lebens im zwanzigsten Jahrhundert zu verbringen?

Der Regen, der den ganzen Nachmittag nicht aufhörte, spiegelte Glorianas düstere Stimmung wider. Trotz ihrer tiefen Niedergeschlagenheit jedoch hörte sie aufmerksam zu, als Janet ihr alles zeigte, was sie wissen mußte, um den kleinen Laden führen zu können.

Gloriana war verblüfft, daß Janet ihr, einer Fremden, eine so große Verantwortung übertrug. Der Laden war voller Kostbarkeiten.

»Wenn Sie Zweifel haben«, sagte Janet später, als die beiden Frauen an dem kleinen Ofen im Laden saßen und Tee tranken, »dann schließen Sie einfach ab, ziehen die Jalousie herunter und gehen spazieren oder nach oben, um fernzusehen. Die Kunden sind es gewöhnt, daß der Laden nicht ständig geöffnet ist.«

»Und wenn ich einen Fehler mache?« fragte Gloriana leise. In Hadleigh Castle, vor Danes Rückkehr vom Kontinent, hatte sie gelernt, die Haushaltsbücher zu führen, ihr Vermögen immer selbst verwaltet. Was Janet ihr gezeigt hatte, ergab durchaus einen Sinn für sie, selbst wenn es ihr ein wenig kompliziert erschien.

Janet zuckte die Schultern. »Jeder macht mal einen Fehler. Falls Sie sich einmal nicht sicher sind, dann bitten Sie den Kunden einfach, bis zu meiner Rückkehr abzuwarten.«

Damit war das Thema Geschäft erledigt. Gloriana zog sich in ihr Zimmer zurück, badete und ging früh zu Bett. Sie hatte nichts zu Abend essen wollen und begann fast augenblicklich zu träumen, als sie sich hinlegte, so lebhaft, daß sie einige aufregende Minuten lang tatsächlich glaubte, nach Kenbrook Hall und zu Dane zurückgekehrt zu sein.

Ihr war, als stünde sie im Turmzimmer neben dem Bett, das sie einst mit ihrem Mann geteilt hatte. Er schlief, nur bis zur Taille zugedeckt, und sein blondes Haar schimmerte im schwachen Schein einer kleinen Öllampe.

Gloriana flüsterte seinen Namen, als sie seine Stirn berührte. Er bewegte sich und murmelte etwas, und sie beugte sich über ihn, im vollen Bewußtsein, daß sie träumte und sie sich in Wahrheit so fern waren wie eh und je. Sie küßte seinen Mund, und ihre Tränen tropften auf sein Gesicht.

Da öffnete er die Augen. »Gloriana«, murmelte er rauh. »Gott sei Dank ...«

Sie fühlte, wie sie verblaßte, und griff nach ihm, aber es war bereits zu spät. Tränenüberströmt und mit wehem Herzen erwachte sie in Janets kleinem Gästezimmer. Dane war ihr so fern wie eh und je, und doch spürte sie, daß er ihr nahe war. Sein unverkennbar herber Duft erfüllte ihre Nase, und sie spürte noch die Wärme seines Munds auf ihren Lippen.

Langsam ließ sie sich zurücksinken und versuchte nicht einmal, ihre Tränen zu verdrängen. Doch während sie trauerte, kam ihr ein verblüffender Gedanke. Hatte sie nur von Dane geträumt, oder war sie tatsächlich, wenn auch nur für viel zu kurze Zeit, bei ihm gewesen?

Dane lag zitternd im Bett und schaute sich in dem düsteren Zimmer um, in dem nur eine einzige Lampe ihren schwachen Schein verbreitete. Er hatte Gloriana *gesehen*. Sie hatte ihn geküßt, unendlich sanft und zärtlich, und er hatte die Liebe in ihren schönen Augen gesehen, als sie ihn angeschaut hatte.

Ein Traum? Nein. Dane zweifelte nicht daran, daß sie tatsächlich bei ihm gewesen war. Irgendwie, für einen winzigen Moment, war es Gloriana gelungen, die Barrieren der Zeit zu überwinden, die sie trennte. Obwohl es ihn mit Verzweiflung erfüllte, daß sie von neuem für ihn verloren war, fühlte er sich auch ermutigt. Denn durch die Gnade Gottes oder eines wohlwollenden Engels würde er sie wiederfinden.

Er stand auf, ging zum Fenster und starrte auf den im Mondlicht schimmernden See hinaus. Wäre Gloriana entführt worden, hätte er etwas unternehmen können, um sie heimzubringen, selbst wenn es bedeutet hätte, sich mit sämtlichen Räubern in ganz England anzulegen und all ihre Schlupfwinkel zu durchsuchen. Doch Gloriana hatte irgendeine geheimnisvolle Schwelle übertreten, über die er ihr nicht folgen konnte …

Am Morgen nach dem geträumten Besuch bei Dane erwachte Gloriana mit wehem Herzen, Kopfschmerzen und geschwollenen Augen. Sie wusch ihr Gesicht mit kaltem Wasser, bürstete ihr Haar und reinigte ihre Zähne, bevor sie sich anzog und ins Wohnzimmer hinüberging.

Janet trank Tee und röstete Brot, als Gloriana den Raum betrat.

»Großer Gott«, rief Janet, sprang auf und lief zu Gloriana, »Sie sehen aus, als hätten Sie die ganze Nacht geweint! Sind Sie krank? Soll ich Lyn anrufen?«

Gloriana schüttelte den Kopf und bemühte sich, zu lächeln, um ihre Freundin zu beruhigen. »Nein«, sagte sie rasch, »stören Sie ihn bitte nicht. Ich … Ich vermisse nur jemanden.«

Janet bat Gloriana, sich an den Tisch zu setzen, und bald stand eine Tasse dampfenden Tees vor ihr. Mit zitternder Hand fügte Gloriana Milch und Zucker hinzu.

»Eine verlorene Liebe?« nahm Janet das Thema vorsichtig wieder auf, als sie sich setzte und Butter auf eine Scheibe Toast strich.

Gloriana nickte und zwang sich, es ihr nachzutun. Sie mußte essen, wenn sie ihre Kraft bewahren und ihr Baby schützen wollte. »Ich kann es nicht erklären – nicht jetzt zumindest.«

Janet winkte ab. »Das ist auch nicht nötig«, meinte sie, runzelte die Stirn und musterte Gloriana nachdenklich. »Sie haben schönes Haar«, fuhr sie fort. »Aber es muß furchtbar viel Arbeit machen, es zu waschen und zu bürsten.«

Gloriana nickte, froh über den Themawechsel. Im Fernsehen und auf der Straße war ihr aufgefallen, daß moderne Frauen ihr Haar kürzer trugen. Im dreizehnten Jahrhundert schnitten die Frauen nie ihr Haar.

»Ich würde es gern verändern«, gab sie zu, obwohl sie wußte, daß Dane verärgert sein würde, wenn sie ihr Haar schnitt, und behaupten würde, sie sähe wie ein Junge aus. Aber so sehr sie ihren Mann auch liebte und vermißte, er hatte nicht darüber zu bestimmen, wie sie ihr Haar trug.

»Auf der anderen Straßenseite ist ein Friseur«, sagte Janet. »Ich rufe ihn an und lasse Ihnen für heute nachmittag einen Termin geben. Schließen Sie den Laden einfach, wenn Sie gehen.«

Gloriana lächelte. Es war etwas ungemein Gewagtes, das Haar zu schneiden, und je länger sie darüber nachdachte, desto besser gefiel ihr die Idee.

Nach dem Frühstück gab Janet ihr noch einige letzte Anweisungen, bevor sie ihren Koffer nahm und den Laden Glorianas Obhut überließ. Gloriana war entzückt und entsetzt zugleich, doch da den ganzen Morgen niemand kam, blieb ihr Zeit genug, sich an ihre neue Aufgabe zu gewöhnen.

Mittags ging sie in die Wohnung und bereitete sich ein Sandwich zu, und kurz darauf kehrte sie wieder in den Laden zurück. Da auch jetzt keine Kunden kamen und keine Anrufe zu beantworten waren, begann Gloriana sich mit der Ware vertraut zu machen. Einige der Bücher waren so wunderschön mit ihren Seiten aus schwerem Pergament, ihren kunstvollen Schriftarten und hervorragenden Illustrationen, daß Gloriana sich vollkommen darin vertiefte.

Gegen drei sammelte Gloriana die Notizen ein, die Janet ihr hinterlassen hatte, zog ihre Jacke an und schloß den Laden, um zu dem Laden auf der anderen Straßenseite hinüberzugehen, der sich ›Cuts and Curls‹ nannte.

Es war ein aufregendes Erlebnis, einen Barbierladen des zwanzigsten Jahrhunderts aufzusuchen. Als Gloriana zwei Stunden später zurückkehrte, war ihr Haar auf Schulterlänge gekürzt, und obwohl ihr Herz noch immer schwer war, waren ihre Schritte leicht.

Kapitel 13

Es war gegen halb sieben an jenem Abend, als das Telefon in Janets Wohnung plötzlich schrillte und Gloriana so erschreckte, daß sie ihren Tee verschüttete. Sie war stolz darauf, ungewöhnlich gut zurechtzukommen in dieser merkwürdigen Ecke des Universums, aber es gab Dinge, an die sie sich einfach nicht gewöhnen konnte, und dazu gehörte dieser geräuschvolle Apparat.

»Gloriana?« Die Stimme war ihr angenehm vertraut, obwohl sie lieber eine andere gehört hätte. »Ich bin's, Lyn. Wie kommen Sie zurecht, seit Janet fort ist?«

Gloriana lächelte. Ihr frisch geschnittenes Haar fühlte sich herrlich leicht an, als sie den Kopf schüttelte. »Bestens, vielen Dank«, erwiderte sie. »Obwohl ich gestehen muß, daß ich mich ein bißchen einsam fühle.«

»Das läßt sich ändern«, entgegnete Lyn. »Ich habe angerufen, um zu fragen, ob es Ihnen recht ist, wenn ich heute abend vorbeischaue. Ich würde Sie gern einem Freund vorstellen, jemandem, der Sie unbedingt kennenlernen möchte.«

Gloriana zögerte nur kurz. »Gern«, sagte sie. »Es ist sehr still hier ohne Janet.« Stirnrunzelnd hielt sie inne, da ein Blick zum Fenster ihr verriet, daß es bald Zeit zum Abendessen war. »Soll ich etwas zu essen vorbereiten?«

»Du liebe Güte, nein«, erwiderte Lyn rasch und lachte. »Ich bringe Fisch und Chips aus der Village Tavern mit.«

Gloriana war erfreut, und nicht nur über die Aussicht auf Gesellschaft und ihr Lieblingsessen. Sie konnte reiten, Bogenschießen, Griechisch und Latein lesen und rechnen, aber Kochen war nicht ihre Stärke. Eigentlich konnte sie nur Sandwiches und Tee bereiten. »Das wäre schön«, sagte sie erleichtert.

Als Lyn eine knappe halbe Stunde später kam, mehrere fettige Tüten in der Hand, denen verlockende Düfte entstiegen, hatte Gloriana das Feuer im Kamin geschürt und alle Lampen eingeschaltet. In Lyns Begleitung befand sich ein älterer, gutaussehender Mann mit weißem Haar und grauen Augen. Er trug einen kostspieligen Anzug, und unter dem Arm hielt er eine lederne Aktenmappe.

»Gloriana«, sagte Lyn, während er seinen Tweedmantel ablegte und ihr einen brüderlichen Kuß gab, »das ist mein guter Freund Arthur Steinbeth. Er ist Professor an einer amerikanischen Universität.«

Gloriana begrüßte den anderen Gast mit einem zaghaften Lächeln und einem Nicken. Obwohl der Professor ihr keine Furcht einflößte, spürte sie, daß er sie beobachtete, als versuche er, ihr bis ins Herz zu schauen, und sie begann sich zu fragen, ob Lyn ihm ihre seltsame Geschichte anvertraut hatte.

»Möchten Sie nicht hereinkommen?« fragte sie, weil die Leute im Fernsehen das immer sagten, wenn Besucher kamen.

Professor Steinbeths Lächeln war ermutigend. »Danke«, erwiderte er mit einer höflichen Verneigung und übergab seinen regennassen Mantel Lyn, der ihn neben seinem aufhängte.

In der Kochecke nahm Gloriana Teller und Gabeln heraus, falls der Professor nicht mit den Fingern essen wollte, und Lyn leerte den Inhalt der Tüten auf eine große Platte. Mit Malzessig aus dem Schrank war die Mahlzeit komplett.

Erst jetzt trennte Steinbeth sich von seiner Aktenmappe und stellte sie auf den Boden neben seinen Stuhl. Obwohl er wenig sprach und sehr zuvorkommend war, wußte Gloriana, daß er sie genauso scharf im Auge behielt wie seine Aktentasche. Ein-, zweimal warf sie Lyn einen unbehaglichen Blick zu, wagte es jedoch nicht, ihm Fragen zu stellen.

Dann, als sie gegessen hatten und Lyn eine Flasche Wein öffnete, gingen sie zum Kamin hinüber. Lyn blieb stehen, einen Arm auf den Sims gestützt, wie es seine Art war.

»Professor Steinbeth ist Fachmann für mittelalterliche

Literatur«, erklärte er. Ein trauriges Lächeln spielte dabei um seine Lippen. »Ihre neue Frisur gefällt mir sehr, Gloriana. Ich vermute, daß es Janets Einfall war?«

Diese beiden so völlig verschiedenen Themen, im gleichen Atemzug gesprochen, ließen Gloriana zögern. Es dauerte einen Moment, bis sie verstanden hatte. »Ja«, meinte sie schließlich mit gesenktem Blick. »Es war Janets Vorschlag, mein Haar schneiden zu lassen.« Dann richtete sie den Blick auf den Professor, der auf dem Sofa saß, und fragte sich erneut, ob Lyn ihm ihr Geheimnis verraten haben mochte. »Ich verstehe auch etwas von mittelalterlicher Literatur«, gestand sie leise.

Der Professor lächelte. Seine grauen Augen zwinkerten, und er errötete vor Vergnügen. »Das habe ich schon gehört.«

Gloriana warf Lyn einen verstohlenen Blick zu, bevor sie Professor Steinbeths Lächeln erwiderte. »So?« entgegnete sie. »Was haben Sie denn sonst noch über mich gehört, Professor?«

»Bitte nennen Sie mich doch Arthur«, bat er.

»Arthur«, gab Gloriana nach. Die Menschen des zwanzigsten Jahrhunderts gingen sehr zwanglos miteinander um, fand sie. »Bitte sagen Sie mir, was Lyn ... Mr. Kirkwood Ihnen gesagt hat.«

Wieder errötete Arthur, und sein Blick glitt zu Lyn, als ersuchte er ihn um Erlaubnis.

»Er sagte, Sie wären eine Zeitreisende«, erwiderte er.

Gloriana versteifte sich, verschränkte die Finger und warf Lyn einen Blick zu. Doch er vermied es, sie anzuschauen.

»Aha«, sagte Gloriana. »Und Sie glauben ihm?«

Arthur zögerte zunächst. Dann nickte er. »Ja.«

»Ich habe mir erlaubt, Professor Steinbeth Ihr Kleid zu zeigen«, warf Lyn rasch ein. »Das Kleid, das Sie trugen, als ich Sie an jenem Tag in Kenbrook Hall fand, meine ich. Arthur war zufällig gerade in Oxford und arbeitete an einem Artikel für eine amerikanische Zeitschrift.«

Der Professor räusperte sich verlegen. »Ich habe das

Kleid untersucht«, sagte er. »Es ist aus einem Stück geschnitten, und die Webart ist sehr veraltet, selbst nach historischen Maßstäben.«

Gloriana nickte nur.

»Was Arthur damit sagen will«, warf Lyn ein, »ist, daß man nirgendwo auf dieser Welt eine solcherart gefärbte, gesponnene oder gewebte Wolle findet. Und das schon seit drei Jahrhunderten nicht mehr.«

Gloriana zog die Augenbrauen hoch, in einer stummen Aufforderung an die beiden Männer, fortzufahren.

»Woher haben Sie dieses Kleid, Miss St. Gregory?« fragte der Professor.

»Es wurde auf Hadleigh Castle für mich gewebt und eingefärbt, aus der Wolle von Gareth St. Gregorys eigenen Schafen.«

Ein kurzes Schweigen entstand, in dessen Verlauf nur das Prasseln des Feuers und das Ticken der Uhr zu hören war.

Die Hände des Professors zitterten, als er die Aktenmappe öffnete, die auf seinen Knien lag. Einen langen Moment starrte er wieder Lyn an, wie in einer stummen Bitte, bevor er sich an Gloriana wandte. Seine Stimme war leise, ehrfürchtig und verriet Erschütterung. »Würden Sie sich das bitte ansehen?«

Mit diesen Worten zog er ein uraltes Pergament aus seiner Tasche und überreichte es Gloriana.

Sie nahm es vorsichtig an sich, und eine eigenartige Erwartung erfaßte sie, als sie das Gewicht der Seiten spürte.

»Fachleute aus der ganzen Welt haben dieses Manuskript auf seine Echtheit überprüft«, sagte Professor Steinbeth. »Wir halten es für eine Handschrift aus dem Mittelalter, können uns jedoch nicht ganz sicher sein. Einige von uns glauben, es könne sich auch um eine exzellente Fälschung handeln, und deshalb würde ich gern Ihre Ansicht dazu hören.«

Gloriana nahm die erste Seite ab, die wundervolle, wenn auch schon stark verblaßte Zeichnungen von zierlichen Engeln schmückten. Die Tränen kamen ihr, als sie den ersten Satz las, der in einer Mischung aus Französisch, Latein und Altenglisch verfaßt war.

Das Manuskript war ganz ohne Zweifel echt.

Als Bericht über die Vorgänge im Hause derer von St. Gregory …

Gloriana brauchte einen Moment, um sich zu sammeln, bevor sie fähig war, zu sprechen. Sie konnte sich nicht erklären, warum Steinbeth und seine Kollegen das Geschriebene nicht verstanden hatten, denn es war so klar für sie, als hätte sie die Worte selbst geschrieben.

»Es ist eine Familiengeschichte«, sagte sie und wappnete sich gegen den Ansturm verschiedenartigster Gefühle. *Hier steht es,* dachte sie in wilder Freude und abgrundtiefer Trauer. *Danes Schicksal und damit auch mein eigenes. Edwards und Gareths. Lady Elainas.*

Lyn trat hinter ihren Sessel und legte ihr die Hände auf die Schultern. Er wußte, wann sie Trost brauchte. »Arthur hatte gehofft, du könntest die Echtheit des Manuskripts für ihn bestätigen«, sagte er sehr sanft.

Gloriana nickte nur und drückte die schweren Seiten, die ihr sehr wohl ihre Zukunft verraten konnten, an ihre Brust. Sie hätte alles gegeben für eine Chance, diese sorgfältig geschriebenen Worte zu lesen, die über die Jahrhunderte verblaßt und nur noch schwache Schatten waren.

Lyn räumte den Tisch ab und reinigte ihn mit einem Schwamm. Als er trocken war, breitete er ein Tuch darüber aus. Aus der Tasche seines Jacketts nahm er ein kleines, eckiges Gerät, das er als ›Kassettenrecorder‹ bezeichnete, und beschrieb Gloriana, wie es benutzt wurde. Sie war so begierig, mit dem Lesen zu beginnen, daß es ihr fast unmöglich war, sich auf seine Erklärungen zu konzentrieren.

Dann, endlich, verabschiedeten sich Lyn und der Professor.

Gloriana machte sich nicht die Mühe, die Tür hinter ihnen zu verschließen, weil sie sich so schwach fühlte vor Erwartung und vor Angst, daß sie ihren zitternden Knien nicht zutraute, ihr Gewicht zu tragen. Nachdem sie den entsprechenden Knopf an dem Apparat betätigt hatte, begann sie zu lesen, mit zitternder Stimme zuerst, dann immer ruhiger.

Das Manuskript war von einem direkten Nachfahren Danes verfaßt worden. Gloriana legte eine Hand auf ihren Bauch, als sie das begriff, und fragte sich aufs neue, ob sie je den Weg ins dreizehnte Jahrhundert zurückfinden und das Kind, das sie unter dem Herzen trug, eine Verbindung darstellen würde zwischen Dane und dem Verfasser der Geschichte, die sich vor ihr entfaltete.

Die ganze Nacht lang las Gloriana, hielt nur inne, um das Band umzudrehen oder auszutauschen, wie Lyn es ihr gezeigt hatte. Später, wenn sie es hörte, würde sie überrascht sein über die Festigkeit ihrer Stimme, denn während sie die verschnörkelte Schrift entzifferte, weinte oder lachte sie sehr oft, und manchmal sogar beides.

Sie gelangte an den Punkt ihres Verschwindens und bemühte sich, ihre Gefühle zu beherrschen, aber es erstaunte sie nicht im geringsten, zu erfahren, daß man sie der Hexerei bezichtigt hatte und sie von jenem Moment an nur noch als ›Hexe von Kenbrook‹ bezeichnet wurde. Sie mußte sich allerdings zwingen, weiterzulesen, als sie erfuhr, daß Edward Dane herausgefordert hatte, ein ums andere Mal, und ihn beschuldigte, Lady Gloriana ermordet zu haben, um Mariette de Troyes heiraten zu können. Schließlich hatte Edward Dane sogar aus dem Hinterhalt angegriffen, und Dane hatte den jungen Mann – im Glauben, er sei von einem Räuber überfallen worden – mit seinem Schwert getötet.

An dieser Stelle schaltete Gloriana den Kassettenrecorder aus und lief ins Bad, um sich zu übergeben.

Ich ertrage es nicht mehr, dachte sie und vermochte sich doch nicht fernzuhalten von Professor Steinbeths verfluchtem Manuskript. Sie putzte ihre Zähne, wusch ihr Gesicht und kehrte zurück zu Janets Küchentisch, stellte pflichtbewußt das Aufnahmegerät an und las weiter.

Nach jenem tragischen Ereignis war Dane fast wahnsinnig geworden vor Trauer und Gewissensbissen, und obwohl niemand ihm die Schuld daran gab, wurde er immer häufiger gesehen, wie er die Faust gen Himmel ballte und die schlimmsten Gotteslästerungen ausstieß.

In der ersten Zeit nach Edwards Tod tat Kenbrook nichts anderes, als sich entweder bis zur Besinnungslosigkeit in der Dorfschenke zu betrinken oder Merrymont, einen benachbarten Baron, zu plagen, selbst dann noch, als längst eine Versöhnung zwischen den beiden Familien stattgefunden hatte. Als Edward ein Jahr begraben war, wurden Lady Elaina und ihr Gatte Gareth von einem bösen Fieber befallen, an dem sie schließlich beide starben.

Wieder hielt Gloriana inne, überwältigt von einem Gefühl der Trauer und des Verlusts. Da sie die ganze Nacht gelesen hatte, war sie überaus erschöpft, ihre Lider waren schwer und heiß von Tränen, so daß ihr keine andere Wahl blieb, als den Apparat abzustellen, ins Schlafzimmer zu gehen und sich hinzulegen.

Am nächsten Tag öffnete sie weder den Laden, noch beantwortete sie das Telefon.

Der Abend dämmerte bereits, als sie von einem beharrlichen Klopfen an der Tür erwachte.

Benommen stand sie auf und tastete sich durch den düsteren, kalten Raum zur Tür.

»Wer ist da?« rief sie heiser.

»Lyn Kirkwood, Gloriana.«

Sie öffnete die Tür und starrte ihren Freund verschlafen an.

Er lachte. »Gott sei Dank – ich hatte mir schon Sorgen um Sie gemacht! Ich habe den ganzen Tag versucht anzurufen, hier oben und im Laden.«

»Es tut mir leid«, sagte Gloriana und trat zurück, um ihn einzulassen. »Ich war so müde …«

Lyn ging an ihr vorbei zum Tisch und nahm ein Päckchen leerer Kassetten aus der Manteltasche. »Sie brauchten nicht alles auf einmal zu lesen«, meinte er, während er seinen Mantel ablegte und zum Herd ging, um den Teekessel zu holen. »Obwohl ich sagen muß, daß Steinbeth es kaum erwarten kann, die Aufnahmen zu hören.«

Gloriana warf einen traurigen Blick auf das Manuskript. Obwohl sie es fast ganz gelesen hatte, hatte sie nicht den kleinsten Hinweis auf ihre Rückkehr gefunden – was nur bedeuten konnte, daß es ihr nie gelingen würde, dem zwanzigsten Jahrhundert zu entkommen. »Ich weiß nicht, wozu er die Aufnahmen will«, erwiderte sie. »Aber eins kann ich Ihnen sagen – das Manuskript ist echt.«

»Er will Tonbänder, weil nur Sie, Gloriana, imstande sind, den Worten die richtige Bedeutung zuzumessen. Wer außer Ihnen könnte das wohl schon?«

Während Lyn sprach, brachte er den Kassettenrecorder und das Manuskript zu Janets Schreibtisch. Dann begann er Geschirr aus dem Schrank zu nehmen, und kurz darauf brutzelte Schinkenspeck in einer Pfanne.

Gloriana hatte die ganze Zeit wie betäubt dagesessen und ihn still beobachtet. »Durch die Zeit zu reisen«, seufzte sie, »das ist eigentlich völlig ausgeschlossen, und dennoch bin ich hier. Aber vielleicht ist das, was wir für Zauberei halten, ja nichts weiter als ein Naturgesetz, das wir nur noch nicht verstehen.«

»Das ist eine bemerkenswert *un*mittelalterliche Denkweise«, bemerkte Lyn, während er Eier in eine Schale gab und sie mit einem Quirl zu Schaum schlug. »Aber Sie könnten recht haben – was bedeuten würde, daß das Reisen von einem Jahrhundert zu einem anderen, wie es Ihnen offenbar gelungen ist, möglicherweise nichts weiter als eine noch nicht entdeckte Fähigkeit des menschlichen Gehirns ist.«

Gloriana biß sich auf die Lippen und dachte über seine Wort nach. »Es fing irgendwie mittendrin an …«, begann sie zögernd. »Während der Zeitverschiebung, meine ich. Mit dem merkwürdigen Gefühl, daß es etwas war, das ich selbst verursacht hatte, ungewollt, und nichts, was von außerhalb gesteuert wurde.«

»Faszinierend«, meinte Lyn und steckte zwei Scheiben Brot zum Rösten in den Metallkasten. »Wollen Sie damit sagen, daß Sie sich willentlich von dort nach hier versetzt haben – oder besser gesagt, von damals nach heute?«

»Ja«, erwiderte Gloriana und wunderte sich, daß sie das erst jetzt erkannte.

»Noch irgendwelche anderen Symptome?« fragte Lyn.

»Kopfweh«, entsann sich Gloriana. Der bloße Gedanke an den furchtbaren Schmerz veranlaßte sie, ihre Schläfen zu berühren. »Ein so schrecklicher Schmerz, daß ich dachte, ich müßte sterben.«

Lyn kehrte an den Herd zurück. Er wirkte sehr nachdenklich, als er die Eier mit Milch vermischte und den Speck auf ein Stück Küchenpapier legte. Gloriana dachte, daß sie, falls sie je ins dreizehnte Jahrhundert zurückkehren sollte, die gesunden, schmackhaften und üppigen Mahlzeiten der modernen Zeit sehr vermissen würde. »Es ist schon etwas Unfaßbares, das menschliche Gehirn.«

Darin konnte Gloriana ihm nicht widersprechen. »Aber wenn ich es bewußt herbeigeführt habe, wieso kann ich dann nicht zurückkehren? Denn das möchte ich lieber als alles andere auf der Welt.«

Als Lyn das Brot auf den Tisch stellte, bemühte er sich, seine Trauer zu verbergen. »Ist es denn so wunderbar, dieses turbulente dreizehnte Jahrhundert?« fragte er. »Man sollte meinen, es sei ein grimmiger Ort – voller Krankheiten, Kriege, Hunger und Verbrechen.«

Gloriana betrachtete ihn nachdenklich. Sie hatte viel ferngesehen und gelesen, seit Lyn sie drei Wochen zuvor unter seine Fittiche genommen hatte. »Das gleiche könnte man aber auch von Ihrer Zeit behaupten, nicht? Auch hier gibt es Seuchen und all die anderen Plagen.«

Lyn servierte die Eier und nahm sich einen Teller, um Gloriana Gesellschaft beim Essen zu leisten. »Das ist richtig. Aber hier ist es wenigstens sauberer, und die Menschen besitzen mehr Rechte.«

»Ja«, gab Gloriana zu, als sie sich eine großzügige Portion Eier und Speck nahm. Vor allem den Speck aß sie sehr gern, nicht nur, weil er knusprig und geräuchert war, sondern vor allem, weil sie ihn mit den Fingern essen konnte. »Da mögen Sie recht haben.«

»Ich höre jedoch ein unausgesprochenes ›Aber‹ am Ende Ihres Satzes.«

Gloriana lächelte. »Sie haben gute Ohren«, meinte sie und erinnerte sich an eine Geschichte, die ihr Kindermädchen ihr einst vorgelesen hatte, lange vor ihrer ersten Reise durch die Jahrhunderte.

Lyn betrachtete sie mit düsterer Miene. »Es ist wegen Kenbrook.«

»Er ist mein Mann«, erinnerte Gloriana ihn sanft. Sie hatten schon mehrfach über Dane gesprochen, wobei sie immer klargestellt hatte, daß er ihr Gatte war, heute und für alle Zeiten.

»Ja«, sagte Lyn nach ausgedehntem Schweigen. »Er ist Ihr Mann.«

Danach wurde nicht mehr über Dane gesprochen.

Lyn verabschiedete sich bald, nachdem das Geschirr gespült war, um Gloriana in Ruhe weiterlesen zu lassen.

In einer Mischung aus Furcht und Eifer setzte sie sich mit den letzten Seiten an den Tisch, legte ein neues Band in den Recorder – Lyn hatte die besprochenen Bänder mitgenommen – und begann zu lesen.

Danes Tod fand nur eine kurze, fast oberflächliche Erwähnung. Er hatte seine Frau, Mariette, und ihre beiden jungen Söhne verlassen, um als Söldner zum Kontinent zurückzukehren, und war bei einem Schiffsunglück vor der normannischen Küste umgekommen. Nach Ansicht des Autors hatte Kenbrooks Familie ihn nicht allzu sehr vermißt, weil er ein verbitterter,unglücklicher Mann gewesen war, der, wie es hieß, sein Leben lang unter dem Bann der Kenbrook-Hexe gestanden hatte.

Gloriana war nicht überrascht, daß Danes Leben auf diese Art verlaufen war, und es erstaunte sie auch nicht, daß die Geschichte ihr die Schuld an seinem Leid gab. Trotz allem hatte sie jedoch gehofft, daß Kenbrook Frieden und Glück, wenn auch vielleicht nicht Liebe, in den Armen seiner zweiten Frau gefunden hätte, und es war eine bittere Enttäuschung für sie, zu erfahren, daß es nicht der Fall gewesen war.

Die Vorstellung, daß Dane in der kalten, erbarmungslosen See ertrunken war, war so erschütternd, daß Gloriana nicht mehr weiterlesen konnte.

Mit einer müden Bewegung stellte sie den Kassettenrekorder ab und ging zu Bett.

Obwohl sie fast den ganzen Tag geschlafen hatte, hatte sie keine Schwierigkeiten, einzuschlafen. Es war schon früher Morgen, als sie – endlich – zu träumen begann.

Sie stand auf den zerbrochenen Kacheln des römischen Bads, in den Gewölben unter Kenbrook Hall, und spürte deren rauhe Kanten an ihren bloßen Füßen. Zwei brennende Kerzen, Klumpen stinkenden Talgs in versengten Holzschalen, verbreiteten ihren schwachen Schein über dem schwefelhaltigen Wasser. Dane saß mit geschlossenen Augen in dem dampfenden Becken, sein Gesicht war völlig ausdruckslos und hager in dem schwachen Licht.

Er trauerte.

Gloriana sagte seinen Namen, doch falls er es gehört hatte, reagierte er nicht darauf.

Sie sah Grau in seinem Haar und frische Narben an seiner Brust, Spuren eines Dolches oder Schwerts. Er war also noch immer Soldat und führte Kriege.

Beunruhigt ging sie einen Schritt in seine Richtung, doch ihre Füße brachten sie nicht näher als zuvor. Sie sah Kenbrook nun wie durch einen wabernden Nebelvorhang und rief ihn noch verzweifelter als zuvor.

Er wandte sich zu ihr um, und sie sah eine furchtbare Einsamkeit in seinen Augen und größte Fassungslosigkeit, als glaubte er, einen Geist erblickt zu haben. Im letzten Augenblick, bevor Gloriana erwachte und Dane erneut verlor, kam sie zu einer erschütternden Einsicht.

Dane war viel älter in diesem Traum – was bedeutete, daß die Zeit auf seiner Seite des Schleiers nicht im gleichen Takt verstrich wie auf ihrer Seite. Falls es ihr irgendwie gelang, zu ihm zurückzukehren, würde sie vielleicht feststellen müssen, daß Dane längst tot oder gerade erst geboren war.

Sie aß an jenem Morgen nichts zum Frühstück und gönnte dem Manuskript und dem Recorder keinen Blick, obwohl beide sie stumm vom Tisch her lockten. Statt dessen duschte sie, zog sich an und ging hinunter in den Laden, wo sie den Morgen mit Staubwischen verbrachte, auf die verregnete Straße hinausspähte und wünschte, es mögen Kunden kommen.

Janet rief am frühen Nachmittag an, um sich zu erkundigen, wie Gloriana allein zurechtkam. Froh, eine vertraute Stimme zu hören, gestand Gloriana ihr, daß sie den Laden am Tag zuvor nicht einmal geöffnet hatte. Sie erzählte Janet von Lyns Besuch, verschwieg jedoch, daß er Professor Steinbeth und eine alte Schrift aus dem Mittelalter mitgebracht hatte.

Sie hätte das Thema nicht anschneiden können, ohne in Tränen auszubrechen.

»Ich habe mein Haar schneiden lassen«, sagte sie statt dessen. Es war eine banale Feststellung, doch das kümmerte sie nicht. Sie war noch immer sehr erschüttert, und Konversation zu machen fiel ihr schwer.

»Wirklich?« Janet klang erfreut. »Ich wette, daß es Ihnen sehr gut steht. Aber Sie klingen ein bißchen müde, Liebes. Warum schließen Sie nicht den Laden und gehen ins Kino? Ich bin sicher, daß Lyn Sie gern begleiten würde, falls er nicht gerade irgendeinen Notfall hat.«

Gloriana lehnte die Stirn an die Hand. Manchmal war es nicht leicht, zu verstehen, was Janet meinte, und heute fiel es ihr besonders schwer. Sie hätte eigentlich wissen müssen, was ein ›Kino‹ war, konnte sich jedoch beim besten Willen nicht entsinnen. »Ich möchte Lyn nicht belästigen«, erwiderte sie. »Er hat schon genug für mich getan.«

Janet seufzte. »Ich habe richtige Gewissensbisse – während ich hier in der warmen Sonne liege, sitzen alle meine Freunde in diesem gräßlichen Regen.« Sie hielt kurz inne, um Atem zu holen. »Na ja«, fuhr sie dann fort, »es ist ja nicht so, als ob sie nicht auch wegkönnten, wenn sie wollten. Es gibt schließlich Flugzeuge, Busse, Züge und Taxis, nicht?«

Gloriana stimmte hastig zu, während sie in ihrer Erinnerung nach Bussen, Zügen und Taxis suchte. Sie hatte gerade die richtigen Bilder heraufbeschworen, als Janet ihr einen schönen Abend wünschte und sich verabschiedete.

Keine fünf Minuten später hielt draußen vor dem Laden, wie von der Hand des Schicksals gelenkt, ein Bus, um eine ganze Horde von Passagieren zu entlassen. Ein jähes, unwiderstehliches Verlangen, Bus zu fahren, erfaßte Gloriana, und sie stürzte nach oben, um ihre Jacke, Geld und einen der drei schäbigen Schirme zu holen, die in einer großen Urne an der Tür standen. Dann stellte sie sich an die Ladentür und wartete, bis das große Gefährt von neuem auftauchte, fast eine gute Stunde später. Schnell, bevor sie den Mut verlieren konnte, schloß Gloriana den Laden ab und hastete über den Bürgersteig, um einzusteigen.

Der Fahrer nahm die Münze, die sie ihm gab, und wechselte, während zwei Frauen sich an ihr vorbeidrängten, um auszusteigen. Gloriana setzte sich auf einen leeren Platz, schaute aus dem Fenster und fragte sich, wohin der Bus sie bringen würde. Er hielt oft an, um Fahrgäste aufzunehmen oder aussteigen zu lassen, und Gloriana lauschte interessiert den Gesprächen um sie herum, obwohl sie vorgab, nicht darauf zu achten.

Der Bus fuhr von einem Dorf ins nächste, und allmählich brach der Abend an, dann wurde es Nacht. Erst als Kenbrook Hall vor ihnen aufragte, erkannte Gloriana, wie weit sie gefahren war und daß die alte Ruine die ganze Zeit ihr Ziel gewesen war.

»Das Museum ist schon geschlossen«, bemerkte der Fahrer, als Gloriana an der Tür stand und darauf wartete, daß sie sich summend öffnete. Der Mann fröstelte, als er durch die beschlagene Windschutzscheibe zu den Ruinen hinübersah. »Nichts als ein düsterer Haufen Steine, wenn Sie mich fragen. Selbst bei hellem Tageslicht.«

Gloriana verzichtete auf die Erwiderung, daß sie ihn *nicht* gefragt hatte, und wartete schweigend auf der letzten Stufe ab. Mit einer gemurmelten Bemerkung betätigte der Fahrer einen Knopf, und die Türen glitten zurück, um den eiskalten Wind hereinzulassen.

»Der letzte Bus fährt in einer Stunde – dort drüben vor der Apotheke«, rief der Fahrer warnend, als Gloriana resolut auf die Ruinen ihres Heims und ihrer liebsten Träume zuging. »Verpassen Sie ihn nicht, sonst haben Sie eine kalte Nacht vor sich.«

Gloriana hob dankend die Hand, ohne sich umzuwenden, und ihre Schritte wurden auch dann nicht langsamer, als sie den großen Pfützen auswich. Ein Metallzaun umgab heute den Besitz, weil die steinernen Mauern schon lange eingestürzt waren, und das Tor war verschlossen.

Aber nicht einmal das vermochte Gloriana aufzuhalten. In ihren Jeans, einer der besten Erfindungen des zwanzigsten Jahrhunderts, kletterte sie über den Zaun und landete mit beiden Füßen auf dem alten Friedhof.

Es brannten Lampen im Turm und auch eine in dem kleinen Pförtnerhaus. Gloriana schenkte ihnen jedoch keine Beachtung, sondern schlich leise wie ein Geist zwischen den uralten Grabsteinen hindurch, ohne die Kälte oder den Regen zu spüren. Vielleicht würde sie ja – wenn sie sich genau an jenem Ort hinsetzte, an dem die Zeitverschiebung stattgefunden hatte – in Danes Zeit zurückversetzt werden ...

Es regnete allmählich immer heftiger, doch das merkte Gloriana kaum. Am Fuß der Krypta, in der Aurelia St. Gregory begraben lag, hockte Gloriana sich in das nasse Gras und stellte den Kragen ihrer Jacke auf. Sie brauchte nur abzuwarten, das war alles. Nur abzuwarten ...

Die Luft wurde kälter, die Nacht immer dunkler, und Gloriana zog sich tiefer und tiefer in ihre eigene Gedankenwelt zurück. Nach langer Zeit hörte sie Stimmen, doch da keine von ihnen Danes war, verdrängte sie sie aus ihrem Bewußtsein.

Irgendwann veränderte sich die Temperatur, aus der

Kälte wurde Wärme, angenehm zunächst, dann immer drückender und erstickender. Auch die Beschaffenheit der Dunkelheit veränderte sich, explodierte in roten Blitzen, die ihre Augen verletzten, und noch mehr Stimmen erklangen, Hände berührten sie.

»Laßt sie in Ruhe.« Das war Lyn. Selbst in ihrem verwirrten Zustand erkannte Gloriana seine warme, feste Stimme.

Wie hatte er sie gefunden?

Er hob sie auf die Arme und trug sie durch die Finsternis. Es befanden sich Leute in der Nähe, aber sie waren nichts als Silhouetten in dem heißen, roten Licht, und Gloriana drückte ihr Gesicht an Lyns Schulter.

»Du bist in Sicherheit«, sagte er. »Du bist bei mir.«

Gloriana hätte vielleicht geweint, aber das Fieber, das in ihr brannte, hatte all ihre Tränen aufgesogen. Sie wollte nicht gerettet werden, wollte nichts anderes, als Zuflucht in ihren Träumen suchen, in denen Dane noch lebte und lachte.

Während Lyn sie in seinem Wagen zu irgendeinem großen Gebäude fuhr, wurde sie ein paarmal ohnmächtig. Es war gleißend hell in diesem Gebäude, und sie schrak davor zurück. Ihre Brust schmerzte; ihre Kleider wurden entfernt, Nadeln in ihr Fleisch gestochen. Ihr war heiß und kalt zugleich, und die ganze Zeit hörte sie Lyns beruhigende, tröstende, bittende und befehlende Stimme.

Ein Alptraum, zäh und unnachgiebig wie der Schlamm eines Sumpfs, begann Gloriana einzuhüllen und in undurchdringliche Dunkelheit hinabzuziehen. Doch Dane war nicht zu finden in der Finsternis, obwohl sie verzweifelt nach ihm suchte.

Als sie erwachte, befand sie sich in einem sauberen Raum, dessen Vorhänge teilweise zugezogen waren. Lyn war bei ihr, unrasiert und grau vor Sorge.

»Da bist du ja endlich wieder«, sagte er und schloß seine Finger noch fester um ihre Hand, als wollte er sie festhalten in seiner Welt.

Eine Nadel, die mit einem Glasgefäß verbunden war,

steckte in Glorianas Handrücken, doch eigenartigerweise tat es überhaupt nicht weh. »Du hättest mich dort lassen sollen«, sagte sie müde. Ihre Stimme klang rauh, ihre Kehle war wie ausgedörrt und schmerzte.

Lyn schüttelte den Kopf, und für einen kurzen Moment erschien ein unnatürlicher Glanz in seinen Augen. Dann hob er Glorianas Hand an sein Gesicht, und sie fühlte seinen rauhen Bart an ihrer Haut. »Ich will nichts anderes, als für dich zu sorgen«, erwiderte er. »Wirst du mir gestatten, es zu tun?«

Gloriana wandte das Gesicht ab und ignorierte seine Frage, stellte statt dessen selbst eine. »Wie hast du mich gefunden?« fragte sie und schloß die Augen. Sie wußte jetzt, daß Lyn sie liebte, aber wollte es nicht sagen, weil sie ihn nicht verletzen wollte.

»Der Museumswärter erinnerte sich an dich«, erwiderte Lyn nach kurzem Schweigen. »Er erinnerte sich daran, daß ich dich damals fortgebracht hatte, und rief mich zu Hause an.«

»Bitte, Lyn«, wisperte sie. »Laß mich in Ruhe – dir selbst und mir zuliebe.«

Lyn machte keine Versprechungen. Aber er gab auch ihre Hand nicht frei.

Kapitel 14

Später, als Gloriana wieder fähig war, klar zu denken, bereute sie, was sie getan hatte. Es war mehr als dumm von ihr gewesen, bei strömendem Regen in den Ruinen von Kenbrook Hall herumzuirren und sich selbst und ihr ungeborenes Kind in Gefahr zu bringen. In Zukunft mußte sie vorsichtiger sein und gründlich nachdenken, bevor sie handelte. Ihre impulsive Natur war schon immer ihr schwacher Punkt gewesen.

Gloriana hatte gerade beschlossen, aus ihrem Fehler zu lernen und sich in Zukunft dementsprechend zu verhalten, als Lyn in der Tür ihres Krankenhauszimmers erschien. Er sah müde aus, seine Kleider waren zerknittert, und er schien sich nicht einmal rasiert zu haben an diesem Morgen.

»Du bist schwanger, Gloriana«, sagte er statt einer Begrüßung. Obwohl er nicht ihr behandelnder Arzt war, gehörte er zum Ärzteteam der Klinik und besaß daher Zugang zu allen medizinischen Berichten, die er sehen wollte.

Gloriana erwiderte nichts. Ihr ganzer Körper schmerzte, sie hatte sich eine starke Erkältung zugezogen, aber sie wußte, daß das in der heutigen Zeit keine ernsthafte oder gar tödliche Erkrankung war. Marge, die sich rührend um sie kümmerte, hatte ihr gesagt, daß sie nur zur Beobachtung in diese geschäftige, sterile Klinik eingeliefert worden war.

Die Ärzte waren zu dem Schluß gekommen, daß sie nur unter starker Erschöpfung litt.

Nach einer Weile antwortete sie mit einem schlichten ›Ja‹ auf Lyns Bemerkung. Obwohl Gloriana niemandem außer Dane gesagt hatte, daß sie schwanger war, handelte es sich nicht um ein beschämendes Geheimnis. Sie war schließlich nach Recht und Gesetz mit dem Vater ihres Kindes verheiratet – selbst wenn dieser Mann seit über siebenhundert Jahren tot war.

»Wie lange weißt du es schon?« Lyn blieb auf der Schwelle stehen, und obwohl er nicht unfreundlich war, wirkte er kühl und abweisend.

»Von Anfang an«, gab Gloriana freimütig zur Antwort – was ihrer Ansicht nach nicht übertrieben war, weil sie und Dane das Kind in den römischen Bädern unter Kenbrook Hall gezeugt hatten. Durch irgendeine sonderbare Fügung ihres Schicksals hatte sie schon in jenem Augenblick den Beginn eines neuen Lebens in sich gespürt.

»Das hättest du mir sagen sollen«, entgegnete Lyn verärgert, bevor er endlich hereinkam und sich einen Stuhl heranzog. »Großer Gott, Gloriana, eine schwangere Frau braucht eine ruhige Umgebung und eine Menge Vitamine!«

Gloriana hatte keine Ahnung, was ›Vitamine‹ waren, fragte jedoch nicht, damit Lyn nicht zu einer langatmigen Erklärung ansetzte.

Nachdem er sie eine Weile schweigend betrachtet hatte, fragte er knapp: »Der Vater …?«

»Dane St. Gregory, fünfter Baron von Kenbrook, und kein anderer«, antwortete Gloriana mit leiser, aber entschiedener Stimme. Ihr Kinn war trotzig vorgeschoben, und die Arme hatte sie über der Brust verschränkt.

»Selbstverständlich«, meinte Lyn nach einem tiefen Seufzer. »Aber er ist nicht hier, um sich um dich zu kümmern, unser fünfter Baron von Kenbrook, nicht?«

Danes Abwesenheit war der zentrale Punkt, um den sich in Glorianas gegenwärtigem Leben alles drehte, und selbst ihre Seele schmerzte von der Qual, von ihm getrennt zu sein. Vielleicht war das der Grund, warum sie sich so verzweifelt an die letzten Reste ihrer scheinbaren Unabhängigkeit klammerte. »Ich bin weder ein Tölpel noch ein Krüppel, Lyn«, versetzte sie. »Ich kann sehr gut selbst für mich sorgen!«

Lyns Gesichtsausdruck verriet Erschöpfung. »Ich wollte dich nicht kränken«, entgegnete er seufzend. »Ich mache mir nur Sorgen …«

»Dann hör auf, dir Sorgen um mich zu machen!« fiel Gloriana ihm ins Wort. »Sobald ich heute nachmittag aus dem Krankenhaus entlassen werde, fahre ich zurück zum Laden. Vorausgesetzt natürlich, daß Janet mich noch nicht gefeuert hat.«

»Du weißt, daß sie es nicht getan hat. Gloriana, würdest du jetzt *bitte* vernünftig sein? Du bist nicht in der Lage, einer Arbeit nachzugehen – nicht einmal einer so leichten wie in Janets Laden. Du brauchst Ruhe, gutes Essen und eine friedliche Umgebung …«

»Großer Gott«, rief Gloriana ärgerlich, »du tust, als wäre ich ein Vögelchen mit gebrochenen Flügeln!«

»Ich gebe es auf«, knurrte Lyn und sprang auf.

»Das wurde aber auch langsam Zeit«, bemerkte Marge von der Tür her.

Lyn wollte etwas sagen, verkniff es sich jedoch und stürmte aus dem Zimmer.

»Das ist nur, weil er Sie gern hat«, sagte Marge. Sie hatte eine Ledertasche mitgebracht, aus der sie nun einen beigefarbenen Pullover, Kordhosen, Strümpfe, Unterwäsche und Schuhe nahm. Die Kleider, die Gloriana während ihrer verhängnisvollen Bus-und-Friedhofs-Odyssee getragen hatte, befanden sich höchstwahrscheinlich in der Wäscherei, falls sie nicht völlig ruiniert waren.

»Dann soll er *aufhören*, mich gern zu haben«, murmelte Gloriana, verschränkte die Arme und schloß für einen Moment die Augen, um Tränen purer Frustration zurückzudrängen. »Er ist ein netter Mann. Er verdient es nicht zu leiden.«

»Aber das ist seine eigene Entscheidung, nicht?« versetzte Marge. »Sie können die Menschen nicht vor ihren Gefühlen schützen, Gloriana. Sie sollten es nicht einmal versuchen, denn das wäre schlecht für alle. Kommen Sie – wir ziehen Sie jetzt an, und dann fahre ich Sie zu Janets Geschäft.« Sie klopfte auf die Tasche ihres Schwesternkittels, den sie über passenden weißen Hosen trug. »Ich habe ein Rezept, das wir auf dem Weg in der Apotheke holen können. Sie brauchen Vitamine und andere Medikamente, damit Ihre Erkältung sich nicht verschlimmert.«

Gloriana überließ sich Marges liebevollem Kommando, und bald war sie angezogen und wurde in einem Rollstuhl aus dem Krankenhaus gefahren. Ihre Beine waren noch ein wenig unsicher, aber sie wäre trotz allem lieber selbst gegangen, als sich fahren zu lassen. All dieses Getue ging ihr mächtig auf die Nerven.

Nach einem kurzen Besuch in der Apotheke – Gloriana wartete im Wagen, während Marge hineinging –, fuhren sie weiter zu Janets Wohnung. Dort atmete Gloriana erleichtert auf – solange sie nicht in Kenbrook Hall sein konnte, bei Dane und ihrem Haushalt voller Dienstboten und Soldaten, war Janets kleine Wohnung nicht das Schlechteste. Zumindest konnte sie hier so tun, als sorgte sie für sich selbst.

Sie bedankte sich bei Marge für deren Hilfe und war froh, als die fürsorgliche Frau, nachdem sie ein Feuer im Kamin angezündet und eine große Kanne Tee gekocht hatte, endlich aufbrach.

Gloriana schluckte ihre Vitaminkapseln und die Antibiotika, und als sie sich danach in den bequemen Sessel am Kamin setzte, versank sie fast augenblicklich in einen erholsamen, traumlosen Schlaf. Als sie erwachte, hockte Lyn vor dem Feuer und legte Scheite nach. Ein köstliches Aroma erfüllte die Luft im Raum, und Kirkwood sah so einsam und verwundbar aus, daß Gloriana ihren früheren Ärger vergaß und ihn in freundlichem Ton begrüßte.

»Betrittst du immer anderer Leute Wohnungen, ohne dich vorher anzukündigen?«

Er warf ihr über die Schulter einen Blick zu und schenkte ihr ein ernstes, trauriges Lächeln. »Nur, wenn ich hundertmal geklingelt und keine Antwort erhalten habe. Wie fühlst du dich, Gloriana?«

»Müde, aber besser. Und du?«

Er lachte wehmütig. »Als wäre ich rückwärts durch ein Astloch gezogen worden, wie die Yankees sagen.«

Gloriana mußte über das Bild lachen, das seine Bemerkung heraufbeschwor. Als sie jedoch die Qual erkannte, die Lyn so mühsam zu verbergen suchte, wurde sie wieder ernst. »Du warst sehr gut zu mir«, sagte sie behutsam. »Und dafür bin ich dir dankbarer, als du jemals ahnen wirst. Aber dir selbst zuliebe, Lyn, mußt du aufhören, für mich zu sorgen. Du bist nicht für mich verantwortlich.«

»Aber jemand muß sich um dich kümmern …«

»Das tut schon jemand«, unterbrach Gloriana ihn. »*Ich*.«

Er kehrte ihr den Rücken zu und starrte in die Flammen, aber Gloriana hatte sein zorniges Erröten schon gesehen. »Und das gelingt dir ausgezeichnet, nicht?« versetzte er. »Bei diesem Regen auf einem uralten Friedhof herumzulaufen …«

Gloriana schloß für einen Moment die Augen. Lyn versuchte schließlich nur zu helfen, so lästig ihr seine Bemühungen auch waren. »Ich gebe zu, daß das ein Fehler war«, erwiderte sie. »Ein schwerer Fehler. Aber das heißt noch lange nicht, daß ich einen Vormund brauche.«

Lyn ließ die Schultern hängen. »Gloriana«, meinte er nach langem Schweigen, »die Vergangenheit ist tot. Bitte, laß mich dir eine Zukunft bieten.«

Tränen schimmerten in Glorianas Wimpern, aber sie wischte sie ab, bevor Lyn sich umdrehen und sie sehen konnte. »Ich *habe* eine Zukunft«, erwiderte sie. »Was ich brauche, ist ein Freund.«

Da schaute er sie endlich wieder an. »Du wirst immer einen Freund in mir haben«, beteuerte er feierlich.

»Das hoffe ich«, erwiderte sie. »Denn ich weiß nicht, was ich ohne deine Hilfe angefangen hätte.«

Damit schien sich ein neues, wenn auch noch zaghaftes Verständnis zwischen ihnen zu entwickeln. Lyn verzichtete auf jede weitere Erwähnung seiner persönlichen Gefühle und brachte Gloriana statt dessen einen Teller von Mrs. Bonds köstlichem Lammgulasch, das er von zu Hause mitgebracht und auf Janets Herd erhitzt hatte.

Während Gloriana aß, noch immer in ihrem bequemen Sessel am Kamin, nahm Lyn Professor Steinbeths Manuskript an sich.

»Ich werde Arthur mitteilen, daß du nicht in der Verfassung bist, es zu Ende zu lesen«, sagte er.

Gloriana war empört. »Jetzt kommandierst du mich schon wieder herum«, warf sie ihm vor. »Ich werde die mir gestellte Aufgabe vollenden. Aus persönlichen Gründen, Lyn.«

Resigniert hob Kirkwood beide Hände. »Na schön«, meinte er. »Dann werde ich Arthur sagen, daß du gut vorankommst.«

»Danke«, erwiderte Gloriana und lächelte.

Lyn warf einen Blick auf seine Uhr. »Ich muß gehen«, sagte er. »Ich habe noch Krankenbesuche zu erledigen.« Er beugte sich vor und küßte Gloriana aufs Haar. »Gute Nacht, Liebes.«

Statt einer Antwort drückte sie seine Hand, und er zog seinen Mantel an und ging.

Gestärkt von der Medizin, mehreren Stunden Schlaf und der kräftigen Mahlzeit, nahm Gloriana sich wieder Professor Steinbeths Manuskript vor.

Wenige Minuten später schon war sie vollkommen vertieft in die Worte, die vor so langer Zeit geschrieben worden waren. Da Gloriana den Bericht über Kenbrooks Tod bereits gelesen hatte, fiel es ihr nun leichter, sich auf das Leben und Treiben der nachfolgenden Generationen zu konzentrieren.

Am frühen Morgen hatte sie das Manuskript zu Ende gelesen, und da sie noch immer nicht müde war, duschte sie und ging in den Laden hinunter, um zu öffnen.

Mehrere Kunden kamen und unterbrachen die gewohnte Monotonie, und Gloriana verkaufte sogar einige Bücher an einen amerikanischen Touristen.

Sie war allein im Laden, stand auf der obersten Stufe der Trittleiter und stellte ein Buch an seinen Platz zurück, als ein jäher Schmerz ihren Kopf durchzuckte und ihr schwarz vor Augen wurde. Kalter Schweiß brach überall an ihrem Körper aus, und verzweifelt klammerte sie sich an die Leiter, um nicht das Gleichgewicht zu verlieren und zu stürzen.

Sie sah nichts als schwarzen Nebel, durchsetzt mit Lichtblitzen, und spürte, wie ihr Bewußtsein ihr entglitt.

Und dann stürzte sie.

Sie stürzte und stürzte, wie die blonde Alice, von der sie vor so langer Zeit gehört hatte, in den Kaninchenbau gestürzt war. Sie machte sich darauf gefaßt, auf dem harten Kachelboden zu landen, doch der gefürchtete Aufprall blieb aus …

Jemand stieß Gloriana mit einem Stock oder einem Besenstiel an.

»Steh auf, Junge«, befahl eine rauhe Männerstimme, »und mach, daß du fortkommst! Das hier ist kein Armenhaus und auch keine Schenke.«

Als Gloriana die Augen öffnete, erblickte sie einen Mann in einem schäbigen Wams und wollenen Beinkleidern, der einen Schäferstab in der Hand hielt – ganz zweifellos der Gegenstand, mit dem er sie gestoßen hatte. Sie lehnte an der Außenwand einer groben Lehmhütte, die mit einem Dach aus geflochtenem Reisigstroh versehen war.

Ungläubige Freude erwachte in ihr. Träumte sie?

Oder war sie an ihren eigenen – und Danes – Platz in der Geschichte zurückgekehrt?

Gloriana richtete sich auf. »Könnten Sie mir bitte sagen, welches Jahr es ist und in welchem Land ich mich befinde?«

Der Mann starrte sie betroffen an. In einer Mischung aus Verwunderung und Mißbilligung glitt sein Blick über ihre Kleider aus dem zwanzigsten Jahrhundert, und unwillkürlich trat er einen Schritt zurück, als erwartete er, Feuer aus Glorianas Fingerspitzen sprühen zu sehen.

Sie verzichtete einen Moment darauf, etwas zu sagen, um zur Sprechweise des dreizehnten Jahrhunderts zurückzufinden. Falls es tatsächlich diese Zeit sein sollte, in der sie sich befand.

Dann wiederholte sie ihre Frage, langsam und behutsam.

»Wieso, es ist das Jahr des Herrn zwölfhundertsechsundfünfzig«, erwiderte der Mann. »Und wir sind in Britannien. Das müßtest du doch wissen, Junge. Woher kommst du?«

Zwei Jahre, dachte sie bestürzt. Zwei Jahre waren vergangen, seit sie aus Kenbrook Hall verschwunden war, während im zwanzigsten Jahrhundert nur ein knapper Monat für sie verstrichen war …

Soviel konnte in dieser Zeit geschehen sein, und Glorianas Freude wich plötzlich Furcht. Professor Steinbeths Manuskript war nicht so genau gewesen, daß sie hätte bestimmen können, ob sie noch rechtzeitig zurückgekehrt war, um gewisse Tragödien zu verhindern. Und falls es nicht so war, erwartete sie vielleicht unerträglicher Schmerz in ihrem alten Dasein …

Ihr nächster Gedanke war, daß der Schäfer sie für einen Jungen hielt – wegen der Hosen und des kürzeren Haars vermutlich.

Grob packte er sie am Arm. »Ich habe dich gefragt, woher du kommst, Bursche, und entweder sagst du es mir jetzt, oder du wirst meine Stiefel zu spüren bekommen!«

Gloriana dachte rasch nach, war sich jedoch trotz allem nicht ganz sicher, das Richtige zu tun. »Aus Kenbrook Hall.«

Der Mann starrte sie aus schmalen Augen an. Er hatte einen faulen Atem, und der Gestank seines Körpers war fast noch unerträglicher. »Kenbrook Hall, sagst du? Das muß eine Lüge sein – in dieser alten Ruine leben höchstens noch Gespenster!«

Glorianas Freude verblaßte. »Wieso das?«

»Der Herr hält sich in Hadleigh Castle auf.« Er hielt inne, um verächtlich auszuspucken, und Gloriana spürte, wie ihr Magen sich zusammenzog. »Von dort ist es nicht so weit bis zur Taverne.«

Sie entriß dem Schäfer ihren Arm, und als sie sich umsah, erkannte sie die Landschaft wieder und wußte, daß sie in der Nähe eines Nachbardorfs von Hadleigh Village war. Von hier aus waren es mehrere Meilen unwegsamen Geländes bis zu Gareths Burg.

Ohne die ungeduldigen Fragen und Ausrufe zu beachten, die ihr wie Steine nachgeworfen wurden, machte Gloriana sich auf den Weg zu einer Reihe armseliger Hütten in der Nähe, in der Hoffnung, dort etwas zum Anziehen zu erbetteln, auszuborgen oder gar zu stehlen, falls es nötig sein sollte. Ihre moderne Kleidung erregte zuviel Aufsehen und würde Fragen auslösen, die sie nicht zu beantworten wagte.

Sie kam an heubeladenen Karren vorbei auf dem Weg nach Calway und zog viele neugierige Blicke an, aber als sie das Dorf erreichte, entdeckte sie dort zu ihrer Freude eine Truppe Schausteller. Es waren Akrobaten, Gaukler und Tanzmädchen darunter, und auch eine kleine Menagerie von Tieren in schäbigen Käfigen fehlte nicht.

Einem riesigen Tanzbär ausweichend, näherte Gloriana sich einem grauhaarigen Mann, weil er der größte von allen war und eine gewisse Autorität ausstrahlte. Er trug einen eleganten Umhang aus blauer Seide, die mit schimmernden goldenen Sternen besetzt war.

»Verzeihung«, sagte sie und blieb hinter dem Mann stehen.

Er drehte sich zu ihr um, und als er ihr in die Augen schaute, lächelte er, als würde er sie erkennen. Vielleicht waren er und seine Gefährten schon einmal in Hadleigh Castle aufgetreten, als Gloriana dort als Gareths Mündel lebte. Oder vielleicht hatten sie an der Feier nach Edwards Ritterschlag teilgenommen.

Gloriana war gerade zu dem Schluß gekommen, daß der große Mann ein Magier sein mußte, als er drei höchst beunruhigende Worte äußerte.

»Da seid Ihr«, sagte der Zauberer im Ton eines Mannes, der etwas lange Verlorenes wiedergefunden hatte, nach dem er verzweifelt gesucht hatte.

Gloriana blinzelte, bestürzt über seine Worte und seinen Gesichtsausdruck, doch in ihrer Eile, Dane zu finden, forderte sie keine Erklärung von dem Magier. »Wohin geht Ihr?« fragte sie.

»Nach Hadleigh Castle«, war die Antwort, und ein tiefer Seufzer folgte. »Die Menschen trauern dort, es ist kein Glück zwischen diesen Mauern zu finden.«

Das Wissen um das Leid in ihrer Familie traf Glorianas Herz wie eine Lanze, doch diesmal beherrschte sie ihre Gefühle. Sie hatte in Lyns Welt den Fehler gemacht, ihren Gefühlen nachzugeben und im Regen durch die Ruinen von Kenbrook Hall zu laufen, und war nicht bereit, ihren Irrtum zu wiederholen.

»Ich würde mich gern Eurer Truppe anschließen«, erklärte sie. Auf diese Weise würde sie ein Kostüm erhalten, um ihre seltsamen, modernen Kleider zu verbergen, und vielleicht sogar eine Maske, hinter der sie ihr Gesicht verstecken konnte. So begierig Gloriana auch war, ihren Gemahl wiederzusehen, hatte sie doch nicht vergessen, daß sie in Arthur Steinbeths Manuskript vom Tag ihres Verschwindens an als die Hexe von Kenbrook bezeichnet worden war. Sich offen zu zeigen, ohne eine Einschätzung der Lage zu haben, konnte sie auf den Scheiterhaufen bringen.

»Was könnt Ihr?« fragte der Anführer der Truppe lächelnd. »Könnt Ihr tanzen, zaubern oder Feuer schlucken?«

Gloriana überlegte rasch. »Ich glaube, ich könnte tanzen«, erwiderte sie zweifelnd. Dann hellte sich ihre Miene auf, weil sie an alles dachte, was sie im zwanzigsten Jahrhundert gesehen und gehört hatte. »Und ich habe Geschichten zu erzählen.«

»Ein Märchenerzähler also.« Er berührte ihr Haar, neugierig, aber nicht respektlos. »Seid Ihr ein Jüngling oder eine Frau?«

Gloriana schaute auf den weiten Pullover herab, den sie über den Hosen trug. Ihr Busen zeichnete sich kaum unter der dicken Wolle ab. »Was wäre günstiger?« entgegnete sie und hielt dem Augenzwinkern des Magiers gelassen stand.

Er warf seinen buschigen Schopf zurück und lachte schallend. »Ihr könnt wählen? Großer Gott, Ihr wärt der König aller Gaukler, wenn ihr beides sein könntet!«

»Ich bin eine Frau«, gestand Gloriana leise und hoffte, daß er keine Erklärung für ihr kurzes Haar verlangen würde. Nach den Maßstäben des zwanzigsten Jahrhunderts war es noch immer ziemlich lang, da es ihr bis auf die Schultern reichte, aber dies war das dreizehnte Jahrhundert, wo Frauen es ihr Leben lang nicht schnitten.

»Aha«, erwiderte der Magier nur und reichte ihr die Hand. »Ich werde Romulus genannt. Ihr werdet mit uns nach Hadleigh Castle reisen, Mylady, und dann ... Wer weiß?«

Glorianas Augen wurden schmal. Es war, als wüßte Romulus schon, wer sie war, und hätte sie erwartet. Aber als einer der anderen Schausteller ihr ein leuchtendrotes, goldbesticktes Gewand mit Kapuze in die Hand drückte, zögerte Gloriana nicht, es anzunehmen.

Sie zog es über ihre Kleider und verbarg ihr Haar unter der Kapuze. Als niemand hinsah, hob sie eine Handvoll Erde auf und beschmutzte damit Gesicht und Hände, um den anderen Mitgliedern der Truppe noch ähnlicher zu sehen.

Nachdem Romulus einige kurze Befehle erteilt hatte und der einzige Eselskarren mit verschiedenen Dingen beladen worden war, machte sich die Truppe auf den Weg nach Hadleigh.

Gloriana versuchte gar nicht erst, ein Gespräch mit ihren Gefährten zu beginnen; sie war viel zu sehr in ihre eigenen Gedanken vertieft. Ein Teil von ihr wäre am liebsten vorausgeeilt, um Dane zu sehen, während ein anderer Teil von ihr sie drängte, in die entgegengesetzte Richtung zu fliehen.

So ging sie einfach weiter, mit gesenktem Kopf und das Gesicht unter der weiten Kapuze verborgen.

Ein schlankes Mädchen in einem fadenscheinigen braunen Kleid gesellte sich zu ihr. Wie alle anderen außer Romulus war sie ungewaschen und schien sich dieser Tatsache nicht im mindesten bewußt zu sein.

Gloriana, die schon immer Wert auf Sauberkeit gelegt hatte, selbst vor ihrem Besuch in der modernen Welt, mußte sich zusammennehmen, um nicht die Nase zu rümpfen.

»Ich bin Corliss«, sagte das Mädchen so freundlich, daß Gloriana nicht das Herz aufbrachte, es zu kränken. »Ich tanze und deute Runen.«

Gloriana wußte, daß ihr Lächeln ein bißchen traurig war, aber daran war nichts zu ändern. Corliss konnte unmöglich älter als zwölf Jahre sein, und doch war sie ganz offenbar ganz auf sich allein gestellt, tanzte vor Fremden und dachte sich Geschichten über eine ungewisse Zukunft aus. Der Himmel wußte, was das Kind sonst noch alles tat, um in dieser harten Welt zu überleben. »Vielleicht sollte ich dich bitten, mir die Zukunft vorauszusagen«, erwiderte Gloriana, bevor sie ihren Namen nannte. Die St. Gregorys erwähnte sie natürlich nicht, und sie sagte auch nichts von ihrer Verbindung mit Dane.

Corliss schaute Gloriana aus großen, unschuldigen Augen an. »Aber ich kenne Eure Zukunft schon, Mylady, selbst ohne Hilfe der Runen.«

Eine leise Angst beschlich Gloriana. Sie war nicht sicher, daß sie wirklich wissen wollte, was vor ihr lag, weil es schrecklich sein konnte. Und Corliss war der zweite Mensch, der sie seit ihrer Rückkehr wie eine Dame edler Herkunft angesprochen hatte. »Warum nennst du mich Mylady?« fragte sie leise, als sie weitergingen. »Ich bin doch nur eine arme Gauklerin wie du.«

Corliss' Lächeln verriet Nachsicht. »Es gibt nur eine Frau im ganzen Königreich, die den seltenen Namen Gloriana trägt. Ihr seid die Kenbrook-Hexe, nicht?«

Gloriana war so entsetzt, daß sie Corliss' Arm ergriff und ihre Gefährtin schüttelte. »Bitte, sag so etwas nie wieder«, flüsterte sie bestürzt. »Möchtest du, daß ich der Hexerei bezichtigt werde und als Dienerin Satans auf dem Scheiterhaufen brenne?«

Etwas von Corliss' Übermut verblaßte und wich einem Ausdruck der Verwirrung. Schausteller, die gewöhnlich selbst als Ausgestoßene galten, waren toleranter als normale Bürger, und das Kind hatte anscheinend vergessen, daß alles, was mit Zauberei in Verbindung gebracht wurde, in dieser Gesellschaft tödlich sein konnte. Selbst Magier wie Romulus mußten darauf achten, nur Belustigung hervorzurufen und niemals Furcht oder gar Staunen und Bewunderung.

»Aber Ihr *seid* doch Lady Kenbrook und aus jener anderen Welt zurückgekehrt?« beharrte Corliss flüsternd. Ihre

Einschätzung der Situation war so treffend, daß es Gloriana für einen Moment den Atem raubte.

Sie überlegte, ob sie lügen sollte, vermutete jedoch, daß das Kind eine solche Antwort als Unwahrheit durchschauen würde. »Was weißt du von Kenbrook und den Vorgängen auf Hadleigh Castle?« entgegnete sie statt dessen. »Sag es mir!«

Corliss runzelte die Stirn. »Es heißt, daß Kenbrook seinen eigenen Bruder, Sir Edward, bei einem Streit erschlagen hat.«

Gloriana schloß die Augen und schluckte die Galle, die in ihrer Kehle aufstieg. »Heilige Jungfrau Maria«, wisperte sie. »Mutter Gottes ...«

Corliss erschauderte in kindlichem Entsetzen und schlang die mageren Arme um den Oberkörper. »Sie sind verflucht, sie alle. Der alte Hadleigh ist an einem Fieber gestorben, und seine Frau, Lady Elaina, spricht seitdem nicht mehr. Sie starrt nur noch vor sich hin, den ganzen Tag lang, und schaut nicht einmal auf, wenn jemand sie anspricht oder berührt.«

Tiefe Niedergeschlagenheit erfaßte Gloriana. Sie war zu spät gekommen, um den Kampf mit Edward – ihrem lieben, galanten Edward – zu verhindern, um sich bei Gareth für seine liebevolle Fürsorge zu bedanken und Abschied von ihm zu nehmen, und mit Elaina zu trauern und sie zu trösten, wie man eine Schwester in Zeiten bitterer Verzweiflung tröstet.

Aber da war noch Dane. Er lebte noch. Gloriana wußte, daß sie zu ihm gehen mußte, um ihm Liebe, Beistand und Trost zu schenken. Nicht einen Augenblick lang bereute sie ihre unablässigen Gebete, in ihr Heim und zu ihrem Gatten zurückkehren zu dürfen. Sie wäre sogar in die Hölle gegangen, wenn die Lage es erfordert hätte.

»Diese Geschichten sind bestimmt maßlos übertrieben, denn schließlich sind es nur Gerüchte«, bemerkte sie zu Corliss, als sie endlich wieder Worte fand und sich zutraute, sie mit fester Stimme auszusprechen.

»Ihr werdet sehen«, antwortete Corliss nur.

Die Sonne ging schon unter, als die Truppe, hungrig und mit wunden Füßen, endlich die Tore von Hadleigh Castle erreichte.

Trotz ihrer Trauer machte Glorianas Herz einen Sprung beim Anblick der mächtigen Burg, denn irgendwo innerhalb der vertrauten Mauern würde sie den Mann finden, den sie liebte.

Gloriana dachte über ihre Ehegelübde nach, als sie mit Romulus, Corliss und den anderen darauf wartete, daß das große Tor geöffnet wurde. Fackeln brannten hinter dem großen Tor, doch der äußere Burgwall, der für Turniere und Spiele zur Verfügung stand, war verlassen. Dahinter flackerten die Lichter des Dorfs, schwach und bescheiden im Vergleich zu ihren elektrischen Gegenstücken des zwanzigsten Jahrhunderts, doch irgendwie auch wärmer und behaglicher.

Glorianas Stimmung hob sich ein wenig, als sie mit der Gauklertruppe über das alte Kopfsteinpflaster schritt. Der Esel stieß einen schrillen Schrei aus, worauf die Dorfbewohner aus ihren Hütten strömten, um zu sehen, wer sich zu solch später Stunde näherte.

In der Dorfschenke stellte Dane St. Gregory so plötzlich und so hart seinen Becher ab, daß etwas von dem sauren Getränk darin überschwappte. Ein eigenartiges Gefühl, teils Freude, teils Erschrecken, breitete sich in seinem Magen aus.

Sie ist nahe, dachte er, obwohl er kein Mann war, der zu Illusionen neigte.

»Es ist bloß eine Gauklertruppe«, verkündete der Kesselflicker, der als einer der ersten hinausgestürzt war, um nachzusehen, was die Hunde aufgeschreckt hatte.

Dane stellte sich auf unsichere Beine und starrte zur Tür hinüber, verstört von der jähen Erkenntnis, daß Gloriana zu ihm zurückgekehrt war. Er spürte ihre Anwesenheit und Liebe, so greifbar wie in seinen Träumen, und doch war irgend etwas anders.

Er war wach.

Und stocknüchtern, obwohl er mit Recht den Ruf besaß, ein Trunkenbold zu sein.

Er schaute auf seine Kleider herab, an denen nichts mehr an seine frühere Eleganz erinnerte. Mit zitternder Hand rieb er sein bärtiges Kinn und fragte sich, ob die freudige Erregung, die ihn beherrschte, nichts weiter als ein grausamer Trick seines eigenen Gehirns sein mochte. Er glaubte nicht, daß er die Enttäuschung, hinauszueilen und festzustellen, daß Gloriana doch nicht da war, ertragen hätte.

»Was ist?« fragte Maxen von seinem Platz auf der anderen Tischseite. Der Waliser sah sogar noch schlimmer aus als Dane. Die zwei Jahre, in denen sie nichts anderes getan hatten, als den armen, geschlagenen Merrymont zu quälen und schlechtes, englisches Bier zu trinken, hatten Maxens Charakter sehr geschadet. »Großer Gott, Mann, du siehst aus, als hättest du eine Erscheinung gesehen.«

Ohne seinen Freund zu beachten, tat Dane einen zögernden Schritt über den schmutzigen Schenkenboden, und dann noch einen, als zöge ihn ein unsichtbares Tau zur Tür.

Die Schausteller, ein zerlumpter, bemitleidenswerter Haufen, schlurften gerade vorbei, als er aus der Taverne trat. Sie würden Essensreste aus der Burgküche erhalten und einen trockenen Platz im Stall, wo sie die Nacht verbringen konnten, denn so wollte es der Brauch.

Er folgte ihnen einige Schritte und schrie dann: »Halt!«

Nur einer blieb stehen, ein junger Mann in einem roten Umhang mit Kapuze – ein Fremder, obwohl irgend etwas in seiner Haltung …

Dane spürte, wie das Herz ihm in die Kehle stieg und ihn zu ersticken drohte, als der Schein der Fackeln das Gesicht seiner vermißten Frau beleuchtete. Er hatte Gloriana seit zwei Jahren nicht gesehen, und jede Sekunde dieser Zeit war die reinste Agonie für ihn gewesen, doch nun, als er sie rufen wollte, legte sie einen Finger an die Lippen und schüttelte den Kopf.

Er ging auf sie zu, und sie wartete.

»Bitte«, sagte sie leise, »umarme mich jetzt nicht und sag nicht meinen Namen, falls sie mich der Hexerei bezichtigen. Ich werde zu dir kommen, wenn es ungefährlich ist, in die römischen Bäder, wo wir unser Kind gezeugt haben.«

Dane starrte sie an, von dem verzweifelten Wunsch beherrscht, sie zu berühren, an seine Brust zu drücken und nie wieder loszulassen – und gleichzeitig voller Angst, daß sie nur ein Trugbild war. Vielleicht war es ja doch wieder nur ein Traum – oder er hatte wieder zuviel Bier getrunken.

Sie lächelte ihn an, zärtlich, als erriet sie seine Gedanken und wolle ihn trösten. Dann, würdevoll und mit dem größten Widerstreben, wandte Gloriana sich ab und folgte den anderen Gauklern zu den Stallungen.

Kapitel 15

Dane erreichte Kenbrook Hall vor Gloriana und stand bereits im warmen Wasser des Römerbads, als sie erschien, eine einzige Lampe in der Hand, die ihr den Weg erhellte. Sie hatte Hadleigh Castle in großer Hast verlassen und war einem dunklen, vertrauten Pfad gefolgt, der um den See und durch den Eichenwald führte, aus Angst, auf der Straße gesehen und erkannt zu werden.

Als sie Dane erblickte, hielt sie mit klopfendem Herzen inne. So oft sie sich diesen Moment auch herbeigesehnt hatte, diesen kostbaren Augenblick, wenn sie und Dane wieder zusammensein würden, wagte sie jetzt doch kaum zu glauben, daß er Wirklichkeit geworden war.

Als erriet er ihre Gedanken, sagte Dane mit leiser, rauher Stimme: »Wenn auch dies nur eine Illusion ist, dann geh bitte. Ich ertrüge es nicht, mir schon wieder falsche Hoffnungen zu machen.«

Gloriana trat einen Schritt auf ihn zu. »Ich auch nicht«, erwiderte sie und legte dann den roten Umhang ab. Langsam, mit einer Scheu, die völlig uncharakteristisch für sie war, zog sie die Kleider aus, die sie darunter trug – den Pullover, die Schuhe mit den seltsam biegsamen Sohlen, die Kordhosen und die Unterwäsche.

Dane beobachtete sie mit verlangenden Blicken, aber er versuchte nicht, sich ihr zu nähern. Gloriana erwiderte seinen Blick mit der gleichen unverhohlenen Sehnsucht. Als sie sich ausgezogen hatte, blieb sie einen Moment reglos stehen und ließ sich bewundern, voller Stolz auf ihre frauliche Figur und die sanfte Rundung ihres Bauchs, in dem ihr Kind heranwuchs.

Schließlich hob Dane die Hand und bedeutete ihr, zu ihm zu kommen, wie er es im Traum getan hatte, aber Gloriana zögerte, aus Angst, daß er wieder verschwinden könnte, wenn sie einen Schritt in seine Richtung tat – oder sie in die moderne Welt zurückversetzt würde.

»Komm«, sagte Dane, bittend und befehlend zugleich.

Das löste Glorianas Erstarrung, und sie ging zum Rand des Beckens und stieg die alten, unebenen Stufen hinab ins warme Wasser.

Aber es war eine völlig andere Hitze, die sie innerlich verzehrte und ihr Blut in Wallung brachte. Als sie Dane schon ganz nahe war, glitt sie aus und stolperte, und er fing sie in seinen Armen auf, seine Hände schlossen sich um ihre Schultern.

Seine bloße Nähe allein schon war überwältigend, vielleicht, weil Gloriana sich mit solcher Verzweiflung nach ihm gesehnt hatte, daß sie nun kaum zu glauben wagte, daß ihr liebster Wunsch sich endlich erfüllt hatte. Ihre Sinne gerieten in seiner Nähe in Aufruhr, ihr schwindelte, und sie fühlte sich so unsicher auf den Beinen, als ob sie schweren Wein getrunken hätte.

Sie legte ihre zitternden Hände auf seine Schultern, als er die Arme um ihre Taille schlang und ihr in die Augen schaute, die blind vor Tränen waren.

»Wir haben viel zu besprechen«, sagte er. »Aber das

kann warten, Liebste, denn ich würde sterben vor Verlangen, wenn ich dich jetzt nicht in Besitz nähme.«

Gloriana lächelte wehmütig. Es gab tatsächlich einiges zu besprechen – Edwards Tod und Gareths, um nur zwei der Ereignisse zu nennen –, aber Dane hatte recht. Über all diese traurigen Dinge konnten sie – wenn Gott ihnen gnädig war – auch später noch reden. Da sie jetzt ohnehin kein Wort über die Lippen gebracht hätte, nickte Gloriana nur.

Da senkte Dane den Kopf und küßte sie, sanft und behutsam, als befürchtete er, daß zuviel Druck sie wieder zum Verschwinden bringen könne. Als er jedoch spürte, wie weich und nachgiebig ihre Lippen waren, daß sie sich ihm öffneten wie eine Frühlingsblume, bereit, das Sonnenlicht zu empfangen, entrang sich ihm ein Stöhnen, und sein Kuß vertiefte sich.

Gloriana klammerte sich an ihn, vollkommen entrückt und mit einer Leidenschaft, die seiner um nichts nachstand. Als er sie aufhob, schlang sie die Beine um seine Hüften und legte lustvoll den Kopf zurück. Ein Ton entrang sich ihrer Kehle, der halb ein Stöhnen, halb ein Triumphschrei war, und Dane bedeckte ihren Hals mit feurigen Küssen.

Dann, endlich, ließ er sie die ganze Macht seiner Erregung spüren, wie bei jener anderen Gelegenheit, als sie in diesem Becken hier ihr Kind gezeugt hatten. Der einzige Unterschied war, daß er diesmal nur ganz sachte in sie eindrang und sich weigerte, die quälende Leere in ihr auszufüllen. Seine Hände schlossen sich um ihren Po und stützten sie, als er ihr ruhig in die Augen schaute.

»Später, Mylady, in unserem Bett im Turmzimmer, werde ich mir alle Zeit der Welt nehmen, dich zu lieben, und dir mehr Vergnügen schenken, als du je erfahren hast. Aber jetzt habe ich einfach nicht die Kraft dazu.«

Gloriana küßte seinen Mund, seine Augenlider, seine Schläfen und seine Wangen, bog stöhnend den Rücken durch und drängte ihn, noch tiefer in sie einzudringen. »Laß mich nicht warten, Mylord, ich bitte dich«, wisperte sie atemlos. »Nimm mich und halte nichts zurück von deiner Leidenschaft ...«

Da endlich hielt Dane sich nicht mehr zurück, und ein sofortiger, schwindelerregender Höhepunkt durchzuckte Gloriana. Mit einem heiseren Aufschrei warf sie den Kopf zurück und überließ sich ihren Gefühlen, die so intensiv waren, daß sie glaubte, sterben zu müssen. Kenbrook hielt sie fest umfangen, als sie lustvoll erschauerte, trieb sie mit seinen kräftigen Stößen zu immer höheren Gipfeln des Entzückens, bis Gloriana jegliches Gefühl für Wirklichkeit verlor und überzeugt war, nicht mehr auf dieser Erde zu weilen.

Später, als der Sturm ihrer Gefühle abebbte, blieben sie auf innigste Weise miteinander vereint und stützten sich gegenseitig, da keiner sich ohne die Hilfe des anderen auf den Beinen hätte halten können.

Erst ganz allmählich fanden sie in die Realität zurück, ihre aufgeregten Herzen beruhigten sich, und sie waren wieder fähig, normal zu atmen und zu sprechen.

Dane ergriff als erster das Wort. Während er Glorianas Kinn umfaßte und ihr Gesicht zu sich emporhob, um ihr bis auf den Grund ihrer Seele zu schauen, flüsterte er: »Ich liebe dich. Jetzt, in diesem Augenblick und bis über den Tod hinaus.«

Sanft strich sie über seine Lippen, die wie ihre eigenen geschwollen waren von ihren fieberhaften Küssen. Ihr Körper war schwach von seinen leidenschaftlichen Umarmungen, doch ihr Bewußtsein war hellwach und hatte die Einzelheiten von Professor Steinbeths Manuskript noch nicht vergessen.

»Hast du Mariette de Troyes geheiratet?« fragte sie Dane ohne Vorwurf oder Groll in ihrer Stimme. Männer wie Dane benötigten Erben, und Ehen wurden im dreizehnten Jahrhundert mehr aus Pflichtbewußtsein als aus Liebe geschlossen. Falls er sich eine andere Frau genommen hatte, wäre es kein Verrat an seinen Gefühlen für Gloriana gewesen, sondern schlicht der nächste logische Schritt auf einem schwierigen Weg.

»Nein«, sagte er, und sein Blick ruhte gelassen auf ihr. »Aber wir sind verlobt. In vierzehn Tagen sollte die Trauung stattfinden.«

»Dann habe ich also keinen Ehebrecher aus dir gemacht«, scherzte Gloriana, von unendlicher Erleichterung erfüllt, und trotz ihrer frivolen Worte traten Tränen in ihre Augen. Sehr leise fragte sie: »Liebst du Mariette?«

Dane zog sie unwillkürlich fester an sich. »Du kennst die Antwort, Gloriana – ich liebe keine andere außer dir.« Er hielt inne, und ein schwaches Lächeln spielte um seine Mundwinkel. »Aber falls es dich beruhigt – auch Mariette bringt mir keine besonders große Zuneigung entgegen. Sie gab mir unmißverständlich zu verstehen, daß sie den Rest ihres Lebens lieber in einem Kloster verbringen würde.«

Gloriana zog eine Augenbraue hoch. »Wo du mich hinschicken wolltest«, erinnerte sie ihn.

Dane lachte und küßte ihren Nacken. »Ja, dumm wie ich war«, erwiderte er. »Komm, Mylady, jetzt werde ich dich in unserem Ehebett verwöhnen. Aber zuerst sollten wir dich von diesem Schmutz befreien.«

Sie erlaubte ihm, sie aufzuheben und zum Beckenrand zu tragen, wo er sie sanft auf die Stufen setzte und anfing, ihr Gesicht zu waschen. Gloriana war zutiefst beschämt, denn an diesen Aspekt ihrer Verkleidung hatte sie nicht mehr gedacht, doch als Dane andere Teile ihres Körpers zu waschen begann, vergaß sie alles andere außer ihrem Liebsten.

Er hatte ein Kleid für sie mitgebracht, aus einer der Truhen im Turmzimmer, und als sie sich abgetrocknet hatten, kleidete er sie an. Das Gauklercape und Glorianas moderne Kleider wurden zurückgelassen, zusammen mit den fast ausgebrannten Kerzen, als die Liebenden über vertraute Korridore und Treppen zu ihrem Turmzimmer hinaufstiegen.

Das Zimmer war so feucht und verlassen wie der Rest der Burg, und nur der schwache Schein des abnehmenden Monds erhellte es ein wenig. Es war offensichtlich, daß

Dane schon lange nicht mehr in diesen alten Mauern schlief, obwohl sich nichts im Raum verändert hatte, wenn man davon absah, daß Stühle und Tische mit Staub und Spinnweben bedeckt waren.

Nachdem Dane die Lampe auf den Tisch gestellt hatte, ging er zum Bett, um die Decken abzuziehen und auszuschütteln. Während Gloriana ihn dabei beobachtete, hoffte sie, daß keine Mäuse in der Strohmatratze nisteten, obwohl nichts sie davon abgehalten hätte, das Lager mit ihrem Mann zu teilen. Nichts außer einer weiteren, abrupten Zeitverschiebung hätte das gekonnt …

Die Vorstellung ließ sie erschaudern, und Dane, der unendlich einfühlsam war in allem, was sie betraf, merkte es und drehte sich fragend nach ihr um.

»Was hast du?« fragte er.

Sie sah sich beunruhigt um, bevor sie antwortete. »Angenommen, es hätte etwas mit diesem Raum zu tun – mein Verschwinden, meine ich? Es ist hier schon einmal passiert …«

Dane gab seine Bemühungen auf, das Bett zu richten, kam zu ihr und ergriff ihre Hände. »Wenn du willst, suchen wir uns ein anderes Zimmer oder kehren zurück nach Hadleigh Castle.«

Gloriana schüttelte den Kopf. Das Turmzimmer war so etwas wie ihr ganz privates Heiligtum, denn hier hatte Dane sie zum ersten Mal geliebt, hier hatten sie gelacht, gezankt und Schach gespielt. »Nein, ich möchte bleiben«, erwiderte sie.

Er streichelte ihre Wange. »Ich fürchte, es gibt keinen sicheren Ort, wo wir uns vor deiner Zauberei verstecken könnten, Mylady. Aber ganz gleich, ob wir eine Stunde zusammen sind oder hundert Jahre, laß uns das Beste aus jedem Augenblick machen.«

»Das ist ein weiser Vorschlag«, entgegnete Gloriana und schlang ihm die Arme um den Nacken. Ihr Lächeln war jedoch unsicher und zaghaft, weil sie wußte, daß sie jeden Augenblick wieder auseinandergerissen werden konnten, um sich vielleicht niemals wiederzusehen. Das

Wissen beängstigte sie, obwohl es jede Sekunde unendlich kostbar machte. »Du hast recht, wir können nur für den Moment leben.« Sie seufzte. »Aber es gibt Dinge, die besprochen werden müssen.«

Dane seufzte ebenfalls und legte das Kinn auf ihren Scheitel. Mit seinen starken Händen massierte er ihre Schultermuskeln, die sich vor Anspannung versteift hatten.

»Die St. Gregorys haben viel gelitten, Gloriana«, sagte er und legte den Kopf zurück, um ihr in die Augen sehen zu können. »Es tut mir leid, daß ich es dir nicht schonender beibringen kann ... Edward ist tot, durch meine Hand gestorben. Und auch Gareth ist nicht mehr. Er ist einem bösen Fieber erlegen.«

Gloriana wußte natürlich von diesen Tragödien, sagte jedoch nichts und ließ sich auch keine Überraschung anmerken.

»Es gibt keine Gnade für einen Mann, der seinen eigenen Bruder tötet«, fuhr Dane mit rauher Stimme fort. »Doch Gott ist mein Zeuge, Gloriana, daß es keine Absicht war.«

»Wie ist es geschehen?«

Dane löste sich von ihr, ging zu einem der großen Fenster und schaute auf den See hinab. Seine breiten Schultern wirkten steif, sogar im schwachen Licht des Monds. »Edward quälte mich unablässig, nachdem du verschwunden warst. Er dachte, ich hätte einen Mord begangen, und versuchte mit allen Mitteln, Beweise für meine Schuld zu finden. Er verlor das Interesse an allem anderen als meinem angeblichen Verbrechen, und niemand, nicht einmal Gareth, vermochte ihn zur Vernunft zu bringen. Edward forderte mich heraus, wieder und wieder, doch stets wandte ich mich ab und ging in die andere Richtung. Eines Nachts jedoch sprang er mich von einer niedrigen Mauer an ... Ich hatte an jenem Abend zuviel Wein getrunken und gebe mir deshalb die Schuld an der Tragödie.« Er hielt inne und strich mit der Hand durch sein schönes, dichtes Haar. »Ich merkte nicht, daß es Edward war, bis es zu spät war. Da hatte ich seine Kehle bereits mit meinem Dolch durchbohrt – in der Annahme, daß er ein Räuber sei oder einer meiner eigenen Soldaten, der sich für eine Kränkung rächen wollte.«

Gloriana versuchte nicht, ihre Tränen wegzuwischen. Edwards Tod, bis dahin nichts weiter als eine traurige Geschichte in einem alten Buch, war nun schmerzhafte Wirklichkeit geworden – so real wie die Trauer des Mannes, der ihn herbeigeführt hatte.

»Es tut mir so leid«, sagte sie leise.

Dane drehte sich zu ihr um, doch sein Gesicht und der größte Teil seines Körpers blieben im Schatten. Gloriana spürte seine Gefühle mehr, statt sie an seiner Haltung und seiner Miene zu erkennen. »Und dann Gareth«, fuhr Dane bedrückt fort, nachdem er lange Zeit geschwiegen hatte. »Er erkrankte am Fieber und hätte sich vielleicht davon erholt, wenn er nicht um Edward getrauert hätte. Sein Verlust hatte ihn sehr geschwächt, denn der Junge war mehr als ein Bruder für ihn gewesen.«

Gloriana nickte stumm. Danes schreckliche Aufgabe war noch nicht vollendet – er mußte noch von Elaina sprechen, und wenn auch nur sich selbst zuliebe.

»Elaina lebt, obwohl sie nur noch ein Schatten ihrer selbst ist«, erzählte er.

»Sie ist schon lange krank, Dane.«

»Ja«, stimmte er mit rauher Stimme zu. »Aber jetzt spricht sie den ganzen Tag kein Wort mehr und wäre längst gestorben, wenn die Nonnen sie nicht mit Brühe füttern und sie zwingen würden, sie zu schlucken. Sie sieht nichts mehr und schließt doch nie die Augen.«

Gloriana schluckte. Elaina war ihr eine gute Freundin gewesen, Gareth ein großzügiger und weiser Vormund und Edward der liebste Gefährte ihrer Jugend. »Die Schuld liegt nicht bei dir allein«, sagte sie leise, »sondern auch bei mir. Wenn ich nicht fortgegangen wäre ...«

Dane war bei ihr, bevor sie ihren Satz beenden konnte, und umklammerte ihre Schultern. »Es war ein Unglück, dein Verschwinden – du trägst keine Schuld daran!«

Gloriana berührte seine Wange. »Und du nicht an Edwards Tod«, wandte sie ruhig ein. »Er hätte keine Ruhe gegeben, bis er dich in irgendeinen Kampf verwickelte; du hast ihn gut genug gekannt, um das zu wissen. Und wenn Gareth vorzog, nicht gegen das Fieber anzukämpfen, ist er allein für seinen Tod verantwortlich.«

Dane lehnte seine Stirn an Glorianas, und ein Erschaudern lief durch seinen Körper. »Halt mich fest«, flüsterte er. »Hilf mir – und wenn auch nur für eine Nacht –, die schreckliche Bürde zu vergessen, die auf meinen Schultern lastet.«

Gloriana hätte beinahe auch um ihn geweint, weil er auf seine Weise ebenso für sie verloren gewesen war wie Gareth und ihr armer, närrischer Edward. Doch nun hatte sie ihn wiedergefunden und drückte ihn an sich, um ihm Trost zu schenken.

Schweigend nahm sie seine Hand und führte ihn zu dem vor langer Zeit verlassenen Bett, breitete das Laken darüber aus und drehte sich zu ihrem Mann um, um ihm das Wams über den Kopf zu streifen. Dann kniete sie auf den kalten Steinen nieder und zog ihm, noch immer schweigend, Hosen, Schuhe und Gamaschen aus.

Als er nackt war und in seiner ganzen männlichen Schönheit vor ihr stand, blieb sie vor ihm knien und strich mit den Lippen über die harten Muskeln seiner Schenkel.

Dane zitterte, unendlich verwundbar und ganz und gar in ihrem Bann. Er war schon wieder aufs höchste erregt, und als Gloriana ihre Hand um ihn schloß, sog Dane scharf die Luft ein und murmelte etwas Unverständliches.

Sie nahm ihn zwischen ihre Lippen, küßte ihn und neckte ihn mit ihrer Zunge, bis er gequält aufstöhnte. Es war die Strafe dafür, daß er sich vorher im Römerbad zurückgehalten hatte, und wenn auch nur für kurze Zeit.

Er ertrug das Spiel, so lange er konnte, doch irgendwann ergriff er Gloriana an den Armen und zog sie auf das Bett. Das Stroh in der Matratze raschelte, als er ihr Kleid hinaufschob und sanft ihre Knie spreizte. Ein lustvolles Erschauern durchzuckte sie, als seine Hand zwischen ihre Beine glitt und über die Innenseite ihrer Schenkel strich.

»So, Mylady«, sagte er, und sie spürte seinen warmen Atem auf ihrem Körper. »Jetzt wirst du büßen für die Qualen, die ich ausgestanden habe.«

In einer stummen Einladung spreizte Gloriana noch weiter die Schenkel. Wenn es um Dane und die Freuden ging, die er ihr schenkte, kannte sie keine Hemmungen und keine Scham.

Er lachte und strich mit dem Daumen über die zarte kleine Knospe, die sich nach der Liebkosung seiner Zunge sehnte. »Das ist nur der Anfang, Frau. Noch bevor die Sonne aufgeht – und noch lange danach – wirst du dich stöhnend auf diesem Bett herumwerfen und um Gnade flehen.«

Gloriana wand sich jetzt schon unter seinen Worten und Liebkosungen, zog ihr Gewand über den Kopf und blieb nackt im Mondschein liegen, schlank, biegsam und begierig, sich mit ihrem Gefährten zu vereinigen.

Dane liebkoste sie mit seiner Zunge, und mit einem lustvollen Schrei stemmte sie ihre Fersen gegen seine Schultern und bog ihm ihren Schoß entgegen. Dane lachte, und sie schrie erneut auf, aus reiner Frustration jedoch, weil sie mehr wollte, als Dane zu geben bereit war.

»Was ist?« fragte er belustigt. »Sagt der Leckerbissen jetzt dem Mund, wie er ihn zu genießen hat?«

Ein wohliges Erschauern durchzuckte Gloriana, das in einem tiefen Seufzer endete. »Ich muß dich haben«, flehte sie. »Bitte, treib keine Spielchen mehr mit mir …«

Wieder strich Dane spielerisch mit der Zunge über die winzige Knospe, die sich nach seiner Berührung sehnte. »Ich habe Eure Bitte vernommen, Mylady«, sagte er, als Gloriana zitternd vor ihm lag und jeder Nerv in ihr nach Erfüllung schrie, »aber noch muß ich sie Euch verweigern. Ich genieße Euch zu sehr, um aufzuhören. Und ich habe noch nicht vergessen, wie Ihr mich in den vorangegangenen Minuten mehrfach an den Rand der Ekstase führtet, um mir dann die Erfüllung zu verweigern.«

Gloriana warf den Kopf von einer Seite zur anderen, ihre Hände krallten sich in die Decke.

Dane gewährte ihr keine Gnade in den Stunden fieberhaften Entzückens, die darauf folgten, und Gloriana wollte auch gar keine. Bei Sonnenaufgang schliefen sie ein, eng aneinandergeschmiegt und zu erschöpft, sich zu bewegen oder gar zu träumen, und als sie erwachten, stand die Sonne im Zenit.

Dane, wie immer, stand als erster auf. Irgendein treuer Diener – auf Befehl seines Herrn vermutlich – hatte während der Nacht einen Krug Wasser und einen Korb mit Käse, gebratenem Wild und zwei Brathühnchen bereitgestellt.

Der verlockende Duft des Essens weckte Gloriana, und sie richtete sich auf. »Ich habe Hunger«, erklärte sie.

Dane lachte. »Angesichts der Strapazen der vergangenen Nacht, Madame, ist das nicht überraschend«, erwiderte er und trug den Korb mit dem Proviant zum Bett.

Gloriana reagierte nicht auf Danes Bemerkung, bis sie einen ganzen Hähnchenschenkel verspeist und, weil es kühl im Zimmer war, ihr Kleid vom Abend zuvor angezogen hatte.

»Ich bin ziemlich sicher«, sagte sie dann, »daß es sich nicht schickt für einen Gentleman, sich über das Ausmaß der Leidenschaft einer Dame auszulassen.«

Dane lachte. »Wäre ich ein Gentleman und du eine Dame statt einer schönen, temperamentvollen Geliebten, dürfte das wohl zutreffen.« Er nahm sich ein Stückchen Käse aus dem Korb und begann es zu essen. »Und anders will ich dich auch gar nicht haben.«

Gloriana spürte, wie sie errötete. »Ich dich auch nicht«, entgegnete sie lächelnd. »Aber jetzt sollten wir von anderen, wichtigeren Dingen sprechen.«

Dane zog eine Braue hoch. Er hatte seine Hosen inzwischen angezogen, auf das Hemd jedoch verzichtet. »Wieso? Ich habe dir von Edwards und Gareths Tod bereits erzählt …«

Gloriana unterdrückte den Impuls, ihren Mann zu

berühren, weil sie sich dann nur wieder geliebt hätten und zu nichts anderem gekommen wären. »Wir werden gemeinsam um sie trauern«, antwortete sie und verdrängte ihre Tränen. »Und jetzt werde ich dir sagen, was ich von der Zukunft weiß.« In einer unbewußten Geste der Zärtlichkeit strich sie mit der Hand über ihren Bauch. »Obwohl in der Zeit, in der ich mich befand – Ende 1996 – nur einige Wochen verstrichen sind, waren es hier in deiner Welt zwei Jahre.«

Dane sagte nichts, beobachtete sie nur stumm und wartete.

Sie hoffte, daß er verstand, was der Zeitunterschied für ihre Schwangerschaft bedeutete – wäre sie im dreizehnten Jahrhundert geblieben, hätte sie ihr Kind schon vor mehr als einem Jahr geboren. »Wir haben ein Kind gezeugt, Dane.«

Er nickte. »Ich weiß.«

Glorianas Appetit verflog. »Es ist alles so verwirrend – so vollkommen unmöglich …«

Er nahm ihre Hand und drückte sie. »Ja«, stimmte er zu. »Worauf willst du hinaus, Gloriana?«

»Das Kind«, erwiderte sie bedrückt. »Ich ertrüge es nicht, wenn du glaubtest, ich hätte dich betrogen.«

Dane lächelte. »Es ist mir völlig unverständlich, was geschehen ist, aber eins weiß ich – das Herz, das unter deinem schönen Busen schlägt, ist aufrichtig und rein. Ich glaube nicht, daß du imstande wärst, zu lügen, Gloriana – nicht einmal dann, wenn die Lage es erfordern würde.«

Dankbar drückte sie seine Hand. »Aber ich werde mich für den Rest meines Lebens verbergen müssen, Dane – hast du vergessen, daß sie mich die Kenbrook-Hexe nennen? Ist dir klar, daß ich am Galgen oder auf dem Scheiterhaufen enden werde, wenn das Gesinde und die Dörfler erfahren, daß ich zurückgekehrt bin?« Sie spürte, wie alle Farbe aus ihren Wangen wich. »Ich will nicht sterben«, schloß sie leise.

Dane schob den Korb beiseite und zog sie in die Arme. »Ich schwöre dir – vor allen Heiligen, Gloriana«, flüsterte er rauh, »vor der heiligen Jungfrau, Christus und Jehova selbst –, daß niemand dir ein Leid antun wird!«

Sie klammerte sich an ihn und legte die Wange an seine bloße Schulter. Die Muskeln unter seiner warmen Haut waren hart und unnachgiebig, und doch hätte sie sich kein besseres Kissen wünschen können. »Du kannst nicht die gesamte Christenheit bekämpfen«, entgegnete sie. »Du bist nur ein einziger Mann, wenn auch der beste und stärkste, den es gibt, und sie sind viele.«

Er schloß die Hände um ihr Gesicht und schaute ihr in die Augen. »Wir werden sagen, du wärst entführt worden und nach der Zahlung eines ansehnlichen Lösegelds zu uns zurückgebracht worden. Maxen wird mir helfen, das Gerücht zu verbreiten.«

»Aber Judith hat gesehen …«

»Die Trauer deiner Zofe über dein Verschwinden war fast so groß wie meine eigene. Wir können sie dazu bringen, zu beschwören, du wärst von Gesetzlosen entführt worden und ihre Furcht sei so groß gewesen, daß sie sich erst jetzt wieder an die wirklichen Geschehnisse erinnert hat.«

Gloriana hätte gern geglaubt, daß Danes Plan funktionieren würde, obwohl er ihr sehr weit hergeholt erschien. Andererseits jedoch handelte es sich hier um einfache Menschen, die die Geschichte, wenn sie richtig und lebendig dargestellt wurde, glauben würden. Ganz gewiß war es für sie leichter, an eine Entführung durch Banditen zu glauben, als sich damit abzufinden, daß ein Mensch aus Fleisch und Blut sich in nichts auflösen konnte wie Dampf aus einem Kessel!

»Bring Judith zu mir«, sagte Gloriana nach kurzer Überlegung, »und auch Eigg und Pater Cradoc. Wir werden tun, was du gesagt hast, Kenbrook, aber vorher mußt du mir etwas versprechen.«

»Was immer du von mir verlangst«, erwiderte er und strich ihr zärtlich das wirre Haar aus dem Gesicht.

»Du solltest dir deine Antwort gut überlegen«, riet Gloriana ernst. »Denn du weißt noch nicht, was ich von dir verlangen werde.« Sie atmete tief ein. »Falls das Schicksal sich gegen uns wenden sollte und ich der Hexerei bezichtigt werde, mußt du mir schwören – mir und unserem ungeborenen Kind zuliebe –, mein Herz mit einem Pfeil zu durchbohren, bevor sie mich verbrennen können.«

Dane erblaßte. »Ich hoffe zu Gott, daß es nicht soweit kommen wird«, sagte er und umklammerte ihre Hände. »Aber du hast mein Wort, Gloriana – daß du einen gnädigen Tod erleiden wirst, durch meine Hand, und nicht die Flammen spüren wirst.«

»Dann ist es also abgemacht«, antwortete Gloriana ernst.

Nachdem sie zu diesem grimmigen Einverständnis gekommen waren, liebten sie sich wieder, langsam und beinahe feierlich. Der Höhepunkt ihrer Gefühle war deshalb jedoch nicht weniger überwältigend, obwohl er die Besiegelung einer tödlichen Übereinkunft war.

Als es vorbei war, goß Dane Wasser in eine Schüssel, und sie wuschen sich. Dann kleidete er sich an, legte sein Schwert an und verließ das Turmzimmer mit dem brüsken Befehl, die Tür hinter ihm zu verriegeln.

Gloriana tat, wie ihr geheißen worden war, obwohl es ihren Stolz verletzte, zu gehorchen. Denn ein Befehl blieb schließlich ein Befehl, ganz gleich, wie vernünftig er sein mochte.

Für den Rest des langen Nachmittags beschäftigte sie sich damit, ihre Truhen auszuräumen und die Kleider zum Lüften über Stühle und Tische zu drapieren. Eine Weile las sie in einer der wenigen Handschriften, die ihr gehörten, doch die meiste Zeit schritt sie unruhig vor den hohen, schmalen Fenstern auf und ab und hielt Ausschau nach ihrem Mann.

Er erschien bei Abenddämmerung, in Begleitung von Pater Cradoc und Maxen, dem Waliser, und auch Judith und Hamilton Egg, der Burgvorsteher, waren mitgekommen. Gloriana, die sie im Burghof gesehen hatte, wartete schon vor den weitgeöffneten Türen des Turmzimmers, als sie die Treppe erreichten.

Judith stieß einen freudigen Schrei aus beim Anblick ihrer Herrin und warf sich Gloriana zu Füßen. »Mylady!« rief sie. »Oh, Mylady, wie oft habe ich darum gebetet, und jetzt hat es sich erfüllt – die Heilige Muttergottes hat Euch Luzifers Hand entrissen und Euch zu uns zurückgebracht!«

Gloriana strich Judith über das Haar. Das Mädchen war ihr immer eine treue, fleißige Dienerin gewesen und hatte nichts anderes dafür erwartet als Kleidung, Essen und einen Platz zum Schlafen.

»Deine Gebete haben mich gerettet«, erwiderte Gloriana leise. »Steh auf, Judith. Bitte.«

Dane beobachtete sie mit verschränkten Armen, und Eigg zündete eine Lampe an, während Maxen mit gezogenem Schwert die Tür bewachte. Pater Cradoc nahm Judiths mageren Arm und zog sie auf die Beine.

»Armes Kind«, sagte er, und obwohl er Judith meinte, war sein Blick auf Glorianas Gesicht gerichtet. Seine Augen verrieten Erstaunen, doch sein Ton und seine Haltung waren ruhig und gelassen wie immer. »Sie hatte solche Angst an jenem furchtbaren Tag, daß sie nicht mehr sicher sein kann, was sie sah.«

Judith schwieg und weinte still vor sich hin.

»Banditen trieben sich damals auf dem Friedhof herum«, sagte Dane. »Sie hielten sich hinter den Grabsteinen versteckt, nicht wahr, Judith, als deine Herrin sich dort allein und schutzlos aufhielt?«

Judiths Unterlippe zitterte, ihre tränenfeuchten Augen ruhten unverwandt auf Gloriana. »Sagt mir, was ich gesehen habe, Mylady«, flüsterte sie, »und das werde ich berichten und niemals davon abweichen, weder auf Erden noch im Himmel.«

Gloriana wußte, daß es stimmte, und war gerührt über die Treue ihrer Zofe. »Ich bin deiner Loyalität nicht würdig«, antwortete sie, »aber ich muß mich darauf verlassen, weil mein Leben davon abhängt.« Zärtlich ergriff sie Judiths Hand, führte sie zum Tisch und hieß sie wie eine Gleichgestellte Platz nehmen. Dann zog sie sich einen Stuhl heran und setzte sich ihrer Dienerin gegenüber. »Hör mir jetzt gut zu, Judith, und vergiß nichts von dem, was ich dir sage. An jenem Tag vor zwei Jahren fiel ein leichter Regen, kaum mehr als Nebel, und du sahst mich zwischen den Grabsteinen von Kenbrook Hall. Da es ein kühler Tag war, kamst du, um mich zu holen«, das zumindest entsprach der Wahrheit, »doch dann sahst du die Männer, die hinter den Grabsteinen auf der Lauer lagen und mich erwarteten. Du konntest mir nicht beistehen, so ganz allein und ohne jemanden in der Nähe, den du zu Hilfe hättest rufen können, da mein Mann und seine Soldaten zur Schlacht mit Merrymonts Truppen aufgebrochen waren.«

Judith war wie in Trance, umklammerte Glorianas Hände und starrte ins Leere, als spielte die Szene sich vor ihrem inneren Auge ab. »Ich hörte Euch schreien, Mylady, und es brach mir fast das Herz, mit anzusehen, wie grob sie Euch davonschleppten – Euch, die edelste Dame im ganzen Königreich!«

Gloriana schluckte. »Es waren Banditen«, fuhr sie ruhig fort. »Fremde.« Niemand durfte auf den Gedanken kommen, es könne Merrymont gewesen sein, der hinter diesem Verbrechen steckte, weil es sonst zu neuem Blutvergießen kommen würde. »Ich schrie und wehrte mich, aber sie schleppten mich fort, und du hast mich von jenem Tag an bis heute nicht mehr wiedergesehen. Es gelang mir, zu entkommen und mit der Gauklertruppe nach Hadleigh Castle zurückzukehren.«

»Ja«, stimmte Judith hastig zu. »So war es, Mylady. Genau, wie Ihr gesagt habt.«

Glorianas Version wurde Judith eingetrichtert, bis sie sie perfekt beherrschte. Als man sie endlich in Ruhe ließ, war Gloriana überzeugt, daß das arme Geschöpf die Geschichte inzwischen selber glaubte.

»Morgen«, sagte Dane, als Judith sich auf einem Lager aus alten Decken zum Schlafen hingelegt hatte, »werden wir verkünden, daß Lady Kenbrook in ihr Heim und zu ihrem Volk zurückgekehrt ist. Natürlich wird eine große Feier folgen.«

»Gott weiß, daß wir eine gebrauchen können«, bemerkte Eigg schroff und handelte sich damit einen bösen Blick von Pater Cradoc ein, der die Bemerkung für unangebracht zu halten schien, obwohl er sich eines Kommentars enthielt.

Dane zog Gloriana in die Arme, und für einen kurzen, wundervollen Augenblick lang gestattete sie sich zu glauben, daß nun alles wieder gut würde und sie und ihr geliebter Mann für den Rest ihres Lebens zusammen und glücklich sein würden.

Kapitel 16

Als Maxen, Eigg und Pater Cradoc endlich gingen, schaute Gloriana sich nach der schlafenden Judith um. »Sieh sie dir an«, murmelte sie, »sie schläft auf dem Boden wie ein Hund. Menschen sollten nicht unter solchen Bedingungen leben müssen.«

Dane stand hinter Gloriana, die Hände auf ihren Schultern. »Wir müssen dir sehr primitiv erscheinen, nach allem, was du bei den fortschrittlichen Menschen der Zukunft gesehen hast. Sehnst du dich zurück nach dieser Zeit, nach diesem Ort?«

Gloriana drehte sich um und schaute ihrem Gatten in die Augen. Seine Worte hatten beiläufig geklungen, doch im Schein der Öllampe erkannte sie, daß er besorgt war. »Nein«, erwiderte sie mit ruhiger Überzeugung. »Ich will nichts anderes, als bei dir sein.«

Zärtlich strich er über ihre Wange. »Aber in jener anderen Zeit ist alles besser, nicht?« entgegnete er.

Sie seufzte. »Das zwanzigste Jahrhundert hat seine eigenen Plagen und Gefahren, und mir scheint, daß die Menschen sich nicht sehr geändert haben, jedenfalls nicht im Herzen, und das ist es schließlich, worauf es ankommt.«

»Du hast dort einen Mann gekannt – einen Mann, der dich geliebt hat«, beharrte Dane, aber es klang weder anklagend noch verbittert.

Lyn Kirkwood, dachte Gloriana, und die Erinnerung an ihn versetzte ihr einen leisen Stich. Obwohl sie Lyns Gefühle nie erwidert hatte und auch nie erwidern würde, vermißte sie ihn und Marge und Janet. Freunde wie jene drei Menschen waren selten, ganz gleich, an welchem Ort und zu welcher Zeit. »Aber ich habe ihn nicht geliebt«, erwiderte Gloriana und hielt Danes Blick gelassen stand. »Aber woher weißt du das eigentlich?«

»Du hast im Traum nach jemandem gerufen.«

Gloriana schlang die Arme um Danes schmale Hüften und legte das Gesicht an seine Schulter. »Das mußt du gewesen sein, Dane, denn dich habe ich gesucht, im Wachsein und im Schlaf, seit dem Moment, als wir getrennt wurden.«

Er umarmte sie, und sie staunte, daß eine simple Geste eine derartige Wärme in ihr erzeugen konnte. Als er dann sprach, klangen seine Worte jedoch ungewöhnlich ernst.

»Vor einer Weile, Mylady, mußte ich dir schwören, dich zu töten, falls sie dich der Hexerei bezichtigen. Jetzt mußt du mir etwas versprechen.«

Ihr Herz begann zu hämmern vor Erregung, als sie ihm prüfend in die Augen schaute. »Was?«

»Wenn wir nicht zusammensein können, Gloriana – falls wir, was Gott verhindern möge, noch einmal getrennt werden –, mußt du die Liebe dieses Mannes akzeptieren und dich ihm anvertrauen.« Als Gloriana protestieren wollte, legte Dane einen Finger an ihre Lippen. »Hör mir zu«, befahl er. »Du brauchst jemanden, der dir und unserem Kind beisteht in jener fremden Welt. Es würde mich sehr beruhigen, zu wissen, daß ihr einen Beschützer habt.«

Gloriana schluckte die Tränen, die in ihrer Kehle aufstiegen. Es wäre sinnlos gewesen, Dane zu erklären, daß die Frauen des zwanzigsten Jahrhunderts nicht aus derartigen Gründen heirateten – trotz Kenbrooks beträchtlicher Intelligenz konnte man nicht von ihm erwarten, daß er die

Sitten und Gebräuche einer Gesellschaft verstand, die so völlig anders war als seine eigene.

»Wenn du das wirklich von mir verlangst«, erwiderte sie leise, »dann erklär mir bitte, wie ich die Berührung eines anderen Mannes ertragen soll? Denn ich liebe dich, Dane, und dich *werde* ich lieben, ob wir nun zusammen sind oder getrennt, heute und in aller Ewigkeit.«

Kenbrook senkte den Kopf und küßte sie. »Ich kann dir darauf nur eins erwidern: Der Gedanke, daß du einem anderen gehören könntest, ist für mich unendlich qualvoll – aber die Vorstellung, du könntest allein sein, in Gefahr und ohne die nötigen Mittel, für unser Kind zu sorgen, ist noch viel, viel schlimmer. Wie heißt er, dieser Mann, der dich in seinem Herzen trägt?«

»Lyn Kirkwood«, erwiderte Gloriana und fühlte eine Schwermut in sich erwachen, als sei ihr Schicksal gerade besiegelt worden. Es erschien ihr wie Verrat, allein Lyns Namen in Gegenwart ihres Mannes auszusprechen, obwohl sie ihm nie untreu gewesen war, nicht einmal in Gedanken. »Aber ich möchte nicht ...«

Wieder brachte Dane sie mit einem Kuß zum Schweigen. »Schwör es mir, Gloriana – bei deinem Seelenheil! Wenn irgend etwas geschieht und wir getrennt werden, wirst du zu Kirkwood gehen und dich ihm anvertrauen!«

Wie konnte sie ein solch schmähliches Versprechen leisten, wenn sie Dane St. Gregory mit allen Fasern ihres Herzens liebte? Aber wie konnte sie ihm *nicht* ihr feierliches Wort darauf geben, wenn er sie so gespannt, so besorgt und zärtlich ansah?

Einen solchen Schwur zu leisten, war keine geringe Last für ihre Seele. Denn sie hatte den größten Teil ihres Lebens im dreizehnten Jahrhundert verbracht und nahm daher Dinge wie Seelenheil und Schwüre ausgesprochen ernst. Alles andere hätte bedeutet, die ewige Verdammnis und die Feuer der Hölle herauszufordern.

Als sie zu Dane aufschaute, erkannte sie, daß er nicht eher ruhen würde, bis er ihr Wort hatte. Seufzend nickte sie. »Es wird so geschehen, wie du wünschst.«

Er lachte, aber es klang alles andere als humorvoll. »Ich bin entzückt, Mylady – weil du diesen Schwur geleistet hast und weil es offensichtlich ist, daß du dich lieber geweigert hättest.«

Glorianas Blick glitt hinaus in die Nacht, wo die Sterne am Himmel glitzerten. In Lyns Welt, die so nah und doch so weit entfernt war, waren die Lichter der Stadt zu hell, um die Sterne sehen zu können, und auch die Lieder der Vögel oder das Wispern des Windes waren kaum zuhören.

»Ich muß Elaina sprechen«, sagte sie. »Willst du mich zu ihr bringen? Jetzt?«

»Ja«, erwiderte Dane nach kurzem Zögern. »Denn wenn ich es nicht täte, würdest du allein hingehen.«

Gloriana lächelte. Sie befand sich im Turmzimmer, und Kenbrook stand vor ihr, greifbar und real. Sie konnte ihn küssen, wenn sie wollte, und ihn berühren, wann immer sie den Wunsch dazu verspürte. Wie dumm wäre es da gewesen, auch nur einen Moment mit der Angst vor Dingen zu verschwenden, die nie eintreffen würden.

»Ganz recht, Mylord«, spottete sie zärtlich und machte einen kleinen Knicks vor ihm. »Ich werde Lady Elaina auf jeden Fall besuchen, ob du mitkommst oder nicht.«

Dane verdrehte die Augen und deutete auf die Tür, die Maxen und die anderen offengelassen hatten. Nachdem Gloriana einen Umhang ergriffen hatte, ging sie voran.

Kenbrooks Pferd, Peleus, war im Burghof angebunden. Dane sattelte den Hengst, stieg auf und bückte sich, um Gloriana hinter sich in den Sattel zu ziehen. Einen Moment später schon trabten sie über das Kopfsteinpflaster auf das Tor zu.

Gloriana hielt sich an Dane fest und betrachtete die Landschaft, von der im schwachen Mondschein nicht viel zu erkennen war. Wie eigenartig der Gedanke war, daß es nicht nur ein Kenbrook Hall oder Hadleigh Castle gab, sondern viele – unzählige vielleicht sogar –, die übereinandergeschichtet waren wie die Seiten eines Pergaments. Vielleicht war ja tatsächlich jeder neue Moment eine Welt für sich, separat und vollständig …

Aber all das überstieg ganz einfach ihr Begriffsvermögen.

Finsternis hüllte die Abtei ein, als sie sie erreichten, nur wenige Lampen brannten im Kloster, da die frommen Schwestern sich schon früh zurückzogen, wie sie noch vor den Vögeln aufstanden, um ihre Gebete zu sprechen. Dennoch quietschten sofort die Scharniere des großen Tors, als Dane anklopfte, und Schwester Margaret gewährte ihnen Einlaß.

In ihrer strengen Tracht, das Haar verborgen unter einem Wimpel, stand sie im Hof und schaute neugierig zu ihnen auf.

»Wo ist Elaina?« fragte Dane, als er absaß und Gloriana aus dem Sattel hob. Obwohl die Herrin von Kenbrook Hall auf dem kurzen Ritt einen Umhang mit Kapuze getragen hatte, gab sie sich jetzt keine Mühe mehr, ihr Gesicht vor der Äbtissin zu verbergen. Die Nonne war klug, und jeder Versuch, sie zu täuschen, wäre mit Sicherheit gescheitert.

Schwester Margaret nickte Gloriana zu, bevor sie Danes Frage beantwortete. »Sie liegt in ihrem Bett und stirbt.«

Gloriana hatte Elaina im Laufe der Jahre oft besucht und wußte, wo sie zu finden war. Wortlos wandte sie sich ab und ging zu dem kleinen Hof, der sich an Elainas Zelle anschloß, und Dane ließ Peleus stehen und folgte ihr.

Lady Elaina lag auf ihrem schmalen Lager unter einem offenen Fenster. Eine Kerze flackerte auf dem Tisch und warf Licht und Schatten auf ihr langes, unbedecktes Haar, das sie wie ein knöchellanger Schleier einhüllte. Sie starrte zur Zimmerdecke auf, ihre Hände waren vor der Brust gefaltet, als sei sie schon aufgebahrt für die Beerdigung.

Eine Nonne hielt auf einem Schemel neben dem Bett Wache und betete für Lady Elainas Seelenheil. Auf ein Zeichen von Schwester Margaret hin stand die jüngere Frau auf und ging.

»Ihr habt mich nicht benachrichtigt!« rief Dane anklagend, als er neben Elainas Bett niederkniete. »Diese Frau ist die Witwe meines Bruders und meiner Obhut anvertraut!«

»Was hättet Ihr schon tun können?« entgegnete die Äbtissin ruhig.

Danes Augen funkelten, als er sich zu ihr umwandte. »Ich hätte Frieden schließen können«, sagte er und ergriff die Hand der Frau, die reglos auf dem Bett lag – eine alternde, doch unverändert schöne Prinzessin, die unter einem bösen Zauber stand. »Ich hätte meine Schwägerin um Verzeihung bitten können für all die Dinge, die ich getan habe und zu tun versäumt habe.«

»Ich bin sicher, daß meine Herrin weiß, daß Euer Herz bereut«, erwiderte Schwester Margaret sanft und wandte sich ab, um Dane und Gloriana mit Elaina allein zu lassen.

Gloriana setzte sich auf den Schemel und legte zärtlich eine Hand auf Elainas Stirn, die kühl wie Wachs war. »O Elaina«, wisperte sie. »Warum mußt du schon so früh aus dem Leben scheiden?«

Dane richtete sich auf und trat ans Fenster. Obwohl er schwieg, wußte Gloriana, was er dachte – er gab sich, wenn auch indirekt, die Schuld an Elainas schnellem Verfall. Wenn Edward nicht gestorben wäre und Gareth zu sehr geschwächt von seiner Trauer, um dem Fieber Widerstand zu leisten …

Elaina bewegte sich und öffnete die Augen. Gloriana beugte sich über sie, doch ohne Hoffnung, denn sie wußte nur allzugut, daß Sterbende oft kurz vor dem Tod noch einmal auflebten. Sie hatte es selbst gesehen, als die gute Edwenna ihrem Fieber erlegen war.

»Dane!« wisperte Gloriana.

Ein entrücktes Lächeln erhellte Elaines schönes Gesicht, sie griff nach Glorianas Hand und umklammerte sie mit verblüffender Kraft. »Gareth … ist tot«, sagte sie.

Gloriana, die mit den Tränen kämpfte, nickte. »Ja, Liebes, ich weiß.«

»Du … kannst alles ändern … Bring meinen Mann zurück … und den armen Edward …«

Ein Frösteln erfaßte Gloriana. Sie sagte nicht, daß so

etwas unmöglich war, und wagte nicht, Dane anzusehen. Noch immer schmerzte das Wissen, daß es ihr nicht gelungen war, rechtzeitig ins dreizehnte Jahrhundert zurückzukehren, um Edwards oder sogar Gareths Tod zu verhindern.

Elainas eigenartig leuchtender Blick suchte Kenbrook, der jetzt neben Gloriana stand, so dicht, daß sie seine Wärme spürte.

»Dane«, sagte Elaina langsam, mühsam. »Hat Gareth dir die Wahrheit gesagt, bevor ... er starb? Daß du der rechtmäßige Erbe von Hadleigh Castle bist ... trotz deiner illegitimen Geburt?«

Gloriana war zutiefst verblüfft, doch Danes Stimme klang ruhig, als er antwortete. »Ja, Mylady, er hat es mir schon vor langer Zeit gesagt – am Tag, als ich zum Ritter geschlagen wurde.«

Elaina blieb eine Weile schweigend und mit geschlossenen Augen liegen. Ihre Lider flatterten, und es war offensichtlich, daß sie versuchte, Kraft zu sammeln.

»Verzeih mir«, sagte Dane und küßte die blasse Stirn der Sterbenden.

»Es gibt nichts zu verzeihen«, erwiderte Elaina, ohne die Augen zu öffnen. »Gehe in Frieden, Dane, damit ich mich von deiner Frau verabschieden kann.«

Gloriana hielt die Hand ihrer Freundin, drückte sie an ihr Gesicht, unfähig, noch länger die Tränen zurückzuhalten. Dane berührte kurz ihre Schulter, bevor er ging und leise die Zellentür hinter sich schloß.

Elaina öffnete die Augen, und ihre Stimme, obwohl leise und dünn, klang nun fest und entschieden. »Hör zu, Gloriana«, begann sie. »Es ist lebenswichtig, daß du tust, was ich dir sage.«

Überrascht hob Gloriana ihr tränenüberströmtes Gesicht und wartete stumm, daß Lady Hadleigh fortfuhr.

Sie wiederholte die Bitte, die Dane wenige Minuten zuvor an sie gerichtet hatte. »Verzeih mir«, bat sie leise. »Ich hätte deine Bürde teilen können ... Ich habe dir nie gesagt ...« Als Elaina abbrach, flößte Gloriana ihr ein wenig Wasser ein. »Ich wußte immer, was mit dir geschehen war, Gloriana, obwohl du selbst mit den Jahren wahrscheinlich vergessen hast, daß ich dabei war, als du damals die Schwelle überschritten hast. Ich war es, die dich hierhergelockt hatte.«

Glorianas Kehle war ausgetrocknet wie Elainas, so groß war ihr Erstaunen. Es war jedoch weniger die Tatsache, daß Elaina damals bei ihr gewesen war, die sie verblüffte, denn daran erinnerte sie sich noch schwach, trotz Edwennas unentwegter Bemühungen, es sie vergessen zu machen. Nein, es war Elainas Geständnis, daß sie Gloriana nicht nur durch das schicksalhafte Tor geführt, sondern sie sogar *dorthin gelockt* hatte, was ihr die Fassung raubte.

»Wie war das möglich?«

Elaina lächelte versonnen. »Ich praktizierte die alte Religion«, antwortete sie. »Ah, du bist mein Zeuge, Gloriana – daß der Blitz mich nicht getroffen hat für meine gotteslästerlichen Worte und daß das Dach nicht über unseren Köpfen eingestürzt ist. Ich besaß schon immer Fähigkeiten, die weit über jene hinausgingen, die die Leute mir andichteten, und begann Magie zu praktizieren, als ich noch ein Kind war.« Sie brach ab und trank ein wenig Wasser. »Es war immer nur Weiße Magie – gute –, aber es mußte natürlich ein Geheimnis bleiben.«

»Wußte Gareth es?«

Trauer huschte über Elainas Züge. »Meine Magie war einer der Gründe, warum er mich ins Kloster schickte. Er hat es nie verstanden.«

»Du sagtest, du hättest mich hierhergelockt. Wie meinst du das?«

»Ich sah deine Welt, als schaute ich durch einen dünnen Schleier. So war es immer schon. Doch dann begann ich dich zu sehen, vor allem in meinen Träumen. Du warst ein unglückliches Kind, Gloriana, und doch so schön und so begabt. Dann, eines Tages, warst du da, auf der anderen Seite des Tors, abseits von den anderen Kindern und dich an deine Puppe klammernd, als sei sie dein einziger Freund auf dieser Welt. Du erschienst mir viel zu traurig für ein so kleines Kind, deshalb rief ich dich und streckte die Hand nach dir aus. Als du mich hören und sehen konntest, wußte ich, daß du auch imstande warst, die Schwelle zu überschreiten. Du warst so furchtbar allein an jenem anderen Ort, so unglücklich. Ich hätte dich gern für mich selbst gehabt – ich hatte Gareth nie ein Kind geschenkt –, doch selbst damals wußte ich schon, daß ich dich nicht behalten konnte. Mein Mann hatte bereits das Gerücht verbreitet, ich sei verrückt, um mich vor jenen zu schützen, die behaupteten, ich sei die Geliebte Satans.«

Gloriana erschauderte. Sie erinnerte sich nur allzu klar an jenen sonnigen Nachmittag des zwanzigsten Jahrhunderts. »Und deshalb hast du mich zu Edwenna gebracht.«

Elaina nickte. »Ja. Sie war eine brave Frau, das Weib des Wollhändlers, und wohlhabend genug, um anständig für dich zu sorgen. Ich wußte, daß sie dich bedingungslos lieben würde.«

Gloriana biß sich auf die Lippen. Sie trauerte noch immer um ihre Adoptivmutter. »Ich möchte nie wieder in jene andere Welt zurückkehren«, sagte sie leise.

»Aber du mußt«, beharrte Elaina. »Es ist dein Schicksal.«

Gloriana schüttelte den Kopf. »Ich kann und will meinen Mann nicht mehr verlassen – mein Schicksal liegt an seiner Seite. Außerdem trage ich sein Kind unter dem Herzen.«

»Du mußt mehr tun, Gloriana.«

»Nein!« protestierte sie und stieß, als sie aufsprang, in ihrer Erregung den Schemel um. »Nein – mehr kann ich nicht …«

»Es ist nicht zu ändern«, entgegnete Elaina ruhig. »Du bist zu spät gekommen und mußt zurückkehren, um es noch einmal zu versuchen.«

Gloriana war nicht nur erschrocken, sondern auch zutiefst verblüfft. Es war ja schließlich nicht so, als könne sie nach Belieben durch die Zeiten hin und her reisen. Nicht willkürlich jedenfalls. Bevor sie jedoch weitere

Bedenken äußern konnte, seufzte Elaina wie ein Kind, das sich zum Schlafen in ein warmes Bett kuschelt.

»Du wirst in deine eigene Zeit zurückgerufen werden«, sagte sie mit ersterbender Stimme und schloß die Augen.

Gloriana ging zur Tür und rief Dane, und als er mit Schwester Margaret hereinkam, seufzte Lady Hadleigh noch einmal tief und starb.

Schwester Margaret bedeckte das bleiche, friedliche Gesicht mit einem dünnen Tuch und ging leise hinaus. Gloriana stürzte sich in Danes Arme, und er hielt sie, bis ihr Zittern nachließ.

Dann, mit ernsten, grimmigen Mienen, verließen sie Elainas Klosterzelle.

Nach dem Trauergottesdienst morgen oder übermorgen, in der Kapelle von Hadleigh Castle, würde Elaina neben ihrem Mann begraben werden. Bis dahin jedoch würde sie in der Abtei bleiben, wo sie so viele Jahre ihres Lebens verbracht hatte.

Dane führte Gloriana zu Peleus, der geduldig im Hof wartete, und hob sie in den Sattel. Beide schwiegen auf dem kurzen Ritt nach Kenbrook Hall, und als sie das Turmzimmer betraten, weckte Dane Glorianas Zofe und schickte sie zum Schlafen auf den Gang hinaus.

Als sie fort war, legten Gloriana und Dane sich angekleidet auf das Bett und umarmten sich. Gloriana war die erste, die das lange Schweigen brach.

»Bist du wirklich der rechtmäßige Erbe von Hadleigh Castle?«

Dane stieß einen tiefen, rauhen Seufzer aus und zog seine Frau noch fester an sich, als befürchtete er, sie könne ihm entgleiten. »Ja«, erwiderte er.

»Und Gareth war dein Vater, nicht dein Bruder?«

»Ja«, wiederholte Dane müde. »Meine Mutter war erst fünfzehn und sehr zart. Sie starb bei der Geburt, wie so viele andere Frauen.« Wieder drückte er Gloriana an sich, als dächte er an ihr eigenes Kind, das sie unter dem Herzen trug, und all die Gefahren, die mit einer Geburt verbunden waren.

»Aber warum war es ein Geheimnis, daß Gareth dein Vater war?«

»Meine Mutter, Jillian, war Merrymonts jüngste Schwester«, erwiderte Dane. »Sie begegnete Gareth eines Tages, als sie ausgeritten und ihrem üblichen Gefolge entkommen war. Sie verliebten sich ineinander, doch da ihre Väter verfeindet waren, wußten beide, daß eine Heirat ausgeschlossen war. Ich bezweifle, daß sie damit rechneten, auch nur einen Sommer zusammensein zu können. Als meine Mutter schwanger wurde, kam es zu einem furchtbaren Skandal. Gareth schwor, er sei der Vater von Jillians Kind, doch sie stritt jegliche Beziehung zu ihm ab. Als ich geboren wurde und meine Mutter dabei starb, wurde Merrymont, der auch Jillians Vormund war, wild vor Schmerz und drohte, mich zur Vergeltung für den Tod seiner Schwester umzubringen. Eine Amme brachte mich mitten in der Nacht zu Gareth nach Hadleigh Castle, und mein Großvater erklärte mich zu seinem zweitgeborenen Sohn. Meine Großmutter bestätigte seine Angaben.«

»Warum hast du mir nie etwas davon gesagt?« fragte Gloriana.

»Weil es nicht wichtig war«, erwiderte er und küßte ihre Schläfe. »Schlaf jetzt, Liebste – wir haben einen anstrengenden Tag vor uns.«

Gloriana war dankbar für Danes Umarmung, obwohl er sie so fest an sich drückte, daß es schmerzte. Sie trauerte um Elaina, aber sie war auch beunruhigt über Lady Hadleighs Prophezeiungen.

Sie mußte ins zwanzigste Jahrhundert zurückkehren.

»Nein«, flüsterte sie.

»Hmm?« murmelte Dane, schon halb im Schlaf.

Gloriana erwiderte nichts, weil sie gar nicht dazu imstande gewesen wäre, ohne zu weinen, und er beharrte nicht auf einer Antwort.

Gloriana erwachte bei Morgendämmerung und stellte fest, daß Dane bereits aufgestanden war. Er hatte ihren roten Umhang aus den römischen Bädern geholt – oder Judith danach geschickt –, denn er lag zusammengefaltet auf dem Stuhl. Die Zofe war nirgendwo zu sehen, aber es brannten Lampen, und warmes Wasser stand bereit.

Gloriana erhob sich, um ihr Gesicht zu waschen.

»Was ist mit deinem Haar geschehen?« fragte Dane.

Sie warf ihm einen Blick zu. »Du hast lange gebraucht, um danach zu fragen«, erwiderte sie. »Ich habe es schneiden lassen. Die Frauen des zwanzigsten Jahrhunderts tragen ihr Haar kürzer.«

Dane betrachtete sie nachdenklich. »Mit diesem kurzen Haar siehst du aus wie ein Page«, meinte er und lächelte, als er Glorianas empörtes Erröten sah. »Aber da hört die Ähnlichkeit natürlich auch schon auf«, fügte er schmunzelnd hinzu.

»Das hoffe ich«, gab Gloriana kühl zurück.

Er kam zu ihr und küßte sie. »Gloriana?«

»Was?« Sie schmollte noch immer, obwohl sein Kuß sie ein wenig besänftigt hatte.

»Es war ein Scherz. Du bist bezaubernd schön wie immer.«

»Ich bin nicht belustigt, Sir«, entgegnete sie, lächelte jedoch bereits ein wenig.

Wieder küßte er sie, ohne Hast, und legte dann eine Hand an ihre Wange. »Wir können jetzt deine Rückkehr nicht mehr feiern – nicht so kurz nach Elainas Tod.«

»Nein«, stimmte Gloriana traurig zu.

»Trotz allem«, fuhr Dane fort, »könnte es keinen besseren Zeitpunkt für deine Rückkehr geben. In Zeiten der Trauer stellen die Leute nicht so viele Fragen.«

»Es erscheint mir nicht gerecht, daß Elainas Tod von Vorteil für uns sein soll.«

»Nein«, bestätigte Dane. »Das ist es auch nicht. Aber du wirst bereits gemerkt haben, Gloriana, daß unsere Welt keine gerechte ist.« Als Gloriana betrübt nickte, nahm er sie in die Arme und hielt sie lange umfangen, bevor er ihr prüfend in die Augen schaute. »Bist du bereit, nicht nur in Kenbrook Hall, sondern auch in Hadleigh Castle die Hausherrin zu sein?« fragte er.

»Ich glaube nicht, daß das wichtig ist«, erwiderte Gloriana nüchtern. »Ob ich bereit bin oder nicht, meine ich.«

In stummem Einverständnis küßte Dane sie auf die Stirn.

Das Abendessen wurde gerade serviert, als Gloriana, unter dem roten Cape verborgen, mit der Schaustellertruppe den großen Saal betrat. Im Schein des Küchenfeuers hatte Corliss ihr Gesicht bemalt – große, blaue Tränen auf den Wangen und einen roten, kummervoll verzogenen Mund. Es war ein trauriger Anlaß, und der Auftritt der Schausteller würde die Trauer des Publikums widerspiegeln.

So düster die Stimmung in jener Nacht auch war, kam es Gloriana dennoch so vor, als ob nur sie, Dane und die Bewohnerinnen der Abtei aufrichtig um Elaina trauerten. Für die Dorfbewohner, aber auch für das Gesinde in der Burg war Lady Hadleigh eine mystische Gestalt und eine Fremde gewesen. Immerhin war es schon Jahre her, daß Gareths Frau innerhalb dieser Mauern gelebt hatte.

Als die Musikanten eine traurige Melodie anstimmten, folgte Gloriana den anderen in den Saal, mit anmutigen, würdevollen Schritten, die ihrer Trauer angemessen waren.

Dane, der an seinem Tisch auf dem Podium saß, erhob sich, als er sie erblickte. Er hätte nicht erwartet, daß sie einen Umhang oder sogar Schminke tragen würde, sondern eigentlich damit gerechnet, daß sie bei ihrem Eintritt schlicht verkünden würde, ihren Entführern entkommen und heimgekehrt zu sein. Gloriana hatte jedoch den Mut verloren, als der Moment der Enthüllung kam, und fühlte sich in ihrer Verkleidung sicherer. Jetzt schritt sie bis zur Mitte des Saals, und ihr Blick wich nicht von ihrem Mann, als er sich vom Tisch entfernte, vom Podium herabstieg und auf sie zukam.

Einen langen Moment standen sie sich stumm gegenüber.

Dann, auf ein fast unmerkliches Zeichen von Dane, hob Gloriana beide Hände und streifte die Kapuze ab. Ihr Haar war, wenn auch kürzer, noch immer von jenem auffallenden Rotgold, das oft gesehen worden war, weil Wimpel und andere Kopfbedeckungen ihr verhaßt gewesen waren.

Jemand schnappte nach Luft, und leises Gemurmel erhob sich unter den Anwesenden.

Dane legte die Hände auf Glorianas Schultern und schaute ihr, noch immer schweigend, in die Augen, als versuchte er, bis auf den Grund ihrer Seele zu blicken. An diesem Punkt sollte sie die Geschichte ihrer Flucht erzählen, aber sie war wie verzaubert von Danes Blick und fand keine Worte.

»Schaut her«, sagte Dane zu guter Letzt mit lauter, gebieterischer Stimme, ohne den Blick von Gloriana abzuwenden, »meine rechtmäßige Gemahlin ist zurückgekehrt!«

Da löste sich Glorianas Erstarrung, aber nicht etwa wegen Danes Verkündigung. Über seine Schulter hatte sie die schöne Mariette gesehen, die an seinem Tisch auf dem Podium saß. Die junge Frau war leichenblaß geworden und stand nun langsam auf. Tödliche Stille herrschte im Raum und wäre vielleicht auch jetzt noch nicht gebrochen worden, wenn nicht einer der Hunde angefangen hätte, sich zu kratzen.

Pater Cradoc, der ebenfalls am Tisch seines Herrn speiste, erhob sich rasch und setzte ein erstauntes Lächeln auf. In einer Geste überwältigender Wiedersehensfreude breitete er die Arme aus und kam zu Dane und Gloriana.

»Gepriesen seien die Heilige Jungfrau und alle Heiligen«, rief er. »Sag, Kind – wie kommt es, daß du wieder hier bei deinen Leuten bist?«

Gloriana schluckte, unfähig, den Blick von Mariette abzuwenden, die noch immer wie gelähmt auf dem Podium stand. Auch ihr eigener Herzschlag schien laut durch den Saal zu dröhnen. »Banditen entführten mich und hielten mich zwei Jahre lang gefangen«, antwortete sie und dachte, daß sie selbst in ihren eigenen Ohren nicht wie sie selbst klang. »Ich habe die ganze Zeit einen Weg gesucht, um fliehen zu können ...«

In diesem Augenblick löste sich Romulus, der Magier, aus der Truppe seiner Schausteller. Er trug ein schwarzweißes Harlekinkostüm und sprach mit großer Würde. »Eure Gemahlin begegnete unserer Truppe und bat uns, sie aufzunehmen. Und das haben wir getan, um sie sicher zu jenen heimzubringen, die um sie trauerten.«

Wieder war neugieriges Gemurmel zu hören. Die Bewohner von Hadleigh Castle und aus der näheren Umgebung hatten Gloriana stets als eine der Ihren betrachtet, und doch gaben sie jetzt nur ungern die Gerüchte auf, die sich um deren schreckliches Verschwinden rankten.

Klein, schmal und zitternd trat Judith aus den Schatten an der Wand. »Es ist die reine Wahrheit, was Mylady sagt«, erklärte sie. »Auf dem Friedhof lagen Banditen auf der Lauer an jenem verhängnisvollen Tag. Jetzt, wo ich Myladys Gesicht sehe, erinnere ich mich wieder.« Das Mädchen ließ sich vor seiner Herrin auf die Knie fallen und preßte aufschluchzend die Stirn an Glorianas Füße. »Ich hatte solche Angst, sie hätten Euch getötet!«

Gloriana zog ihre Dienerin auf die Füße, weil ihr eine derartige Unterwürfigkeit zuwider war. »Beruhige dich«, sagte sie freundlich und gab sich keine Mühe, von den anderen gehört zu werden, weil ihre Worte kein Teil des Auftritts waren. »Ich stehe vor dir, sicher und wohlauf. Du brauchst nicht mehr um mich zu trauern.«

Tränen strömten über Judiths mageres, schmutziges Gesicht, und als Gloriana ihre geröteten Augen sah, erkannte sie, daß das Mädchen inzwischen allen Ernstes die Geschichte glaubte, die sie im Turmzimmer mit ihr eingeübt hatten.

Sie berührte Judiths Arm. »Geh und iß jetzt«, befahl sie sanft.

Dane, der neben Gloriana stand, musterte Romulus nachdenklich. Der Magier hielt seinem Blick gelassen stand, während er gleichzeitig die neue Herrin von Hadleigh Castle sanft in Richtung ihres Mannes schob.

Als Dane instinktiv die Arme ausstreckte, um Gloriana zu stützen, brach ohrenbetäubender Jubel im Saal aus.

Kenbrook, der nun auch Lord Hadleigh war, lächelte und machte eine tiefe, förmliche Verbeugung. Dann hob er Gloriana auf seine Arme.

»Ihr werdet mir verzeihen«, rief er der lärmenden Gesellschaft zu, »daß ich meine Geliebte unter vier Augen willkommen heißen möchte!«

Auf dem Podium ließ Mariette sich auf die Bank zurücksinken, und ihre Dienerin, Fabrienne, hastete an ihre Seite. Obwohl Gloriana lächelte und einen Arm um Danes Nacken schlang, war ihre Freude durch die offensichtliche Bestürzung der Französin ein wenig getrübt.

Sie erlaubte Dane, sie aus dem Saal zu tragen, die Treppe hinauf und in das Zimmer, das einst Gareths Schlafgemach gewesen war, bevor sie ihre Gedanken äußerte.

»Du hast gesagt, Mariette würde erleichtert sein, dich nicht heiraten zu müssen«, sagte Gloriana, als Dane sie freigab. »Aber ich habe das Mädchen beobachtet, als wir unseren großen Auftritt in der Halle hatten, und sie wirkte sehr bestürzt.«

Dane griff nach einem Krug Wein auf einem nahen Tisch, und seine Haltung verriet nicht das geringste Schuldbewußtsein, als er den prüfenden Blick seiner Frau erwiderte. »Ich versichere dir, Gloriana, daß Mariette alles andere als ›bestürzt‹ ist. Als ich unsere Verlobung auflöste, war sie so entzückt, daß sie mich umarmte und küßte.«

Gloriana zog zweifelnd eine Braue hoch und stützte die Hände in die Hüften. »Du solltest mir die Wahrheit sagen, Mylord, denn wenn du ein falsches Spiel mit mir treibst, werde ich eine ganz andere Vergeltung an dir üben als jene, die du von mir gewohnt bist.«

Er lachte und schenkte Wein ein. »Ich kann die Dame

rufen, wenn du möchtest, damit du es von ihren eigenen Lippen hörst.«

Gloriana dachte nach. Sie glaubte Dane, und im übrigen war er ihr Mann, den sie niemals aufgegeben hätte, bloß weil eine andere ihn begehrte. Es gab gewiß genug Frauen, innerhalb und außerhalb der Burg, die von einem Leben mit ihm träumten.

»Ich zweifle nicht an deinem Wort, Mylord«, sagte sie. »Ich glaube, du würdest es mir offen sagen, wenn du eine andere Frau begehrtest, denn du bist arrogant genug, um es als dein gutes Recht zu betrachten, als Herr und Meister zweier großer Güter. Aber ich habe Mariettes Gesicht gesehen, und sie war leichenblaß. Ich hatte Angst, sie würde in Ohnmacht fallen.«

Dane trat vor Gloriana und strich mit einer Hand über ihr Haar, während er mit der anderen den Umhang von ihren Schultern streifte. »Das war pure Erleichterung«, erklärte er. »Die Dame hatte gewiß befürchtet, ich würde es mir anders überlegen und sie doch noch heiraten.«

Raschelnd glitt das Cape zu Boden, unter dem Gloriana ein schlichtes blaues Gewand mit einer Tunika aus brauner Wolle trug. Lächelnd nahm Dane ihre Hand und führte sie zu einem Waschtisch, wo er ein Tuch befeuchtete und ihr Gesicht zu reinigen begann.

Sie hatte ganz vergessen, daß Corliss sie geschminkt hatte, und errötete nun, weil sie sich sehr albern vorkam.

»Ich kann verstehen«, sagte sie, als Dane das Tuch endlich beiseite legte, »warum eine Frau Angst haben könnte, sich dir auszuliefern.«

Dane runzelte die Stirn. »So? Bin ich so furchterregend?«

Gloriana berührte sein wundervolles blondes Haar, strich über sein kräftiges Kinn und seine ausgeprägten Wangenknochen, als wollte sie sich jeden seiner Gesichtszüge für immer einprägen. »Nein«, erwiderte sie sanft. »Du bist nicht halb so furchterregend, wie du die Welt gern glauben machen möchtest.«

»Warum sollte eine Frau sich also vor mir fürchten?«

Sie küßte ihn, bevor sie antwortete. »Wenn eine Dame dir erst einmal ihr Herz geschenkt hat, Mylord, ist es für immer verloren. Für immer und in alle Ewigkeit.«

Kapitel 17

Jene Nacht, die sie allein mit Dane in seinem Zimmer in Hadleigh Castle verbrachte, war sehr idyllisch für Gloriana, trotz ihrer Trauer um Elaina – oder vielleicht gerade deswegen. Beide Liebenden suchten Trost im Herzen des anderen, und als sie endlich einschliefen, waren ihre Körper noch immer auf innigste Weise vereinigt.

Im Morgengrauen weckte Dane Gloriana mit einem Kuß und zog sie in die Arme. Obwohl sie sich im Schlaf voneinander gelöst hatten, waren ihre Seelen noch miteinander verbunden, und Gloriana bezweifelte, daß selbst siebenhundert Jahre Trennung etwas daran ändern konnten.

Dennoch schauderte es sie bei der Vorstellung, Dane erneut entrissen zu werden, ob für einen Tag nun, oder den Rest ihres Lebens.

Dane, der ihr Zittern spürte, umfaßte ihr Kinn und schaute ihr in die Augen. »Wovor fürchtest du dich, Mylady?« fragte er, und obwohl seine Stimme sanft und zärtlich klang, war offensichtlich, daß er eine Antwort auf seine Frage erwartete.

»Ich dachte gerade ... wie es wäre, wenn wir wieder auseinandergerissen würden.«

Dane strich liebevoll über ihre Wange, und seine nächsten Worte verrieten nicht die geringste Eifersucht. »Dein Lyn Kirkwood würde sich bestimmt über deine Rückkehr freuen«, sagte er und runzelte die Stirn. »Es sei denn, er wäre deiner unwürdig ...« Er schüttelte den Kopf.

»Er ist es nicht«, erklärte Dane entschieden. »Kein

unehrenhafter Mann könnte deine Freundschaft gewinnen, ganz zu schweigen von deiner Liebe.«

»Ich liebe Lyn nicht«, beharrte Gloriana. Es war wichtig, daß Dane das verstand, ganz gleich, was in den nächsten Monaten, Tagen oder Wochen auch geschehen würde.

»Erzähl mir von ihm.«

Um Zeit zu gewinnen, befeuchtete Gloriana ihre Lippen, und als das Schweigen unerträglich wurde, sagte sie in grollendem Ton: »Kirkwood ist Arzt.«

»Ein Kurpfuscher?«

»Nein«, erwiderte Gloriana. »Die modernen Heiler praktizieren nicht den Aderlaß, und sie behandeln Wunden auch nicht mit Dung und Kräutersalben. Die moderne Medizin der Zukunft ist eine Wissenschaft und eine Kunst.«

Dane überlegte kurz, bevor er fragte: »Sag, Gloriana – können wir uns hier in unserer Zeit noch Gerechtigkeit erhoffen? Kannst du mir sagen, was unser Reich erwartet?«

Gloriana seufzte und legte den Kopf an Danes Schulter. »Ich weiß nicht viel über das zwanzigste Jahrhundert, Mylord – ich war nur kurze Zeit dort. Aber ich habe viele Wunder und großartige Erfindungen gesehen.«

»Du hast meine Frage nicht beantwortet.« Kenbrook konnte sehr beharrlich sein.

»In einigen Teilen jener anderen Welt«, erwiderte Gloriana widerstrebend, »genießen die Menschen beträchtliche persönliche Freiheit, und England gilt als eine der größten Nationen der Erde. Aber viele Menschen sind noch Sklaven.«

Dane veränderte seine Stellung, so daß er sie anschauen konnte. »Was noch?«

Gloriana begann sich für das Thema zu erwärmen und war stolz darauf, Dinge gesehen zu haben, die selbst die brillantesten Denker des Jahrhunderts sich nicht hätten vorstellen können. »Nun ja, also erstens ist die Welt nicht flach«, sagte sie, in Erinnerung an ein Programm, das sie im Fernsehen verfolgt hatte. »Und die Sonne dreht sich auch nicht um sie.«

»Ketzerei«, meinte Dane, aber es klang neugierig.

»Die Sterne hängen in einer endlosen Leere, die ›All‹ genannt wird«, fuhr Gloriana fort, froh über die Ablenkung von ihren düsteren Gedanken. »Es ist kalt und dunkel dort, aber nicht leer, denn es gibt noch viele andere Himmelskörper – so viele, daß niemand es bisher geschafft hat, sie zu zählen. Die Sterne, die wir in klaren Nächten sehen, sind eigentlich Sonnen wie unsere eigene, aber in allen möglichen Größen. Und einige sind so weit entfernt, daß ihr Licht, obwohl sie längst ausgebrannt sind, uns Tausende, ja Millionen von Jahren später noch erreicht.«

»Was sagt die Kirche zu diesen Dingen?«

Gloriana lächelte an Danes Schulter. »Nicht viel, Mylord. Es ist eine feststehende Tatsache, und Männer sind sogar zum Mond gereist und wieder auf die Erde zurückgekehrt.«

Daraufhin richtete Kenbrook sich auf, beugte sich über Gloriana und starrte sie verwundert an. »Das war kein Scherz«, murmelte er verblüfft, nachdem er eine Weile geschwiegen hatte.

Sie schüttelte den Kopf. »Sie ist ein interessanter Ort, die Zukunft. Obwohl sie natürlich auch ihre Gefahren birgt.«

»Und welche Gefahren sind das?«

»Das habe ich dir schon gesagt. Es gibt Krankheiten, und die Menschen haben schreckliche Waffen erfunden, die imstande sind, alles zu zerstören, was sich auf der Erde bewegt oder in den Meeren schwimmt.«

Dane verarbeitete diese Informationen grimmig und ging dann zu einem anderen Thema über. »Wie werden Kinder geboren?«

Gloriana lachte. »Auf die übliche Weise, Mylord«, erwiderte sie und schlang die Arme um Danes Nacken. »Und sie werden auch noch auf die gleiche Art gezeugt.«

Er glitt zwischen ihre warmen Schenkel, und sie zog die

Knie an, um ihn aufzunehmen. »So?« fragte er und drang mit einer einzigen, mächtigen Bewegung in sie ein.

»Ja, Mylord«, wisperte Gloriana und bewegte einladend ihre Hüften. »Genau so.«

Gloriana hatte fast ein wenig Angst, den Friedhof zu betreten, angesichts dessen, was vor nicht allzu langer Zeit dort geschehen war, als sie ihrem Mann und ihrem Heim entrissen und in eine andere Welt versetzt worden war. Aber natürlich konnte sie sich nicht weigern, an Lady Elainas Begräbnis teilzunehmen.

Also zog Gloriana, ganz in Schwarz gekleidet, an Danes Seite mit der Prozession aus der Kapelle auf den Friedhof, zwischen die kalten, verfallenen Grabsteine, die die letzten Ruhestätten von Generationen von St. Gregorys bezeichneten. Elainas Sarg, aus frischem, noch duftendem Holz schnell zurechtgezimmert, wurde in das gähnende Loch neben Gareths Grab herabgelassen und mit Erde bedeckt.

Pater Cradoc sprach ein letztes Gebet, und die Trauergäste begannen sich zu entfernen, einige in Richtung Burg, andere ins Dorf. Dane verweilte, schien den Regen nicht zu spüren, und Gloriana blieb bei ihm, obwohl sie am liebsten Hals über Kopf davongestürzt wäre.

Es war der gute Pater, der Dane aus seiner Versunkenheit riß, indem er eine Hand auf seine Schulter legte und ruhig, aber entschieden sagte: »Geht hinein und wärmt Euch am Feuer auf, Mylord. Lady Elaina würde nicht wollen, daß Ihr oder Eure edle Gemahlin hier im Regen um sie trauert.«

Gloriana fühlte Danes Erschrecken, und als er das Gesicht wandte, um sie anzusehen, merkte sie, daß er ihre Anwesenheit vollkommen vergessen hatte. Zärtlich zog sie ihn auf den Schutz von Hadleigh Castle zu, das jetzt sein Heim und auch ihres war.

Die große Halle war zugig wie immer, aber in den Kaminen an beiden Enden des großen Raums brannten

Feuer, und die Öllampen waren heute früher entzündet worden, um etwas von der Düsterkeit dieses traurigen, regnerischen Morgens zu vertreiben. Als Gloriana Maxen sah, der sich mit einem Krug Bier in der Hand vor einem der Kamine wärmte, schob Gloriana ihren Mann in seine Richtung und ging, um mit Romulus zu sprechen, der ganz allein an einem Tisch in einer fernen Ecke saß.

Bei ihrem Näherkommen hob der alte Mann den Kopf und lächelte ihr zu.

»Ihr seid ein Trost für Euren Gatten, Mylady«, sagte er und neigte leicht den Kopf, aus Respekt vor ihrem Rang. Er erhob sich jedoch nicht, und Gloriana, die wenig für derlei Gebräuche übrig hatte, erwartete es auch nicht von ihm.

Eine Weile betrachtete sie den Magier neugierig, bevor sie sprach, so leise, daß niemand außer Romulus sie hören konnte.

»Wer bist du?« fragte sie ganz unverblümt.

Er zog seine buschigen weißen Brauen hoch. »Das habe ich Euch doch schon gesagt. Ich bin Romulus, ein bescheidener Schausteller.«

»Unsinn«, erwiderte Gloriana scharf. »Du bist mehr als das. Du warst nicht erstaunt über meine Kleidung, als ich mich dir in jenem Dorf näherte, bevor wir nach Hadleigh kamen. Es kam mir sogar fast so vor, als ob du mich erwartet hättest.«

Romulus zuckte mit den Schultern, aber in seinen Augen funkelte ein Wissen, das er offenbar nicht teilen wollte. »Ihr erzählt mir Eure Geschichte, und ich berichte Euch meine«, sagte er.

Gloriana warf einen Blick zu Dane und sah ihn den Kopf schütteln, als einer der Diener ihm einen Krug anbot. Dann richtete sie den Blick wieder auf den Magier. »Ich bin eine Zeitreisende«, vertraute sie ihm beinahe zornig an.

Er lächelte. »Ich weiß«, erwiderte er. »Ich sah Euch in der Kristallkugel, noch bevor Ihr darum gebeten hattet, in unsere Truppe aufgenommen zu werden.« Das Lächeln des alten Magiers verblaßte. »Ihr dürft nicht den Mut verlieren, Mylady, bevor Eure Aufgabe beendet ist. Es hängt soviel ab von Eurer Standhaftigkeit.«

»Was …?«

»Mademoiselle de Troyes ist eingetreten«, schnitt Romulus ihr das Wort ab, ohne nach links oder rechts gesehen zu haben. »Ihr dürft Eure Magie nicht in ihrer Gegenwart erwähnen. Das Mädchen meint es gut genug, aber es ist schwach, und bei Menschen wie ihr löscht der Aberglaube oft jegliche Vernunft aus.«

Gloriana war leicht verärgert, als sie sich zu der jungen Frau umwandte, die ihr Mann hatte heiraten wollen, und aus dem Augenwinkel sah sie Romulus aus der Halle hasten.

Mariette sprach nicht mit Gloriana, sondern neigte zum Gruß nur leicht den Kopf. Sie war noch immer blaß und wirkte in ihrem schlichten Trauerkleid sogar noch zierlicher als sonst.

Gloriana erwiderte ihr Nicken. »Ich hatte gehofft, Euch unter glücklicheren Umständen wiederzusehen«, begann sie.

Mariettes Augen haftete ein fiebriger Glanz an, und ihr Blick glitt zu Dane, der sie beobachtete, bevor sie ihn wieder auf Gloriana richtete. »Ich wäre Kenbrook eine brave, gehorsame Frau gewesen«, antwortete sie, »obwohl ich ihn nie so geliebt habe wie Ihr, Gloriana.«

Gloriana hoffte, daß Dane nicht zu ihnen kam, bevor Mariette und sie Frieden geschlossen hatten. »Man sagte mir, Ihr wärt froh, wenn Euch die Pflichten einer Ehe erspart blieben.«

Mariette errötete. »Das ist wahr«, gestand sie flüsternd. »Ich war zufrieden in der Abtei und wollte nichts anderes, als dort den Rest meiner Tage zu verbringen.« Sie brach ab, und die leichte Röte verblaßte wieder auf ihren Wangen. »Aber Fabrienne, meine Dienerin, hatte eine Vision – ein Engel kam zu ihr und sagte ihr, ich müsse mich Lord Kenbrook hingeben, damit ein Kind geboren werden konnte.«

Gloriana hätte die lästige Dienerin am liebsten erwürgt, als sie Mariettes Hand ergriff. Sie war so heiß, als ob das Mädchen Fieber hätte. »Es tut mir leid«, meinte Gloriana leise.

Mariettes Umarmung war unerwartet, kurz und eine Spur verzweifelt. »Nein«, erwiderte sie und schüttelte den Kopf, als sie zurückwich, als ob sie fliehen wolle. »Ihr braucht nichts zu bereuen meinetwegen. Ich liebte Edward, und obwohl ich weiß, daß es nicht richtig ist, hasse ich Kenbrook für seinen Tod. Ich – ich wollte Mylord ein Messer in die Kehle treiben, wenn er in der Hochzeitsnacht zu mir kam.« An diesem Punkt machte sie sich bereit zur Flucht und schien Glorianas Entsetzen nicht einmal zu bemerken. »Es ist ein Glück, daß die Heilige Muttergottes es verhindert hat, indem sie Euch zurückschickte. Ihr habt mich vor den Feuern der Hölle bewahrt – vielleicht werde ich Vergebung erlangen …«

Mit diesen Worten entzog Mariette Gloriana ihre Hand und stürzte aus dem Saal.

»Was hatte denn das zu bedeuten?« fragte Dane.

Gloriana, die ihn weder gehört noch gespürt hatte, erschrak. Eine Hand an ihre Brust gepreßt, wandte sie sich zu Kenbrook um und schaute zu ihm auf. Sollte sie ihm sagen, welches Schicksal seine einstige Braut ihm für die Hochzeitsnacht zugedacht hatte?

Innerhalb von Sekunden entschied sie sich dagegen. Dane war ein vernünftiger Mann, aber dies waren barbarische Zeiten, und er hätte Mariette de Troyes vielleicht aus der Burg und aus dem Dorf verbannt, wenn er von ihrem geplanten Verrat erfahren hätte. Das Mädchen war blaß und erhitzt von irgendeiner beginnenden Krankheit und unfähig, eine solche Reise anzutreten …

»Ihr habt die Wahrheit gesprochen, mein Gemahl«, sagte Gloriana mit einem Lächeln, dessen Zärtlichkeit nicht geheuchelt war. »Die Mademoiselle ist froh, in die Abtei zurückkehren zu können.«

Dane versuchte zu lächeln, aber es gelang ihm nicht. Seine Zuneigung zu seiner verstorbenen Schwägerin und seine Trauer über ihren zu frühen Tod gingen noch zu tief. »Du hast an meinem Wort gezweifelt?« fragte er, so leise, daß nur sie es hören konnte.

»Nein«, antwortete Gloriana aufrichtig. »Aber Mariettes Zustand beunruhigte mich, wie ich bereits sagte.«

»Wahrscheinlich trauert auch sie um Lady Elaina«, wandte Dane müde ein und strich sich durch sein blondes Haar. »Großer Gott, Gloriana, ich ertrage es einfach nicht. Zuerst Edward, dann Gareth und jetzt – jetzt ...«

Sie berührte sein Gesicht. »Es ist nicht deine Schuld«, erwiderte sie und nahm seine Hand. »Komm – laß uns Peleus und eine Stute für mich satteln. Beim Reiten werden wir unseren Schmerz vielleicht vergessen, und wenn auch nur für eine kurze Weile.«

»Du bist schwanger«, wandte Kenbrook ein, »und mußt dich schonen. Es wäre unvorsichtig.«

»Dann reite ich eben ohne dich«, sagte Gloriana und wandte sich zur nächsten Tür. Sie hatte ihren wollenen Umhang abgelegt, als sie eingetreten waren, doch jetzt ergriff sie ihn und legte ihn um ihre Schultern.

Dane holte sie ein, als sie die Kapuze überzog, ergriff ihren Arm und hielt sie zurück. »Du bist die eigensinnigste Frau, die ich kenne«, sagte er, aber seine Augen funkelten, und sie dachte, daß ein Ritt durch frische Luft und offenes Gelände ihn verlockte und ihn trösten würde.

»Das ist dein Glück«, entgegnete sie. »Denn wäre ich anders, Mylord, dann wärst du weit und breit als Tyrann und Grobian bekannt.«

Er grinste flüchtig und zog den Umhang noch fester um ihre Schultern. »Arrogantes Frauenzimmer. Du glaubst wohl, selbst das Auf- und Untergehen des Mondes sei dein Verdienst, nicht wahr?«

Gloriana warf ihm einen Blick zu, nahm seinen Arm und zog ihn in den sanften, warmen Regen hinaus. »Manchmal glaube ich«, gestand sie lächelnd, »daß ich die Erde zum Erbeben bringe.«

Dane hätte unter anderen Umständen vielleicht gelacht, doch so, wie es war, schnallte er nur sein Schwert um, das ihm einer seiner Männer brachte, und nickte. »Das ist nicht abzustreiten, Mylady«, erwiderte er, als sein Bewaffneter wieder gegangen war und sie den Hof durchquerten. »Wenn du mich in dir aufnimmst beispielsweise.«

In den Stallungen, wo die Knechte und Soldaten sich mit Würfelspielen die Zeit vertrieben oder im Heu schnarchten, verzichteten Dane und Gloriana auf eine Unterhaltung, weil sie wußten, daß jedes Wort gehört, im Gedächtnis behalten und weitererzählt werden würde.

Peleus und eine kleine, nervöse Schimmelstute, die Gloriana noch nie zuvor gesehen hatte, wurden gesattelt. Draußen im Regen saßen sie auf, Gloriana zuerst, mit Hilfe ihres Mannes, dann Dane. Zusammen ritten sie aus dem Hof und durch das Dorf auf die großen Tore zu, die gastfreundlich offenstanden, seit Merrymont an seinen Platz verwiesen worden war.

Niemand fragte, wieso sie an einem solch nassen, düsteren Tag ausritten – niemand hätte das gewagt –, aber viele neugierige Blicke folgten ihnen.

Als sie die Straße hinter der Zugbrücke erreichten, ließ Dane sein Pferd im Schritt gehen, in Richtung Abtei und Kenbrook Hall.

Sie ritten an der Abtei und an der Burg vorbei, ohne anzuhalten, und durchquerten den Wald, der zu den Weiden hinter der alten Burg führte. Dort, im Schutz von Eichen und Tannenbäumen, saß Dane ab und schaute von diesem natürlichen Aussichtspunkt auf seine Ländereien herab. Gloriana jedoch blieb auf der Stute sitzen und streichelte das Tier, als es nervös mit den Hufen scharrte.

»Manchmal«, sagte Dane, ohne Gloriana anzusehen, »wünschte ich, ich wäre nie nach England zurückgekehrt. Mir scheint, als hätte ich hier allen nur Leid und Tod gebracht.«

Gloriana verdrängte ihre Tränen; die Situation erforderte Kraft und keine Schwäche. »Ich glaube, du bemitleidest dich zu sehr, Dane St. Gregory«, entgegnete sie. »Du bist der Herr hier, und deine Leute brauchen dich.«

Erst da wandte er sich um und sah sie mit einem traurigen Lächeln an. »Was kann ich ihnen schon geben?« fragte er.

»Einen tapferen, gerechten Lehnsherrn«, erwiderte Gloriana ohne Zögern. Während sie mit einer Hand die Zügel hielt, legte sie die andere auf ihren Bauch. »Und gesunde Söhne und Töchter, um dein Erbe zu übernehmen, wenn wir nicht mehr sind.«

Dane kam zu Gloriana und schaute zu ihr auf, eine Hand auf ihrem Schenkel. »Ich flehe dich an, Mylady – verlaß mich nie. Ich bin nichts ohne deinen Rat und deine Liebe.«

Gloriana beugte sich vor und legte die Hände auf seine Schultern, doch bevor sie etwas sagen konnte, stieg eine gräßliche Finsternis vom Boden auf, die sie einhüllte und erstickte. Ihr Kopf schmerzte, als steckte er zwischen zwei riesigen, sich drehenden Baumstämmen, und obwohl sie Dane aufschreien hörte und spürte, wie er sie vom Pferd hob, war sie nicht imstande, ihm zu antworten.

In den nächsten Augenblicken schien sich alles miteinander zu vermischen – Osten und Westen, Norden und Süden, oben und unten, links und rechts –, um sich gleich darauf in eine nichtssagende, pulsierende Leere zu verwandeln. Es gab kein Licht darin, der Schmerz war überall, erreichte jeden Winkel des Universums, drang ein bis in Glorianas Mark und vermischte sich mit ihrem Blut.

Sie wehrte sich mit aller Kraft gegen das Phänomen, weil ihr selbst im unerträglichsten Schmerz bewußt war, was geschehen würde. Aber es war sinnlos. Ihr Schicksal war entschieden; sie wurde Dane erneut entrissen, und diese Gewißheit war der ärgste Schmerz von allen.

Sie kniete auf weichem, feuchtem Boden, als der furchtbare innere Aufruhr endlich nachließ, und krallte ihre Finger in das Gras. Als ihr Blick sich klärte, sah sie einen Mann neben sich knien, und im ersten Moment erfaßte sie die sinnlose, wilde Hoffnung, doch nicht aus dem dreizehnten Jahrhundert fortgerissen worden zu sein. Der Mann trug enganliegende Beinkleider und ein Wams, weiche Lederstiefel und einen Gürtel mit einem Schwert, und sein Haar war lang, selbst für moderne Zeiten.

Dann, mit erschütternder Enttäuschung, begriff Gloriana, daß diese Kleider nicht echt, sondern nur eine geschickte Nachahmung waren. Seine Art zu sprechen bestätigte den Verdacht.

»Alles in Ordnung mit Ihnen?« fragte er in jenem schnellen, modernen Englisch.

Gloriana nickte, obwohl es wahrlich nicht so war, und schaute sich mißtrauisch um. Bunte Pavillons aus gestreifter Seide ragten wie exotische Blumen aus der Wiese auf, und Gruppen von Menschen in mittelalterlicher Kleidung schlenderten lächelnd und plaudernd zwischen ihnen umher.

»Das ist ein phantastisches Kostüm, das Sie da anhaben«, sagte der Mann, während er Glorianas Arm nahm und sie behutsam auf die Beine zog. Einen kurzen Moment lang erfaßte sie eine geradezu verrückte Erleichterung, weil sie sich nicht erbrochen hatte – auf den Boden oder auf ihr Kleid.

»D-danke«, erwiderte sie und versuchte, sich rasch wieder auf die neue Sprechweise einzustellen. »Ich … Es geht mir gut, ich bin nur ein bißchen müde, glaube ich.«

Der Mann führte sie zu einem Baumstumpf und bat sie, sich zu setzen. »Ich könnte jemanden anrufen, wenn Sie wollen.«

Gloriana befeuchtete ihre Lippen und fragte sich, welches Jahr es sein mochte, wagte jedoch nicht, zu fragen. Obwohl sie die Wiese erkannt hatte und auch die grimmigen Umrisse von Kenbrook Hall, konnte sie nicht sicher sein, in welchem Teil des zwanzigsten Jahrhunderts sie gelandet war.

Und einem Fremden würde sie ihr Dilemma nicht anvertrauen, ganz gleich, wie gütig er erscheinen mochte. »Könnten Sie bitte Lyn Kirkwood anrufen – in Hadleigh Village?«

Sie hielt den Atem an, während sie auf die Antwort ihres jungen Ritters wartete. Seinem ruhigen, freundlichen

Verhalten nach zu urteilen hatte er sie nicht aus der Vergangenheit auftauchen sehen.

»Oh, das ist nicht nötig«, erwiderte er mit einem erfreuten Lächeln. »Lyn muß irgendwo hier auf dem Jahrmarkt sein … Bleiben Sie ruhig sitzen, ich bringe ihn zu Ihnen.«

Gloriana wurde fast übel vor Erleichterung – bis ihr der Gedanke kam, daß sie vielleicht noch *vor* ihrem letzten Besuch in modernen Zeiten eingetroffen war – was bedeutet hätte, daß Lyn sie nicht erkennen würde. Falls es Regeln für diesen Wechsel zwischen den Jahrhunderten gab, war es ihr noch nicht gelungen, sie zu erkennen.

»Ja«, sagte sie. »Bitte holen Sie Mr. Kirkwood.«

Als Lyn aus der Menschenmenge auftauchte, im eleganten Kostüm eines Grafen oder Herzogs, merkte Gloriana an seinem Blick, daß er sie erkannte. Er sah nicht älter oder jünger als zuvor aus und ergriff ihre Hände, als er vor ihr niederkniete, um sie anzusehen. »Gott sei Dank, Gloriana«, flüsterte er, »ich dachte schon, ich würde Sie nie wiedersehen!«

Sie sagte nichts, bis der Mann, der Lyn geholt hatte, zu dem munteren Treiben auf der Wiese zurückgekehrt war.

»Was hat das zu bedeuten?« fragte sie leise.

Lyn zwang sich zu einem Lächeln. »Es ist ein mittelalterlicher Jahrmarkt, Gloriana. Vielen von uns macht es Freude, für eine Weile so zu tun, als lebten wir in einem anderen Jahrhundert.«

Gloriana barg das Gesicht in ihren zitternden Händen. *Was ich am meisten fürchtete, ist eingetroffen …* diese Worte gingen ihr durch den Kopf.

Lyn ließ sie einen Moment allein und kehrte mit einem Becher Wasser zurück, den sie mit unsicheren Händen ergriff und gierig leerte.

»Es geht dir nicht gut, Gloriana«, stellte er besorgt fest, als sie getrunken hatte.

Sie schüttelte den Kopf, ihre Sicht von Tränen der Panik und der Angst verkleinert, die sie nicht mehr unterdrücken konnte. »Bring mich fort von hier – bitte.«

Lyn legte einen Arm um ihre Taille und half ihr auf die

Beine. »Mein Wagen steht ganz in der Nähe«, sagte er. »Ich fahre dich nach Hause und rufe von dort aus Marge und Janet an.«

»Wieviel Zeit ist vergangen, seit … ich verschwunden bin?« fragte Gloriana leise, als sie an den kostümierten Jahrmarktsbesuchern vorbei zu einem Parkplatz gingen. Jetzt, wo sie wieder einigermaßen klar denken konnte, erkannte sie, daß all diese Tuniken, Wämser, Wimpel und Gewänder viel zu fein waren, um echt zu sein.

Lyn warf ihr einen überraschten Blick zu, verlangsamte jedoch nicht den Schritt, sondern zog sie weiter. »Vier Monate, Gloriana – und in all dieser Zeit war ich mir nie ganz sicher, was geschehen war. Ich dachte, du hättest vielleicht das Gedächtnis verloren und nicht mehr zu Janets Laden zurückgefunden – oder wärst zu einem Psychopathen in den Wagen gestiegen … O Gott, Gloriana, du ahnst ja nicht, welche Angst ich ausgestanden habe!«

Sie warf ihrem Freund einen ärgerlichen Blick zu, als er die Wagentür öffnete und darauf wartete, daß sie einstieg. »Hältst du mich für verrückt genug, einem Verbrecher zu trauen?«

»Vergiß es«, meinte er und versetzte ihr einen sanften Schubs, damit sie endlich einstieg. Kaum saß sie, schloß er die Tür und ging zur Fahrerseite. »Beschreib mir, was geschehen ist – ganz *genau.*« Er ließ den Motor an und legte einen Gang ein. »Und ohne etwas auszulassen.«

Gloriana beabsichtigte, sogar eine ganze Menge auszulassen, da sie schließlich einen beträchtlichen Teil ihrer Zeit im dreizehnten Jahrhundert mit ihrem Mann im Bett verbracht hatte. »Ich war in Janets Laden auf der Leiter, als es geschah«, murmelte sie unglücklich, während sie eine Hand über die Augen legte, um sie vor der grellen Sommersonne zu schützen. Als sie mit der anderen ihren Rock berührte, stellte sie fest, daß er noch feucht war von dem Regen, der siebenhundert Jahre zuvor gefallen war. »Ich war auf eine der Leitern gestiegen, um ein Buch in ein Regal zurückzustellen, und plötzlich hatte ich diesen fürchterlichen Kopfschmerz, als ob ich einen Schlag mit einer Keule erhalten hätte. Ich konnte nichts mehr sehen und stürzte. Als ich wieder zu mir kam, saß ich auf dem Boden vor der Hütte eines Schäfers.«

Während des Rests der Fahrt erzählte Gloriana Lyn all jene Teile ihrer Geschichte, die sie ihm ohne zu erröten anvertrauen konnte.

Eine Hand auf Glorianas leerem Sattel, die andere in der Mähne ihrer Stute verschränkt, stand Dane neben dem Tier und weinte leise vor sich hin. Lange Zeit verstrich, bevor er sich schließlich zusammenriß. Müde fuhr er sich mit der Hand über sein Gesicht.

Gloriana war verschwunden.

Eben hatte sie noch auf dem Rücken ihrer Stute gesessen, ihm Selbstmitleid vorgeworfen und ihn an seine Pflichten erinnert, dann hatte sie aufgeschrien wie unter großen Schmerzen, und er war entsetzt gewesen über die plötzliche Blässe ihrer Haut. Ihr Kopf war kraftlos zurückgesunken, und sie war ohnmächtig vom Pferd in seine Arme geglitten.

In seiner Angst hatte er ihren Namen gerufen, aber sie hatte nichts gehört.

Unter heftigen Zuckungen hatte sie auf dem Boden gelegen, aber nur einen Moment, dann war sie verschwunden, und das einzige, was von ihr zurückblieb, waren ihr Duft und der Abdruck ihres Körpers in dem weichen, feuchten Gras. Da hatte Dane den Kopf zurückgeworfen, um einen markerschütternden Schrei der Auflehnung und des Zorns auszustoßen, wie ein wildes Tier in einer grausamen Falle.

Sein Schrei erschreckte die Stute, und wiehernd warf sie den Kopf zurück und scheute. Dane konnte sie gerade noch einfangen, bevor sie davonjagte, aber das erinnerte ihn wieder an Gloriana, die vielleicht für immer von ihm gegangen war, und da verlor er die Beherrschung.

Erst als er sich ausgeweint und die gesamte nähere Umgebung abgesucht hatte, in der leeren Hoffnung, sie zu finden, bestieg er endlich seinen Hengst und ritt in stummer Verzweiflung zurück nach Hadleigh Castle.

Gloriana war weder krank noch verletzt, nur überaus erschöpft, und darum erlaubte sie Marge und Mrs. Bond, sie auszuziehen und in das vertraute Bett im Gästezimmer zu legen. Lyn untersuchte sie und verordnete ihr absolute Ruhe, bevor er hinausging und die anderen mitnahm.

Elaina hatte Gloriana gewarnt, daß dies geschehen würde, daß sie Dane entrissen und in ihr eigenes Jahrhundert zurückversetzt würde, und das gleiche hatte Romulus ihr auf seine eigene, rätselhafte Weise zu verstehen gegeben. Trotz allem jedoch hatte Gloriana gehofft, daß der Kelch an ihr vorbeigehen möge, und war deswegen nun halb besinnungslos vor Schmerz. Wäre ihr Kind nicht gewesen, hätte sie nicht einmal weiterleben wollen.

In ihrer Verzweiflung rollte sie sich auf dem Bett zusammen, wie um ihr Kind zu schützen und das gebrochene Herz, das sie beide am Leben erhielt. Zu erschüttert, um zu weinen, und zu wütend und verängstigt, um zu beten, lag sie einfach da, tastete sich von einem Atemzug zum nächsten und wartete, daß ihr gesunder Menschenverstand zurückkehrte.

Lyn kam noch vorher und brachte eine Spritze und einen mit Alkohol befeuchteten Wattebausch mit.

»Nur etwas zum Schlafen«, sagte er mit tränenerstickter Stimme, obwohl seine Augen trocken waren, als er die Nadel in Glorianas Oberarm stach. »Es wird weder dir noch deinem Kind schaden, Liebes, also wehr dich nicht dagegen. Laß es einfach wirken und versuch, zu schlafen.«

»O bitte, Lyn«, wisperte Gloriana verzweifelt, »du mußt mir helfen … Sag, daß du mir helfen wirst …«

Er bückte sich und küßte ihre Schläfe. »Du weißt, daß du dich auf mich verlassen kannst, Gloriana.«

Sie nickte, denn *das* wußte sie. Lyn war ihr Freund, der einzige Mensch in der modernen Welt, der ihre Situation verstand, und er hätte sie nie im Stich gelassen. Mit diesem beruhigenden Gedanken überließ sie sich dem Schlaf und ihren wirren Träumen.

Als Gloriana viele Stunden später erwachte, durch den nagenden Hunger in ihrem Magen und den Druck in ihrer Blase, saß Professor Steinbeth in einem Sessel am Kamin und hielt ein aufgeschlagenes Buch auf seinen Knien.

Gloriana eilte ins Bad, und als sie zurückkehrte, noch immer in Lyns Bademantel, in dem sie geschlafen hatte, ging sie wieder ins Bett und zog die Decken bis ans Kinn. Sie hoffte, daß niemand ein Gespräch von ihr erwartete, denn ihr seelisches Gleichgewicht war noch immer sehr fragil.

Steinbeth dachte jedoch gar nicht daran, sie in Ruhe zu lassen. Mit einem freundlichen Lächeln zog er seinen Sessel an ihr Bett und ließ sich darauf nieder. »Öffnen Sie die Augen, Gloriana. Ich weiß, daß Sie nicht schlafen – dazu sind Sie viel zu hungrig. Ich kann Ihren Magen knurren hören.«

Da ihr nichts anderes übrigblieb, gehorchte Gloriana.

»Mrs. Bond hat für Sie etwas zu essen in den Ofen gestellt«, sagte der alte Herr. »Ich hole es Ihnen, wenn Sie wollen.»

Gloriana schüttelte den Kopf. Sie war ausgehungert wie ein wildes Tier im Winter, befürchtete jedoch, nichts im Magen behalten zu können. »Warum sind Sie hier?« fragte sie.

»Ihretwegen«, erwiderte der Professor liebenswürdig. »Ich glaube, ich habe etwas gefunden, was Ihnen helfen könnte.«

Ihr Herz schlug schneller angesichts dieser winzigen Hoffnung, die wahrscheinlich völlig unbegründet war. »Was?«

Arthur Steinbeth nahm ein kleines, abgegriffenes Buch aus seiner Rocktasche und überreichte es ihr. »Das hier«, sagte er feierlich, »ist der Bericht einer ähnlichen Erfahrung wie Ihrer.«

Gloriana drehte das Buch in ihrer Hand und las den in goldenen Lettern gedruckten Titel: ›*Geschichten einer Hexe und ihrer Reisen durch die Zeit.*‹

Kapitel 18

Glorianas Herz hämmerte in ihrer Kehle, als sie das alte Buch an ihre Brust drückte und verwundert den Professor anschaute. »Was ist das?« fragte sie schließlich mit zitternder Stimme.

Arthur Steinbeth lächelte väterlich. »Ich glaube, meine Liebe, daß es Ihre Fahrkarte zurück zu Ihrem geliebten Gatten und jenem blutrünstigen Jahrhundert sein könnte, das Sie so zu lieben scheinen.« Er hielt inne, als Gloriana sich im Bett aufrichtete, die Memoiren der Hexe noch immer an die Brust gedrückt. »Es ist natürlich nicht das Original – ich fand diese Ausgabe vor vielen Jahren – 1929 war es, glaube ich. Eine faszinierende Geschichte, die die meisten Leute jedoch wahrscheinlich nicht verstehen würden.«

Gloriana betrachtete noch einmal den Titel – sie hatte ihn mühelos entziffern können –, doch bei einer zweiten Überprüfung sah sie, daß die Buchstaben nach modernen Begriffen sehr veraltet waren. Ihr Mund war wie ausgedörrt, ihr Herzschlag dröhnte in ihren Ohren, als sie die erste Seite aufschlug, aber die Worte verschwammen vor ihren Augen, so daß sie keinen Sinn für sie ergaben.

»Ist es ein Buch mit Zaubersprüchen?« fragte sie.

»Es ist die Geschichte einer Frau, die Ende des vierzehnten Jahrhunderts lebte, soweit ich sagen kann.« Der alte Herr stieß einen tiefen Seufzer aus. »Lesen Sie es selbst, Gloriana – ich kann es Ihnen nicht erklären.«

»Aber ich bin keine Hexe«, widersprach Gloriana, für den Fall, daß derartige Dinge in dieser Zeit so wichtig waren wie in ihrer eigenen.

Steinbeth erhob sich. »Nein, meine Liebe, aber Sie sind ganz ohne Zweifel eine Zauberin.« Wieder seufzte er und zupfte die Ärmel seines Tweedjacketts zurecht. »Gehen Sie behutsam mit Lyns Gefühlen um, ja? Er ist ein anständiger Kerl, und er hat inzwischen eine Frau kennengelernt, mit der er sich gut versteht.«

Gloriana freute sich über diese Neuigkeiten, weil sie wollte, daß Lyn glücklich war und die Liebe fand, die er verdiente. Aber die Vorstellung flößte ihr auch ein bißchen Furcht ein. Obwohl sie eine unabhängige Frau war und vorhatte, es zu bleiben, ob in diesem Jahrhundert oder einem anderen, befand sie sich jetzt im zwanzigsten und brauchte Kirkwoods Freundschaft.

»Ich werde mich nicht in seine Romanze einmischen«, entgegnete sie ein wenig steif. Dann kam ihr ein anderer Gedanke, und sie schaute auf das kostbare Buch herab, das sie noch in der Hand hielt. »Kennt er es?«

Der Professor räusperte sich. »Ich habe keine Ahnung«, sagte er. »Lyn ist Arzt und Wissenschaftler. Er hat bestimmt sehr viele Bücher gelesen in seiner Zeit, genau wie ich, und kann sich bestimmt nicht an alle entsinnen.«

Gloriana sagte nichts. Sie *wollte* einfach nicht glauben, daß Lyn ihr vielleicht Informationen vorenthalten hatte, die lebenswichtig für sie sein konnten.

Arthur verbeugte sich vor ihr. »Bevor ich gehe, muß ich Ihnen dafür danken, daß Sie jene Geschichte für mich gelesen und aufgenommen haben. Ich habe einen Scheck ausgestellt – auf Ihren und Kirkwoods Namen. Ich glaube, Lyns Schwester, Janet, hat ihn aufbewahrt, zusammen mit den Dingen, die Sie zurückgelassen hatten.«

»Danke«, erwiderte Gloriana. Sie brauchte natürlich Geld, für sich und das Kind, wenn es ihr nicht gelang, ein für alle Male den Weg zurück zu Dane zu finden. Wie ironisch es doch war, daß sie im Mittelalter über ein beträchtliches, eigenes Vermögen verfügte und in dieser Welt hier praktisch mittellos war.

»Auf Wiedersehen dann«, sagte der Professor und ging.

Gloriana war begierig, das Buch zu lesen und die

Geheimnisse zu ergründen, die es barg, aber sie wußte, daß sie sich nicht darauf konzentrieren würde, bis sie sich beruhigt hatte. Eine weitere Ironie des Schicksals, dachte sie, als sie aufstand und die Kleider anzog, die Marge oder Mrs. Bond ihr hingelegt hatten. Als sie in die Küche ging, um etwas zu essen, stellte sie zu ihrer Erleichterung fest, daß außer ihr niemand zu Hause war.

Sie nahm das Essen aus dem Backofen, probierte es und fand, daß es wohlschmeckend und nahrhaft war, wenn auch etwas trocken. Aber es war auf jeden Fall besser als die fetten, ungesunden Mahlzeiten ihres eigenen Jahrhunderts, und sie wußte, daß sie es vermissen würde – das und die schier unerschöpflichen Vorräte an heißem Wasser und Wunder der modernen Medizin.

Nach dem Essen spülte Gloriana das Geschirr und stellte es an seinen Platz im Schrank zurück, bevor sie in ihr Zimmer ging und es sich in dem großen Sessel vor dem Kamin gemütlich machte, um das Buch zu lesen, das Professor Steinbeth ihr gegeben hatte.

Es hatte nicht sehr viele Seiten und war leicht zu lesen für Gloriana. Als sie die letzte Seite erreichte, kehrte sie noch einmal zur ersten zurück und begann noch einmal von vorn.

Die Autorin nannte ihren Namen nicht, aber das war belanglos für Gloriana, die sich der seit langem toten Frau sehr nahe fühlte, weil ihre Erlebnisse so ähnlich waren.

Die ›Hexe‹ war im vierzehnten Jahrhundert geboren worden, wie Professor Steinbeth schon gesagt hatte. Als Kind war sie zum Studium in die Abtei von Hadleigh Castle geschickt worden, und eines Tages, als sie durch den Garten wanderte, von solch furchtbaren Kopfschmerzen befallen worden, daß sie, vom Schmerz geblendet, auf die Knie gesunken war und sich erbrochen hatte.

Als ihre Sicht sich klärte, hatte das kleine Mädchen sich am selben, doch vollkommen veränderten Ort wiedergefunden, in einer Welt aus Lärm und Hektik. Sie war von den Behörden in ein Waisenhaus gebracht worden, wo man gut für sie gesorgt hatte, bis sie von einem Ehepaar adoptiert wurde, das sie zärtlich geliebt und behütet hatte.

An dieser Stelle versetzte es Gloriana einen Stich, weil die Geschichte ihrer eigenen so ähnlich war, bis auf die Tatsache, daß die Zeitverschiebung bei ihr umgekehrt verlaufen war. Als die gute Edwenna ihre Mutter geworden war, hatte Gloriana zum ersten Mal in ihrem Leben wahres Glück erfahren. Was immer aus ihr werden mochte – sie würde ihrem Schicksal stets dankbar sein, daß es sie der Fürsorge jener sanften Frau übergeben hatte.

Gloriana hatte ihre eigenen Eltern nie vermißt, und selbst jetzt verspürte sie nicht die geringste Neugier und kein Verlangen, Verbindung zu ihnen aufzunehmen, obwohl sie sich manchmal fragte, wie sie auf ihr ursprüngliches Verschwinden reagiert haben mochten. Hatten sie um sie getrauert oder sich gesorgt – oder waren sie froh gewesen, die Verantwortung für sie losgeworden zu sein?

Gloriana legte eine Hand an ihren Bauch, der schon eine leichte Wölbung aufwies, und schwor sich, daß ihr Sohn oder ihre Tochter niemals Grund haben würde, an ihrer Liebe zu zweifeln. Aber mit diesem Gedanken erwachte eine neue Furcht in ihr: Bestünde die Möglichkeit, daß sie, wenn das Baby geboren war, genauso von ihm getrennt wurde, wie sie Danes Seite entrissen worden war?

In einem Anfall von Übelkeit schloß sie die Augen, aber dann zwang sie sich, ihre Gedanken wieder auf das Buch zu konzentrieren. Die Frau war im zwanzigsten Jahrhundert aufgewachsen, hatte geheiratet und war nach Amerika gezogen, wo sie eine Karriere als Lehrerin und Dichterin begonnen hatte. Bei den seltenen Gelegenheiten, wenn sie nach England zurückgekehrt war, hatte sie vor den Ruinen der Abtei gestanden und Mut gesammelt, um das Tor zu durchschreiten und in eine frühere Zeit zurückzukehren. Obwohl sie durchaus glücklich in ihrem neuen Leben war, hatte sie sich nach den Freundinnen gesehnt, die sie in jenen geheiligten Mauern gehabt hatte.

Das Experiment war jedoch erfolglos; beim ersten

Besuch fand sie nur dichten Wald, wo die Nonnen hätten leben sollen, und bei ihrem zweiten Ausflug in die Vergangenheit landete sie im Jahre 1720.

Danach war die Frau ins zwanzigste Jahrhundert zurückgekehrt, um ihr Leben wiederaufzunehmen, und hatte nie mehr versucht, eine Zeitverschiebung zu erlangen. Sie war zu dem Schluß gekommen, daß ihre Seele, nachdem sie den ihr angestammten Platz in der Welt gefunden hatte, beschlossen hatte, dort für den Rest ihrer Tage zu verweilen.

Obwohl Gloriana ein bißchen enttäuscht war, daß kein Talisman erwähnt wurde und kein Zaubertrank, der sie zu Dane zurückversetzen würde, war sie sicher, daß sie einen Weg gefunden hatte, heimzukehren.

Sie war müde, fand aber keinen Schlaf, weil ihr Kopf nur so schwirrte vor gewagten Plänen. Sie würde ihr eigenes Kleid anziehen, beschloß sie, um kein Aufsehen zu erregen, wenn sie ihr Ziel erreichte. Sie brauchte nur das bewußte Tor zu finden, ganz gleich, wie verfallen es auch war, und seine Schwelle zu überschreiten …

Natürlich gab es keine Garantie dafür, daß sie nicht zur falschen Zeit in der Geschichte erscheinen würde, wie es der Frau in dem Buch passiert war. Trotzdem mußte sie es versuchen – etwas in ihr drängte sie dazu; etwas, was nichts mit ihrer Liebe zu Dane zu tun hatte, aber genauso tief in ihr verwurzelt war. Sie verspürte eine neue Dringlichkeit, zurückzukehren, weil sie ahnte, daß ihr nie wieder eine andere Gelegenheit dazu geboten würde.

Sie ließ einen goldenen, mit einem Rubin besetzten Ring zurück, den sie getragen hatte, als sie von Danes Seite gerissen worden war, und nahm dafür verschiedene Medikamente aus Lyns Arzneischränken mit, ein Buch über erste Hilfe, ein weiteres über Kräuterheilkunde und eine kleine Summe Bargeld aus einem Lederkästchen auf Lyns Schreibtisch.

Sie hinterließ ihm eine Nachricht, in der sie sich für die notwendigen Diebstähle entschuldigte und ihrer Hoffnung Ausdruck verlieh, daß das zurückgelassene Schmuckstück als Entschädigung genügen würde – in Verbindung mit Professor Steinbeths Scheck, den Lyn für sich behalten und nach eigenem Gutdünken nutzen solle. Nachdem sie ihm für seine Hilfe gedankt und viel Glück gewünscht hatte, unterzeichnete sie den kurzen Brief und verließ das Haus.

Das Geld, das sie an sich genommen hatte, reichte gerade für die Busfahrt zu den Ruinen der Abtei.

Die Sommersonne brannte auf Glorianas Schultern, als sie zwischen den eingestürzten Mauern nach jenem besonderen Ort suchte – er mußte sich in der Nähe von Elainas Hof befinden – wo sie als Kind die Schwelle überschritten hatte. Im stillen betete sie die ganze Zeit, daß die Magie noch wirksam war – daß sie ihren angestammten Platz in der Zeitgeschichte finden und nie wieder gezwungen würde, ihn zu verlassen.

Als sie fand, was vom Tor übriggeblieben war, zögerte sie jedoch, und das Herz klopfte ihr plötzlich bis zum Hals, weil sie spürte, daß der nächste Schritt endgültig war. Unwillkürlich schaute sie sich noch einmal nach der Welt um, die sie zu verlassen hoffte und niemals wiedersehen wollte. Nein, sie wollte hier ganz gewiß nicht leben, und doch zweifelte sie nicht daran, daß dieser Ort ihr sehr verlockend erscheinen würde, falls sie ihr Ziel verfehlte und in der falschen Zeit anlangte.

Die Plastiktüte mit den gestohlenen Wundern fest an ihre Brust gepreßt, straffte Gloriana die Schultern, hob das Kinn und trat über die Schwelle des verfallenen Tors.

Nichts geschah.

Keine Kopfschmerzen, keine Dunkelheit, nicht die geringste Veränderung. Die Welt sah genauso aus wie vorher – ein Flugzeug flog über ihr vorbei, auf der asphaltierten Straße hinter den verfallenen Außenmauern hupte ein Auto.

Lange Zeit stand Gloriana ganz still, um ihre Enttäuschung zu verkraften. Dann erinnerte sie sich an die Geschichte der Hexe und beschloß, es noch einmal zu versuchen. Sie würde einfach dorthin zurückgehen, wo sie begonnen hatte, und noch einmal das Tor durchschreiten.

Nach einem tiefen Atemzug trat sie einen Schritt vor.

Diesmal schien die Welt sich auf schwindelerregende Weise um sie zu drehen, aber nur einen Moment lang. Kein Schmerz, keine schwarze Übelkeit, nur ein heftiger, innerer Ruck, der ihr den Atem raubte und den Rhythmus ihres Herzschlags durcheinanderbrachte.

Die Mauern ragten hoch und solide um Gloriana auf, und der Himmel verdunkelte sich bereits mit der Abenddämmerung. Sie hörte die Nonnen in der Kapelle singen – sie waren bei der Andacht – und schluckte vor Erleichterung und Furcht. Es war nicht zu sagen, in welchem Jahrhundert sie sich befand, und ihr Instinkt warnte sie davor, sich sehen zu lassen.

Durch ein Seitentor verließ Gloriana die Abtei und richtete den Blick auf Kenbrook Hall. Es sah genauso aus wie damals, als sie und Dane dort eingeschlossen gewesen waren und in den römischen Bädern im Gewölbe ihr Kind gezeugt hatten. Aber das hieß noch lange nicht, daß es ihr gelungen war, zu Lebzeiten ihres Mannes zurückzukehren. Die Burg hatte sich im Verlauf von fast achthundert Jahren nur geringfügig verändert.

Gloriana biß sich auf die Lippen, als sie sich nach Hadleigh Castle und dem See umschaute. In einigen der Fenster brannte Licht, denn es wurde bereits Abend und immer finsterer.

Sorgfältig verbarg Gloriana die Plastiktüte unter ihrem weiten Rock und band sie an der Spitze ihres Mieders fest.

Es gab nur einen Weg, herauszufinden, ob Dane noch lebte, und Gloriana war viel zu aufgeregt, um bis zum nächsten Morgen abzuwarten. Einem versteckten Pfad folgend, der durch die Wälder und um den See führte, näherte sie sich Hadleigh Castle und ihrem Schicksal.

Der Mondschein glitzerte auf dem Wasser, aber Gloriana blieb nicht stehen, um seinen silbernen Tanz zu bewundern, wie sie es unter anderen Umständen getan hätte. Das einzige, woran sie denken konnte, war, Dane zu finden.

Vielleicht bemerkte sie deshalb den Reiter erst, als er ihr so nahe war, daß sie zur Seite springen mußte, um nicht von den Hufen seines Pferdes niedergetrampelt zu werden.

»Wer geht dort?« rief eine vertraute Stimme, als der Reiter das Pferd zügelte und aus dem Sattel sprang. »Großer Gott, Gloriana – *bist du es*?«

Edward! Freudentränen stiegen in Glorianas Kehle auf, schnürten ihr den Hals zu und hinderten sie daran, auch nur ein Wort hervorzubringen. Aufschluchzend warf sie Edward die Arme um den Nacken und bedeckte sein Gesicht mit Küssen. *Edward*.

Er lebte.

Er schob sie zurück, um sie anzusehen, mit schmalen Augen, die vor Ärger funkelten. »Bist du verrückt, allein hier draußen in der Finsternis herumzulaufen? Und wo hast du eigentlich gesteckt – wir haben die ganze Umgebung nach dir abgesucht!«

Gloriana kämpfte um Beherrschung, aber es war sinnlos – sie konnte nur noch lachen, weinen und sehr undamenhaft die Nase hochziehen. Edward stand vor ihr, gesund und wohlauf, was bedeutete, daß auch Dane, Gareth und die liebe, liebe Elaina sich noch unter den Lebenden befanden. Durch Gottes Gnade und Seine Engel war es ihr gelungen, rechtzeitig zurückzukehren, um den Lauf der Dinge zu verändern.

»Komm, ich bringe dich jetzt besser zurück zu Heim und Herd«, fuhr Edward fort und zog sie hinter sich in den Sattel. »Dane ist nämlich überzeugt, daß Merrymont dich entführt hat, und wenn Gareth ihn nicht im Kerker eingesperrt hätte, wäre er schon unterwegs, um die Burg des Mannes zu stürmen!«

Gloriana lehnte den Kopf an Edwards Schulter und lachte so ungestüm, daß heftiger Schluckauf sie erfaßte. »Bring … mich … heim …«, gelang es ihr zu sagen, und Edward wendete sein Pferd in Richtung Hadleigh Castle und trieb das Tier mit dem Absatz seiner weichen Lederstiefel an.

»Wie lange war ich vermißt?« fragte Gloriana schüchtern, als sie die Zugbrücke überquerten und den äußeren Burghof erreichten, wo die Turniere abgehalten wurden.

Edward wirkte jetzt noch besorgter als zuvor. »Du weißt nicht, wo du warst und was du getrieben hast?«

Sie zögerte, als die Geräusche und Gerüche der vertrauten Umgebung langsam in ihr Bewußtsein drangen. »Nein«, gestand sie, als sie durch das Dorf ritten.

»Du bist gestern morgen auf dem Friedhof von Kenbrook Hall spazierengegangen«, sagte Edward. »Deine Zofe, Judith, brachte dir einen Umhang, mit der Absicht, dich zu bitten, mit ihr in die Burg zurückzukehren. Etwas lenkte sie ab – nur für einen Moment, schwört sie –, und als sie wieder hinschaute, warst du verschwunden.«

Gestern morgen. Trotz allem, was geschehen war, war sie nur etwa sechsunddreißig Stunden von Dane getrennt gewesen! Er würde sich nicht an ihren letzten Besuch erinnern, als sie ihm auf der Wiese hinter Kenbrook Hall entrissen worden war – für ihn war das nie geschehen. Und natürlich auch nicht seine tödliche Auseinandersetzung mit Edward. Gareth war nie am Fieber erkrankt, und Elaina ging es sicherlich so gut, wie man den Umständen nach erwarten durfte.

»Ich ... ich muß mir den Kopf gestoßen haben«, sagte sie, weil sie weder Edward noch irgend jemandem sonst erzählen konnte, was wirklich geschehen war. Selbst Dane gegenüber mußte sie schweigen, weil er ihr die Wahrheit nie geglaubt hätte.

»Du bist jetzt sicher«, erwiderte Edward sanft, »und nur das ist wichtig. Kenbrook wird außer sich vor Freude sein.«

Gareth, den die Wachtposten benachrichtigt hatten, daß Edward mit Lady Kenbrook zur Burg zurückkehrte, stand bei ihrer Ankunft schon in dem kleinen, privaten Hof. Männer mit brennenden Fackeln in den Händen umringten ihn, und in der Nähe stand ein Diener mit einer Öllampe.

»Wo ist Kenbrook?« fragte Edward. »Ich habe seine Gemahlin heimgebracht.«

Gloriana glitt aus dem Sattel, bevor ihr jemand helfen konnte, und begrüßte Gareth auf die gleiche Weise wie Edward. »Du lebst!« rief sie, während sie ihn umarmte und ihn auf beide Wangen küßte.

Gareth packte sein früheres Mündel an den Schultern, hielt Gloriana auf Armeslänge von sich ab und schaute ihr prüfend in die Augen. »Großer Gott, Gloriana – *natürlich* lebe ich! Du warst es, die wir schon fast aufgegeben hatten. Wo hast du bloß die ganze Zeit gesteckt?«

»Sie erinnert sich nicht, wie die Nacht und der Tag vergangen sind«, warf Edward ein. »Ich habe sie im Wald gefunden.«

»Hast du die Fähigkeit verloren, für dich selbst zu sprechen?« fragte Gareth, und seine Finger verstärkten ihren Druck um Glorianas Schultern.

»Nein, Mylord«, antwortete Gloriana und unterdrückte ein Lächeln. Sie durfte nicht vergessen, daß sie für die anderen, die zurückgeblieben waren, nur für kurze Zeit verschwunden gewesen war. »Darf ich meinen Mann sehen? Ich hörte, daß du ihn eingeschlossen hast, um ihn daran zu hindern, Merrymont zu töten.«

»Richtig«, bestätigte Gareth ohne das geringste Schuldbewußtsein, als er eine Lampe von einem der Diener nahm und den anderen mit einem Kopfnicken zu gehen bedeutete. »Er ist im Kerker, mein Bruder. Wenn ich ihn nicht eingeschlossen hätte, wäre er zu Merrymonts Burg gestürmt, nur um sich einen Pfeil der Bogenschützen einzufangen.« Mit dieser Erklärung legte Lord Hadleigh seine Hand auf Glorianas Rücken und schob sie in die Burg und durch die große Halle. Edward folgte ihnen schweigend.

»Ich bin dir dankbar, daß du versucht hast, meinen Mann zu schützen«, sagte Gloriana zum Burgherrn von Hadleigh Castle. »Aber ich kann mir nicht vorstellen, daß diese Gefangenschaft etwas Gutes bei ihm bewirkt hat. Er wird wütend genug sein, um dich zu erwürgen.«

Gareth warf seiner Schwägerin einen düsteren Blick zu. »Niemand wird Rechenschaft *von mir* fordern«, sagte er.

»Die Pflicht verlangt, daß ich dich warne, Lady Kenbrook – mein Bruder wird dir diese alberne Geschichte, die du Edward erzählt hast, nicht abnehmen. Er wird wissen wollen, wo du wirklich warst.«

Ein leises Unbehagen erfaßte Gloriana, aber sie war zu begierig, Dane zu sehen, um ihre Zeit mit Sorgen zu verschwenden. Mit seinem unvermeidlichen Ärger würde sie sich später auseinandersetzen.

Über einen Korridor hinter der großen Halle gelangten sie zu einer steinernen Wendeltreppe. Mehrere Fackeln erhellten die Stufen, und Gloriana hörte die Stimme ihres Mannes, noch bevor sie ihn sah.

»Falls du es bist, Gareth«, rief Dane von irgendwo dort unten, »dann bring mir die verdammten Schlüssel, denn wenn nicht, drehe ich dir noch vor dem ersten Hahnenschrei den Hals um!«

Glorianas Herz machte einen Sprung, und rasch eilte sie die Treppen hinunter in den Kerker. Sie hatte diesen Ort noch nie gesehen und wäre fasziniert gewesen, wenn ihre ganze Aufmerksamkeit nicht dem einsamen Gefangenen gegolten hätte.

Er war an einer Hand und einem Knöchel an die Wand gekettet und hockte auf einem Haufen frischen Strohs. Als er Gloriana sah, wollte er sich erheben, aber sie ließ ihm keine Chance, sondern erdrückte ihn fast in ihrer stürmischen Umarmung.

»Gloriana«, sagte er, und die uralten Eisenketten rasselten, als er die Hände hob, um ihr Gesicht zu umfassen. Er mußte das eigenartige Bündel unter ihrem Kleid gespürt haben, doch zum Glück erwähnte er es nicht. »O Gott, Gloriana – *wo warst du nur*?«

Sie küßte seinen Mund, seine Augenlider, seine Wangen und seine Stirn. »Das werde ich dir später erklären«, antwortete sie.

Danes markantes Gesicht verhärtete sich, doch trotz seines Ärgers blieb sein Blick voller Liebe. »Das wirst du allerdings, Mylady«, sagte er. »Ausführlich und in allen Einzelheiten.«

Gloriana nickte. »Ja, Mylord«, erwiderte sie fügsam, doch weder ihr Ton noch ihre Haltung verrieten echte Demut, was niemandem in diesem schrecklichen Raum entging. Mit einem strengen Blick wandte sie sich an die Brüder ihres Mannes, die keine Ahnung hatten, daß sie soeben aus ihren Gräbern wiederauferstanden waren. »Nehmt ihm unverzüglich die Ketten ab!«

»Zänkisches Weib«, knurrte Gareth, nahm jedoch einen verrosteten Schlüssel von seinem Gürtel und machte sich damit am Schloß zu schaffen, das seinen ungeschickten Bemühungen so lange widerstand, daß Dane die Aufgabe zu guter Letzt selbst übernahm.

Gareth und Edward waren klug genug zu gehen, bevor ihr zorniger Bruder sich endgültig befreien konnte, und so blieb Gloriana allein mit ihrem Mann zurück.

Am liebsten hätte sie ihn gleich hier im Stroh verführt, so schrecklich hatte sie ihn vermißt, aber für ihn war die Trennung nicht übermäßig lang gewesen, und jetzt, wo er wußte, daß sie sicher war, bekam sie seinen Ärger zu spüren.

»Ich frage dich noch einmal, Frau«, sagte er, als er sich erhob und Gloriana mit sich auf die Füße zog. »*Wo hast du dich seit gestern morgen herumgetrieben*?«

Gloriana wünschte jetzt, sich eine glaubhafte Geschichte ausgedacht zu haben, doch dazu hatten die Ereignisse des Abends ihr leider keine Zeit gelassen. Außerdem hatte sie, bis sie Edward traf, nicht einmal gewußt, was sie in Hadleigh Castle vorfinden würde. Danes Vorfahren hätten dort leben können, oder sogar seine Nachkommen.

»Ich werde es dir morgen früh erklären«, schlug sie vor. »Wenn wir beide eine Nacht geschlafen haben.«

»Du wirst es mir jetzt sagen«, beharrte Dane, und obwohl er es nicht sagte, vermutete Gloriana, daß er andere Pläne für die nächsten Stunden hatte, als zu schlafen.

Allmählich begann sie ungeduldig zu werden. Sie liebte diesen Mann genug, um selbst die Grenzen der Zeit zu überschreiten, damit sie an seiner Seite sein konnte, aber wenn sie ihm erlaubte, sie zu tyrannisieren, würde sie ein verhängnisvolles Zeichen setzen. Dane St. Gregory sollte ruhig erfahren, und zwar jetzt gleich, was sie sich gefallen lassen würde und was nicht.

»Sei froh, daß ich mich nicht weigere, überhaupt mit dir zu reden«, entgegnete sie ärgerlich. »Ich bin weder einer deiner Hunde noch dein Schildknappe!«

Dane fuhr sich mit gespreizten Fingern durch das Haar, das wie immer einen Kamm benötigte. Es war offensichtlich, daß er ungeheuer wütend war, und doch beherrschte er sich geradezu bewundernswert.

»Klär mich auf«, knurrte er.

»Und wenn ich mich nun weigere?« versetzte Gloriana. »Wirst du mich dann übers Knie legen? Oder mich ins Kloster verbannen?«

Dane öffnete den Mund und schloß ihn wieder. Er ist wunderbar, dachte Gloriana, selbst wenn er zornig ist. »Himmelherrgott«, stieß er hervor, »du weißt, daß ich keine Frau je schlagen würde, ob sie nun meine Gattin, eine Hure oder beides ist – und was deine Verbannung betrifft, gibt es vermutlich in ganz England kein Kloster, das ein solches Schicksal verdient hätte!«

Gloriana bemühte sich, eine ärgerliche Miene zu bewahren, aber lange schaffte sie es nicht. Dane führte sich unmöglich auf, das ja, aber sie war einfach zu froh, ihn wiederzusehen, um ihm böse zu sein. Sie begann zu lachen, und als er ihr einen wütenden Blick zuwarf, lachte sie noch lauter.

Zu guter Letzt zog Kenbrook sie in die Arme, wirbelte sie im Kreis herum und küßte sie.

»Es tut mir leid, daß du beunruhigt warst«, sagte sie mit unsicherer Stimme, als Dane sie endlich wieder freigab. »Ich wollte dich nicht verlassen.«

Dane betrachtete sie prüfend. »Das glaube ich, Mylady«, erwiderte er ernst. »Ich weiß nicht, warum, aber ich glaube es.«

»Ich liebe dich«, sagte Gloriana leise.

»Und ich liebe dich«, antwortete er und tippte mit dem

Zeigefinger auf ihre Nasenspitze. »Ist alles in Ordnung mit dir, Gloriana? Du bist doch nicht verletzt? Oder krank?«

Sie schüttelte den Kopf. »Nein.«

Er runzelte die Stirn. »War es so etwas wie an jenem Tag im Turmzimmer, als du kurze Zeit verschwunden bist?«

Gloriana schluckte, dann nickte sie.

»Du warst also in der Zukunft?«

»Ja.«

Dane seufzte und zog sie fest an seine Brust, als befürchtete er, sie könne ihm entrissen werden.

Gloriana, die ihn beruhigen wollte, löste sich von ihm, um zu ihm aufzuschauen. »Es wird nie wieder passieren«, versicherte sie.

»Wie kannst du dir dessen sicher sein?«

»Weil es diesmal anders war«, erwiderte sie. Es war nicht der richtige Moment, Dane von ihrem anderen Besuch bei ihm zu erzählen, der zu einem Zeitpunkt stattgefunden hatte, der seine Zukunft hätte sein können – als sowohl Edward wie Gareth schon tot gewesen waren und Gloriana mit Dane an Lady Elainas Sterbebett in der Abtei gesessen hatte. Doch selbst so konnte Gloriana nicht der Versuchung widerstehen, mit dem Wissen zu glänzen, das sie sich bei jener Exkursion erworben hatte. »Ich habe gehört, daß du deinen Onkel töten wolltest, weil du glaubtest, er hätte mich entführt.«

»Meinen Onkel?« fragte Dane verwundert.

»Merrymont«, sagte sie. »Deine Mutter, Jillian, war doch seine jüngere Schwester, nicht?«

Dane sah aus, als ob Gloriana ihn geschlagen hätte. »Hat Gareth dir das erzählt?«

»Nein«, erwiderte sie ehrlich. »Ich habe es bei meinen Reisen herausgefunden.«

Er seufzte und rieb sich die Handgelenke, wo die Ketten seine Haut aufgescheuert hatten. »Ich verstehe dich nicht, Frau«, meinte er. »Gut, daß ich ein geduldiger Mann bin.«

»Du bist alles andere als ›ein geduldiger Mann‹«, entgegnete Gloriana, während sie auf die Treppe zuging und hoffte, daß ihr Mann ihr folgte – was er natürlich tat. »Ich fürchte, du bist viel zu aufbrausend – das wird mir noch sehr viel Arbeit machen.«

Hinter ihr schnalzte Dane verächtlich mit der Zunge. »Aber dein Charakter, Mylady«, sagte er gedehnt, »ist makellos, ein leuchtendes Beispiel für geringere Seelen, wie ich es bin.«

Gloriana drehte sich zu ihm um. »Danke«, erwiderte sie, als wäre es ein Kompliment gewesen. »Trotz deiner zahlreichen Mängel und Irrtümer, Mylord, kannst du bei gewissen Anlässen recht charmant sein.«

Er kniff sie zärtlich in den Po. »Und heute nacht«, sagte er, »wird ein solcher Anlaß sein.«

Die Plastiktüte unter ihrem Gewand raschelte in Höhe ihrer Oberschenkel.

»Und was ist *das*?« fragte Dane verblüfft.

Gloriana tat, als hätte sie die Frage nicht gehört. Es war zwecklos, ihrem Gatten etwas zu verschweigen, aber falls einer der Dienstboten oder Bewaffneten sie zufällig belauschte, hätte es tragische Folgen nach sich ziehen können.

In Danes Zimmer loderte bereits ein Feuer im Kamin, die Bettdecke war zurückgeschlagen. Es stand Wasser zum Waschen bereit, und da die Nachricht von Glorianas ›Rettung‹ durch den tapferen Sir Edward sich gewiß schon in der Burg herumgesprochen hatte, war einer von Lady Kenbrooks bevorzugten Morgenmänteln für sie herausgelegt worden.

Dane verriegelte die Tür von innen, damit sie nicht von Judith oder irgendeiner anderen Magd gestört wurden, und blieb mit fragend erhobenen Brauen vor seiner Frau stehen. Er brauchte nichts zu sagen; seine Haltung besagte alles.

Errötend holte Gloriana die Plastiktüte aus ihrem Versteck und gab sie schweigend Kenbrook.

Sein Stirnrunzeln vertiefte sich, als er die Tüte nahm und das dünne Plastik zwischen seinen Fingern rieb. Nach einem Blick auf Gloriana trug er den seltsamen Beutel zum Bett und leerte ihn auf der Matratze aus.

Einen nach dem anderen betrachtete er die merkwürdigen Gegenstände – die Bücher und die Glasbehälter mit Vitaminen und anderen Wundermitteln wie Aspirin und Antibiotika. Dann untersuchte er die Zahnpasta in den bunten Kartons, und als er die Zahnseide in der Hand hielt, vertiefte sich die steile Falte zwischen seinen Brauen.

Gloriana lachte leise. »Geh sparsam damit um, Mylord«, scherzte sie. »Sie muß siebenhundert Jahre reichen.«

Dane legte die Zahnseide zurück und nahm eins der Bücher in die Hand. Nachdem er das glatte Papier berührt und die zahlreichen bunten Abbildungen betrachtet hatte, richtete er seinen enttäuschten Blick auf Gloriana. »Ich verstehe die Worte nicht«, beklagte er sich. »Welche Sprache ist das?«

Sie ging zu ihm und küßte seine Wange. »Englisch«, antwortete sie belustigt.

Dane starrte von neuem auf den dunklen, gleichmäßigen Druck und klappte dann frustriert das Buch zu. »Kannst du es lesen?« fragte er, ohne den umfangreichen Band jedoch aus der Hand zu legen.

Gloriana nickte. »Du wirst es auch verstehen, Mylord, wenn du die Buchstaben genauer betrachtest.«

»Sag mir, was das ist«, bat er und schüttelte eine Plastikflasche mit weißen Pillen.

»Medizin gegen Fieber und Entzündungen«, erklärte Gloriana. Während ihres Aufenthalts in Lyns Haus hatte sie viele seiner medizinischen Journale gelesen und seinen Telefongesprächen mit Patienten aufmerksam gelauscht.

Dane ließ Buch und Flasche fallen, als hätte er sich daran verbrannt. »Großer Gott, Gloriana, wenn dich irgend jemand so reden hört, werden sie dich als Teufelsanbeterin anklagen!«

»Aber das würdest du nicht zulassen, nicht wahr, Dane?« versetzte Gloriana schaudernd und schlang ihrem

Mann die Arme um den Nacken. »Du hast versprochen, mein Herz mit einem Pfeil zu durchbohren, bevor es soweit kommt.«

Er erblaßte. »Ich habe niemals einen solchen Schwur geleistet!« entgegnete er entsetzt.

Und das stimmte natürlich auch. Der Schwur war in einer anderen Zeit geleistet worden, die sie nun vollkommen überspringen würden.

Gloriana schaute ihn nur an und bat ihn ohne Worte, es ihr von neuem zu versprechen.

»Ich würde niemals mit ansehen, wie du leidest«, sagte Dane nach langem Schweigen ernst. »Ganz gleich, was ich tun müßte, um es zu verhindern.« Er zog sie an sich und deutete auf die Zaubermittel auf dem Bett. »Ich will alles erfahren, was es über deine Bücher und Heilmittel zu lernen gibt«, fügte er hinzu. »Aber jetzt, mein geliebtes Weib, möchte ich mich mit anderen, angenehmeren Dingen beschäftigen.«

Kapitel 19

Gareth stand auf dem Podium im großen Saal und hob den Bierkrug hoch. Seine glückliche Stimme dröhnte durch den riesigen, zugigen Raum.

»Lady Gloriana ist zu Heim und Herd zurückgekehrt«, rief er mit schallender Stimme. »Laßt uns alle ihre Heimkehr feiern und dem Himmel danken, daß ihr nichts zugestoßen ist!«

Gloriana saß mit gesenktem Blick an Danes Seite am Tisch des Burgherrn. Es wäre ihr lieber gewesen, wenn ihre Heimkehr stillschweigend übergangen worden wäre; zuviel Getue mußte Fragen aufwerfen und die Leute an ihr merkwürdiges Verschwinden erinnern. Und das konnte gefährlich werden.

Getuschel entstand unter den Soldaten und dem Gesinde, aber alle hoben ihre Krüge, um ihr zuzuprosten, und das abendliche Essen nahm lautstark seinen Fortgang.

Heitere Musik ertönte von der Galerie über dem großen Saal, und Gaukler und Jongleure führten zwischen den Tischen ihre Kunststücke vor. Gloriana suchte unter den geschminkten Gesichtern nach Romulus und Corliss, entdeckte sie jedoch nicht – diese Schausteller waren Fremde und keine Mitglieder der Truppe, der sie bei ihrem letzten Besuch begegnet war.

Dem Besuch, der niemals stattgefunden hatte, um genau zu sein. Es war ungemein verwirrend, Erinnerungen an eine Zeit zu haben, die von niemandem geteilt wurden. Und wie hätten sie sich auch erinnern sollen, wenn keiner dieser Vorfälle tatsächlich stattgefunden hatte?

»Was ist?« fragte Dane und riß Gloriana aus ihren Überlegungen. Er saß neben ihr am Kopf des Tisches, hatte aber auf den Wein verzichtet, den alle anderen tranken, und sich Wasser bringen lassen.

»Mir ist nicht wohl zumute, Mylord«, gestand Gloriana mit einem besorgten Blick auf seinen Becher. Angesichts der mangelnden Hygiene im dreizehnten Jahrhundert wäre es ratsamer gewesen, wenn er Wein getrunken hätte. »Irgend etwas beunruhigt mich, aber ich kann mir nicht erklären, was es ist.«

Kenbrook lächelte und spießte mit der Spitze seines Messers eine gedünstete Karotte auf. »Es ist kein Wunder, daß du so rastlos bist, Mylady«, sagte er. »Du hast noch nichts gegessen.«

Seufzend tat Gloriana, als äße sie etwas von dem viel zu lange gegarten Gemüse. Sie verspürte eine seltsame, fast betäubende Spannung in der Luft, so intensiv und unheilvoll, daß sie fast hörbar war.

Im allgemeinen achtete Gloriana darauf, sich ausreichend zu ernähren, ob es ihr schmeckte oder nicht, weil sie an ihr Baby dachte. An jenem Abend jedoch, dem ersten nach ihrer Rückkehr aus dem zwanzigsten Jahrhundert, konnte sie sich nicht einmal zu einem Bissen überwinden.

Sie spürte, daß irgend etwas geschehen würde.

Etwas weiter unten am Tisch, zu ihrer Linken, saßen Edward und Mariette, in ein leises Gespräch vertieft, und ihre jungen Gesichter glühten vor gegenseitiger Zuneigung. Eigg und Pater Cradoc saßen am anderen Ende des Tischs und unterhielten sich mit Gareth, der inzwischen wieder seinen Ehrenplatz als Burgherr eingenommen hatte. Nichts war anders als sonst, soweit Gloriana sehen konnte, und dennoch …

Plötzlich brach die Musik ab, aber erst nach einem mächtigen Crescendo, das nicht länger als einen Moment gedauert haben konnte und dennoch durch die gesamte Burg zu hallen schien. Darauf folgte ein pfeifendes Geräusch, das von der Musikantengalerie kam.

Mit einem unheilverkündenden Zischen bohrte sich ein Pfeil in das massive Holz von Lord Hadleighs Tisch und blieb dort zitternd stecken – direkt vor Kenbrook.

Ein Tumult brach aus; Danes und Gareths Männer sprangen so schnell auf, daß sie die Bänke an den Tischen umstießen, und ergriffen noch im Aufspringen ihre Waffen. Kenbrook zog sein Schwert und versuchte gleichzeitig, Gloriana auf den Boden zu stoßen. Sie wehrte sich jedoch und sah, daß die Gaukler Schwerter unter ihren Umhängen und Kostümen hervorzogen und sich in den Kampf mit Hadleighs und Kenbrooks Männern stürzten.

Die Dienstboten flohen schreiend, die Hunde bellten und stoben auseinander, und oben auf der Galerie erschien ein falscher Musikant, mit Köcher und Bogen, bereit, einen Regen von Pfeilen auf die Menschen im großen Saal herabzuschicken.

Der Mann kam Gloriana irgendwie bekannt vor, obwohl sie ihn noch nie zuvor gesehen hatte. Sein Haar war blond wie Danes, und seine Augen schienen, selbst aus dieser Entfernung, vom gleichen eisigen Blau zu sein.

Ein schwindelerregendes Entsetzen erfaßte Gloriana, das jedoch rasch Empörung wich. Nach allem, was sie durchgemacht hatte, gedachte dieser Schurke, ihr Glück zu beenden, bevor es überhaupt richtig begonnen hatte!

Nein, das würde sie nicht dulden.

»Haltet ein!« schrie der Mann auf der Galerie mit befehlsgewohnter Stimme. Er war mit einem Wams aus feinstem grünem Samt bekleidet, zu dem er farblich passende Gamaschen trug, und schien etwa im gleichen Alter wie Gareth zu sein.

Das Waffengeklirr brach augenblicklich ab, als beide Seiten verwundert, betroffen und ehrfürchtig den Blick zu ihm erhoben.

Niemand, nicht einmal Dane, Gareth oder Edward, rührte sich. Wenn nicht bald jemand etwas unternahm, würde alles verloren sein.

Wütend ergriff Gloriana ihr Messer, die einzige Waffe, die ihr zur Verfügung stand, und trat näher zu Dane, der mit unbewegter Miene zu dem Fremden aufschaute. Er wirkte nicht verängstigt, höchstens wachsam, aber es bestand kein Zweifel, daß er wütend war. Er strahlte aus allen Poren wilden Zorn aus.

»Wer ist das?« flüsterte Gloriana.

»Merrymont«, erwiderte Kenbrook, und es klang, als spuckte er verdorbenes Essen aus.

Mit neuerwachtem Interesse schaute Gloriana zu dem Eindringling auf. Dieser Mann also war der gefürchtete Widersacher, der verrückte Onkel, der Dane aus Trauer über den Verlust seiner Schwester Jillian am liebsten in der Wiege ermordet hätte.

Gloriana begann sich unauffällig vom Tisch zu entfernen, was weder ihr Mann noch irgend jemand sonst bemerkte.

»Was wollt Ihr?« hörte sie Gareth fragen, leise und bedrohlich, als sie an einer Wand entlangschlich, die der Schein der Öllampen nicht erreichte.

»Ich bin gekommen«, antwortete der Herr auf Merrymont, »um meinen guten Namen wiederherzustellen.«

Gloriana stieg eine schmale Treppe hinauf, die zu einem Seitengang voller Spinnweben und Knochen toter Mäuse und Vögel führte. Als Kinder hatten sie und Edward oft in diesem selten benutzten Gang gespielt und so getan, als ob die Burg belagert würde und sie allein sie retten könnten. Da ihnen klar gewesen war, daß Gareth den Gang verschließen lassen würde, falls er von seiner Existenz erfuhr, war er ein Geheimnis zwischen ihnen geblieben.

Während sie im Dunkeln stand, mit angehaltenem Atem und fest das jämmerliche Brotmesser umklammernd, schätzte Gloriana die Lage ein. Sie war alles andere als ermutigend.

Zwei kräftige Wächter standen draußen vor der Galerie, mit gezogenen Schwertern. Gloriana spürte ihre Angst und konnte sie verstehen; sie befanden sich innerhalb der Festung ihres Feindes und infolgedessen in Gefahr. Abergläubisch, wie die Männer jener Zeit waren, mußten sie sich fragen, welch rachsüchtige Geister und Gespenster in den Schatten lauern mochten.

Unter ihnen, auf der Galerie, sprach Merrymont; Gloriana sah die Rückseite seines grünen Wamses und den Lederköcher mit den Pfeilen. *Er ist wirklich sehr beeindruckend,* dachte sie. Schade, daß er nicht auf unserer Seite ist.

»Ihr weigert Euch also, Kenbrook, mich um Verzeihung zu bitten für die Verleumdungen, die Ihr im ganzen Reich über mich verbreitet habt, als Ihr mich einen Entführer und einen Mörder nanntet?« fragte Merrymont in hochfahrendem Ton. Seine Arroganz machte ihn Dane sogar noch ähnlicher als seine Haarfarbe und Statur.

Gloriana biß sich auf die Lippen. Dane ist sicher viel zu stur, um sich zu entschuldigen, dachte sie, obwohl sie für einen Moment die vage Hoffnung hegte, das Problem könnte auf friedliche Weise gelöst werden.

»Ja«, erwiderte Kenbrook mit klarer Stimme. »Ich weigere mich.«

Gloriana hob etwas vom Boden auf, wobei sie es vermied, sich genauer anzusehen, was es war, und schleuderte es in die Finsternis. Die Wachen traten zögernd vor, als sie das Geräusch vernahmen, und bereiteten sich auf einen Kampf vor. Bevor sie sich umwenden konnten, war

Lady Kenbrook in der Galerie und drückte ihr Messer an Merrymonts Hüften.

»Befehlt Euren Bewaffneten, ihre Schwerter und Dolche niederzulegen«, sagte sie ruhig, »oder ich spieße Eure Nieren auf wie zwei Hennen auf dem Bratrost.«

Merrymont versteifte sich, dann lachte er. Aber Gloriana hatte nicht mit seiner Kraft und Schnelligkeit gerechnet. Bevor sie den nächsten Atemzug tun konnte, hatte er ihr mit dem Ellbogen das Messer aus der Hand geschlagen, sie mit beiden Händen ergriffen und an seine Brust gezogen.

Gloriana stockte der Atem, als der Baron sie über die steinerne Balustrade der Galerie schob und sie dort, mindestens neun Meter über dem großen Saal, in der Luft baumeln ließ. Wenn er sie fallen ließ, würde sie den Sturz nicht überleben.

»Eure Gemahlin ist in der Tat sehr tapfer, wenn auch etwas tollkühn«, rief Merrymont Dane zu, der mit grimmiger Miene zu ihm aufschaute. »Wenn ich gewußt hätte, daß sie ein solch feuriges Temperament hat, Neffe, dann hätte ich mich bestimmt des Verbrechens schuldig gemacht, dessen Ihr mich bezichtigt habt. Ein köstlicher Leckerbissen verlangt geradezu danach, entführt zu werden.«

»Ihr sollt Eure Entschuldigung haben«, sagte Dane in barschem Ton.

Gloriana war nicht nur ängstlich, sondern auch wütend. Begriff er denn nicht, daß dies nicht der richtige Moment für Grobschlächtigkeiten war?

»Verdammt, Merrymont«, warf Gareth ein, »das ist eine Unverfrorenheit ...«

Merrymont hielt Gloriana fest umklammert, wofür sie ihm unendlich dankbar war, obwohl sie natürlich bereute, den Lumpen nicht erstochen zu haben, als sie Gelegenheit dazu besaß. »Nur wenige Momente zuvor, Kenbrook, habt Ihr mir diese schlichte Höflichkeit verweigert«, sagte er mit seiner lauten, melodischen Stimme. »Und jetzt seid Ihr plötzlich bereit, Euch zu erniedrigen?«

»Ja«, erwiderte Dane ohne das geringste Zögern.

Gloriana schloß die Augen. Wenn sie nicht solche Angst gehabt hätte zu stürzen, hätte sie vielleicht bereut, Dane in eine solche Lage gebracht zu haben. Er würde sich vor Merrymont demütigen müssen, wenn er sie retten wollte.

»Ausgezeichnet«, erwiderte Merrymont, während er Gloriana mit einem Arm festhielt und mit dem anderen sein Schwert zog. »Ich werde meine Genugtuung im Zweikampf erlangen«, rief er Kenbrook zu. »Wenn ich mit Euch fertig bin, werdet Ihr Euch auf ein Knie niederlassen, mir Euer Schwert zu Füßen legen und mich ›mein Herr‹ nennen.«

Dane erwiderte nichts, aber Gloriana wußte, daß er sich nur ihr zuliebe eine scharfe Erwiderung verbiß. Denn immerhin hing sie noch immer über der großen Halle, wie ein geschlachtetes Reh an einem Haken, nachdem die Jagd vorüber war.

»Da wäre noch eine weitere Buße«, verkündete Merrymont heiter, als sei es ihm soeben erst eingefallen. »Falls Ihr unser Duell verliert, Neffe, wird die schöne Gloriana in meiner Burg leben und mein Mündel sein, solange ich ihre Gesellschaft zu genießen wünsche.«

Selbst von dieser schrecklichen Höhe aus sah Gloriana die Zornesröte, die in Danes Gesicht und Nacken stieg. Unter den gegebenen Umständen wäre er wahrscheinlich auf alles eingegangen, aber sie kannte ihren Mann und wußte, daß er danach lechzte, seine Hände um Merrymonts Hals zu schließen. Des weiteren war anzunehmen, daß Kenbrook, falls sie beide diesen Vorfall überlebten, mindestens so wütend auf *sie* sein würde wie auf seinen Onkel.

»Falls ich verliere«, erklärte Kenbrook mit Betonung auf dem ›falls‹, »wird es so sein, wie Ihr verlangt.«

Daraufhin begann Gloriana zu zappeln und zu treten, weil Zorn ihre Angst verdrängte. Merrymont zog sie über die Balustrade zurück, ohne jedoch seinen Griff um ihr Handgelenk zu lockern. »Nun gut«, sagte er in herablassendem Ton zu Dane. »Ich bin sicher, daß Ihr verstehen werdet, wenn ich Mylady bei mir behalte, bis ich die Sicherheit meiner eigenen Burg erreicht habe. Unser kleines Turnier wird morgen dort abgehalten werden.«

»Laßt meine Frau hier«, erwiderte Dane, und es klang ganz eindeutig wie ein Befehl, nicht wie eine Bitte. »Ihr werdet Euer Turnier haben. Nennt mir die Bedingungen.«

»Ah, aber die habe ich doch schon genannt«, antwortete Merrymont. »Die Dame wird mich begleiten. Was ist, Kenbrook? Wagt Ihr es, meine Ehre noch weiter zu beschmutzen mit der Behauptung, daß dieses schöne Geschöpf nicht sicher sei in meiner Obhut?«

Gloriana hatte es aufgegeben, sich dem Baron zu widersetzen; er war zu stark, und es wäre nur sinnlose Kraftverschwendung gewesen, sich gegen ihn zu wehren. Statt dessen versuchte sie, ihren Mann, der leichenblaß in der Mitte der großen Halle stand, das Schwert noch in der Hand, mit einem Blick dazu zu bringen, daß er seine Zunge hütete.

Ein Muskel an Kenbrooks Wange zuckte, als er um Beherrschung kämpfte.

Es war Gareth, der das Wort ergriff. »Wenn Ihr dem Mädchen ein Haar krümmt, Merrymont«, brüllte er, »reiße ich Euch bei lebendigem Leibe Eure Eingeweide heraus!«

»Ich glaube, das würdet Ihr ohnehin, wenn ihr die Chance dazu bekämt«, entgegnete Merrymont. Dann verließ er die Galerie und hastete durch den Gang, Gloriana in den Armen und flankiert von seinen beiden Wachen.

»Ist Euch eigentlich bewußt«, sagte sie, als er eine Treppe hinabstieg, auf der noch mehr von seinen Männern warteten, »daß es Heuchelei ist, was Ihr tut? Ihr kamt nach Hadleigh Castle, weil Ihr Euch durch den Vorwurf beleidigt gefühlt habt, daß Ihr ein Entführer wäret – und nun macht Ihr diesem Namen alle Ehre!«

»Wenn Ihr schweigt«, entgegnete Merrymont gelassen, «brauche ich Euch nicht zu knebeln.«

Gloriana errötete und verkniff sich jede weitere Bemerkung, bis sie draußen waren, obwohl es ihr sehr schwer fiel. Es standen Wachen auf den Türmen, mit Bogen und Pfeilen, die auf die Eindringlinge gerichtet waren, aber aus Angst, Kenbrooks Frau zu treffen, wagte keiner von ihnen zu schießen.

Pferde warteten im Hof, und angeführt von Merrymont, ritt die kleine Truppe so kühn durch das Dorf und den äußeren Burghof, als wären sie geladene Gäste. Gloriana saß seitlich vor dem Onkel ihres Gatten.

»Das ist einfach zuviel«, bemerkte sie.

Merrymonts Augen, als er auf sie herabsah, waren Danes so ähnlich, daß Gloriana ihn wahrscheinlich sogar sympathisch gefunden hätte, wenn er nicht ihr Entführer gewesen wäre. »Ihr seid also fest entschlossen, Konversation zu machen«, meinte er. »Vielleicht habe ich einen Fehler gemacht, als ich Euch mitnahm.«

»Das habt Ihr allerdings«, entgegnete Gloriana entschieden. »Wenn Ihr wüßtet, was ich durchgemacht habe, um bei Lord Kenbrook sein zu können, würdet Ihr aus purem Mitleid auf dieses scheußliche Vorgehen verzichten.«

Sie glaubte, ein Lächeln in seinen Augen zu sehen, konnte sich jedoch nicht sicher sein. »Wie kommt Ihr darauf, daß ich zu einem solch noblen Gefühl wie Mitleid fähig wäre?«

Gloriana seufzte. »Wir waren mit unseren eigenen Angelegenheiten beschäftigt. Ich verstehe nicht, warum Ihr eine neue Fehde beginnen mußtet.«

»Ich versichere Euch, Lady Kenbrook, daß ich guten Grund dazu besitze. Aber natürlich denke ich nicht daran, Euch meine Motive zu erklären.«

Sie ritten schweigend weiter, und Gloriana schaute sich über Merrymonts Schulter nach Hadleigh Castle und dem kleinen Dorf um.

»Er wird kommen, um mich zu holen«, sagte sie, als sie den Wald erreichten und sich von Kenbrook Hall und Gareths Burg entfernten.

»Ja«, bestätigte Merrymont. »Das wird er ganz bestimmt.«

»Ihr wollt ihn töten«, beschuldigte Gloriana ihn empört.

»Ihr habt nicht die geringste Ahnung, was ich will«, berichtigte der ältere Mann gelassen, »und auch dieser hitzköpfige junge Ritter nicht, der so begierig ist, Euch zu retten.«

»Habt Ihr vor, mir etwas anzutun?« Das war unter den gegebenen Umständen eine vernünftige Frage.

»Nein«, erwiderte Merrymont. »Aber provoziert mich nicht. Auch ich habe meine Grenzen, wie jeder andere Mann.«

»Was ist mit meiner Tugend?«

Merrymont lachte. »Ja, was ist damit?« konterte er.

Gloriana errötete. »Ich möchte wissen, Sir, ob sie in Gefahr ist oder nicht.«

Diesmal lachte er lauthals, aber es war ein Ton, der jeglichen Humors entbehrte, und Merrymont wurde auch augenblicklich wieder ernst. »Ist es das, was Hadleigh und Kenbrook von mir behaupten – daß ich junge Frauen schände? Das dürfte mich eigentlich nicht überraschen oder kränken, doch seltsamerweise tut es das.«

Sie wurden in der zunehmenden Dunkelheit verfolgt; Gloriana wußte es und Merrymont ebenfalls, dessen war sie sich ganz sicher. Und doch wagte niemand, die kleine Truppe anzugreifen, aus Angst, daß Lady Kenbrook dabei verwundet wurde. Nach einer Stunde etwa ritten sie über eine dunkle Zugbrücke in einen Hof hinein, in dem es so finster war, daß man nicht die Hand vor Augen sehen konnte.

Die riesigen Tore fielen krachend hinter ihnen zu.

»Kommt«, forderte Merrymont sie brüsk auf. »Ihr werdet schlafen wollen.«

Gloriana folgte ihm, weil ihr nichts anderes übrigblieb. »Ich bin schwanger«, sagte sie, als sie versuchte, mit Merrymont Schritt zu halten. »Wenn ihr mir Schaden zufügt, werdet Ihr auch dem Kind schaden, das ich unter dem Herzen trage. Und Kenbrook wird nicht eher ruhen, bis er Euch getötet hat.«

»Er wird morgen Gelegenheit dazu haben«, entgegnete Merrymont müde. Als sie seine privaten Räume erreichten, die klein waren im Vergleich zu Hadleigh Castle oder Kenbrook Hall, wurden sie von Dienerinnen erwartet, deren flackernde Lampen weniger Licht als Schatten warfen. »Das ist meine Nichte«, teilte Merrymont ihnen zerstreut mit, als sei er in Gedanken bereits bei anderen Dingen. »Bringt sie in einem warmen, sauberen Zimmer unter.«

»Ja, Mylord«, erwiderten die Frauen im Chor. Gloriana kniff die Augen zusammen, aber in der Dunkelheit konnte sie nicht erkennen, wie viele es waren.

Aber das war schließlich auch nicht wichtig, denn selbst wenn es ihr gelungen wäre, sie alle zu überwältigen, hätte sie nicht fliehen können. Die Mauern waren hoch, die Tore geschlossen, und die Burg war gut bewacht. Wahrscheinlich sollte ich schon froh sein, dachte Gloriana, daß Merrymont mich nicht in seine eigenen Gemächer bringt.

Vielleicht hatte er die Wahrheit gesagt, zumindest, als er behauptet hatte, kein Frauenschänder zu sein. Doch Gott und die Heilige Jungfrau mochten wissen, was er *sonst* noch war.

Gloriana wurde in eine kleine Kammer gebracht, die drei Talgkerzen erhellten. An einer Wand befand sich ein Bettgestell mit einer Matratze aus grobem Hanf.

»Möchtet Ihr etwas zu essen, Mylady?« fragte eine der Dienerinnen, als Gloriana eine Decke und einen Krug mit Wasser erhalten hatte.

»Wenn ich etwas esse, muß ich mich erbrechen«, erwiderte Gloriana. Sie hatte nicht unfreundlich sein wollen; sie war nur müde und vollkommen durcheinander.

Die Frauen verneigten sich vor ihr und gingen. Die Tür fiel hinter ihnen ins Schloß, dann wurde von außen ein Riegel vorgeschoben.

Seufzend setzte Gloriana sich auf ihr unbequemes Bett. Morgen würde Kenbrook kommen, wie vereinbart, um sich auf etwas einzulassen, was nur eine Falle sein konnte, und es gab keine Möglichkeit, ihn zu retten. All ihre Liebe, all ihr Schmerz und ihre Sehnsucht, ihr Lachen und ihre Tränen waren umsonst gewesen.

Sie streckte sich auf dem schmalen Lager aus, und ihre Augen brannten vor ungeweinten Tränen. *Tu es nicht, Dane,* dachte sie, *versuch nicht, mich zu retten. Merrymont wird dich töten …*

Irgendwann gähnte sie und schloß die Augen. Aber obwohl sie todmüde war, wußte sie, daß sie nicht schlafen würde. Zuviel stand auf dem Spiel.

Das nächste, was sie bemerkte, war, daß die Sonne hell und warm auf ihr Gesicht schien.

Sie richtete sich auf und schaute sich erstaunt in dieser fremden, kleinen Kammer um, bevor ihr einfiel, daß Merrymont sie entführt hatte und heute ihren geliebten Gatten töten würde.

Denn Gloriana hegte keinen Zweifel daran, daß Merrymonts Männer Dane töten würden, selbst wenn er das Duell überlebte. Kenbrook sollte sich in die Höhle des Löwen begeben, und sie war der Köder, der ihn dem sicheren Tod entgegenführte.

Sie ging zur Tür und warf sich zornig und empört dagegen. »Laß mich heraus, Merrymont!« schrie sie. »Komm her, du blutrünstiger Feigling! Oder hast du Angst vor einer *Frau*?«

Die schwere Tür öffnete sich so unvermittelt, daß Gloriana buchstäblich auf den Gang hinausstürzte.

Merrymont stand vor ihr und sah erstaunlich attraktiv und anziehend aus im hellen Schein der Morgensonne. Er trug ein sauberes Wams, sein blondes Haar glänzte und war noch feucht, und sein Lächeln war offen und ungewöhnlich nachsichtig.

»Nein«, sagte er freundlich. »Ich habe keine Angst, weder vor Euch noch vor irgendeiner anderen Frau.«

Gloriana bedachte ihn mit einem zornigen Blick. »Das ist ein Fehler, Mylord«, erwiderte sie. »Wenn Ihr auch nur einen Funken Verstand hättet, wärt Ihr entsetzt.«

Er lachte. »Kenbrook hat seinen Meister in Euch gefunden«, sagte er. Dann verdüsterten sich seine Augen, und die Belustigung wich aus seinem Blick. »Ich wünschte, ich hätte auch soviel Glück gehabt«, fügte er hinzu und ergriff ihren Arm. »Macht Euch hübsch, Mylady«, befahl er. »Euer Gemahl ist schon mit seinen Männern am Tor und bereit, den Zweikampf zu beginnen.«

Gloriana entzog ihm ihren Arm. »Warum tut Ihr das?« fragte sie. »Was hofft Ihr durch den Tod des Sohnes Eurer eigenen Schwester zu erreichen?«

Die Fragen stimmten Merrymont nachdenklich, und er erblaßte bei der Erwähnung der toten Jillian, die er anscheinend sehr geliebt hatte. Er setzte zu einer Entgegnung an, sagte dann aber doch nichts und lehnte sich gegen die massive Tür, den Kopf gesenkt, als würde er einen inneren Kampf mit sich ausfechten. Als er den Blick wieder zu Gloriana erhob, konnte sie von draußen bereits das Klappern von Pferdehufen und rauhe Männerstimmen hören.

Sie lief zum Fenster, in der Hoffnung, einen Blick auf Kenbrook werfen zu können, aber alles, was sie sah, waren eine Bank und ein ausgetrockneter, moosbewachsener Brunnen.

»Warum?« wiederholte sie und schaute sich fragend zu Merrymont um.

»Das werdet Ihr noch früh genug erfahren«, erwiderte er und ging hinaus.

Gloriana wusch sich und zog sich hastig an, und niemand versperrte ihr den Weg, als sie den Korridor betrat. Ermutigt und in atemloser Eile hetzte sie durch Gänge und Gemächer, lief sie Treppen hinunter und durch große, leere Säle, bis sie endlich im Freien stand.

Dane hatte seine kleine Armee draußen vor den Mauern zurückgelassen, was Gloriana für reinen Wahnsinn hielt. Es war ihm anzusehen, daß er nicht geschlafen hatte, und mit den Bartstoppeln an seinem Kinn und dem grimmigen Ausdruck seiner Augen ähnelte er mehr als je zuvor einem Wikinger. Sein Blick glitt prüfend über Gloriana.

»Hat er dir irgend etwas angetan?« fragte er.

Gloriana schüttelte den Kopf. »Ich habe nicht gelitten, Mylord«, erwiderte sie rasch und verdrängte ihre Tränen. Am liebsten hätte sie Dane angefleht, sein Pferd zu wenden und nach Hadleigh Castle zurückzukehren, aber sie wußte, daß es sinnlos wäre, daß der bloße Vorschlag eine Beleidigung für den Mann gewesen wäre, den sie über alles liebte.

Merrymont, der hinter ihr stand, legte mit überraschender Sanftheit eine Hand auf ihre Schulter und zog Gloriana zurück. Dann trat er vor, unbewaffnet, doch ohne Angst.

»Ihr seid allein gekommen«, sagte er anerkennend. »Ich bin beeindruckt, Kenbrook. Vielleicht hat das Blut der St. Gregorys Euch doch noch nicht ganz vergiftet.«

Danes rechte Hand ruhte leicht auf seinem Schwertgriff; Gloriana sah, wie er die Finger krümmte, und fürchtete sich mehr als je zuvor. Wenn er jetzt getötet würde, und mit ihm alles, was sie sich erträumt hatten und noch vor sich zu haben glaubten, hätte sie es nicht ertragen.

Und doch *mußte* sie ertragen, was immer auf sie zukam, ihrem Kind zuliebe.

»Ich liebe dich von ganzem Herzen, Dane St. Gregory«, sagte sie.

Merrymont deutete mit der Hand auf das offene Tor in einer nahen Mauer, während sein Blick unverwandt, ja zärtlich fast, auf Dane gerichtet blieb. »Kommt, Kenbrook«, sagte er. »Laßt uns unsere private Schlacht beginnen und es hinter uns bringen. Laßt das Pferd stehen – das braucht Ihr nicht –, aber bringt das Schwert mit.«

Dane glitt aus dem Sattel, aber sein Blick folgte nicht seinem Gegner, sondern ruhte auf Gloriana. Keiner der Bewaffneten, die sich in der Nacht zuvor als Gaukler verkleidet hatten, war in der Nähe, und auch Merrymonts Soldaten waren nirgendwo zu sehen. Es war äußerst merkwürdig.

»Und ich liebe dich, Mylady«, erwiderte Dane.

Merrymont blieb am Tor stehen, lächelte und legte eine Hand über sein Herz, als wolle er sich über ihre Worte lustig machen. Aber die Klinge seines Schwerts glitzerte in der Morgensonne, und Gloriana hatte allen Grund zu der Vermutung, daß er ein ausgezeichneter Fechter war. Er war zwar älter als Dane und wahrscheinlich langsamer, aber dafür besaß er mehr Erfahrung.

In einem kleinen, sonnenbeschienenen Hof setzte Gloriana sich auf eine Bank, nicht, weil sie das Duell verfolgen wollte, sondern weil ihre Knie nachzugeben drohten.

Kenbrook und Merrymont stellten sich in einiger Entfernung von ihr auf, mit gezogenen Schwertern und bereit, sich gegenseitig umzubringen. Eine morbide Pracht haftete der Szene an, denn beide Männer waren von beeindruckender Statur.

Ihre Klingen kreuzten sich mit einem metallischen Klirren, das Gloriana noch lauter erschien, als es war, weil ihr Herz so heftig pochte. Der Kampf begann, und lange Zeit war er seltsam anmutig, ein imponierender Tanz, der von zwei Meistern dieser Kunst vollführt wurde.

Bei jedem Schwerthieb zuckte Gloriana zusammen, aber sie wandte den Blick nicht ab, so gern sie es auch getan hätte. Wenn Dane sterben muß, dachte sie, ist das mindeste, was ich tun kann, sein Opfer zu bezeugen.

Merrymonts Klinge traf Dane am Oberschenkel und ließ einen blutenden Schnitt zurück.

Mit einem Schrei sprang Gloriana auf.

Danach wurde der Kampf heftiger; bald waren Dane und sein Gegner schweißüberströmt und blutig. Keiner von beiden wollte jedoch aufgeben; jede neue Wunde diente nur dazu, ihren Empfänger zu noch grimmigeren Angriffen anzutreiben.

Die Hand vor den Mund gepreßt, um nicht zu schreien, verfolgte Gloriana das Duell und betete zu Gott, daß Dane es überleben möge.

Als endlich die Antwort kam – vom Himmel oder woher auch immer –, setzte Dane mit letzter Kraft zu einem gewaltigen Hieb an und schlug seinem Onkel das Schwert aus der Hand. Dann, die Spitze seines Schwerts gegen Merrymonts Hals gepreßt, keuchte er: »Soll ich dich jetzt umbringen? Den Bruder meiner eigenen Mutter?«

Merrymont atmete schwer. Seine feinen Kleider waren, wie Danes, mit Blut und Schmutz bedeckt und feucht vor Schweiß. Er ließ sich auf ein Knie sinken, mehr aus Erschöpfung als aus Demut, und als er sein Gesicht erhob, lächelte er zu Danes und auch Glorias Verblüffung.

»Ich bin müde, Kenbrook«, gestand er mit leiser Stimme. »Aber ich verspüre kein Verlangen, von deinem Schwert durchbohrt zu werden. Ich habe dich hergebracht, weil ich einen Erben brauche.«

Dane war ganz offensichtlich noch viel verblüffter als Gloriana.

»*Was*?« fragte er ungläubig.

Merrymont stand unsicher auf. Dane war ihm zwar nicht behilflich, aber er versuchte auch nicht, ihn daran zu hindern. Gloriana saß derweil wie erstarrt auf ihrer Bank, unfähig, auch nur ein Wort hervorzubringen.

»Ich habe drei Gemahlinnen gehabt«, fuhr Merrymont fort, »und keine von ihnen hat das Kindbett überlebt. Auch die armen Kinder nicht, die sie mir geboren hatten. Du, der Sohn meiner Schwester, bist der einzige, dem ich meinen Besitz hinterlassen würde.«

Dane steckte sein Schwert ein, aber er sagte nichts. Selbst jetzt noch sah er so wütend aus, als ob er sich auf seinen Onkel stürzen und ihn erdrosseln wollte.

Gloriana, die endlich ihre Stimme wiederfand, sprang auf und rief: »Wieso wolltet Ihr meinen Gatten umbringen, wenn Ihr ihm Euren Besitz vermachen wollt?«

»Das ist eine vernünftige Frage«, gab Merrymont zu. Ein Diener erschien und brachte Wein, und der besiegte, aber dennoch nicht gedemütigte Baron nahm den Becher in beide Hände und trank einen durstigen Schluck. Er schaute Kenbrook an, als er auf Glorianas Frage antwortete. »Ich hätte diese Ländereien lieber dem König zurückerstattet, bevor ich sie einem Mann gegeben hätte, der sie nicht halten könnte. Du mußtest mir zuerst beweisen, Dane St. Gregory, daß du für die Aufgabe geeignet warst.«

Dane schaute stirnrunzelnd seinen Onkel an und winkte ab, als Gloriana Einwände erheben wollte. »Du bist noch nicht alt«, sagte er widerstrebend. »Warum brauchst du also jetzt schon einen Erben?«

Merrymonts Lächeln war nicht ohne Bosheit. »Nicht, weil ich dir den Gefallen erweisen will zu sterben, Neffe«, erwiderte er. »Aber wenn der Tag kommt – möge er noch lange auf sich warten lassen –, muß alles bereit sein.« Damit richtete er den Blick auf Gloriana, und diesmal lag eine gewisse Zärtlichkeit in seiner Haltung, als er sich vor ihr verneigte. »Ihr, Mylady, seid eine angemessene Herrin für *jeden* Grundbesitz, mit Eurer Courage, Eurer Schönheit und unglaublichen Loyalität dem Mann gegenüber, den Ihr liebt.«

Gloriana dachte nicht daran, sich zu bedanken. Sie warf Merrymont nur einen ärgerlichen Blick zu, errötete und ging zu Dane.

Er legte einen Arm um sie, als sie zu seinem Hengst hinübergingen, und schaute zu den Türmen auf, um sich zu überzeugen, daß dort keine Bogenschützen standen. Als er Gloriana auf das Pferd gehoben hatte, saß er hinter ihr auf und hielt mit einer Hand die Zügel. Die andere ruhte wieder auf dem Griff seines Schwerts, obwohl es in der Scheide steckte.

»Sag mir«, bat der Onkel und schaute zu seinem Neffen auf, »wie wirst du dich nennen, wenn Gareth und ich nicht mehr sind und du Herr der drei größten Ländereien im ganzen Königreich bist? Wirst du Hadleigh oder Merrymont sein?«

»Kenbrook«, gab Dane ruhig zur Antwort. Dann lenkte er sein prächtiges Pferd in Richtung Tore, und niemand versuchte, den Herrn und die Herrin aufzuhalten, als sie aus der Burg ritten, endlich wieder zusammen, und das für alle Zeiten.

Epilog

Kenbrook Hall einige Monate später …

Das wütende Geschrei des jungen Aric St. Gregory, zukünftiger sechster Baron von Kenbrook und Erbe der Besitzungen von Hadleigh und Merrymont, schallte durch den Korridor vor dem Turmzimmer, kraftvoll und voller Zorn. Dane, der schon fast den ganzen Morgen auf dem Korridor verbracht hatte, stürzte zur Tür, doch Merrymont und Gareth hielten ihn zurück. Edward wäre vielleicht auch dabeigewesen, aber er hatte kurz zuvor Mariette de Troyes geheiratet, und sie waren zu einer Reise nach London aufgebrochen.

»Laß deiner Frau Zeit, ihre Arbeit zu erledigen, Junge«, riet Gareth freundlich, während er Dane am Arm zurückhielt. »Das ist eine private Angelegenheit, und sie werden dich rufen, wenn es schicklich ist.«

Dane war außer sich vor Aufregung; er wollte das Kind natürlich sehen, aber wichtiger noch als das war für ihn, sich zu überzeugen, daß Gloriana nichts geschehen war – daß sie nicht ihr Leben hatte opfern müssen, um einen breitschultrigen St. Gregory zur Welt zu bringen, wie seine eigene zarte junge Mutter es getan hatte.

»Gloriana …?« keuchte er.

»… ist stark«, schloß Merrymont für ihn. Seit ihrem Duell hatten Dane und der ältere Mann sich angefreundet.

Nach schier unendlich langer Zeit, wie es Dane vorkam, öffnete sich endlich die massive Tür, und Elaina erschien auf der Schwelle.

»Komm«, forderte sie Dane lächelnd auf. »Deine Gemahlin und ein gesunder Sohn erwarten dich.«

Dane schüttelte Merrymonts und Gareths Hände ab

und hätte seine Schwägerin fast umgerannt in seiner Hast, zu Gloriana und dem Kind zukommen, wenn Elaina nicht rasch zurückgetreten wäre.

Gloriana lag in dem großen Bett, in dem sie so viele glückliche Stunden verbracht hatten, und obwohl ihr Haar gebürstet war, glänzte es noch vor Feuchtigkeit, und ihre Haut war stark gerötet. Ihre Augen strahlten vor Stolz, als sie Danes plötzlich verschleierten Blick suchte.

In ihren Armen lag der Säugling rot, häßlich und nicht viel kleiner als ein Ferkelchen.

Gloriana lachte über Danes Gesichtsausdruck und strahlte, als ihr Mann sich bückte, um sie auf die Stirn zu küssen. Sie hatte schon immer seine Gedanken lesen können, und dies war keine Ausnahme. »Keine Angst, mein Liebster«, meinte sie. »Er wird eines Tages so groß und stattlich sein wie du, und niemand könnte mehr verlangen.«

»Hat er dich verletzt?« flüsterte Dane. Da Dane von Anfang an sicher gewesen war, daß es ein Junge sein würde, hatten sie sich schon vor einiger Zeit darauf geeinigt, daß er Aric heißen würde, nach einem besonders tapferen Vorfahren der St. Gregorys, aber nicht einmal seine schlimmsten Befürchtungen hatten Dane auf die beeindruckende Größe des Säuglings vorbereitet.

Sanft streichelte Gloriana das seidenweiche blonde Haar des Jungen. »Aric hat sich nur seinen Weg in die Welt erkämpft«, sagte sie mit leiser, müder Stimme. »Die Hebamme sagt, ich sei gut gebaut zum Kindergebären, und die nächsten würden leichter kommen.«

So ehrfürchtig, als berührte er das Kreuz, legte Dane eine Fingerspitze an die runde Wange seines Sohnes. »Es gab Momente«, gestand Kenbrook, »da habe ich daran gezweifelt, daß ich diesen Augenblick erleben würde.«

Mit ihrer freien Hand strich Gloriana ihm über das wirre Haar. »Wirst du das alles überhaupt ertragen?« scherzte sie. »Mir scheint, daß die Vaterschaft bereits ihren Zoll von dir gefordert hat.«

Danes Augen füllten sich mit Tränen der Erleichterung,

der Freude und der Liebe. »Ich hatte noch nie so große Angst«, bekannte er, denn Elaina und die Dienerinnen waren gegangen, und sie waren allein in dem runden Turmzimmer, das für eine Weile ihr Gefängnis gewesen war..

»Habe ich dir nicht gesagt, daß ich das Kindbett überstehen würde – und noch viel mehr, mein Liebster?«

»Ich hörte dich schreien«, sagte er und erschauderte bei der Erinnerung daran. Er hatte andere Schmerzensschreie gehört, in viel grimmigeren Umständen, aber nichts hatte ihn je so erschüttert wie Glorianas Schreie. Er hatte sich gegen die Tür geworfen und mußte zurückgehalten werden.

»Es ist normal zu schreien«, antwortete sie. »Sicher, es tut weh. Sehr sogar. Aber das Schreien dient eigentlich mehr dazu, die Spannung zu lösen.«

Er nahm ihre Hand und küßte ihre Finger, einen nach dem anderen. »Trotzdem würde ich die Bürde lieber auf meine eigenen Schultern nehmen, als dich leiden zu sehen.«

Sie lachte, und ihre Augen funkelten. »Der Mann, der die Geburt eines Kindes ertragen würde, ist noch nicht geboren worden. Gott wußte das und hat die Aufgabe in Seiner Weisheit uns Frauen überlassen.«

Ein leises Klopfen ertönte, und auf Glorianas Ruf trat Lady Elaina ein. »Die Amme ist hier«, sagte sie. »Soll ich Aric jetzt zu ihr bringen, bevor er wieder zu weinen beginnt?«

Gloriana nickte lächelnd, obwohl sie sich nur ungern von ihrem Sohn trennte, wie Dane bemerkte.

Als Lady Elaina den Raum verlassen hatte, klopfte Gloriana einladend auf die Matratze neben ihr, und Dane streckte sich auf der Decke aus und zog seine Frau zärtlich in die Arme.

»Manchmal frage ich mich, Mylady, warum Gott es für richtig befunden hat, mir jemanden wie dich zu schenken. Ich glaube, ich verdiene dich gar nicht.«

Gloriana küßte seine Stirn, wie sie zuvor das Baby

geküßt hatte, und Dane sonnte sich in ihrer Zärtlichkeit. Obwohl er es niemals zugegeben hätte, war etwas von einem kleinen Jungen in ihm, der es liebte, gestreichelt und verwöhnt zu werden, und vielleicht sogar ein bißchen eifersüchtig auf den Sohn gewesen wäre, den er bereits liebte, wenn nicht diese stillen, ungestörten Momente mit Gloriana gewesen wären. Der Mann in ihm bevorzugte natürlich die körperliche Liebe, aber es würde eine Weile dauern, bis seine Frau bereit war, ihn wieder in sich aufzunehmen, und das machte ihm nichts aus.

Er spürte ihr Stirnrunzeln mehr, als daß er es sah, und hob den Kopf, um sie anzusehen. »Was beunruhigt dich, Gloriana?«

»Wirst du dir eine Mätresse nehmen, jetzt, wo ich dir einen Erben geschenkt habe?«

Dane stützte sich auf einen Ellbogen, betroffen und gekränkt. »Was fragst du da?« versetzte er. »Habe ich dir nicht schon tausendmal gesagt, daß ich dich mehr liebe als mein eigenes Leben?«

Sie schaute ihn furchtlos an, aber in ihren Augen standen Tränen. »Gareth hat auch seine Annabel, und kein Mann hat seine Frau je mehr geliebt als er Elaina.«

»Gareth verehrt Elaina wie ein Heiliger seinen Gott, aber er begehrt sie nicht, wie ein Mann seine Frau begehrt. Ich werde dir nicht untreu sein, Gloriana. Ich schwöre es dir beim Herzen unseres ersten Kindes und all jenen, die noch kommen werden.«

Sie seufzte und schmiegte sich an ihn, und kurz darauf war sie schon eingeschlafen.

Dane blieb liegen, seine Frau im Arm, bis sie Stunden später erwachte, denn er wollte nicht, daß sie die Augen öffnete und ihn nicht vorfand.

Gloriana lächelte ihn an, und er küßte zärtlich ihren Mund.

»Du bist nicht fortgegangen«, sagte sie.

»Das werde ich auch nicht tun«, versprach er. »Niemals.«

Aric war acht Wochen alt, als Gloriana seine Wiege aus dem Turmzimmer ins Kinderzimmer bringen ließ, wo die treue Judith und Ilsa, die erfahrene Amme aus dem Dorf, über ihn wachen würden.

Dane war an diesem Tag mit Merrymont, Edward und einigen seiner Bewaffneten auf Jagd, und es war schönes, sonniges Wetter. Gloriana hatte vor, die Zeit gut zu nutzen, denn sie erwartete ihren Mann zur Abendandacht zurück und wollte bereit sein, wenn er kam.

Mit Hilfe des Küchengesindes fegte sie das Zimmer aus und bedeckte den Boden mit duftendem Binsenstreu. Die Matratze wurde ausgeleert und mit frischem Stroh gefüllt, und alle Lampen wurden gereinigt und aufgefüllt. Die Bettlaken wurden ausgetauscht, und Holz für ein Feuer wurde am Kamin aufgeschichtet.

Die Abenddämmerung war nahe, als die Badewanne aus der Küche hinaufgebracht und bis zum Rand mit heißem, parfümiertem Wasser gefüllt wurde. Eine Mahlzeit aus kaltem Braten, Käse und Früchten stand auf dem Tisch bereit, an dem Gloriana und Dane oft Schach spielten.

Als all das erledigt war, schickte Gloriana die Dienstboten fort und zog sich bis auf ihr Hemd aus. Ihr Haar, das sie gebürstet hatte, bis es wie reines Kupfer schimmerte, fiel ihr offen auf den Rücken, so wie Dane es liebte.

Sie hörte seine Schritte auf der Wendeltreppe und verspürte die vertraute Erregung in ihrem Herzen erwachen. Der Atem stockte ihr in der Kehle, als Dane eintrat und auf der Schwelle innehielt, da er sofort erraten hatte, was die vielen Veränderungen im Zimmer zu bedeuten hatten.

Er legte sein Schwert beiseite, schloß die Tür und betrachtete Gloriana mit einem Blick, unter dem sie sich wie eine der alten, heidnischen Göttinnen vorkam. Unter dem dünnen Stoff ihres Hemds versteiften sich ihre Brustspitzen in Erwartung der sanften Lippen ihres Mannes.

»Ich habe dir ein Bad bereitet, Mylord«, sagte sie mit einer leichten Verneigung. Es war eine Geste des Gehorsams und des Stolzes, denn obwohl kein Mann je ihr Herr sein konnte, bereitete es ihr große Freude, diesem speziellen Mann zu dienen.

»Und ich brauche dringend eins, fürchte ich«, erwiderte Dane mit heiserer Stimme. »Das und noch viel mehr, Mylady.«

Gloriana ging zu ihrem Mann, da er unfähig schien, sich zu bewegen, und nahm ihm seinen Waffengurt ab. Als das geschehen war, streifte sie ihm das Wams über den Kopf und verbrachte einen köstlichen Moment damit, ihre Hände über seine Brust gleiten zu lassen, bevor sie die Schlinge an seinen Hosen löste.

»Ich habe dich vermißt«, flüsterte er.

»Und hier ist der Beweis dafür«, sagte Gloriana und schloß eine Hand um seine Erektion.

Dane stöhnte auf, als ihre Liebkosungen intensiver wurden.

»Aber zuerst dein Bad«, sagte sie und gab ihn frei, was ihm ein weiteres Aufstöhnen entlockte.

Er war recht zahm, als sie den Raum durchquerten, doch kaum war er in das warme Wasser gestiegen, änderte sich alles. »Du wirst mir Gesellschaft leisten, Mylady«, sagte er, umfaßte Gloriana an der Taille und hob sie zu sich ins Bad.

Sein Kuß war wie warmer Honig, und sie sank an seine Brust, so ausgehungert nach ihm wie er nach ihr. Gleichzeitig sanken sie auf die Knie, ohne den Kuß zu unterbrechen, bis Dane sich von Gloriana löste, um ihr das nasse Hemd über den Kopf zu ziehen.

Er küßte ihre Ohrläppchen, ihren Nacken, ihre Brüste, und sie seufzte und stieß lustvolle kleine Schreie aus.

Dann begann Gloriana ihn zu waschen. »Ich kann nicht länger warten, Liebste«, keuchte er, als sie ihn mit klarem Wasser abspülte und aus jeder Bewegung eine köstliche Tortur machte.

»Aber du mußt«, erwiderte sie und senkte ihren Kopf auf seine Schenkel.

Dane stieß einen leisen, heiseren Schrei aus und vergrub die Hände in ihren Haaren. Ein wildes Triumphgefühl – und eine Woge heißer Leidenschaft – erfaßte die Herrin von Kenbrook Hall, als sie ihren Mann auf intimste Art verwöhnte.

Sie hatte vorgehabt, sich unerbittlich zu geben, doch Dane bereitete ihrem Spiel schließlich ein Ende. Mit geschickten Fingern berührte er sie dort, wo ihre süße Qual am größten war, und stellte fest, daß sie für ihn bereit war.

»Ich flehe dich an, Mylady«, murmelte er. »Spann mich nicht auf die Folter.«

»Ich kann auch nicht länger warten, Mylord», erwiderte Gloriana.

Mit seinen starken Händen umfaßte Dane Glorianas Hüften und hob sie aus dem Wasser auf sich herauf. Ihre Blicke begegneten sich in stummer Übereinstimmung, als er sie auf sich herabzog, kraftvoll und doch ohne Hast.

Gloriana stieß einen leisen, verzückten Schrei aus; ihr Körper und ihre Seele hatten diesen Augenblick schon so lange herbeigesehnt, daß sie jetzt in hingebungsvoller Ekstase die Augen schloß und sich Danes Rhythmus überließ. Er küßte die harten Spitzen ihrer Brüste, und ihre Bewegungen wurden unwillkürlich schneller, bis Wasser über den Wannenrand zu schwappen begann und ihre Vereinigung immer wilder und ungestümer wurde.

Dane und Gloriana erreichten den Gipfel der Erfüllung im selben Augenblick und sanken danach einander zitternd in die Arme. Als Gloriana endlich wieder sprechen konnte, erhob sie das Gesicht zu ihrem Mann.

»Ich liebe dich, Dane St. Gregory, in dieser Zeit und allen anderen.«

Er küßte sie. »Und ich dich«, erwiderte er.

Und sie sind immer noch zusammen.

ENDE